공감의 비평을 위하여

김치수

1940년 전북 고창에서 태어났다. 서울대학교 문리대 불문과를 졸업하고 같은 과 대학원에서 석사학위를, 프랑스 프로방스 대학에서 「소설의 구조」로 박사학위를 받았다. 1966년 『중앙일보』 신춘문예 평론 부문 입선으로 등단하였고, 『산문시대』와 『68문학』 『문학과지성』 동인으로 활동하였다. 1979년부터 2006년까지 이화여대 불문과 교수를 역임, 2011년부터 2013년까지 이화학술원 석좌교수로 재직하였고, 2014년 10월 지병으로 타계했다.

저서로는 『화해와 사랑』(유고집) 『상처와 치유』 『문학의 목소리』 『삶의 허상과 소설의 진실』 『공감의 비평을 위하여』 『문학과 비평의 구조』 『박경리와 이청준』 『문학사회학을 위하여』 『한국소설의 공간』 등의 평론집과 『누보로망 연구』(공저) 『표현인문학』(공저) 『현대 기호학의 발전』(공저) 등의 학술서가 있다. 역서로는 알랭 로브그리예의 『누보로망을 위하여』, 미셸 뷔토르의 『새로운 소설을 찾아서』, 르네 지라르의 『낭만적 거짓과 소설적 진실(공역)』, 마르트 로베르의 『기원의 소설, 소설의 기원』(공역), 알랭 푸르니에의 『대장 몬느』, 에밀 졸라의 『나나』 등이 있다. 현대문학상(1983) 팔봉비평문학상(1992), 올해의 예술상(2006), 대산문학상(2010) 등을 수상했다.

김치수 문학전집 5

공감의 비평을 위하여

펴낸날 2016년 7월 15일

지은이 김치수
펴낸이 주일우
펴낸곳 ㈜문학과지성사
등록번호 제1993-000098호
주소 04034 서울 마포구 잔다리로7길 18(서교동 377-20)
전화 02) 338-7224
팩스 02) 323-4180(편집) / 02) 338-7221(영업)
전자우편 moonji@moonji.com
홈페이지 www.moonji.com

ISBN 978-89-320-2789-0 04800 / 978-89-320-2784-5(세트)

이 책은 〈오뚜기재단〉의 학술도서 연구비의 지원을 받아 발간되었습니다.

이 도서의 국립중앙도서관 출판예정도서목록(CIP)은 서지정보유통지원시스템 홈페이지(http://seoji.nl.go.kr)와 국가자료공동목록시스템(http://www.nl.go.kr/kolisnet)에서 이용하실 수 있습니다.
(CIP제어번호: CIP2016015965)

김치수 문학전집 5

공감의 비평을 위하여

문학과지성사

김현에게

김치수 문학전집을 엮으며

여기 한 비평가가 있다. 김치수(1940~2014)는 문학 이론과 실제 비평, 외국 문학과 한국 문학 사이의 아름다운 소통을 이루어낸 비평가였다. 그는 '문학사회학'과 '구조주의'와 '누보로망'의 이론을 소개하면서 한국 문학 텍스트의 깊이 속에서 공감의 비평을 일구어내었다. 그의 비평에서 골드만과 염상섭과 이청준이 동급의 비평적 성찰의 대상이 되는 것은 자연스러웠다. 문학 이론들의 역사적 상대성을 사유했기 때문에 그의 비평은 작품을 지도하기보다는 읽기의 행복과 함께했다. 그에게 문학을 읽는 것은 작가와 독자와의 동시적 대화였다. 믿음직함과 섬세함이라는 덕목을 두루 지녔던 그는, 동료들에게 훈훈하고 한결같은 문학적 우정의 상징이었다. 지난해 그가 타계했을 때, 한국 문학은 가장 친밀하고 겸손한 동행자를 잃었다.

김치수의 사유는 입장을 밝히는 것이 아니라 입장의 조건과 맥락을 탐색하는 것이었으며, 비평이 타자의 정신과 삶을 이해하려는 대화적 움직임이라는 것을 확인시켜주었다. 그의 문학적 여정은 텍스트의 숨은 욕망에 대한 심층적인 분석에서부터, 텍스트와 사회구조의 대응을 읽어내고 문학과 사회의 경계면 너머 그늘의 논리까지 사유함으로써 당대의 구조적 핵심을 통찰하는 데까지 이르고 있다. 그의 비평은 '문학'과 '지성'의 상호 연관에 바탕 한 인문적 성찰을 통해 사회문화적 현실에 대한 비평적 실천을 도모한 4·19 세대의 문학 정신이 갖는 현재성을 증거 한다. 그는 권력의 폭력과 역사의 배반보다 더 깊고 끈질긴 문학의 힘을 믿었던 비평가였다.

이제 김치수의 비평을 우리가 다시 돌아보는 것은 한국 문학 비평의 한 시대를 정리하는 작업이 아니라, 한국 문학의 미래를 탐문하는 일이다. 그가 남겨놓은 글들을 다시 읽고 그의 1주기에 맞추어 〈김치수 문학전집〉(전 10권)으로 묶고 펴내는 일을 시작하는 것은 내일의 한국 문학을 위한 우리의 가슴 벅찬 의무이다. 최선을 다한 문학적 인간의 아름다움 앞에서 어떤 비평적 수사도 무력할 것이나, 한국 문학 비평의 귀중한 자산인 이 전집을 미래를 위한 희망의 거점으로 남겨두고자 한다.

2015년 10월

김치수 문학전집 간행위원회

머리말

개인 평론집으로는 7년 만에 내놓는 다섯번째의 평론집이다. 그 7년이란 내게 너무나 괴롭고 힘든 시간이었다. 4년 만에 복직을 하긴 했지만 1980년에 입은 상처는 안으로 깊어만 갔고 나를 사랑했고 내가 사랑하던 사람들 가운데 많은 사람들이 내 곁을 떠났다. 그사이에 우리 문학은 현실과의 힘겨운 싸움 때문에 여기저기에서 끝없는 소모전을 치르고 황폐화되어간다는 느낌을 주고 있었다. 또 많은 비평가들이 문학은 무엇이어야 하는지 이념적 논쟁을 벌이느라고 문학작품에 대한 진지한 독서를 소홀히하고 있었다. 이 질풍노도와 같은 세계에 살면서 나는 끊임없이 회의와 절망을 되풀이했다. 내 자신의 글이 무력하게 보이고 내 자신의 목소리가 공허하게 들려서 도무지 설득력을 가질 것 같지 않았다. 어떻게 하면 나 자신을 지키고 문학을 지킬 수 있을까 고민하는 동안 나를 버티게 한 것은 문학작품을 읽는 일이었다. 글을 쓰는 것은 괴롭고 힘든 일이지만 글을 읽는 것은 즐겁고 힘이 되는 일이다. 그것이 어쩌면 내 게으른 글쓰기에 대한 변명이 될 수도 있을 것이다.

우리의 문학작품을 꼼꼼히 읽으면서 나는 문학이 무엇인지, 소설이 무엇인지 생각하는 일을 계속해왔다. 처음에는 무의미할 것처럼 보였던 그러한 생각들이 최근에 오면서 나의 삶의 흔적처럼 그 모습을 희미하게나마 드러내고 있다. 문학은 그것이 스스로의 형태를 파괴하고자 하는 노력까지도 문학을 지키기 위한 것임을 내게 보여주었다. 이러한 사실은 상식적이면서도 우리의 문학작품의 의미를 보다 깊고 넓게 추구할 수 있는 기회를 제공한다. 모든 이론이나 이념은 문학작품보다 선행하는 것이 아니다. 작품이 먼저 존재해야 하고 거기에서부터 이론이나 이념이 나올 수 있어야 진정한 비평이 존재할 수 있다. 그런 점에서 우리의 비평에 꼭 필요한 것이 비평가와 작가의 의식의 만남이다. 이것을 나는 공감의 비평이라고 부르고 싶다.

이 평론집은 편의상 3부로 나누었다. 제1부와 제2부는 1980년대에 가장 활발하고 성공적인 작품 활동을 한 이문열부터 그보다 나중에 문학 활동을 시작한 비교적 젊은 작가와 작품에 관한 글과 이문열보다 먼저 글을 쓰기 시작한 작가의 작품에 관한 글로 이루어졌고 제3부는 프랑스 문학에 관한 글들의 모음이다. 이들 외에도 다루고 싶은 작가와 작품이 무수하게 많이 있지만, 어떤 경우에는 너무 아끼다가, 또 다른 경우에는 게으름 때문에 아직 글로 쓰지 못하고 있다. 쓰는 속도가 읽는 속도를 따라가지 못하는 나의 무능을 탓하지만 그것으로 게으름의 변명을 삼고 싶지는 않다.

내 비평 작업을 지켜보며 이 평론집을 내도록 권고한 친구들과, 이 책을 내느라고 고생한 문학과지성사 여러분들에게 고마운 마음을 표현하고 싶다. 그리고 그것이 다음 평론집을 위해 보다 부지런한 글쓰기로 나타나기를 스스로 다짐한다.

1991년 11월

김 치 수

차례

일러두기

1. 문학과지성사판 〈김치수 문학전집〉은 간행위원회의 협의에 따라, 문학사회학과 구조주의, 누보로망 등을 바탕으로 한 문학이론서와 비평적 성찰의 평론집을 선별해 10권으로 기획되었다.
2. 원본 복원에 충실하되 '한글 맞춤법'과 '외래어 표기법'은 국립국어원에 따라 바꾸었다.

I
의 공간은 이념적 논쟁에 압도되어 '작품 읽기'로서의 비평을 망각하고 있었다. 이론과 이념은 작품보다 선행할 수 없고 작품으로부터 나온다는 투철한 입장은, 그의 비평을 '공감의 비평'으로 만들었다. 비평가와 작가의
욱에서 오히려 문학의 본래적인 가능성을 읽어낸다. "문학은 그것이 스스로의 형태를 파괴하고자 하는 노력까지도 문학을 지키기 위한 것임을 내게 보여주었다"라는 고백은, 80년대의 문학 공간으

새로운 소설의 시대를 향하여

새로운 소설이라는 개념은 크게 보면 최근에 문제된 것도 아니고 어느 나라의 소설에 국한된 것도 아니다. 왜냐하면 탁월한 작가가 쓴 모든 작품은 새로운 소설이기 때문이며 새로운 소설이어야 하기 때문이다. 만일 어떤 작품이 새로운 소설이 아니라면 그것은 다른 작품의 모작이거나 아류에 지나지 않는다는 말이다. 작가가 한 편의 작품을 쓴다는 것은 어떤 작품을 흉내 내기 위해서가 아니다. 작가란 지금까지 있는 어떤 작품과도 다른 작품, 다시 말하면 새로운 작품을 쓰는 사람이다. 작가가 한 편의 작품을 쓴다는 것은 이미 존재하는 작품으로 이야기하지 못한 것을 이야기하기 위해서다. 자신이 이야기하고자 하는 것을 이미 이야기한 작품이 있다면 작가가 어떻게 소설을 쓸 수 있겠는가? 그런 점에서 보면 작가란 남이 쓰지 않은 새로운 소설을 써야 될 운명을 가지고 태어난 사람이다.

그렇다면 왜 새로운 소설을 쓰지 않을 수 없는가? 작가가 소설을 쓴다는 것은 자신이 살아오고 생각해온 삶과 세계를 파악하고자 하는 것이다. 다시 말하면 우리가 삶과 세계에 대해서 가지고 있는 여러 가지 의문들을 작가가 언어로 파악하고 해석하고자 시도한 것이다. 그래서 모든 소설은 우리에게 무질서하게 보이는 현실을 다소간의 질서를 부여하여 제시하고 있다. 소설은 그러니까 현실에 대한 해석이며 해석의 주요한 양식이라 할 수 있다. 우리가 소설을 읽는 것은 얼핏 보면 분명하게 알고 있는 것 같은 현실을 자세히 보려고 할 때에는 무질서하고 희미하고 너무 두꺼워서 파악이 안 되지만 그것을 읽음으로써 좀더 질서 있고 분명하고 총체적으로 볼 수 있기 때문이다. 소설은 복잡하고 다양하고 유기적인 현실을 파악하고 해석하는 데 가장 적합한 문학 장르이다.

왜냐하면 소설에는 시나 희곡과는 달리 어떤 일정한 공식이나 틀이 있는 것이 아니기 때문이다. 다른 문학 장르에 비하여 비교적 짧은 역사를 가지고 있는 소설은 그 발생부터가 자유로운 형식에 힘입고 있다. 시나 희곡이 일정한 교양을 갖추지 않고는 즐기거나 감상할 수 없는 반면에 소설은 글자만 읽을 줄 아는 사람이면 누구나 읽고 즐길 수 있기 때문에 뒤늦은 발생에도 불구하고 다른 장르를 압도할 수 있었다. 특히 시나 희곡은 장르 자체가 가지고 있는 규정 때문에 복합적이고 다양한 현실의 어느 부분을 수용할 수 없고 파악할 수 없는 데 반하여 소설은 현실의 모든 부분을 자유롭게 수용하고 표현할 수 있는 장르이다. 그렇다고 해서 한 편의 소설이나 어떤 경향의 소설로써 현실을 완전히 고갈시킬 수 있을 만큼 모든 부분을 표현할 수 있다는 말은 아니다. 이미 존재하는 수많은 소설에도 불구하고 소설이 다시 씌어지는 이유는 여기에 있다. 현실이란 그 자체가 끊임없이 생성되고 변화하는 생명체와 같은 것이어서 어떤 공식이나 틀로 파악할 수 있는 부분은 대단히 제한되어 있다. 소설이 총체적인 문학 장르이기 때문에 그 생성과 변화를 수용하는 데 가장 적합한 것은 사실이지만, 바로 그 이유 때문에 소설은 끊임없이 새로워지지 않을 수 없다.

소설이 새로워질 수 있는 가능성은 현실이 끊임없이 변화할 수 있는 가능성만큼이나 다양하다. 그러므로 누구나 기존의 소설과 다른 이야기를 쓰고자 할 때 새로운 소설가로 나설 수 있다.

한국의 문학사에서 신문학의 개척자라고 하는 춘원은 그 이전에 있었던 고대소설이나 신소설과는 다른 소설을 쓴 사람이다. 또 춘원의 소설에 도전하면서 도덕적이고 계몽적인 성질을 탈피하고자 했던 김동인도 춘원의 소설에 비해 새로운 소설을 썼다. 이렇게 본다면 식민지 시대에서 전통적인 서울 중산층의 삶을 그린 염상섭이나, 일상적 삶에 대한 권태와 그 권태로 인한 분열된 자아의 모습을 그린 이상이나, 토속적인 사회에서 전통적인 사고와 기독교적 사고의 부딪침을 그린 황순원이 모두 자기 당내 사회에 새로운 소설을 썼다고 할 수 있다. 그것은 모든 탁월한 작가는 자기 시대의 새로운 소설을 쓴 사람이고 따라서 문학사란 그러한 새로운 소설의 역사라는 것을 의미한다.

그렇다면 여기에서 그 '새로움'이 무엇인지 검토해볼 필요가 있다. 소설이 복합적이고 총체적인 장르이기 때문에 새롭게 만들 수 있는 부분이 너무나 많다. 우선 제일 쉽게 새로울 수 있는 것은 소재의 새로움이다. 19세기의 삶이나 20세기의 삶은 그 소재 자체가 다르다. 또 농촌에서의 삶과 도시에서의 삶, 근로자의 삶이나 지식인의 삶, 가족의 문세 때문에 고민하는 사람과 사회의 문제 때문에 고민하는 사람, 개인의 질병을 아파하는 삶과 정신적 구원을 갈망하는 삶 등은 모두 소재의 영역에 속한다. 따라서 어떤 사람은 지금까지 누구도 다루지 않은 소재를 다룸으로써 새로운 소설을 쓰고자 하는 경우가 있다. 예를 들면 무인도의 이야기 같은 것은 여기에 해당한다. 또 춘원처럼 계몽주의적인 사상을 바탕으로 소설을 쓴 경우나 현실을 사실적으로 묘사하고자 하는 소설도 단순한 소재상의 차이로 설명할 수 있다. 그러나 그것이 문학작품인 경우 소재가 달라짐에 따라 형식도 달라질 수밖에 없다. 다시 말하면 문학은 내용과 형식이 표리관계에 있기 때문에 분리해서 생각할 수 없다. 소재가 새로워지면 형식도 새로워질 수밖에 없다. 춘원의 문체나 이상의 문체가 근본적으로 동일할 수 없다든가 작품의 구성이 다를 수밖에 없다는 것도 그것을 증명한다.

그렇다면 새로움이 가장 잘 드러나는 경우가 소설의 형식적인 측면이라고 말해도 좋을 것이다. 문학의 형식이란 현실을 파악하는 양식이기 때문에 새로운 양식의 추구는 모든 문학, 모든 예술이 지향하는 목표이다. 새로운 양식을 추구함으로써 소설은 현실의 새로운 모습을 파악하고 세계를 새롭게 인식하며 그 모든 새로움에 경이로움이 있음을 이야기한다. 그러나 어떤 양식이 그러한 단계에 도달했다고 해서 그것이 영원히 새로운 것은 아니다. 새로운 양식이란 스포츠에서 기록이 그러한 것처럼 깨어지기 위해서 태어난다. 왜냐하면 세계를 파악하는 하나의 양식이 고정화될 때 그 소설은 세계를 고정되어 있는 것으로 만들어버릴 것이기 때문이다. 변화하는 세계의 모습을 파악하기 위해서는 이미 기정의 양식을 깨뜨리지 않으면 안 된다. 그래서 세계의 새로운 모습에 놀란 소설가는 양식화된 소설을 파기해야 할 대상으로 삼는다. 그것은 세계를 새롭게 바라보는 것을 방해하는 인식론적인 걸림돌이기 때문이다.

1950년대 손창섭의 소설은 전후 한국 사회의 어둡고 답답한 모습과 개인의 피폐한 정서를 놀라움으로 제시하기 위해 칙칙한 문체를 사용하고 있다. 1950년대 말 우리 사회 모순의 핵심으로 분단의 비극을 경이롭게 제시한 최인훈은 1960년대 현실 속에 남아 있는 식민지적 모순의 크기를 놀라움으로 파악하게 하기 위해 「총독의 소리」라는 지하 방송의 형식을 도입하고 있다. 이들 작품에서는 소설이 현실을 파악하는 양식임에도 불구하고 현실에 대한 작가의 의식과 상상력을 최대한으로 확대시킴으로써 우리가 눈으로 보고 있는 가시적 현실이 아니라 그 밑에 깔려 있는 보이지 않는 현실을 보다 깊이 있게 파악하게 만든다. 어떤 사람은 이러한 소설을 관념적이라고 비판하지만, 이러한 소설적 양식을 통하지 않고는 현실의 모습을 제시할 수 없기 때문에 작가는 이러한 형식을 선택한 것이다.

따라서 새로운 소설을 시도하고 있는 작품에서는 그 작품의 양식의 정당성을 인식시킬 수 있는 납득할 만한 필연성이 발견되어야 한다. 러시아 형식주의자들은 모든 예술이란 '낯설게 하기'의 원리에 의해 이루어진 것임을 주장한 바 있다. 이것은 소설에서 우리가 늘 익숙하게 보아오면서 아무런 이의도 제기하지 않고 당연한 것으로 생각했던 현실의 어떤 모습을 새롭게 발견한다는 것을 의미한다. 삶의 어느 순간에 사랑하는 사람이 낯설게 느껴졌다든가, 일상생활의 어느 부분이 갑자기 낯설게 느껴졌다든가, 관습과 제도가 괴물처럼 보이기 시작했다든가 하는 사실들은 모두 현실의 낯선 모습이다. 동시에 그것은 현실의 새로운 모습이며 우리가 파악하지 못했던 모습이다. 소설은 그러한 모습을 제시함으로써 우리가 일상적이고 습관적으로 받아들이고 있던 현실을 놀라운 눈으로 파악하고 현실의 또 다른 모습을 보게 한다.

그러나 '낯설게 하기'라고 해서 현실의 기괴한 모습을 보여주는 것을 의미하는 것은 아니다. 소설은 낯선 현실의 모습을 제시함으로써 습관적으로 받아들였던 현실 모습의 허구성이라든가 비진실성을 드러내고 현실의 참모습을 알게 해야 하기 때문이다. 따라서 이처럼 낯설게 하기의 기법에 따라 소설의 형태상의 변화가 이루어졌다고 하더라도 그것이 하나의 소설 작품인 한 무조건의 형태 파괴만을 의미하는 것은 아니다. 거기에는 필연적으로 내적인 통일성이 있어야 하고 구성상의 일관성이 있어야 하며 한 편의 작품으로서 전체적인 완결성이 있어야 한다. 이러한 것들이 결핍되어 있을 때에 그것은 좋은 작품이라고 할 수 없다. 이 경우 작가는 현실에 대한 고통스러운 관찰을 하지 않고 지나치게 빨리 해석을 내리거나 아니면 한낱 기괴한 것을 추구하는 모습만을 보일 따름이다. 그러한 작품은 현실의 진정한 모습을 보여주기보다는 차라리 현실을 왜곡시키고 그 모순을 호소하는 데 기여하기 때문에 우리가 현실을 파악하는 데 방해가 될 뿐이다.

1980년대에 들어와서 한국 소설의 새로움은 놀라운 단계에 이르게 된다. 폭력과 죽음으로 얼룩진 1980년대 초의 소설은 산업화와 함께 드러나기 시작한 우리 사회의 모순을 이야기하던 1970년대의 새로운 소설과는 달리 거의 침묵하고 있는 것처럼 보였다. 그러나 공포의 순간이 지나감에 따라서 소설은 비극적 역사의 체험에 상응하는 변화를 가져왔고, 새로운 소설의 등장을 예견할 수 있게 했다. 1980년대의 새로운 소설은 노동소설을 비롯한 현장문학의 등장과 함께 시작된다. 이들 새로운 소설은 쟁의가 진행 중인 노동의 현장, 민주화를 위한 재야 운동의 현장, 1980년 이후 새로운 양상을 띠기 시작한 학생운동의 현장 등을 직절적인 방법으로 적나라하게 다룬다. 거기에는 주인공이 바로 현장의 일원으로 나타나 현장에서 볼 수 있는 구호·욕설·벽보·보고서 등을 전혀 여과 장치 없이 제시함으로써 아름다운 언어와 세련된 양식에 길들여져 있는 독자들에게 대단히 낯선 세계의 모습을 충격으로 보여주고 있다.

이들 새로운 소설은 문학이 교육받은 문학인의 전유물일 수 없다는 것을 내세우며 개인 창작물의 범위를 넘어서 집단적인 창작물이 되어야 민중성을 제대로 반영한다고 주장하면서 장르 해체론이라고 하는 급진적인 이론에까지 이른다. 여기에서 말하는 장르 해체론이란 소설이 반드시 소설일 필요가 없다는 점에서 대단히 급진적인 주장이고, 또 실제로 새로운 소설을 쓰고자 하는 사람들이 꿈꿀 수 있는 이상적인 단계의 표현이라고 할 수 있다. 이들 현장문학은 한국 소설 영토의 확장이라는 측면에서, 또 소설 이론의 새로운 발전 가능성의 모색이라는 측면에서, 그리고 문학의 역할 확대라는 측면에서 1980년대 문학의 중요한 의미를 지닌다. 그러나 이들 작품에서 발견되고 있는 비판적 허무주의의 배격이라든가 낭만적 영웅주의의 고양은 근대문학에서 나타나는 계몽주의적 요소와 특정한 이데올로기의 실천을 위한 도구화의 요소, 문학을 운동으로 삼으면서 문학의 범주를 벗어나려는 요소를 지니고 있어서 기존의 문학뿐만 아니라 독자들에게 큰 충격을 주면서도 문학의 질적 측면에 관한 논란을 불러일으킬 소지를 갖고 있다.

1980년대의 새로운 소설 가운데 또 하나의 중요한 경향은 소설에 있어서 새로운 형식을 추구하는 경향이다. 시에 있어서 형태 파괴적인 것보다 훨씬 온건하게 보이는 이 새로운 소설은 이상과 최인훈에게서 그 전통을 찾아볼 수 있지만 그들의 작품보다는 훨씬 격렬한 새로움을 지니고 있다. 여기에서 말하는 새로움은 주인공이 없다든가 줄거리가 없다는 의미의 새로움이 아니다. 소설적 화자가 전달하는 이야기 내용이 전통적인 모험담이 아니라는 것이고, 그것을 이야기하는 방식이 기왕에 보아왔던 것과는 다르다는 것이며, 그 주인공들이 우리의 일상적 자아보다 탁월한 능력을 소유하고 있지 않다는 것이다. 이 계열의 새로운 소설이 현장소설과 동시대에 공존하고 있다는 것은 어쩌면 우리의 짧은 소설의 역사에 기인한다고 볼 수도 있지만 사실은 고도의 산업화에서 야만적 체험을 한 우리 사회의 현실을 그대로 반영하고 있다는 데 기인할 수도 있다. 현장소설의 주인공이 대부분 우리보다 더 많은 고통과 난관을 이겨내는 능력을 갖춘 영웅에 해당한다는 점에서 근대적 요소를 갖춘 인물이라면, 새로운 형식의 소설에서 주인공이란 일상적인 우리 자신보다 나을 것이 없는 평범한 인물이며 때로는 우리보다 더 바보 같은 인물에 해당한다는 점에서 현대적 요소를 갖춘 인물이다. 이 두 유형의 소설이 공존한다고 하는 것은 근대적 요소와 현대적 요소가 공시적으로 존재하는 우리 사회, 우리 현실과 상응한다고 볼 수 있다. 따라서 소설의 형식을 새롭게 하고자 하는 새로운 소설은 소설에 대한 근원적인 질문을 내포한 현대적인 경향으로 성격 지을 수 있다.

여기에 대표적인 작가가 이인성과 최수철이다. 이미 『낯선 시간 속으로』와 『한없이 낮은 숨결』이라는 두 권의 창작집을 내놓고 있는 이인성은 이야기가 조리 있게 진행되는 소설을 쓰지 않는다. 그의 소설은 한 주인공의 생애를 쫓아가는 것도 아니고 하나의 사건의 전말을 기록하는 것도 아니다. 그의 소설은 우리의 일상적 현실 속에서 일어날 수 있는 사건들, 예를 들면 사랑이라든가 죽음이라든가 입대라든가 취직이라든가를 소설의 표면으로 보고하고 있는 것이 아니라, 그것을 체험한 작중인물의 "의식하는 의식에 대한 의식"으로 가득 차 있다. 그렇기 때문에 그의 소설에는 여러 가지 사건의 끈이 토막토막 나누어져서 나타난다. 이 사건들을 원래의 상태로 원상 복구시키는 일은 대단히 힘들게 보인다. 따라서 그의 소설을 읽는 독자는 그의 소설을 쫓아가기가 어려워서 그의 소설을 난해한 소설이라고 생각하기 쉽다. 그러나 실제로 토막난 사건을 원상 복구시켜놓으면 이야기 자체는 전혀 새로울 것이 없다. 그것은 우리의 일상생활에서 젊은 날 겪을 수 있는 사건이며 그 사건에 대해 의식하는 의식의 기록이다. 그러나 바로 그러한 기술의 방법에 의해서 작가는 모든 것을 불확실한 상태에 놓아버린다.

그가 소설의 주인공을 '나'라든가 '그'라는 인칭으로 지칭하고 있는 것은 사물에 대해 의식하는 주체가 자기 자신인지, 의식하는 자기 자신까지도 의식하는 그인지 불확실하게 만들고 있다. 그 의식은 자신을 객체화시켜 '그'로 만들고 자기의 삶을 연극 속의 삶으로 파악하게 된다. '나'와 '그'라는 인칭을 가지고 행하는 그의 의식의 유희는 세계와 사물을 불투명한 것으로 만드는 행위이며, 그 가운데서 분명한 것은 삶이 습관이며 연극이라는 것이고, 현실이 틀에 박힌 말을 통해 주어진 것이라는 사실이다. 게다가 그의 두번째 소설집에서 작가는 작가—작중인물—화자의 관계에 독자까지 끌어들여서 소설의 기본적인 문법을 근본적으로 파괴시키고자 한다. 그는 여기에서 모든 사실을 허구화시키고 그 허구화에 의해 소설을 쓰고 소설을 쓴 사실 자체를 허구화시키는 순환적인 기법을 사용함으로써 현실 속의 작가인 '나'와 소설 속의 인물인 '그'와 소설 바깥의 독자 '당신'까지 소설의 작중인물로 만든다.

따라서 첫 작품집이 젊은 날의 고뇌와 방황을 실험적인 문체와 독특한 의식 속에 드러냈다면 그의 두번째 창작집은 소설의 본질을 해체시킴으로써 현실과 소설 사이의 허구적인 관계를 깨뜨리고 현실의 본질적인 파악으로서 소설의 모습을 모색하고 있다고 할 수 있다. 그렇기 때문에 형태 파괴적인 그의 소설 세계는 부분적으로 서정적인 아름다움을 지니고 있음에도 불구하고 과격한 것이라 일컬을 수 있다. 그것은 우리에게 현실과 소설에 대해 근본적이고 지속적인 질문을 제기하게 만든다.

이인성의 이러한 소설 기법을 의식의 모자이크적 기록이라고 한다면 이와는 달리 최수철의 소설 세계는 미시적 기록의 세계라 할 수 있다. 우리의 일상생활에서 소설적 기술의 대상이 되지 못할 자질구레한 소도구나 행위 들까지 자세하게 보고하고 있는 최수철의 소설은 그것이 커다란 모험이 없다는 점에서 현대의 새로운 소설의 형태를 띠고 있다. 그것은 소설을 이야기로 읽고 있는 독자들을 여지없이 배반하면서 의미 없는 현실에 대한 충실한 보고를 행한다. 그는 인간의 무의식의 세계를 탐구하고 인간의 해체 과정을 정밀하게 묘사한 첫번째 창작집 『공중누각』을 낸 다음 두번째 창작집 『화두, 기록, 화석』을 통해서 '말'에 관한 탐구를 행한다. 그의 작중인물들은 '말'을 제대로 할 줄 모르고 더듬거리고, 그로 인해서 주위 사람들과 의사소통에 도달하지 못한다. 작가 자신이 그러한 인물들을 다루고 있다고 하는 것은 그가 말을 통해서 말을 제대로 못하는 사람의 문제를 제기할 수밖에 없다는 인식을 갖고 있음을 의미한다. 최수철은 문학이 말로 되어 있지만 말을 잘하는 것을 목표로 하는 것이 아니라 말을 못하는 것까지 포함해서 언어를 다루는 과정을 통해 삶의 모습을 밝히는 것을 목표로 한다.

따라서 그의 작중인물들은 간단한 문제에 부딪혀도 당황하고 아무런 대책을 세우지 못하는 보잘것없는 일상인이다. 그들의 변화 없는 모습을 집요하게 그림으로써 소설이 '거대한 모험'의 이야기가 아니라 삶의 느리면서도 보이지 않는 작은 변화를 포착하는 것임을 최수철의 소설은 보여준다. 이것은, 소설을 읽는 재미가 질적인 변화를 하지 않고는 소설이 소설을 읽는 사람의 의식의 타락을 조장하는 낭비에 지나지 않는다는 것을 보여주는 예이다. 최수철은 과장된 모험담이 현실을 왜곡하고 독자로 하여금 현실에 대한 의식을 제대로 갖지 못하게 함으로써 거짓과 연극으로 가득 찬 삶을 파악할 수 없게 만드는 데 제동을 걸고자 한다. 그래서 그의 작품 가운데 가장 과격한 형태 파괴적인 소설인 「어느 무정부주의자의 하루 1」에서 그는 일정한 작중인물마저 배제하고, 소설의 표면에 지나지 않는 화자의 목소리만을 통해서 도시의 몇몇 풍경을 묘사하기에 이른다. 그 몇몇 풍경은 얼핏 보면 아무런 의미가 없는 것처럼 보이지만, 그러나 그것은 문학이 어떤 제약이나 억압도 없는 사회를 꿈꾸는 한 양식임을 가장 고통스러운 방식으로 보여준다.

이들 작품은 세계가 단일한 의미의 세계도 아니고 또 양식화된 문학으로 파악될 수 있는 세계도 아니며 우리에게 낯익은 것만이 진정한 세계가 아니라는 것을 뚜렷하게 보여줌으로써 우리의 새로운 소설의 한 시기를 열어주고 있다. 소설 속에서 낯익은 세계를 발견하기 위해서 책을 읽는 독자들에게 이들 소설은 배반감을 안겨준다. 그러나 그 배반감은 창조적 배반감이다. 이 낯선 세계에 어떤 의미가 있는가 질문하는 독자는 우리에게 새로운 소설이 있어야 하는 이유를 찾아나서게 된다. 왜 이처럼 새로운 소설을 써야 하는가 질문하고 탐색하는 독자는 새로운 소설이 가지고 있는 진정한 재미와 의미를 발견하게 될 것이다.

이 새로운 소설의 작가들이 해야 할 남아 있는 일은 이제 그들의 독자들이 어떻게 하면 그들을 배반하지 않도록 만드는가에 있다. 그것은 끊임없이 새로운 소설을 만들어내는 것이며 동시에 새로운 소설이 없이는 허위와 위선으로 가득 차 있는 이 세계에서의 삶이 얼마나 우스꽝스러운가를 설득력 있게 보여주어야 한다. 단순히 새로운 형식을 위한 새로운 소설이란 따라서 이들이 가장 경계해야 할 대상이다.

낭만적 지식인의 패배
— 이문열의 『영웅 시대』

I

소재와 배경의 측면에서 본다면 6·25동란이 현대 소설에서 차지하고 있는 비중은 다른 어떤 역사적 사건도 능가한다. 실제로 정확한 숫자를 제시할 수는 없지만 6·25동란은 해방과 함께 20세기 한국의 역사에서 최대의 사건이면서도 해방보다 훨씬 자주 소설의 소재가 되고 있다. 그것은 해방의 의미가 6·25동란보다 못하다는 것이 아니라, 6·25동란의 영향이 해방의 감격을 삼켜버리고도 남을 만큼 크기 때문이며, 오늘날까지도 분단의 현실로 인해서 6·25동란의 영향을 받고 있기 때문이다. 물론 해방과 6·25동란을 별개의 역사적 사건으로 분리해서 생각할 수 있는 것은 아니지만 6·25동란의 충격과 상처는 해방의 감격이나 분단의 현실에 대해 검토할 수 있는 모든 여유를 박탈해버렸고 우리의 삶 전체를 그 뿌리부터 바꿔버렸다. 그것은 6·25동란의 제1세대들에게만 중요한 문제였던 것이 아니라 그다음의 세대들에게도 가장 큰 사건으로 인식될 수밖에 없었음을 의미한다. 전쟁 중에 체험하게 된 삶과 죽음, 사랑과 증오, 성공과 몰락 등의 급박함은 한국인의 정신적·물질적 삶을 바꿔놓았고 남북으로 나누어진 가족의 이산이나 밀고 밀리는 전쟁의 와중에서 이루어진 피란민의 이동은 사회의 제도와 풍속을 변화시켰다.

그러한 점에서 오늘의 한국 사회가 전쟁의 역사적 체험을 거쳐서 이루어진 것처럼 오늘의 한국 소설은 모두 한국인의 비극적 체험을 바탕에 깔고 있다고 이야기할 수 있을 것이다. 가령 황순원의 『카인의 후예』 『나무들 비탈에 서다』라든가 서기원의 「암사지도」, 이호철의 「판문점」, 손창섭의 「비 오는 날」 등에서부터 최인훈의 『광장』을 거쳐 홍성원의 『육이오』, 전상국의 『아베의 가족』, 김원일의 『불의 제전』에 이르는 작품들에서 확인할 수 있는 것은 한국인의 삶의 고통이 6·25동란과 직접적으로 연결되고 있다는 사실이다. 그 가운데서 중요한 변화로 볼 수 있는 것은 분단된 상황에서 이데올로기의 대립을 최초로 다룬 『광장』이나, 패배한 개인과 허무한 삶을 다룬 1960년대의 뛰어난 소설들, 그리고 아직도 전쟁의 파편이 망각 속에서 문득 떠오르는 현실을 다룬 임철우의 「아버지의 땅」에 이르는 과정이다. 그것은 전쟁의 현장에서부터 시간적·공간적 거리의 확대와 관계되면서도 삶의 핵심에 자리 잡고 있는 파편이면서 동시에 탄흔처럼 궂은 날 혹은 피곤한 날 문득 통증으로 나타나서 분단의 현실을 깨닫게 한다. 말하자면 새로운 세대의 작가는 전쟁에 대한 직접적인 체험을 하지 못했으면서도 자신의 삶의 고통을 따라가다 보면 어느 틈에 그 원류에서 전쟁의 흔적을 만나게 된다는 것이다. 그러한 점에서 6·25동란이 오늘의 한국의 현실에 있어서 차지하고 있는 비중은 모든 고통의 원죄와 같은 것이다. 이것은 오늘의 불행이나 고민의 책임을 모두 6·25동란에 돌려버리는 손쉬운 회피를 하기 위한 것이 아니라 삶의 저변에 깔려 있는 그 상처가 아직 완전히 아물지 않았다는 것을 의미하고, 나아가서는 분단의 현실이 극복되지 않는 한 그 완전한 치유가 어렵다는 것을 이야기하기 위한 것이다.

최근에 와서, 특히 1970년대 말부터 6·25동란을 소재로 한 작품들이 많이 발표되고 있는 것은 우리가 가지고 있는 역사적 상처가 어떤 외적인 조건에 의해 다시 자극되고 있지 않는가 하는 생각을 하게 된다. 가령 「하늘 아래 그 자리」「고려장」의 전상국, 「거목」「누님의 초상」의 유재용, 「파편」「장난감 도시」의 이동하, 『노을』「미망」『불의 제전』의 김원일 등의 작품은 6·25의 아픔을 다시 느끼게 한다. 이들 작품에서 가장 큰 특징을 든다면 대개의 경우 소설 주인공의 죽음이라고 할 수 있다. 다시 말하면 1950년을 전후한 전쟁의 체험을 지니고 살던 당시의 주역들이 이제 세상을 떠나는 나이가 된 것이다. 그러니까 6·25동란의 제1세대의 죽음이 작가로 하여금 그동안 간직해온 전쟁의 고통과 그 상처의 아픔을 다시 한 번 이야기하게 만든 것으로 보인다. 즉 6·25동란 기간 중에 입은 상처를 지니고서도 전쟁을 잊은 채 약 30년의 세월을 살아온 것 같은 그들 제1세대들은 이제 어디에도 그 한을 호소할 길 없고 또 분단 현실의 개선을 보지 못하고 세상을 떠나간다. 이른바 6·25세대의 현실적인 죽음이 한 세대 전에 있었던 전쟁을 다시 이야기하게 한 것으로 보인다. 그래서 실제로 소설 속에도 주인공이나 혹은 주인공의 앞 세대의 누군가의 죽음이 이야기의 실마리를 풀어나가게 하는 경우를 자주 보게 된다. 그것은 한 세대의 죽음이 그 세대의 삶을 이야기하는 모티프를 제공해준다는 것을 의미한다.

그런데 6·25소설의 이러한 경향과는 달리 최근에 발표된 이문열의 『영웅 시대』는 그러한 죽음과는 상관없는 작품이다. 더구나 6·25 체험을 가진 인물이 30년 동안 어떻게 살았는가를 보여주는 최근의 작품들과는 달리 이 작품은 6·25동란이 일어난 1950년부터 약 4년 동안의 시간을 무대로 하고 서술된 주인공들의 삶도 거기에서 끝난다. 작가 자신은 이 작품을 쓰게 된 내력을 다음과 같이 적고 있다.

> 사람은 누구든 일생을 통해 꼭 하고 싶은 얘기가, 그렇기에 평소에는 오히려 더 가슴 깊이 묻어두게 되는 하나의 얘기가 있게 마련이다. 어쩌면 누가 어떤 직업을 택하는 것도 바로 '그 얘기'를 나름대로 펼쳐 보이기 위해서가 아닌지 모르겠다. 〔……〕
>
> 내게 있어서 '그 얘기'는 바로 『영웅 시대』, 아니 6·25를 전후한 우리의 불행한 가족사였다. 지금으로부터 17, 8년쯤 전에 어렴풋하게나마, 내가 작가로 끝장을 보게 될지도 모른다는 예감이 문득 나를 사로잡았을 때, 가장 먼저 떠올린 소설거리가 그것이었기 때문이다.
>
> —「작가의 말」

1970년대 말에 문단에 등장한 이후 1980년대 초에 가장 활발한 작품활동을 한 작가가 이처럼 오랫동안 이 '얘기'를 쓰려고 생각했고 또 첫 번째 '소설거리'로 간직하고 있었다면, 이 작품은 어쩌면 왜 작가가 이 얘기를 쓰려고 했는지, 그리고 소설이란 어떤 것이라고 이 작가가 생각하고 있는지 밝혀줄 수도 있을 것이다. 그러나 「작가의 말」에서 이 이야기가 "우리의 불행한 가족사"라고 했을 때 '우리'가 작가의 대명사이면서 동시에 한국인의 대명사로 확대될 수 있다는 데 그 첫번째 의미가 있을 것이다. 소설이란 사적(私的)이며 개인적인 체험을 공적이며 집단적 체험으로 환원시키는 속성을 띤 문학 양식이며, 더구나 그 발생부터 개인의 불행에 기초를 두고 있기 때문이다.

II

『영웅 시대』는 모두 여섯 장으로 되어 있는 장편소설이다. 이 작품은 두 가지의 이야기 끈에 의해 이어져 있는데 그 하나가 주인공인 '이동영(李東英)'이고 다른 하나가 주인공의 아내 '조정인(趙貞仁)'이다. 이 두 주인공이 서로 다른 이야기의 끈이 된 것은 이들이 살고 있는 나라가 분단된 데서 기인한다. 9·28 서울 수복과 함께 이동영은 북쪽으로 넘어가고 그 아내는 남쪽에 남아 있게 됨으로써 이들 부부는 전형적인 이산가족이 된다. 따라서 이들의 이산은 나라의 분단을 상징적으로 보여주고 있다. 다시 말해서 이들의 만남이 이루어진다는 것은 통일을 의미하기 때문에 분단의 상황이 계속되는 한 이들은 서로 만날 수 없는 운명을 띠고 있다. 그런 의미에서 이 작품도 서로 만나야 할 주인공들이 만날 수 없는 운명과 싸움으로써 만남을 이룩하고자 하지만 실패하고 마는 비극적 운명을 다루고 있다고 할 수 있다. 그러니까 작품을 이끌어가는 기본적인 관심은 두 사람이 이끌어가는 이야기의 끈이 어디에서 만날 수 있느냐에 있다. 이 작품이 진행되는 동안 북쪽에 있는 이동영과 남쪽에 있는 조정인의 이야기가 교대로 나오는 것은 그것을 말한다.

그러나 그러한 지적은 문학작품을 너무나 거칠게 요약하는 것이 될 수 있기 때문에 보다 자세하게 이야기의 끈을 따라갈 필요가 있다. 일제시대에 동경 유학생으로서 처음에는 무정부주의운동에 가담했다가 공산주의자로 바뀐 주인공 이동영은 9·28 수복 직전에 월북하여 인민군 부대와 함께 참전한다. 그의 이야기는 따라서 한편으로는 인민군들과 함께 참전하여 부딪치게 되는 현재의 이야기와 다른 한편으로는 일제시대에 아나키스트 시절에서부터 동척(東拓) 시절과 해방 후 사상범 시절을 거쳐 월북 직전의 S시 농대 학장 시절로 이어지는 과거의 이야기가 서로 교차됨으로써 그의 이데올로기와 현실이 부딪치고 벌어지고 부서지는 과정으로 엮여져 있다. 그가 전방의 인민학교를 찾아가는 장면에서부터 시작된 그의 모험의 세계는 전황에 따라 남북을 이동하면서 전개되지만 사실은 마지막에 원산에서 탈출을 포기하고 죽는 장면에 이르기까지 이동영과 그의 옛 동지들이 권력의 핵심에서부터 주변으로 밀려나가는 과정을 보여주고 있다. 그 과정은 당시 전쟁을 일으킨 북한이 전쟁의 실패 책임을 남로당에 뒤집어씌운 사실과 일치하는 것으로서, 얼핏 보면 북한 권력의 투쟁과 이동 상황을 읽게 하는 재미도 곁들이고 있다. 특히 전쟁을 배경으로 하기 때문에 이 작품에는 수많은 모험들이 박진감 있게 전개되고 또 상황의 변화가 무상하게 일어난다. 거기에다 '안나타샤'라고 하는 미모와 권력을 쥔 여성과 이동영 사이에 일어나는 사랑의 드라마는 연애소설과 같은 재미도 동반하고 있다. 그래서 마지막에 가서 이동영의 탈출을 돕기 위하여 일본으로 밀항을 시켜줄 어선을 구해준 안나타샤가 그 어선을 붙잡아서 이동영이 그 배에 타지 않았다는 사실을 확인하고, 그녀의 볼에 "한 줄기 눈물이 타내리고 있었다"고 이야기될 때에는 사랑이 이념보다 강하고 진실되다는 것을 확인시켜주는 연애소설의 전형을 보고 있는 것 같다.

그러나 이동영이 이끌고 있는 이야기의 끈은 이동영 자신의 이상과 꿈이 전혀 이루어지지 않은 북한의 권력 체계와 그 속에서 무너져 내려가는 이동영의 삶과 남쪽에 두고 온 아내와 어머니에 대한 이산가족의 아픔을 잇고 있는 데 그 주된 역할이 있다. 여기에서 가장 주목할 수 있는 것은 동경 유학 시절에 '박영창(朴永昌)'이 주도했던 '아나키스트사상연구회'에 드나들었던 과거의 인물들을 하나하나 다시 만나게 된다는 사실이다. 다시 말하면 그들과의 재회를 통해서 자신의 과거를 확인하고 자신의 순수한 이념을 드러내는 반면에 현재의 삶과 이념이 과거의 그것들과 괴리 현상을 일으키고 있고, 그리하여 시간이 흐를수록, 과거의 동료들을 만날수록 공산주의 사회에 대한 불신과 회의가 더해진다는 것이다. 그것은 이동영이 자신의 옛날 동료들을 만날 때마다 그 동료들 마음속에 있는 회의와 실망의 정체를 읽어내고 그들도 그와 마찬가지로 북한의 권력 체제가 가지고 있는 모순 때문에 갈등을 느끼고 비정상적인 생각을 지니게 된 것을 드러내주는 것으로 나타난다. 따라서 이 작품은 주인공 이동영이 전쟁이라는 달라진 상황 속에서 학창 시절의 옛 동료들이 어떻게 달라졌는가를 보여주는 재회의 모티프로 이루어졌으며 또 옛 동료들의 변화에서 이동영 자신의 변화—공산주의에 대한 생각과 북한의 권력 구조에 대한 생각의 변화—의 당위성을 확인하게 된다는 것을 설득시키고 있다.

이동영이 옛날 동료 가운데 제일 먼저 만나게 된 것은 인민군 연대장이 되어 있는 '김철'이다. 그는 일제의 학병으로 관동군에 들어갔다가 거기서 탈출하여 8로군의 방호산 부대로 들어가면서 '중앙집권적 조직의 위력'을 느끼며 무정부주의자에서 공산주의자로 변신하게 된다. 그리하여 6·25에 참전하여 용맹을 떨친 경력을 갖고 있지만 이동영을 만난 날 극히 사적인 자리를 마련한다. 이러한 김철에게 이동영은 "아직도 자네의 가슴에는 찬연한 이념의 불꽃이 타오르고 있는가? 아직도 혁명과 유혈에 대한 열정과 희망이 살아 있단 말인가?"라고 물음으로써 자신에게 이념의 불꽃이 없어지고 혁명에 대한 희망이 살아 있지 않다는 고백을 한다. 이에 대한 김철의 대답은 직접적이지는 않았지만 김철 자신에게도 그러한 고백과 같은 현상이 일어나고 있음을 시인하면서 오히려 "먼저 허물어진 것"이 자신이라고 한다. 자신이 처음 아나키스트에서 공산주의자로 전향할 때에는 자신을 "어김없이 철두철미한 민족 해방의 전사이며 통일의 기수"로 믿었으나 지금은 자신의 선택이 잘못되었다고 말한다. 그 잘못된 선택을 그는 두 가지로 나누어 이야기하는데, 하나는 양반 계급 출신이라는 것이고 다른 하나는 연안파 출신이라는 것이다. 이것은 이동영이 지주 출신이며 동시에 남로당 계열 출신이라는 사실과 동일한 이유가 된다. 그리하여 김철은 행위 자체의 일회성에 보다 큰 의미를 부여하는 옛날의 아나키스트적인 행동을 하게 되는데, 결국 그는 연대장임에도 불구하고 전장에서 마지막까지 기관총 사수 노릇을 하다가 장렬하게 죽어간다. 그가 국군의 부상당한 낙오병을 사살하는 것과 같은 잔인성을 보인 것은 말하자면 그의 그러한 허무주의적인 일면을 설명하는 것이며 그 자신의 죽음도 결국 그 허무주의적 선택에 의한 것임을 이야기해준다. 그러나 그가 이동영에게 부탁하고 간 '한영숙'이라는 여자의 이야기는 그가 진정으로 바란 행복이 무엇인지 설명해주는 것으로서 그의 인간적인 측면을 이해하게 한다.

이동영이 만나서 관계를 맺고 있는 두번째의 인물은 '박영창 선생'이다. 일본에서 '아나키스트사상연구회'를 주도하던 박영창은 열렬한 공산주의자로 변모하여 적화된 서울에서 당중앙위 구성원으로 참가하며 이동영을 S시 농대 학장으로 내려보내기도 하지만, 9·28 수복 이후 당지도부와 함께 월북하여 '문화선전성'에서 일을 한다. "그 정도의 투쟁 경력에다 선동과 조직의 기술이면 달리 쓰일 데도 있을 텐데"라고 하는 김철의 말 그대로, 박영창 자신은 혁명에 대한 열정으로 혼신의 힘을 발휘하지만 당의 핵심에서 밀려나가다가 마지막에는 '박헌영'을 주축으로 한 남로당 계열이 숙청당할 때 하수인 격으로 밀려나게 된다. 사실 이동영이 김철의 죽음을 계기로 극도의 회의 속에 빠졌을 때 박영창은 이동영의 고백을 듣고 "지금껏 수많은 자아비판을 들었지만 이처럼 진실되고 철저한 자아비판은 한 번도 들어본 적이 없다"고 하면서 "일어나라, 이동영 군, 동지로서 다시 한 번 손을 잡자"라고 외치지만 그 외침은 공허하고 '과장'과 '자기 자신에 대한 다짐'의 빛을 띠고 있다. 그러나 그러한 다짐에도 불구하고 박영창은 계속 한직으로 밀려나가다가 박헌영·이승엽·이원조 등 남로당 계열이 숙청될 때 함께 숙청된다. 박영창이 숙청되기 직전에 원산에 가 있는 이동영을 찾아와서 안나타샤의 도움을 청함으로써 남로당 계열의 숙청을 알게 된 이동영은 그제야 비로소 자신을 원산의 대학으로 가게 한 안나타샤의 의도를 알게 된다.

이동영의 옛날 동료 가운데 세번째 인물은 '양상건'이다. 동경 유학 시절에 고향 친구로서 이동영과 함께 박영창의 모임에 다녔지만 박영창에게서 '권력 추구의 성향'과 '야심가적인 면모'를 냄새 맡은 양상건은 박영창이 아나키스트에서 볼셰비키로 전향하였을 때 가장 맹렬한 비난을 한 것으로 나타난다. 그는 "그들의 음모에는 견디기 어려운 냄새가 나. 염치없는 권력 추구의 냄새, 익기도 전에 부패하는 야심의 냄새, 이상의 탈을 쓴 폭력과 잔혹의 냄새—우리가 아름답다고 표현한 그 이념의 향내와는 사뭇 달라"라고 하며 "나는 차라리 자주인(自主人)에 대한 신념과 의지를 사적(私的)인 이상으로 간직하겠네. 일생을 가슴속에 헛되이 타오르다 꺼져갈 불꽃이라 할지라도 이 지독한 악취 속을 헤매는 것보다는 낫겠"다는 이유로 '콩그룹'에 가담하자는 이동영의 권유를 뿌리친다. 그는 1941년 일제 검속에 걸려서 전향을 선언하고 집행유예를 받아 고향에 묻혀 살게 되었다. 해방 후 좌익에 가담하라는 요구를 거절하고 자신의 소시민적 행복을 추구하던 양상건은 결국 빨치산의 습격을 받고 집과 가족을 잃게 되자 경찰에 투신하게 된다. 이것이 인연이 되어 이동영의 아내 조정인과 어머니를 연금상태에서 구해 서울역에 데려다주게 되지만, 1·4후퇴 때 낙오자가 되어 인민군에게 붙잡힌다. 그는 이동영에게 가족의 안부를 전해주게 되고 이동영은 그에게 도망갈 수 있는 기회를 제공한다. 양상건은 "외제 소총과 대포를 들고 외제 이념을 강매"하면서 "일제의 강점이 36년이나 되었다는 데 대한 고려나 점진적이고도 기술적인 숙청의 방안에 대한 검토의 흔적"을 보이지 않고 "무모와 독선"을 감행한 북한 때문에 남한의 반공 정권이 쉽게 세워질 수 있었다고 주장한다.

이동영이 부상당하여 부대의 야전병원에 입원하고 있을 때 만난 또 한 사람의 인물은 '양지훈'이다. 동경에 있을 때 이동영의 하숙에 책을 도둑질하러 왔다가 그가 조선인임을 알게 된 이동영에게 도움을 받게 된 것을 계기로 의학을 공부하면서 이동영과 친교를 유지해온 양지훈은 자신이 북한으로 오게 된 것이 이동영에 대한 빚을 갚기 위한 것이라고 개인적인 이유를 댄 다음 전쟁이 끝나면 일본으로 되돌아가겠다고 한다. 그는 순수한 과학도로서 북한에서 "인간의 아집과 편견과 독단에 오염"된 이념을 보고 일본으로 떠나고자 한다. 전쟁 자체가 민족의 해방전쟁이 아니라 강대국의 대리전쟁이라고 한 점에서는, 이동영이나 김철이 유엔군과 중공군의 전투 장면을 보면서 이것은 자기네들의 전쟁이 아니라 외국인들이 한국 땅에서 벌이는 전쟁이라고 느낀 관점과 일치하는 측면을 보여주고 있다. 그래서 그는 "종족의 혼이 명하는 곳에 오류란 있을 수 없다"는 식의 민족주의를 비난하면서 과연 종족의 혼이 있다면 그 혼이 바로 동족상잔의 6·25전쟁을 명할 수 있었을까 질문한다. 이러한 회의와 부정의 태도는 그의 동료인 '정상위'에게서도 나타난 것으로, 지하에 숨어 있는 목사의 병을 고치도록 도와주다가 발각된 사건으로 설명될 수 있다.

그러나 이들 인물보다 더욱 비중이 큰 인물은 이동영이 15년 만에 다시 만나게 된 '안나타샤'이다. 본명이 '안명례'인 그녀는 처음에는 정체도 밝혀지지 않은 상태로 권력의 핵심과 연결된 실력자로 군림하고 있다. 미모에다가 좀처럼 냉정을 잃지 않고, 일선 부대의 지휘관들조차도 두려움의 대상으로 생각할 정도로 서릿발같이 차가운 그녀는 우연히 만난 이동영에 대해서만은 관대하게 물러선다. 나중에 그녀의 고백에 의하면 그러한 그녀의 태도는 바로 그녀가 비난하고 있는 "봉건시대의 낡은 감상주의"와 다를 바 없다. 그녀는 소녀 시절 사리원에서 농촌 계몽을 위해 온 이동영을 사모한 추억에 사로잡혀 있는 것이다. 부르주아 지주 출신의 동경 유학생을 부러워한 그녀는 자신의 육체를 출세의 도구로 삼으면서 모스크바에서 유학하고 귀국, 소련인 군사 고문을 비롯하여 북한 실력자의 동반자 역할을 수행한다. 군당(軍黨)의 실권자인 그녀는 이동영이 궁지에 몰릴 때마다 나타나 구해주면서 헌신적인 노력을 기울인다. 그리하여 남로당 계열을 비롯하여 남한 출신들이 숙청될 때 그 정보를 알고 있던 그녀는 이동영을 원산의 대학으로 가게 하고 그와의 결혼을 계획한다. 그녀는 이동영에게 자신이 "아무런 대가 없이 몸과 마음을 바친" 경우가 처음이라고 고백함으로써 이동영에 대한 사랑이 '순애(純愛)'임을 이야기한다. 그것은 사실 '미남 귀공자와의 결혼'이라는 소녀 시절 꿈의 성취인 것이다. 그것을 위해서 그녀는 군사위원회 요원으로부터 '동해함대사령부'의 '반탐 책임자'로 밀려나오고, "생각하면…… 너무 먼 길을 돌았군요. 그때 출발해서—그 수려하던 나로드니끄를 이렇게 찾아오는 데 꼭 17년이 걸렸어요"라고 고백한다. 그녀는 이동영을 검거 선풍에서 유예시키기 위하여 그로 하여금 박영창을 모략하라고 요구하기도 하고 일본으로 밀항시켜줄 어선을 구해주기도 한다. "진정으로 한 사람을 사랑한다는 일이 어렵다는 걸 알겠어요. 인민이니 무산자니 하는 것이나 민족·조국 따위에 대한 사랑을 지어낸 것은 바로 그 어려움 때문이 아니었을까요?"라고 함으로써 그녀는 자신이 싸워온 이념에서 사랑으로 돌아온다. 이념이 집단적인 당위의 세계라고 한다면 사랑이란 개인적인 진실의 세계라고 할 수 있다. 이념에서 사랑으로 돌아온 그녀의 변신은 대단히 상징적인 의미를 갖고 있는 것처럼 보인다.

III

안나타샤라는 이름에서 '안명례'라는 본래의 이름으로 돌아온 그녀의 변신은, 이동영의 주변에 있던 모든 사람들이 마지막에는 모두 북한의 체제에 대해서 회의를 느끼거나 그 체제로부터 숙청을 당한 사실과 상통하고 있다. 용맹한 지휘자로서 나중에 전쟁 영웅으로 미화된 김철은 남쪽 출신이라는 사실과 연안파라는 사실 때문에 끝없는 자아비판의 압력과 감시의 위협을 받음으로써 자살이나 다름없이 죽어갔고, 이론가인 박영창은 권력의 핵심에 도달하지 못하고 끊임없이 그 주변만을 맴돌다가 박헌영·이승엽의 지령을 받은 반혁명 폭동을 음모했다는 혐의를 받고 숙청되었으며, 양지훈은 처음부터 북한 체제에 동조한 것이 아니지만 참전한 다음 더욱 자신이 살 곳이 아니라고 판단하고 일본으로 되돌아가겠다고 선언하고, 안명례도 마지막에는 이념보다 사랑을 선택함으로써 북한의 체제에 대한 자신의 공포와 사랑의 진실에의 기울어짐을 고백하는 결과를 가져온다. 이들이 모두 자신의 선택에 의해서 북한 체제를 체험했다는 것은 대단히 중요한 단서가 된다. 왜냐하면 남쪽에 남아 있던 박영규는 변절자의 가족이라는 이유로 가족이 빨치산들에게 학살되자 경찰에 투신하고 나중에 포로가 되지만 끝까지 자신의 주장을 굽히지 않기 때문이다. 이것은 이념 때문에 북한을 선택한 사람들은 모두 나중에 그 이념에 대한 회의에 도달하고 그 체제를 받아들이지 못하게 된 반면에, 이념과는 상관없는 남한 사람들은 남쪽의 이념이나 체제에 회의를 느끼지 않는다는 것을 말한다. 그 구체적인 예는 이제 또 하나의 이야기의 끈인 조정인과 그의 시어머니의 삶에서 만나게 된다.

서울의 수복과 함께 남편과 아들하고 이별하게 된 조정인과 그녀의 시어머니는 '빨갱이' 가족이라는 이유로 붙들려서 온갖 고초를 겪는다. 이 두 여자가 겪는 고통은 처음에는 남편(혹은 아들)과의 이별의 아픔을 잊게 해주는 역할을 하지만, 생계를 걱정해야 하는 입장에서 연금 상태에 들어감으로써 몸에 지닌 금이나 보석을 아이들에게 주어 외가로 가게 한 조정인은 진통을 가장해서 동네 집으로 옮기게 된다. 여기에서부터 그녀에게는 하나의 문제가 해결되면 보다 힘든 다른 문제가 다가옴으로써 고난과 역경의 길이 시작된다. 전통적인 지주 출신의 규수로서, 이념과는 상관없이 자라온 성장 과정과는 달리, 신혼 시절부터 남편인 이동영에게 교육을 받아서 공산주의 이론에 어느 정도 눈을 뜬 조정인은, 전단 살포와 같은 일에 뛰어들거나 필녀와 같은 여자를 피신시켜주지만 그것이 이데올로기의 신봉 때문이 아니라 남편을 따른다는 유교적인 부덕에 의한 것임을 알고 있다. 갓난애를 안고 남쪽으로 가는 피란 열차를 탈 때 받은 공포와 수모, 친정에 가서도 지서에 붙들려가 당한 고통, 그리고 친정아버지에게 쫓겨나 거리를 방황하다가 '돌네골'로의 귀환, 남편의 옛 동료 강현석의 부탁으로 만삭의 필녀를 받아들여 분만케 하고 당한 고초, 그 결과 재판을 받고 1년 동안의 징역살이, 다시 고향을 떠나 장터에서 하는 국밥 장사 등 그녀가 당한 역경은 이데올로기의 대립과 분단의 비극에서 유래한 것이지만 그 모든 역경을 이겨낸 것은 한 가문을 지켜야 한다는 전통적인 가치관의 뒷받침을 받고 있기 때문이다. 특히 1·4후퇴 당시 서울에 있으면 남편을 만날 수 있는 가능성이 많다는 것을 알면서 피란 열차를 타게 되는 것은 남편보다는 고향에 보낸 자식들을 선택한다는 가문 중심의 전통을 반영하고 있다.

이러한 과정에서 보면 조정인이 남편을 생각하고 있는 것은 남편에 대한 비판이 끼어들 수 없는 종교적인 것임을 알 수 있고, 따라서 그녀가 마지막에 기독교로 귀의하는 것은 남편이라는 종교가 불가능하기 때문이라고 할 수 있다. 그녀가 남편의 영향으로 한때 공산주의운동에 가담하는 것이라든가, 필녀의 피신을 도와주는 것은 모두 자신의 이데올로기 때문이 아니라 자신은 남편을 따라야 한다는 부덕 때문이다. 그런 점에서 조정인은 이념적인 인물일 수 없다. 그것은 그녀가 남편 때문에 당하는 온갖 수모와 공포와 폭력에도 불구하고 남쪽의 체제에 대한 비판을 하지 않는 것으로 나타난다. 그리고 이데올로기나 체제에 대한 비판을 하지 않는 것은 남쪽에 사는 사람들의 일반적인 현상으로 나타나고 있다. 그것은, 북한의 고급 장교들을 주인공으로 내세우고 그들의 이념적인 무장과 체제 안에서의 싸움을 다룬 최초의 이 작품이 반공주의의 성질을 띠고 있음을 이야기한다. 다른 이야기로 바꾸어 말하자면 일제시대에 동경 유학을 한 많은 지식인들 가운데 처음에는 무정부주의운동에 가담했다가, 중앙집권적인 강력한 힘의 필요성을 느껴서 공산주의운동에 뛰어든 지식인들이 북한 사회의 체험으로 좌절을 느끼게 된다는 것이다. 그렇기 때문에 여기에 나오는 인물들은 초기의 낭만주의적인 지식인들의 모습을 띠고 있다. 그들은 자유와 평등을 위하여 강력한 이데올로기로 무장하면서 온갖 시련을 겪었고 북한을 선택했지만 거기에서 자유 대신에 복종을, 평등 대신에 가난을 확인하게 되고, 끝없는 권력 투쟁의 제물로 끝나는 자신을 발견하게 된다.

작가는 이 작품에서 실제로 존재했던 박헌영·이승엽 등의 남로당 조직과, 무정부주의자에서 공산주의자로 변신해 이상적인 사회를 꿈꾸는 많은 지식인들과 북한 안에서의 권력 핵심이 보이고 있는 움직임을 다룸으로써 한국 소설에서 흔하지 않은 이념소설을 완성하고 있다. 최인훈·박경리 등 몇몇 작가에 의해 시도된 이념을 다룬 소설은 사실 분단의 현실 때문에 많은 제약을 받게 된다. 그러나 1938년에서 1953년에 이르는 시기는 한국의 역사 가운데 가장 힘든 시기였기 때문에 그 기간 동안의 지식인의 삶을 조명한다는 것은 단순한 과거 이야기의 범주를 넘어서는 것이다. 더구나 계몽주의의 영향으로 지식인이 지도자 의식을 가지고 있던 이 시기에 무정부주의자에서 공산주의자로 변신하면서 실제의 권력과 부딪치게 된 지식인이 자신의 이상과 현실 사이의 갈등을 극복하지 못하고 패배하는 과정은 영웅의 종말 같은 감동을 준다.

이탈리아의 철학자 비코의 이론을 빌려 '신들의 시대'와 '인간들의 시대' 사이에 있는 과도기적 단계를 설정하고 있는 '영웅 시대'란 "낡은 세계의 폐허 위에 새로운 세계를 건설하기 위해 인간의 비상한 노력이 필요한 시대"라고 이야기된다. 그러나 '파괴'와 '건설'을 동시에 수행해야 하는 '영웅'이란 바로 그 때문에 현실에서는 권력을 지향하게 됨으로써 "적과 동지의 개념은 애매해"지고 "모든 이념이나 사상은 그것을 주장하는 자의 이익만을 위해 봉사한다"는 이기주의로 전락하게 된다. 여기에서 오는 좌절감과 무력감은 모든 가족과 동지들을 고통과 시련 속에 빠뜨린 지식인의 삶 전체를 무화시킴으로써 참담한 패배와 비극적 종말을 가져온다. 작가는 마지막에 이동영의 죽음과 조정인의 세례를 동시에 진행시킴으로써 이데올로기의 종말과 동시에 부덕의 승리를 이야기하고 싶었을 것이다. 또 안명례의 사랑의 진실이 이념의 노예가 된 그녀의 행동을 넘어서고 있음을 보여주기 위해 탈출선을 나포하게 하고 배에 타지 않은 이동영을 확인하게 했을 것이다.

여기에서 한 가지 질문을 제기할 수 있다. 왜 이문열의 작품에서는 북쪽에 있는 지식인은 회의하고 고민하고 반성하는데 남쪽에 있는 지식인은 질문도 갈등도 갖고 있지 않은가? 이것은 어쩌면 이문열 문학이 감추고 있는 그의 개인적 상처에 기인하고 있을지 모른다. 왜냐하면 그의 문학 세계의 근원에는 언제나 아버지 콤플렉스가 깔려 있기 때문이다. 이 콤플렉스에 대한 글은 또 한 편의 이문열론이 씌어질 때 가능하겠기에 여기에서는 그 점을 지적하는 것으로 만족하고자 한다.

그러나 작가의 의도와는 상관없이 이 작품이 가지고 있는 분단의 현실은 이데올로기와 상관이 없는 대부분의 서민들에게만 희생과 고통을 강요하고 있음을 확인하게 한다. 그러니까 구원은 지식인에 의해서나 지도자에 의해서 이루어지는 것이 아니라 고통과 역경을 이겨나가는 대중들 자신이 찾아나섬으로써 발견되는 것이다. 그런 점에서 이 작가도 어쩌면 낭만적 지식인의 범주에 속하는지 모른다. 사족을 붙인다면 이른바 '수첩'이라는 형식으로 주인공의 생각을 전달하고 있는 수법은 지식인 소설이 갖는 제약의 한 양상으로 보인다. 주인공 자신이 처절하게 부딪치고 싸우다가 죽음으로써 자신과 자신의 가족 전체를 바친 삶이 주는 감동에 비한다면 그 수첩은 어딘지 생경하게 보인다.

잃어버린 고향의 노래
—이균영의 소설

소설이 무엇인가 하는 질문은 모든 소설가가 공통적으로 가지고 싸운 문제이다. 좀 거칠게 이야기한다면 소설가가 작품을 쓴다는 것은 소설이 무엇인지 알아보기 위한 것이라고 할 수도 있다. 바로 소설이 무엇인지 한마디로 이야기할 수 없기 때문에 작가는 기다란 작품을 쓰는 것이다. 그렇기 때문에 소설이 무엇인지 한마디로 정의 내린다고 하는 것은 대단히 어려운 일에 속한다. 그럼에도 불구하고 많은 작가와 비평가는 소설을 한마디로 정의 내리고자 시도하여왔다. 그 가운데 가장 그럴듯한 것으로 보이는 것은 소설이란 “산문으로 된 상당히 긴 상상력의 작품으로서 현실적인 것처럼 주어진 등장인물들을 하나의 세계 혹은 하나의 환경 속에서 제시하고 생활하게 함으로써 우리로 하여금 그 등장인물들의 심리와 운명과 여러 가지 모험을 알게 한다”는 것이다. 여기에서 상상의 등장인물들이 하나의 세계 속에서 산다고 하는 것은 비록 그들이 상상력에 의해 만들어진 것이기는 하지만 현실 속에 살고 있는 우리와 닮은 이유가 된다. 그러므로 우리가 그들의 삶 속에서 등장인물들의 심리와 운명과 모험을 알게 된다고 하는 것은 그 자체가 우리에게 하나의 삶을 보게 한다는 점에서 흥미를 끌어들인다. 어쩌면 이것은 소설이 가지고 있는 가장 큰 재미일는지도 모른다. 그러나 그러한 인물들의 심리와 운명과 모험이란 바로 우리 자신의 삶 속에서 우리가 알고자 하는 것의 변형에 다름 아니다. 다시 말해서 단순한 재미 때문에만 등장인물들의 심리와 운명과 모험에 관심을 갖는 것이 아니라 현실적인 삶 속에서 우리의 심리와 우리의 운명과 우리의 행동의 의미를 우리가 잘 알 수 없기 때문에 상상적 작품 속에서 그 의미를 발견함으로써 우리 자신의 삶의 보다 나은 이해에 도달하고자 하는 것이다. 그러한 점에서 소설의 존재 이유는 한편으로 우리에게 재미를 제공하고 다른 한편으로 우리의 삶에 대해서 보다 깊은 앎의 세계에 이를 수 있게 한다는 데 있다. 특히 하나의 개인을 이해하는 데 있어서 제일 먼저 눈에 띄는 것이 그 개인의 행동이며, 그러한 행동을 가능하게 한 것을 개인의 차원에서 찾으려 한다면 그의 심리가 문제가 될 것이고 집단의 차원에서 찾으려 한다면 사회가 문제가 될 것이다. 개인의 행동은 이러한 심리와 사회의 변수에 따라 다른 운명으로 나타날 수 있다.

이와 같은 소설적 이해의 관점에서 이균영의 작품을 읽는다면 그의 소설에서 나타나고 있는 주인공의 방황은 보다 깊은 의미를 갖고 있다. 일반적으로 소설이 가지고 있는 가장 중요한 성질은 시간과 공간 속에서의 주인공의 여행이다. 왜냐하면 주인공이 생명을 갖고 삶을 영

위한다고 하는 것은 시간과 공간 속에서 다른 사람과의 다양한 관계를 형성·발전시키는 것이기 때문이다. 그것을 위해서 주인공은 끊임없는 여행을 하지 않을 수 없다. 그렇다면 그 여행의 성질이 무엇인지 아는 것이 주인공을 향한 보다 깊은 이해라고 할 수 있을 것이다. 이균영의 이상문학상 수상작 「어두운 기억의 저편」은 얼핏 보면 일상적인 세계 속에서 살고 있는 월급쟁이 주인공의 40여 시간의 행적에 지나지 않는다. 그는 토요일 늦게까지 근무를 하고 은행 직원과 함께 술을 마심으로 해서 다음 날 아침에 서류 가방의 분실을 알게 된다. 전날 저녁에 어떻게 서류 가방을 분실하게 되었는지 잃어버린 기억을 더듬으며 가방을 찾아 나선 주인공은 술꾼이 가지고 있는 망각의 습성을 보여준다. 그는 서류 가방을 분실했다는 이유 때문에 행동의 구체성까지 획득하고 있다. 그러나 그가 다시 찾게 된 것은 단지 서류 가방이라고 하는 물건뿐만 아니라 자신의 행동의 정신적 혹은 심리적 근간이 되고 있는 잃어버린 시간이다. 그 잃어버린 시간은 24시간 전의 것이 아니라 20년 동안 망각 속에 묻혀 있던 것이다. 지금은 중소 무역 회사에서 수입부의 말단 사원으로 있으면서 냉온수가 나오는 아파트에서 음악을 들으며 냉장고의 음료수를 마음대로 마실 수 있는 소시민이 된 주인공은 이제 자신의 삶에 대해서 반성도 의식도 갖고 있지 않은 채, 그리고 그의 과거에 대해서 기억을 더듬으려 하지 않은 채 살고 있다. 지금의 그에게 한 가지 부족한 것이 있다면 남들처럼 결혼해서 일가를 이루지 못한 것이지만, 현재의 삶에 특별히 불행을 느끼지 않고 있다. 그러나 그처럼 겉으로 드러난 의식의 세계와는 달리 그가 잃어버린 기억을 거슬러 올라가 발견한 시간은 20여 년 전 고아원 시절의 삶이다. 그것은 집도 부모도 없고 전쟁의 공포가 지배하던 '배고픈' 시절의 기억이다. 자신의 '누이'로서 그 시간을 함께 나누었던 '해수'의 존재를 기억의 차원으로 떠올리게 됨으로써 주인공은 자신의 현재 삶의 행복이 그 밑바닥에는 돌이킬 수 없는 불행을 갖고 있음을 발견한다. 20년의 흘러간 시간과 거기에서 이루어진 엄청난 변화 때문에 망각 속에 묻혔다고 생각했던 주인공의 불행한 과거는 아직도 그의 무의식 속에 살아서 작용하고 있는 것이다.

이와 같이 잃어버린 시간을 다시 찾아가는 것은 이 작가의 거의 모든 작품에서 기본적인 동기가 되고 있다. 가령 그의 데뷔작인 「바람과 도시」는 폐결핵 환자로서 수술을 받아야 되는 주인공이 자신의 삶 속에서 맡아야 했던 불행의 역할을 보여주고 있다. '공장 관리'를 다루는 잡지사의 기자로 근무했던 그는 어느 방직 회사의 탐방 기사를 쓰게 되는데 공원들의 침묵이 무엇을 의미하는지 알지 못한 채 공장장의 이야기에 의존함으로써 '사람같이 살아보려는', 공원들의 현실을 '운치 있는 참나무숲'과 같이 낭만적으로 이해하게 되고 그 결과 그들을 보다 큰 절망과 죽음의 세계로 떨어지게 만든다. 이 주인공의 그러한 역할은 주인공 자신이 공원들의 현실 속에 들어가는 것이 아니라 밖에서 바라보는 입장을 고수하는 것에서 기인한다. 그리고 그러한 입장을 고수하는 것은 자신의 과거에 대한 보복일는지도 모른다. 왜냐하면 "움직이지 않는 정물 같은 여자"와 형의 관계를 보면, 주인공의 형은 그 여자의 벌이에 기대어 가난을 극복하고 먹는 일과 공부하는 문제를 해결하게 되자 그 여자를 버리고 다른 여자에게로 떠나기 때문이다. 그러나 이제 '동이 엄마'가 된 '정물 같은 여자'는 주인공의 형이 돌아오기만 기나리며 전통적인 여성의 삶을 숙명으로 받아들이고자 한다. 주인공은 바로 '정물 같은 여자'를 움직이게 만든다. 그 여자의 움직임을 통해서 폐결핵 환자인 주인공은 자신의 생명력을 확인한다. 그 여자와의 육체적인 관계에 의해서 이룩한 그 여자의 움직임은 어떻게 보면 영혼과 육체가 한꺼번에 만나는 사랑의 극치일는지 모르지만, 타자와의 관계로 볼 때에는 악역에 속한다. 그것은 정신병원에 입원해서 죽어가는 공원에게 이 주인공이 맡고 있는 역할과 연장선상에 있는 것이다. 작가는 이러한 그의 역할을 '나방이'에 비유하면서 그 근원을 어린 시절의 추억에서 찾고 있다. 그것은 주인공이 본의 아니게 장난을 치다가 친구의 죽음을 체험했던 사실과 관계되고 있다. 어린 친구의 죽음이라는 체험은 그의 무의식 세계를 지배해왔고 거기에서 주인공은 '연이'와의 결혼을 거부하고 형의 옛날 여자를 움직이게 하는 악역을 행하게 된다. 주인공은 이것을 "우리처럼 여유 없이 자란 사람들이 지니는 저 치밀한 계산과 이기"라고 고백함으로써 그것을 끝까지 악역으로 돌리고자 한다.

그의 중편소설 「불붙는 난간」은 바로 고향을 찾아가는 한 인물의 긴 여정에 관한 것이다. 어려서 어머니와 함께 '임비읍'에 들어왔다가 정착하지 못하고 떠난 주인공 '배종기'는 몇십 년 만에 고향에 돌아온다. 어린 시절 배고픔의 상징이었던 '임비읍'은 그에게 한이 서린 고향이었다. 부의 상징으로서 그곳에 군림하던 국회의원 '이석구' 씨에 대한 추억이 모두 자신의 보잘것없는 과거를 더욱 노출시키고 있는 '임비읍'에서 그를 유일하게 기억하고 있는 인물이 바로 '이석구'의 손자 '신욱'이다. 동네 망나니 노릇을 하던 '배종기'는 국민학교 동창생인 '신욱'에 대해 미움과 선망의 감정 때문에 냉담했었으나 익사 직전의 신욱을 구해준 다음부터 '이석구 의원' 식구에게 은인으로 인정을 받았었다. 그러나 그곳에서 살지 못하고 도회지로 나간 '배종기'는 그곳에서 남다른 대담성으로 폭력배 조직의 두목이 되어서 돈과 부하를 마음대로 쓸 수 있게 되었다. 그는 이제 도회지의 방황에서 벗어나 고향에 돌아가보고 싶은 유혹을 받고 자가용을 몰고 귀향한다. 고향에서 그가 찾아간 곳은 '이신욱'의 집이다. 이미 아버지 세대에서 몇 번의 낙선으로 가세가 기울어진 '이신욱'의 집안은 이제 옛날 위세의 흔적을 가지고 있는 벽돌집만 남겨놓고 있을 뿐 몰락의 길을 걷고 있다. 낙선으로 가산을 탕진한 아버지는 바둑으로 소일하고 있고 병석에 누운 어머니는 수술비가 없어서 신음하고 있으며 누이동생은 외판원과 교환원 등으로 전전하고 있다. 군청의 공무원 봉급을 유일한 수입원으로 하여 집안의 위신을 지키고 있는 '이신욱'은 옛날의 체통을 지키면서 올바로 생활하고자 한다. 고향에 돌아온 '배종기'는 옛날에 선망의 대상이었던 '이신욱'의 집안으로부터 인정을 받고 싶어 한다. 가난했던 과거에 대한 일종의 보상 행위라고 할 수 있다. 더구나 몰락해가고 있는 과거의 부잣집의 현실을 확인하고 그들을 도울 수 있게 된 것은 그에게 행운이었다. 그는 우선 병석에 누워 있는 옛 친구 어머니의 수술비를 마련해준다. 그것은 그에게 있어서 사라져가는 고향의 재발견과 같은 것이다. 그 때문에 그는 그동안 자신이 몸담아온 폭력 사회에 대해 두려움을 느끼기 시작하였고, 그 사회에서 빠져나오는 것을 시도한다. 그는 '이신욱'의 여동생인 '수진'과 결혼하기 위해 함께 도주한 다음, '이 의원집'의 마지막 남은 유산인 집이 팔리지 않도록 하기 위해 동료들을 배반한 돈을 '이신욱'에게 송금한다. 이러한 그의 행위는 추억 속에 있는 아름다운 꿈을 실현하려는 것이다. 그것은 지나간 시절의 고향을 재발견하려는 의지의 표현이다. 프로이트는 그것을 우리들 각자의 정신이 끊임없이 새로운 가족소설을 쓰고자 한다는 현상으로 설명하고 있다. 그러나 그러한 그의 행동이 '이신욱' 가문의 몰락을 막아주는 것은 아니다. 아버지인 '이정준'은 그의 돈을 받기를 거부하고 집을 팔기로 결정한다. 그것은 바로 '배종기'가 추억 속에 간직하고 있던 고향의 소멸을 의미한다. 다시 말하면 그것은 오늘의 삶에서는 아무도 자신의 고향을 다시 만들 수 없다는 절망의 표현이면서 동시에 소멸의 아름다움이다. 따라서 '배종기'의 그러한 행동은 불행했던 어린 시절에 대한 보상 행위라고 할 수 있다.

이 작가의 주인공에게서 발견되는 가장 특징적인 징조라고 할 수 있는 것이 유년 시절의 상처라면, 그것을 보다 잘 보여주는 작품으로 「망(望)」과 「어두운 거리의 침묵」이 있다. 「망」은 시골의 농업고등학교 출신의 주인공이 여러 차례 재수를 해서 후기 대학을 나온 뒤에 취직이 되지 않아 떠돌아다니는 이야기다. 이 작품의 주인공은 기다리는 동안 여기저기 방황을 하다가 역에서 자기처럼 기다리는 사람을 발견하게 되고, 그리고 그것을 통해서 어린 시절 6·25전쟁 가운데서 아버지가 붙들려간 다음에 있었던 어머니와 할머니의 기다림을 기억해냄으로써 기다림의 역사적인 보편성까지 발견하게 된다. 그러니까 현재의 주인공이 취직을 기다리는 것이나 여자와의 만남을 이루지 못하는 것은 그의 어린 시절의 추억과 연장선상에 있는 것이다. 또 「어두운 거리의 침묵」에서 주인공이 맡은 짐은, 중학교 사회 선생에서부터 해방 후 군청의 서기, 그러고는 특진을 계속하다가 파면을 당하고 폐결핵을 앓고 있는 부친의 실패한 인생을 보상하는 것이다. 그래서 주인공은 법과 대학에 진학하지만 그것이 주인공 개인으로 보면 문제의 해결이 아니라 출발이 된다. 그도 이균영의 다른 주인공과 마찬가지로 타인과의 만남을 이루지 못하고 방황한다. 그의 방황 속에 등장하는 두 사람의 여자가 있는데, 하나는 군대 시절에 알게 된 '고향집'의 '막내'이다. 이 경우에는 여자에게 배반을 당한다. 다른 하나는 '미모와 학벌'을 갖춘 '부유한 집안' 출신의 '한덕지'라는 여자인데, 이 경우에는 스스로 여자의 접근을 거절하고 만다. 후자의 경우 작가는 주인공으로 하여금 어린 시절의 힘센 친구 '남명이'를 연상하게 함으로써 주인공의 미래의 모습을 내다보는 것 같은 인상을 주고 있다. 국민학교 시절에는 힘이 장사였던 '남명이'가 중학교에 진학하지 못하고 상경하여 미싱공 생활을 한 결과 15년 만에 다리에 힘이 없다는 고백을 하게 된다. 결국 '사라진 힘'과 '사라진 침묵'을 보여줌으로써 어린 시절의 추억이 주인공으로 하여금 어느 곳에도 정착하지 못하고 떠돌아다니게 만든다. 그러니까 앞에서 이야기한 "우리처럼 여유 없이 자란 사람들이 지니는 저 치밀한 계산과 이기"라는 말은 위악에 지나지 않는 것이다. 이 말을 정말로 돌려주어야 할 상대는 다른 데 있는 것이다.

이균영의 대부분의 주인공은 끊임없이 어디론가 떠나는 것을 시도하는 공통점을 갖고 있다. 「동동(動動)」의 주인공은 다음과 같은 대화를 나누고 있다.

"엄마, 우리 이곳을 떠나요."

"어디로 말이냐?"

"머언 곳으로요."

"글쎄 어디인지를 알아야 생각이라도 해볼 것 아니냐?"

"……나도 잘 알 수 없지만…… 머언 곳이에요…… 겨울이 없는 곳이면 좋겠어요."

마치 알베르 카뮈의 희곡 「오해」의 한 장면에 나오는 대화 같은 위의 인용문에서 볼 수 있는 것처럼 그의 주인공들은 모두 자신이 살고 있는 세계의 추위와 가난과 고통에서부터 벗어나고자 한다. 그들에게는 "우리가 이곳을 떠나지 못하는 한 우리는 행복해질 수 없어요. 만약 우리가 여기에서 돈을 모은다고 해도 우리는 늘 불행할 거예요"라는 현실 인식이 자리 잡고 있다. 그것은 마치 자신들의 저주받은 운명에 대한 비극적 인식 같은 것이어서 그들로 하여금 어느 곳에도 정착하지 못하게 만든다. 그래서 그들은 여기저기에서 불타는 장면을 눈으로 보거나(「동동」) 꿈을 꾼다(「불붙는 난간」). 타서 없어지지 않는 한 그들이 극복할 수 없는 현실에 대해서 치열한 싸움을 하는 것이 그들에게는 '떠남'으로 나타난다. 여행은 그들의 방황을 의미하기 때문이다. 그 방황은 현실에서의 도피가 아니라 현실과의 정당한 대결 방식이 된다. 이 작가의 작품 가운데 「살곶이다리」는 그러한 모습을 잘 드러내준다. 대학 4년을 함께 보낸 두 친구에게 대학 생활은 방황의 세월이라고 할 수 있다. 특히 시위에 가담한 '명환'과 우수한 성적을 유지하기 위해 성실하게 공부한 '나' 사이에는 구체적인 선택에서는 다른 점이 있었지만 젊음의 방황에서는 다른 점이 없었다. 그렇기 때문에 아무런 문화적 조작 없이 이루어진 「살곶이다리」에서 느끼게 된 역사적 감동은 두 사람에게 공통의 것이었다. 그러나 졸업 후 재벌 기업에 취직한 '나'는 곧 소시민적인 편안함에 기대를 걸고 있는 데 반하여 '명환'은 고향에 있는 모교에 가서 아이들을 가르치고자 한다. 가기 전에 '명환'은 고통 없이 살고자 하는 소시민적인 친구에게 "너에겐 고통을 주고 싶었어. 고통이 없으면 아무 믿음도 생기지 않으니까"라고 고백한다. 여기에 대해서 '나'는 "오늘 일은 궂은 날의 신경통처럼 내게 남을 것이야"라고 대답하면서 "잘 가거라" "고향으로 가는 놈만큼 행복한 자가 또 있을까 보냐"라고 말함으로써 삶에 대한 그들의 인식이 결코 다르지 않다는 것을, 그리하여 삶의 방식은 다르지만 의식의 밑바닥에는 깊은 우정이 자리하고 있다는 것을 보여준다. 그러나 고향이 없는 사람이 고향을 찾아가는 사람을 부러워하는 것은 아직 고향의 존재를 믿고 있는 것이고 따라서 삶에 대한 근원적 불행의식은 없다는 것을 말한다.

그러나 이균영의 주인공이 가지고 있는 불행의식이 가장 설득력 있게 나타나는 작품은 「살아 있는 바다」라고 생각된다. 지금은 공장이 들어서서 거의 폐촌이 되다시피 한 '낙포' 근처의 공단에서 살고 있는 '재호' 부부가 보여주는 삶이란 지극히 일상적인 것들에 지나지 않는다. 그러나 그 일상적인 풍경들은 가령 "종합병원·오락장·목욕탕·백화점·학교·수퍼마켓·시장·다방·술집" 등의 나열과 'M-6-276호'와 같은 기호화된 사원 주택에 의해 구상화되어 있으면서도 남편을 잃고 울부짖는 '오씨 부인'과 같은 정경에 의해 살아 있는 공간으로 변하기도 하고, 그 울음으로는 어쩔 수 없는 냉엄성을 보여주기에 충분한 것이다. 그것은 "돈으로 말하는 불행한 이웃이란 무의미해요" "조직이나 제도에 의해 희생되는 이웃이에요"라는 주인공의 이야기에서 볼 수 있는 것처럼 개인의 노력으로는 어쩔 수 없는 '사라진 힘'의 비극인 것이다. 따라서 이제 폐촌이 다 되어버린 '낙포'에서 '영춘네 할멈'과 '심노인'이 지키고자 하는 '고향'이란 어쩔 수 없이 우리 모두 잃어버린 것에 지나지 않는다. 그러한 점에서 이균영의 세계는 고향을 잃어버린 실향민의 노래라고 할 수 있을 것이다.

실제로 그의 주인공은 대부분 어린 시절을 시골에서 보낸 다음 현재는 서울의 거리를 방황하고 있지만 그들의 꿈은 하나도 이루어지지 않고 있다. 그들에게 돌아갈 수 있는 고향이 남아 있는 것이 아니라는 데 그들의 비극이 있는 것이다. 그러나 이 작가의 보다 큰 장점은 삶의 비극성을 드러내는 데 있는 것이 아니라, 작중인물들의 삶을 대단히 일상적인 수준에서 서술하고 있으면서도 모든 사물들에 주인공의 감정을 반영시킴으로써 독특한 시적인 분위기를 만들어놓는 데 있다. 특히 시간과 장소의 이동을 예고 없이 대담하게 감행함으로써 삽화의 변화에 속도감을 주고 있는 것은 그 시적인 분위기를 돋보이게 하고 있다. 그렇기 때문에 「저 언덕」과 같이 남자와 여자 사이의 감정의 문제를 다룬 소설은 작가의 재능을 보다 탁월하게 보이게 만들지만, 다른 여러 작품에서는 몇 가지 인상적인 장면으로 소설을 엮어놓은 듯한 아쉬움도 때로는 느끼게 한다. 이들 작품이 감상적으로 보이는 이유는 중요한 문제에 부딪혔을 때 끝까지 밀고 가는 대신에 주인공의 정서적 반응으로 대치하고 있기 때문일 것이다. 그러나 그에게는 '고향'의 추억과 도시의 삶, 노동의 문제와 역사적 체험, 언어의 감각과 생명의 의식 등이 소설의 문제로 집약되고 있다. 이것은 그의 작가적 정신이 우리에게 많은 기대를 갖게 하고 우리로 하여금 그에게 많은 것을 요구하게 만든다는 이야기에 다름 아니다. 그가 계속 작품으로 이야기하는 한 그는 보다 큰 모습으로 나타날 것이다.

말에 대한 탐구
—최수철의 소설

I

아우슈비츠 이후에도 시를 쓰는 일이 가능한가? 이 질문은 지난 10여 년 동안 우리 문학이 스스로에게 제기할 수밖에 없었고 또 그 속에서 문학 자체의 위상을 재검토할 때 만날 수밖에 없었던 질문이다. 역사의 전환기에 엄청난 폭력과 죽음을 체험한 사람들에게 시를 쓴다는 것은 무슨 의미가 있으며 문학을 한다는 것은 가능한가. 1970년대의 산업화 과정에서는 조세희나 윤흥길이나 황석영의 주인공들에게서 소외 계층의 고통스러운 삶을 때로는 서정적으로 때로는 비극적으로 때로는 서사적으로 그린 문학의 가능성을 인정할 수 있었고, 동시에 물신화된 현실에서 교환가치의 지배를 받고 있는 최인호와 조해일의 주인공에게서 소비적 풍조 속에 살고 있는 개인의 외소화를 도시적 감수성으로 파악하고 있는 문학의 가능성도 발견할 수 있었다. 이들의 문학이 그 어려웠던 유신시대에 인정을 받을 수 있었던 것은 그것이 단순히 당대의 현실을 반영했기 때문만이 아니라 그 현실 이상의 어떤 것을 보여주었기 때문이다. 그 어떤 것은 문학이 아니면 보여줄 수 없는 것이기 때문에 지극히 문학적인 것이다. 그들이 1970년대 문학의 고유한 세계를 형성할 수 있었던 것은 그 이전 세대의 문학에서 볼 수 있었던 것과는 다른 세계의 모습을 보여주었기 때문만이 아니라 그 모습을 제시하는 방법 자체에 이미 다른 모습의 세계가 들어 있기 때문이었다. 그리고 그 방법적인 차이는 문학이 태어난 세계 자체의 변화에도 기인하고 그 세계를 바라보는 관점의 변화에도 기인한다. 따라서 1980년 초의 폭력과 죽음으로 얼룩진 비극적 역사의 체험은 필연적으로 거기에 상응하는 문학의 변화를 가져온다. 우선 초기에 볼 수 있었던 소설의 위축과 시의 활기에서 그 변화의 단초를 설명할 수 있다. 시는 그 형태 자체의 경쾌함 덕택에 달라진 상황에 재빨리 대처할 수 있었다. 그것은 한편으로 스스로의 형태를 파괴하면서 공포 분위기에 휩싸여 있는 고통스러운 현실의 모습을 전달하려고 시도하고, 다른 한편으로 시가 논리적인 의사 전달의 도구가 아니라 좀더 극단적인 알레고리를 통해서 가장 저급한 현실도 언어로 환치시킬 수 있는 특수한 도구임을 입증해준다. 이에 반하여 소설은 그것이 긴 이야기라는 점에서 상황의 급변에 재빨리 대응하기에는 적합하지 않았던 것 같다. 폭력이 지배하는 상황에서 소설은 암호의 역할을 하는 것이 아니라 이야기를 해야 하기 때문에 훨씬 큰 위험 부담을 안을 수밖에 없다. 게다가 소설은 그 형태 자체가 시처럼 다양하지 않기 때문에 변화의 폭이

제한되어 있다.

1980년대 한국 소설의 변화는 이른바 노동소설을 비롯한 현장문학의 등장과 함께 시작된다. 이 현장문학은 쟁의가 진행 중인 노동의 현장, 민주화를 위한 재야운동의 현장, 1980년 이후 새로운 양상을 띠기 시작한 학생운동의 현장 등을 우회적 방법으로가 아니라 직접적으로 그리고 적나라하게 다룬 소설을 의미한다. 이 현장문학은 단어의 본래 뜻에 맞게 생생한 현장감을 살릴 수 있도록 현장 언어를 사용한다는 점에서 신선한 충격을 준다. 운동권이 곧 좌경화라는 자동 연상을 하도록 유도된 사람들에게 현장 언어란 비속어와 동일한 충격을 줄 뿐만 아니라, 그들 작품에서 발견되는 비관적 허무주의의 배격과 낙관적 영웅주의의 고양은 문학을 운동으로 삼으려는 새로운 시도라는 점에서 기존의 문학뿐만 아니라 사회 전반에 큰 충격을 준다. 한국 문학의 영토 확장이라는 측면에서 그리고 문학의 역할 확대라는 측면에서 현장문학은 그것이 긍정적으로 평가되든 부정적으로 평가되든 1980년대 문학의 중요한 몫을 차지하고 있다.

이와 함께 또 하나의 주목할 경향은 시에 있어서의 그것보다는 훨씬 온건하기는 하지만 소설에 있어서 새로운 형식을 추구하는 경향이다. 아마도 현대 소설의 역사에서 가장 격렬한 것에 속한다 평가될 수 있는 이 계통의 소설이 1980년대의 참담한 현실 속에서 태어났다고 하는 것은 특기할 만하다. 여기에서 말하는 새로운 형식이란, 주인공이 없다든가 줄거리가 없다는 의미의 형식이 아니다. 소설적 화자가 전달하는 이야기가 전통적이지 않다는 것이고 그것을 이야기하는 방식이 기왕에 보아왔던 것과는 다르다는 것이다. 최수철은 이인성과 함께 바로 현대적 요소를 갖춘 1980년대 소설의 한 양상을 대표하는 작가이다. 이 두 작가를 동일한 성격으로 묶는 데는 여러 가지 어려움이 뒤따르기는 하지만 이들의 문학적 시도가 폭력이 지배하는 시대에 이루어졌다고 하는 것을 간과해서는 안 될 것으로 보인다. 왜냐하면 아우슈비츠 이후에도 문학은 존재할 수 있는가 하는 질문에 대해서 이들의 문학은 대답을 시도하고 있기 때문이다.

II

최수철의 소설은 기본적으로 도시적 삶의 모습이 그 주조음을 이루고 있다. 여기에서 도시적 삶이라고 하는 것은 자신의 삶에 대해서 별다른 의식이 없이 매월 받는 월급으로 생활을 하는 소시민의 삶을 말한다. 「어느 날, 모험의 전말」의 주인공 '김공근'은 출판사 직원으로 있다가 그만두고 자유기고가라는 직업을 갖고 있지만 도시의 거리를 배회하고 있고, 「도주」의 주인공 '최배중'은 어느 회사의 영업사원으로 들어가서 연수 기간을 보내고도 제대로 부서 배정을 받지 못하여 대기 상태에 들어가게 되고, 「말(馬)처럼 뛰는 말(言)」의 주인공 '최배중'도 "삼십대 초반의 평범한 회사원"의 생활을 하고 있고, 「신문과 신문지」의 주인공 '나'와 '김희탁'도 회사의 동료 사원으로서 일상적인 생활을 하고 있다. 이들은 매일 동일한 생활을 하고 있는 거의 동일한 인물들로 보이지만 같은 이름을 갖고 있는 것은 「도주」와 「말처럼 뛰는 말」의 주인공 이외에는 확인되지 않는다. 이들이 소설 속에서 보여주고 있는 삶은 그 자체로는 특기할 만한 모험의 세계 속에 진행되지 않는다. 그러나 그들의 삶이 안정되고 행복한 것도 아니다. 가령 「어느 날,

모험의 전말」의 주인공은 "모든 면에서 너무도 평범하여 오히려 이상하게 여겨질 정도"였으나 "말 그대로 어느 날 갑자기 자신도 모르게 자신이 변화했다는 것을 깨달았다"라고 기록하고 있는데, 실제로 그 변화가 무엇인지 이야기하지 못한다. 그가 친구들과 모인 자리에서 듣는 대화는 기껏해야 권투 선수 '박찬희'가 몇 차 방어전을 했느냐 혹은 그의 체급이 무엇이냐 따위거나, 아니면 술집에서 싱겁게 지껄이는 음담에 지나지 않는다. 이 작품은 여기에서 그날의 술좌석에서 있었던 일과 집에 돌아가서 그다음 날까지 있었던 일을 상세하게 기록하고 있으나 사실은 술을 좋아하는 사람의 일상적인 모습 이외에 어떤 것도 일어나지 않는다. 그럼에도 불구하고 그는 "바로 그때부터 그는 자신이 변화했다는 것을 의식할 수 있었다"라고 이야기하고 있다. 이것은 자기 자신의 내면의 어떤 변화, 남에게 이야기하기에는 너무나 작은 어떤 변화로서 의식의 차원에서 갖고 있으면서 행동으로 보이기에는 너무 미미한 것을 과장해서 이야기하고 있는 것처럼 보인다. 이러한 예는 「말처럼 뛰는 말」에서 보다 확실한 증거를 찾아볼 수 있다. "삼십대 초반의 평범한 회사원 최배중은 그러나 어딘가 다분히 평범하지 않은 면을 지닌 사내였다. 말하자면 그는 외모로나 경력, 성장 환경, 일상적인 행동 등에 있어서 평범하다고 할 수 있었으나 그 자신 스스로 평범하지 못하다고 생각하고 있었는데, 실상 따지고 보면 그의 평범하지 않음은 바로 스스로의 그러한 생각에서 상당 부분 기인하고 있었다"라고 하는 부분은 모순어법처럼 평범함/비범함이 동시적으로 있을 수 있음을 보여주고 있다. 마치 변화 있음/변화 없음이 내면/외면을 형성하고 있는 것처럼 평범함/비범함이 행동/생각의 관계로 표현되고 있다. 이것은 사람의 삶에 있어서 변화라는 것이 극히 미묘한 것이어서, 겉으로 드러나지 않는다고 해서 없는 것이 아닐 뿐만 아니라 엄청난 것일 수 있음을 이야기한다. 실제로 최수철의 작품에서 보여주고 있는 것은 소설만이 보여줄 수 있는 삶의 미묘한 차이와 관계되고 있다. 가령 주인공 최배중에 관한 좀 길지만 이 작가의 작품을 이해하는 데 열쇠가 될 수 있는 설명을 인용해보자.

> 예를 들어 말하자면, 그는 시적(詩的)인 것보다는 소설적인 것을 더 좋아하는 편이었다. 즉, 어떤 상황이든 그것을 제삼자에게 전달하려 할 때는 세심하게 세부적인 사항들에 대한 배려도 하여야 하는 것이지, 단순히 전체적인 윤곽만을 섣불리 늘어놓았다가는 많은 경우 왜곡 내지는 곡해를 불러일으킬 여지가 있다는 것이 평소의 그의 믿음이었다. 따라서 그는 평소에 과묵하다 못해 거의 말이 없는 편이었으나 일단 입을 열게 되면, 자신의 의견을 밝힌다거나 사무적인 일로 설명 혹은 보고를 할 때에 일목요연하게 요점만을 이야기하지 못하고 일견 불필요하게 여겨지는 것들까지도 언급하려 애쓰는 것이었다. 즉, 그의 취향은 무엇인가를 명쾌하게 발언한다든가, 몇 마디 말로 규정하듯 말하는 것을 기피하는 한편, 필요하면 빙빙 돌려서까지 가능한 한 모든 상황을 짚고 넘어가야 직성이 풀리는 쪽이었다. 따라서 그에게 애정을 가지고서 그의 말을 끝까지 들어줄 의향이 있지 않은 사람으로서는 그의 심중을 제대로 헤아릴 수 없는 것이었다. 그러나 그렇다고 그에게 이야기를 재미있게 끌어나갈 수 있는 능력이 있는 것도 아니었다. 만약 그렇기라도 했다면 문제는 그다지 심각한 것이 아닐 수도 있을 터였지만, 그는 어눌하고 더듬거리는 어조로 장황하게 말을 풀어나가는 것이었다.

여기에서 설명하고 있는 주인공의 세계는 소설가의 세계에 대한 기막힌 알레고리다. 일반적으로 소설가란 사건을 짧게 보고하는 것이 아니라 길게 이야기함으로써 언어 자체가 배반할 수 있는 가능성을 되도록 제거하고 진실을 전달하고자 노력하는 사람이다. 그래서 소설가란 '한마디'로 요약하기를 선택한 사람이 아니라 '어눌하고' '장황하게' 늘어놓는 것을 선택한 사람이다. 그럼에도 불구하고 우리 주변에서는 한 편의 작품을 내놓은 소설가에게 "당신은 이 작품에서 무엇을 이야기하고자 했는지, 한마디로 이야기할 수 있느냐"는 질문을 하는 경우를 흔히 본다. 또 이런 우문에 대하여 가끔은 한마디로 대답해주는 작가의 경우도 종종 볼 수 있다. 그러나 사실 이러한 질문은 성립되지 않는 질문이다. 작가가 소설을 길게 쓴 것은 그 소설이 아니고는 어떤 방식으로도 자신이 쓰고자 하는 것을 쓸 수 없었기 때문일 것이다. 간단히 한마디로 이야기하라고 하는 것은 따라서 작가에 대한 모독이고 작품에 대한 평가 절하에 다름 아니다. 만일 작가가 한마디로 할 수 있는 이야기를 그렇게 길게 썼다면, 혹은 작가가 소설이 아니라 비평이나 수필로써 설명할 수 있는 이야기를 소설로 썼다면 그것은 작가의 선택이 최선의 것이 아니다. 왜냐하면 좋은 소설이란 그 작가에게 있어서 언제나 오직 하나밖에 없는 불가피한 선택이어야 하기 때문이다.

그런 점에서 최수철의 소설은 어눌하고 장황한 긴 이야기에 속한다. 그의 소설에는 서민들이나 소시민들의 보잘것없는 삶과 마찬가지로 눈을 번쩍 뜨게 하는 이변이나 모험이 없다. 거기에는 매일 동일한 생활의 반복과 일상의 지루한 연속이 있을 뿐이다. 그러나 그의 소설의 등장인물들은 편안하고 안정된 생활을 하고 있는 것이 아니다. 겉으로 보면 아무런 변화가 없는 그들의 생활이 그 내면에 커다란 변화를 삼추고 있다. 이미 앞의 인용문에서도 볼 수 있는 것처럼 의식의 내면에서는 끊임없이 변화와 충격을 체험하고 있다. 다시 말하면 그의 주인공들은 일상의 늪이 가지고 있는 위장된 평온 속에서 문득 자신의 죽음의 그림자를 보기도 하고 사물에 대한 새로운 체험을 하기도 한다. 가령 「도주」에서 "그는 거울에 전등을 비추어보았다. 그는 불빛이 거울 전체에서 환하게 반사되어 나오리라 생각했다. 그러나 빛은 거울 속으로 스며들어서 거울 속의 한 대상, 그러니까 그의 뒤쪽, 출입문 위의 커다란 액자만을 밝혀줄 뿐이었다"라고 하는 것은 자신이 생활 속에서 늘 보아온 사물이 그에게 새로운 체험을 하게 하는 것을 의미한다. 그것은 우리의 일상생활에서 가장 친숙하고 익숙한 사물들이라고 할지라도 그것들의 모든 정체가 밝혀진 것이 아니라 아직도 알려지지 않은 채 남아 있는 구석이 있다는 것을 순간적으로 깨닫게 만든다. 다시 말하면 미지의 일상의 늪은 우리 자신도 모르는 사이에 우리의 의식을 내면에서 죽음으로 이끌어가고 있다. 그래서 그의 주인공은 어느 순간에 자신의 모습에서 죽음의 그림자를 본다. "그는 다시 거울 속을 들여다보며 전등으로 얼굴을 비추어보았다. 코와 볼 사이의 주름들이 유난히 강조되어서 마치 살가죽이 늘어져 내리고 있는 듯이 보였다. 그것은 늙고 초췌한 흑인종의 얼굴이었으며, 음산한 데드 마스크였다. 그는 자신이 늙어가고 있다고 생각을 했다. 아니 그는 자신이 서서히 죽어가고 있다는 것을 느꼈다." 자신이 서서히 죽어가고 있다는 사실의 발견은 놀라운 것이 아닐 수 없다. 최수철의 모든 소설에서 묘사되고 있는 일상적 모습은 모두 과장되거나 감상적인 요소가 배제된 채 냉정한 목소리로 서술되고 있다. 그래서 겉으로는 아무런 이변도 일어나지 않고, 사소하면서도 무의미한 작은 사건들이 일상적 삶의 평온을 보여주기 위해서만 일어난다. 바로 그러한 가운데서 "나는 죽어가고 있다. 서서히 죽어가고 있다"라고 외치는 주인공의 의식의 외침은 '900지역' '950지역' '990지역'이라고 하는 숫자와 함께 암호화되고 사물화되는 삶의 현실 속에 꼼짝할 수 없이 얽매여 있는 자신을 발견하였기 때문에 나온 외침이다.

그렇다면 일상적인 삶이 가지고 있는 죽음의 늪이란 어디에서 연유하는가? 그것은 그의 탁월한 단편 「신문과 신문지」에서 찾아볼 수 있다. 새로운 소식을 전하고 그 소식에 대한 해석을 전해야 할 신문이 하찮은 사건, 우연한 사고, 개인적인 사생활 등, 사소한 것을 중심으로 보도하기 때문에 그것은 독자에게 할 일이 없을 때, 가령 화장실에 갈 때나 버스나 지하철을 탈 때 무료한 시간을 메꿔주는 역할로 떨어진다. 따라서 그것은 독자들로 하여금 사소한 사건에 재미를 느끼는 일에 길들여지게 만듦으로써 그 문제들에 매달리게 만든다. 일상적인 대화도 이러한 신문의 영향에 의해 진지한 토론이나 대화에 이르지 못하고 스캔들과 같은 종류의 화제에 머물고 만다. 그러한 신문은 결국 중요한 문제를 외면하게 만들고 말초신경을 자극하는 신파나 외설스러운 에피소드에 관심을 갖게 만든다. 그래서 "그는 기사 중에서 간혹 오자를 찾아내기라도 하면, 주위 사정에 아랑곳하지 않고, 마치 어떤 권위 있는 대상에게서 결점이나 약점을 찾아낸 사람처럼 소리 내어 중얼거리면서 때로 동료들이나 내게 볼펜을 빌려 그 글자에 동그라미 표시를 하곤 했다." 말하자면 신문에서 현실의 근본적인 문제를 읽는 것이 아니라 사소한 문제를 즐기고 있다. 따라서 신문을 읽는 행위는 "글이나 만화를 읽으며 혼자 킬킬거리는" 모습을 통해서 일종의 자위 행위의 수준을 벗어나지 못하고 있음을 이야기한다. 그런데 이러한 신문 읽는 방법을 가진 '인물'에 비해서 그의 주변에 있는 다른 사람들이 보다 나은 방법을 갖고 있는 것도 아니라는 데 사태의 심각성이 있다. 주인공이 자신의 신문 읽는 버릇을 비웃는 동료들에 대해서 "이런 빌어먹을, 신문도 마음대로 못 읽는 세상이구만. 자네들부터 그런 태도를 버려. 그래야 이 나라 꼴이 제대로 잡힐 거라구. 기사를 제대로 못 쓰게 하는 거나 신문 한 장 제대로 못 읽게 하는 거나 뭐가 달라?"라고 비난했을 때 그것은 적어도 일상의 늪에서 자신의 죽음을 본 사람이 아니고는 할 수 없는 비난이다. 그렇기 때문에 이 작품의 화자는 "신문은 신문지 그 자체로도 지극히 공격적이었다"라는 해석을 통해서 신문지로 자신의 배와 가슴을 찌르는 것이나 신문 기사로 사람을 아프게 만드는 것을 동질적인 것으로 해석할 수 있게 된다. 말하자면 신문이라는 개념이 신문지라는 물질로 대체되는 현상을 여기에서 볼 수 있다. 여기에 길들여진 이 일상적인 인물들은 그들이 벌인 "행태가 기자들에게 포착되어 어떤 식으로든 신문에 실려서" "그것을 읽을 수 있게 되기를 자기도 모르게 바라고 있는 것인지도 모르는 일"이라고 생각하기에 이른다.

최수철은 이러한 일상적인 인물들의 고여 있는 삶을 통해서 그것이 곧 개인과 집단의 죽음을 불러일으킬 수 있음을 긴 이야기를 통해서 우리에게 전하고 있다. 그것은 길지 않고 복잡해지지 않으면 너무나 단순하기 때문에 오히려 삶의 현실을 제대로 전달해주지 못한다는 인식에 근거를 두고 있는 것처럼 보인다. 그는 바로 이 장황한 이야기들을 통해서 1980년의 공포와 폭력의 상황이 어떻게 가능할 수 있었는가 그 근원을 파헤치고 있다. 다시 말하면 많은 현장문학이 폭력이나 폭력적 상황 자체만을 다루고 있는 반면에 최수철의 소설은 바로 그러한 폭력과 상황을 직접 이야기하지 않으면서도 그것의 뿌리를 우리의 일상적 삶에서 제시하는 힘을 갖고 있다. 그것은 우리로 하여금 소설의 극적인 재미에 스스로를 소외시키게 만드는 것이 아니라 현실의 고통을 고통 자체로 받아들이고 그렇게 함으로써 현실의 진정한 의미를 발견하게 만드는 고통스러운 노력을 하도록 요구하고 있다. 그렇기 때문에 그의 소설에는 세계와 사물이 의미 있는 것과 의미 없는 것으로 구분되어 있지 않다. 오히려 일반적으로 소설에서 의미 없는 것으로 취급되는 것들이 그의 주요한 묘사 대상이라고 할 수 있는데, 그것은 그가 의미란 그것을 부여한 사람의 이데올로기의 지배를 받는다는 것을 알고 있다는 것을 의미한다.

III

최수철의 소설에서 주된 주제를 찾는다면 그것은 '말'에 관한 탐구라고 할 수 있다. 이미 앞에서 쓴 소설 제목 가운데 그것을 알 수 있게 하는 것도 있지만 대부분의 그의 작중인물은 '말'을 제대로 하지 못하고 더듬거리며 그로 인해서 주위 사람과 제대로 의사소통을 하지 못한다. 따라서 그들은 자신의 말을 제대로 하기 위해 온갖 노력을 기울이거나 아니면 말을 다루는 직업을 갖게 된다. 그것은 그러나 단순히 작중인물의 차원에서만 제기되는 문제가 아니라 작가적 차원에서도 제기되고 있는 문제다. 최수철 자신이 그러한 인물들을 다루고 있다고 하는 것은 그가 말을 통해서 말을 제대로 못하는 사람의 문제를 제기할 수밖에 없다는 인식을 갖고 있음을 의미한다. 그것은 곧 그 자신이 작가이기를 선택한 이유이기도 하다. 말이 말처럼 뛰는 사람을 다룬다거나 영화 대본을 가지고 소설을 대필해주는 이야기를 다룬다거나 하찮은 사건만을 기사화하는 신문 기자를 논하는 것은 그의 제일 큰 주제가 언어에 있음을 알게 한다. 그것을 통해서 최수철은 문학이 말을 잘하는 것을 목표로 하는 것이 아니라 말을 못하는 것까지 포함해서 언어를 다루는 과정 속에서 삶의 모습을 밝히는 것을 목표로 하고 있음을 보여주고 있다. 그러한 노력을 가장 집약적으로 보여주는 작품이 「화두, 기록, 화석」이다.

이 소설은 격자소설의 형식을 띠고 있다. '나'라고 하는 화자가 '박창도'라는 인물을 알게 되는데, 그가 남기고 간 기록을 읽어본 결과 그것이 소설의 주요 내용을 이루게 된 형식이다. '박창도'는 일상의 모든 것을 기록하는 습관을 갖고 있다는 점에서, 모든 신문을 읽는 습관을 갖고 있는 '김희탁'과 상응하는 인물이다. 그는 군대 생활, 연애 시절, 옥수사에서의 고립 시절 등에 관한 기록을 남긴다. 그 기록은 대단히 상징적이다. 왜냐하면 일상적 삶 속에서 자신의 끝없는 '죽음', 즉 '부재'를 체험하면서 삶을 증명하고자 하는 주인공의 노력이 바로 기록으로 나타나기 때문이다. 그러나 일상적인 삶은 주인공의 삶에의 노력을 허용하지 않는다. 그 때문에 그는 때로는 동료에게, 애인에게, 상관에게 오해를 사고 불온한 인물로 취급당한다. 그러한 위험에도 불구하고 주인공이 남긴 기록은 이 세계 속에서 문학의 본질을 파악하게 한다. 이 작품은 흔히 볼 수 있는 유형의 소설이 아니라 소설적 긴장을 최대한 확대시킨 작품이다. 소설에서의 긴장이란 이야기 중심에, 다시 말해서 내용에 있어서 사건의 유위전변에 호소하는 극적 긴장을 의미했다면, 이 소설에서는 오히려 극적 긴장이 아니라 기술écriture의 긴장을 의미한다. 여기에는 작가가 해야 할 이야기가 선험적으로 존재하는 것이 아니라 작가가 글을 써나감으로써 형성되어가는 기술의 긴장이 있다. 삶의 순간순간에 일상의 편린들을 기록해놓으면 그것들이 기막힌 모자이크 무늬를 형성하게 된다는 것은 소설이 이야기의 모험이 아니라 기술의 모험이라고 하는 현대적 반성과 만나게 된다.

자유로운 사유를 위해 불교적 '화두(話頭)'를 들고 그것을 기록하면 곧 화석이 되어버리는 비극적 현실 속에서 작가 자신이 기울이는 소설 자체의 자유와 작가 자신의 삶을 위한 끝없는 노력 속에 문학의 존재 이유가 발견되고 있다. 문자 행위를 경원하는 현실 속에서 일상의 기성관념을 깨뜨리는 글쓰기, 혹은 글 쓰는 과정은 (쓸 이야기가 미리 주어진 것이 아니라 쓰는 과정에서 스스로 드러나기 때문에) 삶의 모습을 드러내면서 스스로 화석화되는 것을 극복하는 행위가 된다. 여기에는 말을 유창하게 할 필요가 없다. 때로는 더듬고 장황한 것 자체가 현실이고 삶의 진정한 모습임을 보여준다. 최수철이 말을 통해서 이룩하고자 하는 것은 바로 그러한 드러냄과 극복의 노력 속에서 문학이 스스로의 한계를 극복하고 유창한 말이 전달하지 못하는 현실의 보이지 않는 변화를 파악하는 것이다.

영혼의 울음소리
—송언의 소설

I

송언은 1982년도 중앙일보 신춘문예에 「그 여름의 초상」으로 당선되어 작품 활동을 시작한 작가이다. 8년 동안에 10여 편의 중·단편소설과 2편의 장편소설을 발표한 것으로 보면 비교적 과작의 작가임에 틀림없다. 또 과작의 작가가 그러한 것처럼 독자들의 주목을 받는 화려한 작가도 아니고 비평가들의 주목을 받는 문제 작가의 대열에 끼어 있지도 않다. 그러나 이러한 사실이 곧 그의 소설 자체를 평가해주는 것은 아니다. 실제로 그의 소설은 읽는 사람으로 하여금 그의 주인공 이상으로 열병을 앓게 만든다. 그만큼 그의 소설은 고통과 회한과 방황과 열정으로 가득 차 있다. 그의 소설은 자신의 삶에 대한 깊은 인식으로 인한 고통으로 가득 차 있고, 존재의 의미를 발견할 만한 어떤 것을 갖지 못한 데 대한 회한으로 얼룩져 있으며, 자신이 살고 있는 세계로부터 탈출하여 떠돌아다니는 방황과 열정으로 엮여 있다. 주로 일인칭의 독백 형식을 띠고 있는 그의 소설은 우리로 하여금 우리가 간과해온 우리의 내면의 어떤 세계를 고통스럽게 관찰하게 만드는 힘을 지니고 있다. 아침에 일어나서 출근하고 8시간의 노동을 한 다음 되돌아오는 기계적이고 일상적인 삶 속에서 관습에 의해 생각하고 행동하는 우리의 내면을 향해 그의 소설은 '일어나라'는 절규를 퍼붓고 있다. 그 절규는 우리가 일상생활을 하기 전에 가졌던 감정과 생각을 일깨워주는 절규이다. 그것은 우리가 일상생활을 영위하면서 까맣게 잊어버리고 있던 정신 상태의 일깨움이다. 월급 얼마를 받아 어떻게 사용하고 누구를 만나서 무슨 이야기를 하고 월급의 대가로 얼마나 일을 해야 하고, 그 밖의 시간을 즐겁게 보내기 위해 여러 가지 일을 꾸미고 하는 데에만 모든 정열을 쏟게 만드는 우리의 일상적 삶은 우리의 삶에서 가치가 어디에 있는지 생각하지 않게 만들고 우리의 미래가 무엇이어야 하는지 꿈꾸지 못하게 할 뿐만 아니라 우리의 '지금 이곳'에서의 삶에 대한 어떤 저항도 허용하지 않는 것이다. 송언의 작품에 나타나는 삶은 그처럼 공리적인 일상이 아니다. 자신이 먹어야 할 '밥'을 벌기 위해 아등바등 노력하는 삶도 아니고, 자신이 살고 있는 세계의 제도적인 억압에 대해서 고통을 느끼는 삶도 아니며, 남들이 가지고 있는 것을 자신이 갖지 못한 데 대해서 상대적인 빈곤을 느끼는 삶도 아니다. 그런 점에서 송언의 작중인물들은 일상적 생활을 하고 있지 않는 것처럼 보인다. 날씨의 변덕과 계절의 변화에 주목하면서도 자신이 먹고 있는 밥에 대한 이야기는 하지 않고, 사랑하는 사람에 대한 그리움을 이기지 못해 그를 찾아 방황하면서도 이루어지지 않는 만남의 대상을 미워하지 않고, 셋방이거나 하숙방이거나 자신의 삶의 근거지를 옮겨야 함에도 불구하고 그것의 설움을 이야기하지 않는다. 그의 주인공의 가난이나 그리움이나 설움이나 암담함은 바로 그러한 일상적 생활에 있는 것 같지 않다. 그러면서도 독백에 가까운 화자의 이야기를 읽으면 마치 영혼의 밑바닥에서 울려오는 울음소리를 듣는 것 같다. 그 울음소리는 그러나 생각에 잠겨 있는 울음소리여서 슬픔을 자아내게 하는 것이 아니라 고통의 목소리를 듣게 한다.

따라서 송언의 작품을 읽어간다는 것은 그 고통의 정체를 밝히는 것이다. 일상적 생활이 빠져 있는 고통이란 어쩌면 낭만적인 것일 수도 있고 또 고통의 허상일 수도 있다. 그러나 고통으로 인한 영혼의 신음소리를 듣게 되면 고통의 정체를 밝히는 것이 우선되어야 한다. 왜냐하면 소설이란 고통의 기록이고 호소이기 때문이다.

II

송언의 작품 가운데 「데미안을 다시 읽은 봄」 「그 여름의 초상」 「외로운 숲속의 은자」 「겨울 모랫바람」은 연작의 형식으로 씌어진 작품이다. 그 가운데 「그 여름의 초상」만이 동일한 제목으로 발표되었을 뿐 나머지는 작품집을 내면서 제목을 바꾼 것이다. 이미 제목에서 암시되고 있는 것처럼 이 네 편의 작품은 24세의 젊은 날의 1년 동안의 기록이다. 1년 사계절에 맞추어서 넷으로 나누어진 이 연작의 주인공은 자신에게 주어진 젊음과 싸우고 있는 대학생이다. 시간적으로 본다면 봄·여름·가을·겨울로 나눌 수 있고 공간적으로 본다면 '석사동 305번지' '스므습' 그리고 '석사동 204번지'에서의 삶의 기록이다. 표면적으로 이 작품은 아주 간단한 줄거리로 구성되어 있다. '석사동 305번지'에 사는 주인공은 같은 집에서 자취를 하고 있는 같은 학교 여학생을 좋아하게 된다. 원래 자신의 젊음에 대해서 절망하고 있고 자신의 방 속에 갇혀서 공상에 젖어 있기를 좋아하는 주인공은 귀스타브 모로의 그림을 좋아하고 「사막의 나그네」를 연주하기를 좋아하며 헤세, 횔덜린, 릴케를 즐겨 읽으며 별자리와 신화에 조예가 깊다. 이러한 것들은 하고 싶은 것이 많은 24세의 젊은이에게 끝없는 몽상의 실마리를 제공하기에 충분하며 또 스스로 자아와 삶이 초라하고 절망적이라고 느끼게 만들기에도 충분하다. 그러한 점에서 작가 자신이 당선 소감에서 썼던 젊음의 '회색 노트'라고 한 표현은 그의 작품에 아주 잘 어울리는 이름이다. 그러한 주인공이 기록하고 있는 이야기는 따라서 그의 참담한 젊은 날의 고백이다. 첫 작품에서 주인공이 동일한 집에서 만난 '선희'에게 '에바'라고 하는 이름을 부여하면서부터 시작된 이들의 모험담은 그러나 흔히 연애소설에서 볼 수 있는 '거대한 모험'이 아니라 이제 막 사춘기를 벗어난 사람들에게 볼 수 있는 청순함을 지니고 있는 '첫사랑'이라고 할 수 있다. 그러니까 여기에서 사랑이란 주인공 자신이 모로의 그림이나 차이콥스키의 음악이나 보들레르의 시에서 얻고자 하는 절망적 현실로부터의 탈출의 한 구실과 같은 것이다. 주인공은 '선희'에게 접근했다가 그녀에게 사랑의 고백을 들은 것이 아니라 그녀에 대한 일방적인 사랑의 감정만을 확인하게 되지만, 그녀가 내면에 가지고 있는 신에 대한 태도를 주인공에게 요구했을 때 주인공은 바로 그 차이의 극복이 불가능하다고 느끼고 스스로 멀어져버린다. 그 순간부터 그는 자신이 '에바'라고 부르고 있는 그녀에게서 멀어져갔다가 다시 찾아 나서고, 찾아나 섰다가 멀어져가는 줄다리기를 하며 끝없는 몽상 속에서 한없는 방황을 계속한다. 그가 '선희'와 헤어진 다음 그가 살고 있는 춘천을 떠나서 제일 먼저 찾아간 곳은 그녀의 고향인 '주문진'이다. 그리고 망상과 묵호에 사는 친구들에게 가서 며칠을 보내고 춘천으로 돌아온다. 여행으로부터의 이 귀환으로 주인공은 스스로의 상처가 어느 정도 정리된 것으로 생각한다. 그래서 '석사동 305번지'에서 '스므습'으로 이사를 한다. '에바'를 더 이상 보지 않고 그녀와 동일한 집 안에 살지 않기 위해서였다. 그러나 스므습에 사는 동안에도 주인공의 뇌리를 떠나지 않는 것은 '에바'였다. 어느 날 주인공은 시내를 방황하다가 서점에서 '선희'를 다시 만난다. 주머니 사정이 여의치 못한 주인공은 자신의 시계를 전당포에 잡히려다 실패를 하고 그녀에게 줄 수 있는 선물이 자신의 별자리 '켄타우로스'뿐임을 알고 다음 날 다시 한 번 만나는 약속을 달라고 애원한다. 그러나 그녀는 그다음 날 나오겠다는 약속을 지키지 않고, 주인공은 "허기진 짐승처럼 거리를 쏘다니며 밤늦도록 혼자 술을 마시곤 했다." 그는 이제 "동화 속의 마을 같은 숲속에서 외로운 은자처럼 칩거하리라던" 꿈을 깨고 스므습을 떠나 다시 석사동으로 되돌아오게 된다. 「외로운 숲속의 은자」는 여기에서 끝나지만 그다음 「겨울 모랫바람」은 '석사동 204번지'에 돌아온 다음의 이야기다. 대학 생활을 마감하는 12월의 중반에서 주인공은 지나간 1년을 되돌아본다. 3월의 차가운 바람을 맞으며 "오랜 침묵으로 의식의 저편에 잠들어 있던 생을 의식의 세계로 건져올리려는 애처로운 바람의 손짓"으로 느꼈던 주인공은 4월에 모딜리아니 그림을 연상시키는 "어떤 여자의 영상 앞에서 한없이 휘청

거리고 있었다." 5월에 주인공은 "에바에게서 완전함을 찾고자" 하지만 실패한다. 6월에 그는 "에바로부터 버림받았다고 믿기 시작했다." 어떤 영혼도 다른 어떤 영혼에게서 위로나 구원을 받을 수 없다는 생각을 하며 새 학기가 시작되기 전에 석사동을 떠날 생각을 한다. 7월에 그는 주문진과 망상과 묵호를 여행하면서 뜨거운 폭양과 하얗게 살아나는 바다를 보며 에바를 잊고자 한다. 8월에 그는 여름날의 긴 방황에도 불구하고 에바로부터 전혀 벗어나지 못했음을 깨닫고 석사동에서 스므습으로 이사를 한다. 9월에 지난 1년을 회고하는 시를 쓰고 10월에 서점에서 에바와 마주치지만 다시 에바를 붙드는 데 실패하고 11월에 에바를 잃은 아픔으로 불면의 밤을 보내고 12월에 석사동을 떠나 고향으로 되돌아간다.

약 10개월 동안의 젊은 날의 수기에 해당하는 첫번째 연작은 따라서 감수성이 예민한 젊은 주인공이 자신의 삶을 어떻게 이끌고 가야 할지 모르고 절망에 빠져 있다가 한 여성의 발견으로 새로운 전기를 찾은 듯했지만, 그녀를 통한 구원의 불가능함을 발견하고 더욱 큰 외로움 속에 빠진다. 그는 그녀에게 수많은 연가를 보내면서도 그녀와 자신 사이에 뛰어넘을 수 없는 벽이 있음을 알고 난 다음부터 더 많은 절망과 고통 속에서 거리를 방황한다.

그는 젊음 이외는 가진 것이 없는 가난한 젊은이지만 감수성이 너무나 예민한 청년이다. 6월의 세우나 7월의 장마나 8월의 폭양뿐만 아니라 그의 주변에 있는 모든 사물에 대해서 그는 놀라울 만큼 민감한 반응을 보인다. 그의 주변에 있는 나무나 새나 하늘이나 바다나 밤하늘의 별에 이르기까지, 그의 일상생활에서 떼어놓을 수 없는 시집·화집, 방 안의 황량한 물건들까지 모든 것이 그의 풍부한 상상력을 자극해서 그는 끊임없이 상상의 세계를 다채롭게 변화시키고 있지만, 그의 젊음이 가지고 있는 가난이나 쓸쓸함이나 무료함이나 암담함은 끝이 없는 샘물처럼 새롭게 형성된다. 천장의 사각형을 보며 별의 세계를 꿈꾸는 그의 상상력은 거의 시적인 우주를 형성하고 있고, 춘천을 떠나면서 스스로의 운명을 올훼의 그것과 대비시키는 상상력은 처절한 아름다움을 지니고 있다. 그것은 이 작품이 젊은 날의 사랑에 실패한 주인공의 내면의 일기임을 이야기해준다. 따라서 이 작품에서 일상생활의 모든 것들은 그 내면의 모습을 비추어주는 거울의 역할을 하거나 소도구의 역할을 할 뿐이다. 젊은 날의 사랑의 고통에 관한 이 내면의 일기는 어쩌면 젊음만이 누리게 되는 열병의 기록일지 모른다.

III

그러나 「내 심장 속의 새집」이라는 작품은 자신의 삶의 과정 속에서 한의 체험을 갖고 있는 사람이면 누구나 그러한 열병을 앓고 있음을 보여주고 있다. 원래 '새는 어딘가에 있다'라는 제목으로 발표된 이 작품은 자신의 마음속에 자기만의 '새'를 기르는 세 사람의 이야기로 엮여 있다. 여기에서 세 사람의 이야기라고 하는 것은 이 작품이 앞의 연작보다 현실의 무게를 더 많이 싣고 있다는 것을 의미한다. 그것은 세 명의 작중인물이 가지고 있는 외로움과 절망의 체험이 보다 삶의 구체성을 띠고 있기 때문이다. 제일 먼저 새를 기르게 된 인물은 화자의 '아버지'이다. 오십대 중반의 그는 화자의 '어머니'가 오랜 와병 생활 끝에 세상을 떠나자 "남들이 모두 부러워하는 직장"을 그만두고 집

안에 칩거하면서 자신의 방 안에 새를 기르기 시작한다. 그는 '새'를 기르면서 집안에서의 위엄과 권위를 벗어버리고 사회적인 기득권에 무관심해져서 아들 내외나 손자들에게 비난의 대상이 된다. 그는 아들과 딸에게 각자의 삶을 알아서 꾸려가기를 권하면서 자신은 고향에 내려가 새를 기르겠다고 하며 낙향한다. 그에게 있어서 '새'란 무엇인가? 여기에 대한 분명한 대답은 나와 있지 않다. 그러나 다음과 같은 화자의 이야기는 깊이 음미해볼 필요가 있다.

> 지금 와서 생각하니 그렇다. 가족은 반드시 사랑의 끈으로 서로가 단단하게 연결되어 있어야 한다. 각각 분리되어 있는 존재를 사랑으로 모아 뭉치게 하고 다독거려주는 핵심이 가족이란 집단 속에는 반드시 요구된다. 그 핵심의 역할을 세 사람은 모두 거부했던 것 같다. 어머니의 죽음 이후에 불어닥친 찬바람이었다. 어머니의 죽음이 각자를 연결해주고 있던 사랑—또는 혈연—의 끈을 녹슨 노끈처럼 뚝뚝 끊어버린 것 같다. 그리하여 아버지는 새에게로, 나는 그림의 세계로, 오빠는 일상적 생활의 굴레로 각각 돌아가 똬리를 틀고 칩거하기 시작한 게 아닐까 싶다.

그렇다면 아버지의 '새'가 나에게는 '그림'이고 오빠에게는 '일상생활'이라는 이야기이기 때문에 논리적으로 본다면 '새'란 자기 세계라고 할 수 있다. 아버지는 어머니가 죽기 전에는 가족이라는 공동체를 위해 자기 세계를 버리고 살다가 어머니의 죽음과 함께 자기 세계를 찾아갔던 것이다. 이것은 개인과 집단의 대립적 관계가 가지고 있는 갈등의 요인을 이들 주인공들의 삶을 통해 구체적으로 보여준다. 아버지의 경우 어머니의 죽음과 함께 가족이라는 집단으로부터 벗어나서 새의 세계로 갈 수 있었던 것과 마찬가지로 화자인 딸의 경우 그림의 세계로 갈 수 있었다. 그러나 딸은 그림의 세계 속에서만 산 것이 아니라 사랑의 세계 속에서 살았던 것이다. 그러한 그녀가 사랑에 실패하게 되자 새를 기르는 아버지를 찾아 고향에 돌아온다. 오빠의 경우 일상적 생활의 굴레 속에 빠져서 본래의 가족관계를 벗어나게 된다.

그러나 보다 면밀하게 관찰하면 이들이 가족이라는 집단을 떠나 개인적인 삶을 찾아 나섰다고 볼 수는 없다. 새를 기른다는 것은 가족과의 관계를 방해하는 것도 아니고, 그림을 그리는 것도 가족이라는 집단을 유지하는 데 방해가 되는 것이 아니며, 일상적 생활의 굴레란 또 하나의 가족관계를 이루는 것이다. 그렇다면 이들의 고민과 갈등은 그 두 가지를 양립시킬 수 없는 데서 오는 것이 아니다. 오히려 그들이 각자 추구하고 있는 개인적인 세계란 가족관계와 양립할 수 없기 때문에 비극적인 것이 아니라, 그것이 어떤 상처의 결과로 부여된 것이기 때문에 비극적인 것이다. 아버지에게 있어서 어머니의 죽음에 대한 체험은 삶의 무상성에 대한 깨달음을 준 것이고, 그렇기 때문에 그는 좋은 직장도 버릴 수 있었고 단란한 가정을 떠나 혼자서 새를 기를 수도 있었다. 따라서 어머니의 죽음에 진정으로 상처를 받은 인물은 아버지일 뿐이며, 오빠나 화자는 아버지의 낙향에 상처를 받은 것이다. 여기에서 중요한 것은 아버지의 상처는 치유될 수 없는 것인 반면에 오빠나 화자의 상처는 아버지의 귀환으로 치유될 수 있는 성질이다. 바로 그렇기 때문에 이 작품의 마지막 부분에서 "오빠에겐 가족이란 언덕이 있었구나"라고 이야기함으로써 오빠의 상처가 이미 치유되었음을 결론 내린 화자는 "나는 곧 잠이 들었다"라고 함으로써 자신의 상처도 치유되었음을 암시한다. 그가 "그래, 그런 거야, 아버지도 그렇고 오빠도 그래. 청년도 그렇고 내게서 떠나간 그 사람도 그래. 이 시대의 모든 영혼들은 나름대로 한이 많은 거야. 그래서 때때로 절망하고 잠시 엉뚱한 곳에 집착도 하는 거야"라고 결론을 내린 것은 그들을 모두 이해하고 그들과 화해에 도달했다는 증거다. 그러나 이러한 화해는 진정한 것일 수 없다. 세계가 이처럼 이해할 수 있는 것이라면 이 세계에서의 삶이 그토록 고통스러운 것이 아니기 때문이다.

이 작품에서 정말로 감동을 주는 인물은 아버지 곁에서 새를 기르는 청년과, 열네 살의 나이에 죽은 그의 형이다. 왜냐하면 그들의 절망은 호소할 길도 해결할 방법도 없기 때문이다. 때까치를 길들일 줄 아는 그의 형은 "새가 가장 원하는 것"을 알기 때문에 새를 길들일 수 있었다. 그것은 새를 진정으로 사랑하는 방법이다. 그래서 청년의 형은 자신의 죽음을 앞두고 새를 날아가게 만든다. 이 아름답고 비극적인 이야기는 열네 살의 나이에 뇌종양으로 요절한 탁월한 재능의 소유자인 소년의 이야기이기 때문에 감동적이다. 뿐만 아니라 요절한 형의 추억을 갖고 있는 청년의 절망적인 삶은 그것이 치유될 수 없는 상처에 원인을 두고 있다는 데서 더욱 비극적이다. 6·25 때 두 눈과 한쪽 다리를 잃은 아버지를 가졌던 청년은 군대에서 다리를 다쳐 의병제대한 다음 혼자서 타인과 벽을 쌓고 지내면서 정신분열증에 걸린다. 그는 자신에게 새가 날아오기를 기다리다가 온갖 곤충과 날벌레를 새라고 부르면서 점점 심각한 분열 상태에 들어간다. 아마도 어린 시절의 '새'에 관한 추억과 관련이 있는 것으로 보이는 이러한 연상은 청년을 점점 분열증 환사로 만들어 결국 정신병원에서 치료를 받고 '화자'의 아버지 집에서 새를 기르는 일을 돕게 만든다. 그가 할 수 있는 일은 오로지 새를 기르는 것으로서 그 일을 통해서 자신의 병을 치료하고 있다. 이러한 청년이 화자와 만난 것은, 화자의 입장에서 보면 화해의 결말을 가져올 것으로 기대되지만 청년의 입장에서는 치유되어 가는 상처의 덧남일 수 있다. 왜냐하면 그가 지니고 있는 상처는 어루만지면 덧난다는 점에서 비극적이기 때문이다. 그러나 야심 많은 작가는 거기에 만족하지 않고 외로운 두 영혼을 만나게 함으로써 아름다운 구원에 이르게 하고자 한다. 그것은 이 작품을 아름답게 만들었을지 모르지만 청년의 이야기에서 얻은 감동을 약화시키고 있다.

IV

송언의 소설이 가지고 있는 가장 큰 특색은 사건의 줄거리를 좇지 않는 내면의 독백에 있을 것이다. 그것은 때때로 아름다운 이미지로 연결되어 있거나 참담한 묘사로 가득 차 있다. 사건의 기록이 아니기 때문에 실험적으로 보이는 그의 소설에는 흔히 과잉된 의식의 기록이 자주 나타난다. 그래서 '귀'라는 제목으로 발표되었던 「더러운 귀는 찌그러진 소리를 듣는다」와 같은 작품에는 새벽부터 시작해서 밤에 이르기까지 주인공의 귀에 들리는 모든 소리가 철저하게 그려져 있다. 눈으로 볼 수 없는 사람이나 사물들의 소리까지 포함하고 있는 이 작품은 그의 모든 소설 가운데 가장 실험적인 소설이다. 그러나 이 소설에서는 여러 가지 소리를 읽을 수 있으면서도 그것이 어떤 질서 속에 들어 있는지 찾아보면 시간의 순서 이외에는 짐작이 되지 않는다. 이것은 형태 파괴적인 작가의 실험 정신이 최대로 발휘된 작품이라는 사실을 일깨워주지만, 무질서하게 보이는 세계의 모든 사물에 어떤 질서를 부여하는 소설의 내면적인 노력의 결핍으로 보인다. 그러나 이렇게 말하는 것은 실험을 시작한 작가를 폄하하기 위한 것이 아니라 형태 파괴적인 형태, 혹은 질서 파괴적인 질서에 대한 작가의 의식을 찾아보기 위한 것이다.

실제로 이 작품의 주요한 모티프는 주인공이 살고 있는 가난한 세계에 대한 드러냄이다. 자신의 잘 밀폐된 방 안에 갇혀 있으면 바깥의 어떤 소음도 자신을 방해하지 않는 저택의 주인공이 아니라 옆집의 숨소리마저 들을 수 있는 가난한 공간 속에 살고 있는 주인공의 세계를 이 작품은 그리고 있다. 이러한 의식의 눈뜸은 그의 「불과 죽음」에서도 나타난다. 6백 미터의 지하에서 석탄을 캐고 있는 아버지가 너무나 아름다운 어머니와 함께 사는 것 때문에 많은 사람의 질시를 받아왔으나 어느 날 화재로 인해서 어머니가 불에 타 죽는 이야기를 하고 있는 이 작품은 그러한 상처를 갖고 성장한 청년의 고통스러운 내면적 삶의 기록이다. 그래서 무질서하게 청년의 의식을 간섭하고 있는 이미지들을 따라가면 금방 혼란에 빠지게 되지만 그것이 가난의 기록이라는 사실을 받아들이면 참담한 현실을 이해하게 되면서 동시에 어머니의 불타는 죽음이라는 강렬한 이미지와 만난다. 이와 같은 가난의 드러냄은 이 작가의 의식이 시적 상상력의 차원에서 출발해 현실적 상상력으로 접근하고 있음을 의미한다. 가능하면 현실적 고통을 보지 않고 자신이 살고 있는 공간 너머의 세계를 꿈꾸던 초기의 이 작가의 상상력은 「인간은 별에 갈 수 없다」는 작품에서 보다 극명하게 드러난다. '한국아마추어천문협회' 회원으로 별을 관찰하는 데 열심인 주인공은 이미 '켄타우로스'를 꿈꾸던 주인공에 비해 현실에 가까워졌지만, 그보다는 별을 관찰하는 일을 중단하고 "이 땅의 정치·사회적 현실을 직시하지 않고서는 진정한 아이덴티티란 정립될 수 없다"는 인식에 도달해서 현실의 대열에 끼어듦으로써 상상의 세계에서 현실의 세계로 내려오고 있다. 이러한 사실 자체는 이 작가에게 있어서 긍정적인 요소도, 부정적인 요소도 아니다. 하지만 갑자기 별의 관찰을 포기하고 현실의 대열에 들어서는 일이 너무나 쉽게 이루어지고 있어서 이 변화를 설명하기가 대단히 거북스럽지 않을 수 없다. 그러한 변화가 그 이전의 문학 세계에 대한 부정이 아니라 자신의 문학 세계 영역의 확대여야 할 것이기 때문이다.

실제로 「산속의 집」에서 주인공의 문제는 보다 확대되고 있다. 그것은 영혼의 갈증을 풀기 위한 구원의 모색으로 나타난다. 젊은 날의 덧없는 방황에서 빠져나오기 위하여 『성경』과 『반야심경』을 읽지만 보다 깊은 회의 속에 빠지게 되고 자신을 추스르지 못하게 된 주인공을 통해서 이 작가가 이제 구원의 문제에 관심을 갖고 있음을 알 수 있다. 이러한 영역의 확대는 이 작가가 끊임없이 새로운 세계를 모색하고 있는 아마추어적인 진지성을 잃지 않고 있는 데서 가능한 것 같다. 그러나 한 사람의 작가로서 대성하기 위해서는 이제 자기의 영역을 확정 짓는 일이 필요하다. 기본적인 영토가 있어야 넓힐 수 있는 가능성이 있고 또 그 넓힘이 중심을 잡을 수 있기 때문이다. 그의 영혼의 울음소리가 우리의 절망적인 삶에 신선한 바람이 되기 위해서 보다 많은 질서가 부여되어야 할 것이다. 여기에서 말하는 질서란 작품의 내적 구성을 이루는 통일성을 의미한다. 하나의 작품 안에서는 사건의 전개든 이미지의 연결이든 묘사의 축적이든 그러한 통일성을 강화했을 때 작품에 긴장감이 고조될 뿐만 아니라 독자의 관심을 지속적으로 끌 수 있다. 젊은 날의 고뇌를 청년기의 패기로 여과 없이 이야기하는 것이 이 작가의 신선함이다. 그러나 그 신선함은 자칫하면 아마추어리즘에 빠질 우려가 있다. 이제 그 순수한 세계에서 장년기의 완숙한 어망으로 건져낸 정교한 세계로의 이행이 이 작가의 문학적 삶에 제2기를 가져올 것으로 기대된다.

죽음을 몰아내는 주문

—이창동의 소설

I

1980년대에 들어와서 시의 활기와 소설의 위축을 이야기한 많은 비평가들이 1980년대 중반에 들어오면서부터 다시 소설의 활기를 이야기하고 있다. 그것은 보다 면밀하게 관찰하면 좋은 소설이 많이 발표되고 있다는 자명한 이야기로도 해석될 수 있지만 그보다는 1970년대와는 다른 소설의 목소리가 나타났다는 것과 1980년대의 새로운 작가를 평가할 줄 아는 동시대의 비평가들이 등장했다는 것으로 해석되어야 한다. 우선 1970년대의 소설은 우리 사회가 산업화되어가는 과정에서 체험해야 했던 무수한 갈등과 모순을 그 어느 때보다 야심적으로 드러내면서 문학적 성취를 이룩했다. 분명히 1970년대의 탁월한 작가들은 1960년대의 탁월한 작가들과는 다른 목소리를 가지고 등장했지만 1980년대 초에는 새로운 목소리를 들을 수 없었다. 여기에는 1980년 5월에 있었던 사건들이 소설의 존재 자체에 회의를 줄 만큼 충격적이었던 데에도 이유가 있겠지만 갑작스러운 현실의 변화에 대처할 만한 시간적·정신적 여유가 작가들에게 없었던 데에도 이유가 있다. 왜냐하면 1970년대의 작가들이 싸워온 문제는 한편으로 산업화가 이루어지는 과정에서 야기되는 부의 편중화와 평등의 요구, 다른 한편으로는 유신으로 대두된 독재 정권에 대해서 개인의 자유를 보장하는 민주 정치의 요구 등으로 요약될 수 있었기 때문이다. 물론 자유와 평등이라는 어떻게 보면 너무나 보편적인 가치는 1970년대의 한국 사회만이 안고 있던 문제는 아니다. 따라서 그것을 아직도 문학의 차원에서 이야기할 수 있다고 생각했던 1970년대의 한국 사회와, 그렇지 못했던 1980년대 초의 한국 사회를 동일한 하나의 저울에 올려놓고 무게를 달 수는 없다. 가령 『객지』 『난장이가 쏘아올린 작은 공』 『아홉 켤레의 구두로 남은 사내』와 같은 작품들이 그리고 있던 1970년대의 문제는 자유와 평등이 주인공 개인의 차원에서 어떻게 제기될 수 있는지 보여줌으로써 경제적 성장의 그늘에 가려 있는 소외된 사람들의 삶에 관심을 집중시켰다. 그러나 1980년에 있었던 폭력적인 상황의 전개는 정치적 현실 자체의 문제가 너무나 압도적인 비중으로 다가옴으로 인해서 산업사회의 문제가 현실적 차원에서 대단히 미미한 것으로 느껴지게 만들었고 정치적 폭력에 대한 언어의 대응력이 무기력하게 느껴지도록 만들었다. 이와 같은 상황의 변화는 1980년대의 작가의 등장을 더디게 만들었다. 여기에다 1970년대 문화운동을 이끌어온 계간지와 월간지 들의 강제 폐간은 달라진 상황에 대응할 수 있는 운동의 구심점을 흩뜨려놓음으로써 새로운 작가의 등장을 더욱 지연시켰다.

그러나 모든 문화운동이 자생적인 성격을 띠고 있는 것처럼 1980년대의 새로운 문화운동은 그 열악한 상황 속에서도 싹트게 된다. 그 운동의 중심 세력이 바로 무크지를 중심으로 형성된다. 무크지는 달라진 상황에 걸맞은 형태라고 볼 수 있다. 왜냐하면 억압적인 현실이 공식적인 발표 기관을 축소시키고 검열을 강화하게 되면 문화운동은 비공식적인 발표 기관을 통해서 자구책을 마련할 수밖에 없고 또 그렇게 함으로써 온갖 탄압과 검열을 다소간 극복할 수 있기 때문이다. 무크지가 종래의 동인지들과 다른 점은 한 권의 책 속에 같은 경향의 시나 소설만을 수록하는 것이 아니라 그러한 작품들을 해석하고 의미를 부여하는 이론과 이데올로기로 무장된 비평을 수록한다는 데 있다. 무크지는 새로운 상황에 대응할 수 있는 이론과 이데올로기를 실험하는 마당이었고 모든 창작품에 대해서 실천적 의미를 부여하는 현장이었다. 『실천문학』『한국 문학의 현단계』『우리 세대의 문학』『공동체 문화』『삶의 문학』『문학의 시대』『지평』『시와 경제』 등 종합지의 성격을 띤 무크지들은 1980년대의 문학이라고 부를 수 있는 수많은 시인·소설가·비평가 들의 활동 무대였으며, 여기에서 다루어진 소재들은 지금까지의 어떤 세대의 문학도 생각할 수 없는 것들이다. 이들의 문학은 때로는 민주화운동의 현장에 뛰어든 대학생의 고통스러운 삶이나 노동 현장에 '위장 취업'하여 근로자들의 의식화에 역할을 하고 있는 지식인의 지사적 모습뿐만 아니라 노동자 자신들이 여러 가지 위협과 위험을 극복하면서 사회의 민주화와 노동 조건의 개선을 요구하는 실천적 행동을 소재로 다루고 있다. 이와 같은 현상을 김병익은 "민중 지향의 문학"에서 "민중을 위한 문학"을 거쳐 "민중에 의한 문학"에 이르렀다고 적절하게 분류하고 있다.

그러나 문학의 소재가 달라진다고 하는 것은 그 자체로서 문학적 의미가 큰 것은 아니다. 왜냐하면 작가가 새로운 작품을 쓴다고 하는 것은 다른 작가와 동일한 소재를 쓰는 것이 아니라는 것이 너무나 자명하기 때문이다. 다시 말하면 소재의 선택이 새롭다고 하는 것은 문학이 무엇을 말하는가 하는 문제와 문학이 어떻게 말하는가 하는 문제를 동시에 제기한다는 것을 의미해야 한다. 실제적으로 폭력적인 현실을 다룬 1980년대의 문학은 특히 시에서 두드러지게 나타나기도 했지만 근본적으로 형태 파괴적인 성질을 띤다. 물론 시에서만 나타난 현상이 아니기 때문에 르포문학이 그 어느 때보다도 중요한 문학 장르로 취급되기도 했지만, 그보다는 장르 해체론이라고 하는 보다 근본적이고 급진적인 이론이 나타난 것으로 그 형태 파괴적 성질을 설명할 수도 있다. 소재의 새로운 선택에서부터 장르 해체론에 이르는 1980년대 문학의 새로움은 모든 급진적인 운동이 그러한 것처럼 문학 자체에 대한 반성에서 문학에 대한 절망감을 느꼈을 때 가능하다.

그렇다면 왜 1980년대의 문학은 문학에 대해서 그토록 큰 절망감을 갖게 되었는가? 여기에는 두말할 필요도 없이 1980년에 체험한 거대한 폭력 앞에서 언어로만 대응해야 하는 문학이 너무나 무력하게 느껴졌기 때문이다. '말로 하는' 문학이 그 무수한 죽음 앞에서 아무것도 할 수 없고 그 죽음을 당장에는 전혀 보상할 수 없다는 절망을 체험한 것은 문학의 위상을 새롭게 정리하고자 하는 고통스러운 반성을 가져오게 된다. 그 반성의 과정에서 문학은 우리 사회에서 그 폭력의 정체는 무엇인가, 무엇이 그러한 폭력을 가능하게 하는가 하는 질문을 제기하는 작업에 주력하게 된다. 그리하여 시와 소설은 처음에는 대단히 조심스럽게, 그리고 점차로 보다 과감하게 폭력에 고통을 당한 사람과 그 목격자들의 삶에서부터 폭력에 맞서서 싸우는 사람의 삶으로 소재를 바꿔가며 르포문학에 가까워져가고, 비평은 민중에 의해 이룩되지 않은 체제가 근본적으로 민중을 억압하는 폭력을 행사할 수밖에 없다는 인식에 도달함으로써 새로운 사회 구성체 이론에 입각한 사회학적 상상력에 호소하게 된다.

겉으로 드러난 이와 같은 문학의 변모는 1920년대의 그것을 연상시키고 있지만 보다 주의 깊게 관찰해보면, 문학을 운동의 선전 도구로 보려는 급진적인 경향과, 그러한 측면까지도 문학의 범주 안에서 행해져야 한다고 생각하는 온건한 경향이 모두 1980년대 상황의 산물임을 알 수 있다. 문학에 있어서 이 두 경향의 존재는 문학의 역할에 회의를 갖게 되는 전환기마다 부각되었던 것이지만 그것을 통합적으로 보려는 시도가 오늘날처럼 강력하게 이루어진 때는 드문 것으로 보인다. 그리하여 민주화운동이나 노동운동의 현장 체험을 기록한 문학작품에서 소재의 새로움뿐만 아니라 문학적 기법과 감수성의 신선함을 이야기할 수 있을 정도로 오늘의 문학은 문학 본래의 위치로 돌아오고 있다. 따라서 1980년 초의 폭력적인 상황 체험이 문학의 변화에 큰 영향을 미친 것은 사실이지만 그로 인해서 오늘의 대부분의 소설은 마치 1950년대, 1960년대 문학이 6·25 콤플렉스를 원죄처럼 가지고 있는 것처럼, 1980년의 충격적인 체험을 밑바닥에 깔고 있다.

이와 같은 관점에서 볼 때 1980년의 충격은 우리 사회의 기층 민중들뿐만 아니라 지식인 사회에도 엄청난 반성을 가져옴으로써 세계를 보고 현실을 보는 눈에 커다란 변화를 일으킨다. 그것은 민중에 대한 이해나 분단과 통일의 문제에 대한 인식에 가져온 변화를 의미하며 많은 사회적 금기의 타파를 의미한다. 금기시되었던 사상이나 문학 이론이 도입됨으로써 사회 변혁에서 문학의 역할이 보다 강조되고 전문 문학인의 전유물이었던 글쓰기의 주체가 노동자·농민으로 확대된 것은, 우리 문학의 위상에 대한 폭넓은 검토를 이루어지게 만들었다. 그 결과 폭력적인 상황에 대응하려고 할 때 문학은 자기 파괴적인 수단을 동원하게 됨으로써 르포·전단·구호·수기·일기 등 전통적인 장르와는 다른 방법을 개발하게 되지만 그러한 노력 자체도 시·소설·희곡 등의 전통적인 장르에 엄청난 변화를 겪게 만든다. 그러니까 폭력적인 상황에 대응하는 데 문학은 대단히 무력하지만 고통스러운 자기 변신을 통해서 폭력적인 상황이 얼마나 반역사적이고 추문인지를 보여주고, 그리하여 폭력을 폭력이라고 이야기할 수 있는 가장 설득력 있는 분야임을 입증한다. 아마도 인류가 체험한 긴 역사 속에서 온갖 폭력에도 불구하고 문학이 존재할 수 있었던 것은, 폭력 자체에 대응하는 데는 무력하면서도 폭력의 정체를 밝히는 데 문학이 중요한 역할을 해왔기 때문일 것이다. 문학의 그러한 역할은 어쩌면 폭력에 정면으로 맞설 수 있는 힘의 없음에 기인한다. 무력한 것이 오히려 힘이 되고 있는 문학은 폭력적인 힘이 아무리 억압하려고 해도 꺾이지 않는 특성을 가지고 있다. 그리고 1980년대의 그 어려웠던 시절에 소설이 다시 살아날 수 있었던 것은 바로 문학의 그러한 특성에 기인한다.

II

1980년대에 발표된 주요한 작품들 가운데 이청준의 『비화밀교』, 김원일의 『불의 제전』과 『겨울 골짜기』, 조정래의 『태백산맥』, 김주영의 『천둥소리』 등은 이들 작가가 1960~70년대에 활약했음에도 불구하고 오늘의 문제들을 핵심적으로 다루고 있다. 1980년대적인 주제를 '광주 사태'와 '분단'에서 찾는다면 이들 작가는 1980년대 작가가 아님에도 불구하고 오늘의 문학이 가장 고통스럽게 받아들이고 있는 문제들을 깊이 있게 다루고 있다. 이들의 작업이 있었기 때문에 1980년대 소설의 풍요를 이야기할 수 있다면, 현길언의 『용마의 꿈』 『우리들의 스승님』, 임철우의 『아버지의 땅』 『그리운 남쪽』, 최수철의 『공중누각』 『화두, 기록, 화석』, 이인성의 『낯선 시간 속으로』, 김인배의 『하늘궁전』, 양귀자의 『원미동 사람들』, 이창동의 『소지』, 복거일의 『비명을 찾아서』와 『높은 땅 낮은 이야기』, 김향숙의 『겨울의 빛』, 김인숙의 『79~80』, 김남일의 『청년일기』 등은 1980년대 소설의 새로운 목소리를 특징적으로 나타내준다. 4·3사태에 대한 새로운 조명이나 6·25의 체험이 없는 세대에 있어서 분단의 의미, 광주항쟁을 중심으로 한 수많은 루머와 죽음, 노동의 현장에서 체험된 고통의 기록, 일상의 늪에서 이루어지고 있는 삶의 절망적 양상, 민주화의 운동에 가담함으로써 체험하게 된 무수한 고문과 동지애, 역사의 알레고리를 통해서 본 오늘의 한국 사회에 대한 재인식, 소설이 단순한 이야기일 수 없다는 고통스러운 문학적 반성, 이 모든 소용돌이 속에서도 문학을 문학으로 지켜야 한다는 고통스러운 자기 확인 등 1980년대 문학이 안고 있는 모든 문제와 특징을 이들을 통해서 확인하게 된다. 이들의 작품을 읽으면 최근 10여 년 동안 한국 사회가 안고 있는 모든 문제를 가장 실감 있게 느낄 수 있다. 그 가운데 1980년대적 특성을 비교적 포괄적으로 드러내고 있는 작가를 든다면 아마도 『소지』의 작가인 이창동일 것이다.

그는 첫 창작집에 "작가 이창동 씨는 1954년 대구에서 태어나 경북대 사대 국어과를 졸업했으며 1983년 『동아일보』 신춘문예 중편소설 부문에 「전리」가 당선됨으로써 문단에 등장했다"는 소개가 있을 뿐 아직 개인적인 기록이 별로 없는 신인이다. 그러나 그의 창작집을 읽게 되면 첫 작품에서부터 비범한 작가적 재능을 금방 느낄 수 있을 정도로 그는 우리의 관심을 끈다. 「여러분의 안전을 위하여」라는 작품의 주인공으로 남도 출신의 한 노파의 이야기를 하면서 이 작가는 너무나 완벽한 남쪽 사투리를 구사하고 있어서 그의 출생지를 의심받을 정도다. 물론 이것은 작품 하나에 국한된 것이기 때문에 그렇게 중요한 사실이 아니라고 할 수도 있다. 그러나 하나의 작품을 성공적으로 이끌기 위해 작가가 자기 출생지와는 다른 지방의 사투리를 완벽하게 쓸 수 있었던 것은 그가 자기 작품 한 편에 얼마나 많은 노력을 기울이고 있는지 그 성실성을 인정받아 마땅한 것이다. 실제로 이 작품에서 남쪽 지방의 사투리를 살리지 않았다고 한다면 작품이 주는 감동이 반감되었을 것임을 주의 깊은 독자는 알아차릴 수 있다. 그 점에서는 다른 사투리를 사용하고 있는 「끈」 「친기」 등의 작품의 경우도 마찬가지이다. 사람과 사람의 관계로 이루어지는 삶의 여러 가지 양상을 드러내는 데 있어서 어떤 경우는 사투리가 아니고는 제대로 형상화되지 않는다. 이때 사투리는 정서적인 공감대를 형성하고 공간적 특성을 부각시킨다. 전통적인 소설 가운데 사투리의 사용이 시골 사람의 단순성과 소박함을 나타내는 것이었다면 이창동의 작품에서는 삶의 어느 순간을 포착하고 구조적 견고성을 드러내는 데 기여하고 있다. 고속버스 속에서 점잖음을 내세우며 이기적인 이해관계만을 따지고 있는 대부분의 승객들에게 마치 예의도 체면도 모르는 사람처럼 행동하는 시골 노파의 모습은 남쪽의 사투리가 아니었다면 그렇게 생생하게 보이지 않았을 것이다. 또 쫓겨난 지 35년 만에 찾아온 아들이 죽어가는 아버지 앞에서 이미 고인이 된 지 오래인 어머니의 제사를 지내겠다고 함으로써 부자간에 쌓였던 미움의 세월을 풀고자 하는 끈적끈적한 친족관계나, 청상과부로 길러놓은 아들을 며느리에게 빼앗기지 않으려고 하는 어머니의 노회한 모정은 아들을 유별나게 선호하는 남쪽 지방의 사투리에 의해 훨씬 감동적으로 표현될 수 있다.

이미 이문구 같은 작가에게서 그 가능성이 입증되기도 했지만 사람들 사이의 관계의 친밀성이나 공간적 동일성을 나타내는 사투리는 그것을 사용하지 않는 지역 사람들에게는 따라서 '다른 곳'의 이야기로 들린다. 그런 점에서 소설의 주인공이 사용하는 지역적인 언어는 우회적인 의미를 띤다. 즉 독자로 하여금 자신의 이야기가 아니라는 심리적 편안함을 갖고서 작품을 읽을 수 있게 만든다. 그러나 그러한 편안함 때문에 쉽게 읽을 수 있는 이창동의 소설은 어느 순간에 우리를 문제의 핵심에 이르게 만든다. 가령 「여러분의 안전을 위하여」라는 작품에서 주인공인 시골 노파가 고속버스 안에서 들리지도 않는 작별 인사를 들리는 말처럼 이야기한다든가, 전기밥통에 넣어둔 돈 이야기를 한다든가 하는 것은 다른 승객들에게 재미있는 구경거리로 느껴진다.

> 공휴일과 일요일이 겹친, 이른바 황금 연휴인 것이다. 때는 바야흐로 시월, 날씨는 쨍지게 좋겠다, 차는 떠나고 있겠다, 승객들은 다들 무슨 신나는 일을 숨기지 못해 저절로 웃음이 비어져나오는 아이들처럼 활기에 들떠 있었다. 노파의 그 난데없는 밥통 타령조차도 차내

의 넘쳐날 듯한 분위기를 유쾌하게 자극하는 성싶었다.

이러한 분위기 속에서 노파의 남도 사투리는 노파의 존재를 부각시키는 데 크게 기여한다. 노파의 밥통 타령은 자신과 상관없는 구경거리로 생각할 때에는 그 사투리의 낯섦과 돈을 밥통 속에 넣은 행동의 낯섦이 모두 자신들의 즐거움에 기여할 수 있는 것이기 때문이다. 더구나 사투리의 낯섦이 밥통 타령의 낯섦을 더욱 강조하게 되어서 그 노파는 다른 승객들과 완전히 구분된다. 따라서 처음의 승객들에게는 그 노파가 일상적으로 볼 수 없는 특이한 존재로 비치고 재미있는 구경거리로 보인다. 황금 연휴를 떠나는 그들의 여행 목적이 일상적 삶을 잊고 새로운 구경거리를 찾아가는 데 있다면 승객들은 버스 안에서 이미 여행 목적을 달성하고 있다. 그러나 노파가 구경거리로서만 존재하는 것이 아니라 그들의 생활에 끼어들 때 승객들은 노파를 귀찮아하고 불온한 존재로 보게 된다. 다시 말하면 모든 구경거리는 자기와 상관없을 때는 일상과는 다를수록 좋고 따라서 보다 특이한 것이 될수록 좋다. 반면에 구경거리가 자기의 삶에 끼어들고 간섭하게 되면 그것은 불편한 것이 된다. 노파가 안전벨트를 매지 않겠다고 하거나 소주잔을 권하고 다닐 때 승객들은 재미있는 광경으로 구경할 수 있었지만 노파가 화장실에 가기 위해 차를 세워달라고 하고 또 버스 안에서 소변을 보게 되었을 때 승객들은 노파에 대해 적대감을 갖게 된다. 휴게소가 아닌 곳에서 버스를 세우는 것은 일상적인 관례에 없는 것이고 더구나 차를 세워주지 않는다고 버스 안에서 소변을 보는 행동은 더욱 용납할 수 없는 일이다. 승객들은 여행마저도 일상적 관례를 깨뜨리지 않는 범위 안에서 하고자 한다. 그러므로 노파의 행동이 구경거리가 아니라 여행 자체에 간섭을 하게 되었을 때 승객들은 노파에게 보복을 하게 된다. 이 경우 여행은 일상적 삶을 진정으로 잊고 새로운 세계를 정말로 보고자 한 것이 아니라 '일상의 틀'을 벗어나지 않는 범위 안에서 일상의 망각과 세계의 관찰을 실현하고자 한다는 점에서 비진정한 것이 된다.

여기에서 한 가지 주목해야 할 사실은 자기중심의 사고에 젖어 있는 승객들이 왜 노파의 행동을 구경거리로만 생각하는가 하는 문제다. 그것은 노파의 낯선 행동이 어디에 근거를 두고 있는지 생각하지 않은 데서 기인한다. "이런 거 맨다고 죽을 목심이 살고, 안 맨다고 살 목심이 죽을 거 같으문 내가 벌써 죽어도 열두 번은 죽었제"라고 하는 말에서 볼 수 있는 것처럼 노파는 온갖 기구한 체험을 한 결과 자기의 운명만을 믿고 있다. 그녀에게는 일상적인 관례나 사회적 통념을 지키는 것이 중요한 것이 아니라 자신이 살아온 경험에 의해 삶을 살아가는 것이 중요하다. 그녀의 말과 행동 속에는 무엇인가 말하지 않은 것, 감추고 있는 것이 있다. 다시 말하면 그녀의 말과 행동은 그녀가 내면에서부터 그렇게 선택한 논리적 타당성을 토대로 한 것이 아니라, 진정으로 해야 할 말과 행동을 억압당한 상태에서 이루어진다. 그녀가 이미 "네꼬다이 매고 점잖어신 분 같은데 내 술 한잔 받으시요이"라고 한 말 속에 중산층의 다른 승객들, 연휴를 즐기기 위해 들뜬 마음으로 버스를 탄 승객들을 즐겁게 해주는 요소가 들어 있기는 하다. 그러나 그녀가 버스를 세워달라고 했다가 거절당하고 버스 안에서 용변을 한 다음에 하는 "네꼬다이 매고 좋은 옷 입고 점잔 빼고 앉아 있다고 다 사람이여?"라는 말은 승객들의 얼굴에서 웃음을 빼앗아가버린다. "너그들이여, 바로 너그들이여, 우리 아들 쥑인 것은 바로 너그들이란 말이여"라고 한 그녀의 말을 보면, 지금까지 노파가 술잔을 건네고 이웃과 이야기를 나누고자 했던 것은 그녀의 내면에 '아들의 죽음'이라고 하는 거대한 슬픔이 있었기 때문이다. 그 억울한 죽음을 말로 할 수 없고 그 슬픔을 표현할 수 없기 때문에 그녀는 일상의 규범이나 틀을 깨뜨리는 정도의 행동으로 스스로를 유지하고 있다. 이처럼 무례하게 보이는 노파의 행동은 다른 승객들을 불편하게 만드는 것이지만 노파로서는 그것이 개인으로서는 어쩔 수 없는 거대한 현실 속에서 억울한 죽음, 억누를 수 없는 슬픔을 이기는 방법이었다. 바로 그러한 죽음, 그러한 슬픔을 이해하지 못하기 때문에 노파의 행동을 구경하며 즐기던 승객들은 그녀의 행동이 그들의 삶을 간섭하게 되자 당황하게 된다. 삶을 편안한 것으로 인식하고 있는 승객들은 자신들을 규범이 없는 세계 속으로 이끌고 있는 노파를 불편하게 느끼게 되자 노파를 안전벨트에 묶거나 묶는 행위를 방관한다. 이것은 또 하나의 죽음을 행하는 것이고 그 죽음을 방관하는 결과를 가져온다.

바로 이 죽음의 체험을 가지고 있는 노파가 제일 부러워하는 것은 말을 할 수 있는 직업을 가진 사람들이다. "나는 그 기자라는 양반들이 젤로 부럽습디다. 텔레비에 보문 마이크 잡고 떠들어대는 사람들 말여. 나보고 마이크 줄 텐께 한마디 해보라고 허문 할 말이 무진장 많을 거 같아야. 기자꺼정은 안 되아도 말여, 니아까 끌고 다님서 마이크로 고구마 사려, 마늘 사려 허는 사람들 있잖어? 나는 물건 안 팔아도 좋은께 진 일 마이크 잡고 골목골목 다님서 허고 싶은 소리 실컷 떠들고 다녔으문 원이 읎겠단께"라는 노파의 말은 자신이 하고 싶은 말이 많시반 말할 기회를 주지 않는다는 것과 할 말을 하지 못하고 있는 것을 이야기한다. 텔레비전에서 마이크 잡은 사람이 부럽다고 하는 것은 한편으로 말할 기회가 있는 사람이 제대로 말하지 못하고 거짓만 말하는 현실에 대한 지독한 야유이고 다른 한편으로는 할 말을 못 할 바에야 거리의 상인들이 물건을 팔기 위해 외칠 수 있는 것이 더욱 진실되다는 현실에 대한 풍자이다. 더구나 "신문사에 기자로 기시니까 얼마나 좋겠소. 세상에 젤로 좋은 직업이제. 허고 싶은 말 맘대로 할 수도 있고 말여"라고 하는 노파의 말은 '하고 싶은 말을 마음대로 못 하는' 자신에 대한 한탄을 표현한다. 뿐만 아니라 여기에는 "허고 싶은 말 맘대로 할 수도 있"는 처지에 있는 기자 화자에게는 그걸 하지 못하고 있는 현실에 대한 자괴감을 갖게 하는 요소가 있다. 기자인 화자가 노파의 웃음조차 기분 나쁘게 생각하는 것은 그러한 자신을 노파가 비웃고 있다고 의식하기 때문이다. 실제로 이 작품 안에서는 고백하지 않고 있지만, 1980년 5월의 비극적인 사건을 이야기하지 못한 '화자'가 바로 그 현장에 내려가면서 배우의 뒷이야기나 추적하러 간다고 하는 사실은 기자인 화자의 내면에 자리 잡고 있는 죄의식의 존재를 암시하고 있다. 그 죄의식은 기자로서의 자신의 상징적 죽음을 감지하게 한 것이고, 그 때문에 그로 하여금 노파의 행동에 동정적인 입장을 취하게 하며, 마지막에는 노파를 찾아 버스로 되돌아가게 만든다.

III

이창동의 소설이 가지고 있는 중요한 특징은 이미 1980년대의 많은 소설에서 볼 수 있는 현상으로서 많은 비속어를 사용하고 있는 데서도 찾아진다. 앞에 든 예문 가운데서도 이미 나타나고 있는 "날씨는 째지게 좋겠다"와 같은 표현에서 볼 수 있는 것처럼 '쨰지게'라는 표현은 구어체에서나 사용되는 비속어지만 이 소설의 화자는 서슴지 않고 사용한다. 이러한 비속어의 사용은 그의 작품이 다루고 있는 주제들의 심각성에도 불구하고 작품의 전체적인 분위기를 가볍게 만든다. 앞에서 살펴본 「여러분의 안전을 위하여」에서 노파가 하는 행동은 겉으로 보면 지나가는 에피소드에 불과한 것이지만 그녀가 이기고자 하는 죽음이나 슬픔이 밑에 깔려 있다고 하는 것을 알게 되면서 우리의 가슴 밑바닥을 서늘하게 한다. 또한 자기네들의 안전을 위하여 승객들이 노파를 좌석에 붙들어 매놓은 것은 바로 노파를 죽이는 것이나 다름없는 심각성을 갖고 있다. 노파 개인이 수난의 역사에서 당하고 있는 고통을 이해하지 않고는 그 승객들은 누구도 자신들의 침묵이나 행동이 그녀를 죽이는 것임을 모른다. 바로 그러한 말 못 할 사정을 이기기 위해 노파는 판소리의 사설처럼 승객들에게 낯선 이야기와 행동을 하게 된다.

그러한 점에 있어서 이 작가의 데뷔작인 「전리」도 마찬가지이다. 전화의 오접 사건과 같은 소설의 서두나 영어로 이야기하려고 하지만 아무 말도 나오지 않는 에피소드는 이 소설이 별로 심각한 주제를 다루고 있지 않다는 생각을 갖게 한다. 그러나 주인공의 주머니에 죽은 선배의 뼈가 들어 있는 것처럼 겉으로 보기에는 세속적인 모습을 하고 있고(옛 애인을 배반한 여자에 대해서 성욕을 느끼는 사실까지 포함하여) 선배에 대한 의리를 지킨다는 단순한 인정의 지배를 받고 있지만 그 안에는 한 시대의 아픔을 안고 죽어간 선배에 대한 깊은 회한이 감추어져 있다. 마지막에 이 선배의 유골이 나올 때까지 독자가 주인공의 속된 연애 행각을 좇아갈 만큼 이 작품의 분위기는 경쾌하다.

그러나 그의 주인공들이 괴로워하고 아파하는 것은 그들이 이 시대와 역사의 문제를 안고 있고 그것의 희생자로서 자아를 발견했기 때문이다. 「전리」의 주인공인 김장수는 '빨갱이'의 유복자로 태어난 대학생으로서 데모를 주동했다가 감옥에 갇힌다. 옥살이를 하는 동안 옛날 애인도 잃고 그 자신은 간경변에 걸려 병보석으로 나오지만 그 병으로 인해 죽는다. 여기에서 그의 출생과 그의 죽음이 아무런 상관관계가 없는 것처럼 보이지만, 아버지가 죽은 것이나 그 자신이 죽는 데 이데올로기가 작용하는 것은 동일한 양상이다. 그것은 30년 전의 한국인의 삶이나 오늘의 삶이 가지고 있는 문제의 양상이 별로 달라지지 않았음을 보여준다. 그것을 이 작가는 근본적으로 분단의 비극의 결과로 보고 있다.

역사에 의한 개인의 비극이란 역사적인 문제가 해결되지 않는 한 근본적으로 해소되지 않는 아픔이다. 소설이 그 아픔의 기록이라고 한다면 이창동의 「친기」 「끈」 「소지」도 마찬가지의 과정을 보여주고 있다. 「친기」에서는 두 가지의 비극적 삶이 조명되고 있다. 그 하나는 '아버지'의 삶이다. 원래 '빨갱이'에 가담했던 그는 6·25가 나던 해에 누군가의 밀고로 붙잡힌다. 아마도 밀고의 주인공을 자신의 아내로 생각한 그는 아내와 어린 자식을 내쫓는다. 그리고 함께 붙들렸다 죽은 동지의 누이동생과 재혼을 하고 평생을 성공하지 못한 채 보내다 이제 죽음을 앞에 두고 있다. 다른 하나는 어머니와 함께 외갓집으로 쫓겨온 아들의 삶이다. 그는 어머니가 죽었지만 제사도 지내지 못하다가 아버지에게 나타나서 제사를 지내겠다고 한다. 그의 행동은 아버지가 죽기 전에 평생을 원망해온 아버지와의 화해를 시도하는 것이다. 또 「소지」도 6·25 때 행방불명이 된 남편이 아직도 살아 있으리라는 기대 때문에 제사를 지내지 않는 여자와 그의 아들의 불편한 삶을 그리고 있고, 「끈」에서는 원호 대상 유복자를 기르는 어머니와 그 아들의 대립되고 상충되는 관계를 그리고 있다.

이들 대부분의 작품에서 이 작가가 그리고 있는 것은 두 세대의 삶의 양상과, 그 세대 간의 삶의 관계이다. 아버지 세대는 대부분의 경우 6·25를 체험하면서 좌익이나 우익에 가담했다가 죽는다. 어머니는 과부가 되어 30~35년 동안 그 한을 품고 아들을 길러낸다. 그런데 그 아들은 이제 데모에 가담해서 죽거나 실종된다. 이와 같은 논리에서 보면 이 작가는 오늘의 젊은 세대가 안고 있는 불행을 아버지 세대의 비극이 아직도 이들에게 동일한 문제로 제기되고 있다는 데서 찾고 있다. 그것은 분단의 비극 때문에 행복한 삶을 살지 못한 것이나 민주화가 되지 못해서 데모에 가담해야 하는 두 세대의 문제가 동일한 유형으로 제기되고 있음을 의미한다. 이것은 역사의 반복이 아니라 비극적 삶의 유형이 가지고 있는 동질성을 이 작가가 포착하고 있음을 말한다. 그런 점에서 이 작가는 오늘의 우리 사회가 안고 있는 다양한 문제가, 가령 분단의 비극에서 기인한 이데올로기의 대립, 독재적인 정부에 대항하는 민주화운동, 광주의 비극적 사건에 의해 많은 사람들이 입어야만 했던 상처 등으로 표현될 수 있음을 그의 작품을 통해서 보여준다. 특히 두 세대의 삶을 연결시킴으로써 그것이 단순히 오늘의 문제만이 아니라는 것을 분명하게 보여준 이 작가적 통찰력은 이 젊은 신인이 신뢰받을 수 있는 작가임을 이야기하기에 충분하다. 왜 우리는 한 세대가 지나감에도 불구하고 동일한 문제와 씨름해야 하는가 하는 질문을 던지게 한 것은 바로 이 작가가 두 세대의 삶을 동시에 다루고 있는 데서 가능한 것이다.

IV

이창동이 이처럼 두 세대의 삶의 상관관계를 다루고 있는 점은 이 젊은 작가의 야심을 읽게 한다. 그러나 그가 보다 근본적인 문제를 인식하고 있는 작가라는 사실은, 그 두 세대의 상관관계를 통해서 삶과 죽음이라는 보다 근원적인 문제에 접근하고 있는 데서 발견된다. 그의 모든 작품에는 누가 죽었거나 실종된 사건이 항상 배경에 깔려 있다. 다시 말하면 그의 작품은 모두 하나의 죽음이나 실종을 배경으로 깔고 있는 삶의 모습을 그리고 있다. 그의 작품을 읽으면 사람의 일상적 삶이란 무수하게 많은 죽음을, 겉으로 보이지 않는 죽음을 밑바닥에 깔고 있다. 우연한 교통사고로 인한 어린아이의 죽음과 자신의 몸에 인화 물질을 끼얹고 불을 지른 죽음(「불과 먼지」), 6·25전란에서의 전사(「끈」), 사상이 불온해서 당한 처형(「소지」와 「친기」), 남편에게 쫓겨난 아내의 죽음(「친기」), 사태의 진압 과정에서 이루어진 죽음(「여러분의 안전을 위하여」), 옥살이로 얻은 병으로 인한 죽음(「전리」), 일선에서의 총기 사고로 인한 죽음(「눈 오는 날」) 등 오늘의 한국인들이 체험했음직한 여러 가지 죽음이 오늘의 삶을 결정하는 요소로 나타나고 있다. 그 죽음의 성격은 극히 개인적이고 우연적인 것에서부터 분단의 현실에서 야기된 것, 그리고 정치적 억압으로부터 자유를 찾는 과정에서 비롯된 것에 이르기까지 세 가지로 유형화시킬 수 있지만 바로 그것이 삶에 미치는 영향은 너무나 다양하게 나타난다는 것을 이 작품집은 보여주고 있다.

그러나 이러한 죽음들이 이 작가의 작품들에서 보다 감동적으로 느꺼지는 것은 그 실제의 죽음이 상징적 죽음과 대비된다는 데 있다. 작가가 소설을 쓰지 못하는 것, 기자가 할 말을 제대로 쓰지 못하는 것은 물론이거니와, 처남의 죽음과 본처와의 이별이라는 아픔을 지닌 채 이념을 버리고 살아온 주인공의 비극적인 삶의 실패(「친기」), 분단의 상황과 이데올로기의 대립 속에서 행방불명이 된 남편의 죽음을 인정하지 않음으로써 20년 동안 감추어온 둘째 아들의 출생에 얽힌 비밀을 밝히지 못하는 삶(「소지」), 원호 대상의 유복자를 독점하지 못해서 며느리를 괴롭히기 위해 재일교포와의 혐의를 밀고하는 과부 어머니의 질투와 가출(「끈」), 평상적인 삶에서 격리된 채 제복의 강력한 조직 속에서 비인간적인 현실과 싸워야 하는 '고문관'의 고통 등은 바로 이들 주인공의 삶 속에 있고 우리의 일상적 삶 속에 있는 상징적 죽음을 이야기해준다. 따라서 우리가 산다고 하는 것은 사실 그 내면에 이러한 죽음을 안고 있다는 비극적인 성질을 지닌다. 그런 점에서 우리들의 삶이란 죽음의 끝없는 연습이라고 할 수 있다.

이창동의 소설은 말하자면 우리의 삶 속에 있는 죽음의 정체를 밝히고 있을 뿐만 아니라 그것이 삶의 고통과 어떻게 연관되는지 알려준다.

그러나 그의 소설이 암울하게만 보이지 않는 것은 거기에 제의적(祭儀的)인 신비가 곁들여 있기 때문이다. 「전리」에서 죽은 친구의 유골을 주머니에 넣고 다니는 것은 죽음에 대한 친숙함을 가능하게 하면서 그 존재를 외면해서는 죽음이 극복될 수 없다는 것을 말하며, 「불과 먼지」에서 교통사고에 의한 딸의 죽음을 청년의 분신자살에 비교하는 것은 죽음이 어느 때고 우리를 찾아올 수 있음을 인식하게 만든다. 그러나 보다 더 제의적인 요소는 「소지」에서 둘째 아들을 위험으로 몰아넣을지도 모를 유인물을 불태우는 것이나 「친기」에서 쫓겨난 부인의 제사를 지내는 것에서 발견된다. 그것은 우리의 삶 속에 있는 죽음을 쫓아내는 상징적인 의식이기 때문이다.

그러므로 이창동의 소설을 읽으면 한편으로는 우리의 삶 속에 무수하게 있는 죽음과 친숙해지고 다른 한편으로는 우리의 내면에 있는 죽음을 몰아내게 된다는 것을 느끼게 된다. 그 죽음이 바로 오늘의 우리 삶 속에 현존하고 있다는 사실을 깨닫게 될 때, 그리고 우리가 명증한 의식으로 그 죽음과 싸워야 된다는 인식을 갖게 될 때 이창동의 소설은 우리에게 바로 그 죽음에 대항할 수 있는 주문(呪文)이 된다. 소설이 작가에게뿐만 아니라 독자에게도 죽음을 몰아내는 주문임을 이 소설집은 우리에게 확인시켜준다. 이러한 이창동 소설의 비밀은 그가 소재의 구호적 성격에 휩쓸리지 않고 문학이 무엇을 말할 수 있고(없고) 우리에게 무엇이어야 하는지 근본적인 질문을 갖고 소설을 쓰고 있는 데서 이루어진 것이다. 이창동에게 볼 수 있는 1980년대적 특성이 믿음직스러운 것은 그 때문이다. 오늘의 문학이 1980년대 초의 폭력적인 현실의 충격에서 벗어나는 것이 문학의 위상을 정립하는 것이라면 이창동은 거기에 이미 기여하고 있다.

위대한 패배의 의미

─채영주의 『담장과 포도 넝쿨』

채영주의 장편소설 『담장과 포도 넝쿨』은 1970~80년대에 대학 시절을 보낸 젊은이들의 고통스러운 삶을 대단히 참신한 감각으로 그리고 있다. 여기에서 참신하다고 하는 것은 소재에 관련된 것이 아니다. 소재는 어쩌면 그 자체만으로 떼어놓고 본다면 오히려 한 편의 멜로드라마에 가까운 것처럼 보인다. 태어나면서부터 고아나 다름없는 불우한 환경에서 자라나 언제나 자신의 분수를 넘지 않게 사는 것을 삶의 방식으로 선택하고 있는 주인공 민수와 일성그룹이라는 대재벌의 막내딸로서 자신의 삶을 찾고자 하는 상임의 만남과 헤어짐은 벌써 그 자체로 결과가 들여다보이는 뻔한 이야기이다. 뿐만 아니라 가난한 남자와 돈 많은 여자의 만남을 가로막기 위해서 폭력이 동원되었다든가 강제로 미국 유학을 보냈다는 것도 새로울 수 없는 주제이다. 그가 미국에 가서 제대로 적응하지 못한 채 온갖 실패를 경험하고 귀국하는 사이에, 그녀는 완고하고 권위주의적인 아버지의 지시에 따라 철저히 감금되었다가 그를 만날 수 있는 기회들을 제대로 활용하지 못하고 결국 자살을 하고 만다.

이러한 줄거리는 그 자체로는 새로울 것이 거의 없다. 그러나 이 작품은 단 하나의 줄거리로 구성된 것이 아니라 다른 하나의 줄거리와 함께 엮여 있다. 즉 미국으로 간 주인공이 머무르는 곳은 메리디안이다. 그는 그곳에 한국인이 살고 있지 않은 것으로 생각하다가 어느 날 우연한 사건으로 우희라고 하는 또 다른 주인공을 만난다. 어려서부터 사물의 세계에서 현기증을 느끼며 살던 그녀는 학원 사태에서 어느 쪽에도 선뜻 나서지 못하는 생활을 하다가 자신과 비슷한 입장에 있던 정진의 죽음을 체험한 다음 의사와의 결혼을 거부하고 미국으로 건너온다. 처음에는 샌프란시스코에 있다가 함께 건너온 여자 친구에게 아르바이트 자리를 빼앗긴 다음에는 메리디안에 와서 자신의 신분을 밝히지 않고 살아가다가 민수를 만난다. 그녀는 가능하면 미국식 생활방식으로 자유롭게 살려고 하지만 결국은 민수에게 자신을 맡기고자 시도하다가 이를 거절당하자 헤어지고 로스앤젤레스로 간다. 두 사람은 함께 생활할 수 있는 가능성이 얼마든지 있었지만 각자 자신의 삶을 관찰하는 방식 때문에 쉽게 결합하지 못하고 헤어진다. 여기에는, 뺑뺑이를 돌다가 어지러우면 그 반대쪽으로 돌면 된다는 현기증의 해결 방법을 실천하고 있는 우희의 삶과, 모든 것에서 자신의 분수를 알고 일단 목표가 설정되면 그것 이외에는 어떤 것도 보지 않으려는 민수의 삶이 만날 수 없었던 운명이 크게 작용하고 있다.

이러한 운명이 극복되는 것은, 따라서 두 사람의 삶의 방식이 바뀜으로써만 가능한 일이다. 그러나 삶의 방식이란 개인의 의지에 의해서 정해지는 것이 아니라 개인과 그를 둘러싸고 있는 세계와의 만남의 관계 속에서 이루어지는 것이다. 그렇기 때문에 그것은 쉽게 바꾸어질 성질의 것이 아니다. 따라서 그들의 만남이나 결합이란 어떤 점에서는 숙명적인 불가능성을 갖고 있다고 할 수 있다. 이 두번째 줄거리도 어쩌면 도식적인 성질을 갖고 있는 것으로 보일 수 있다.

사실 이 소설이 이 두 가지 줄거리의 엮음으로만 끝났다고 한다면 이 작품은 민수라는 남자 주인공이 예기치 않은 백설공주인 상임이라는 여자 주인공과 사랑에 빠졌다가 그것으로 인해서 커다란 시련을 겪고 미국으로 건너가고, 거기에서 사랑의 새로운 대상인 우희를 만나지만 그녀와의 사랑도 결실을 맺지 못하자 귀국하고 만다는 줄거리를 가질 뿐이다. 이러한 줄거리는 그러나 이 작품의 전반부에 해당하고, 후반부에서는 주인공의 자신이 살고 있는 세계에 대한 반문과 부정, 무엇인가 바꿔보려는 적극적인 삶이 줄거리를 형성하게 된다. 이미 주의 깊은 독자들은 주목할 수 있겠지만 그런 점에서 이 작품은 제1부와 제2부로 나누어 생각해야 할 것이다.

이 작품의 제1부는 자신의 출생의 성격이 비극적임을 알고 있는 주인공이 그 비극성을 극복하기 위해서 세계와 사물에 대해 지나친 관심도 무관심도 보이지 않고 자기에게 주어진 일만을 수행해나가는, 자아를 보존하는 모습을 보여준다. 그는 일제 때 악랄한 이장 때문에 일곱 명의 형을 잃은 뒤 태어났을 뿐만 아니라 자신의 출생이 어머니의 사망과 직결되는 비극을 안고 태어난 것이다. 따라서 그의 출생은 역사적인 비극과 개인적인 비극을 동시에 내포하고 있다. 그럼에도 불구하고, 아니 바로 그렇기 때문에 그는 어려서부터 누나 집에 기숙을 해오며 일곱 형의 한을 안고 태어났음을 잊지 말라는 누나의 당부를 마음 속에 품고 살면서 오직 잘살기 위한 길만을 추구한다. 이러한 삶의 원칙 때문에 그는 언제나 '갑작스러운' 일에 휩쓸리지 않고 계획에 의해 움직이고자 했고, 기대했던 것으로부터 '배반'을 당하지 않기 위해서 자기 분수에 넘치는 것이나 자기 일을 벗어난 것에 대해서는 전혀 관심을 표현하지 않는다. 그런 점에서 그는 철저한 개인 이기주의에 사로잡혀 있다. 개인적인 목표를 달성하기 위해 조심스럽게 살아왔던 것이다.

이처럼 방어적인 자세를 지켜온 주인공은 자신의 주변에서 일어나는 일들을 보지 않으려고 노력하고 자기 분수를 제한하기 위해 노력한다. 그러나 그가 그러한 삶의 원칙을 깨뜨리게 만드는 첫번째 문제가 제1부에서 이성의 문제로 나타난다. 물론 상임이 민수에게 접근해 왔을 때 그는 이성의 유혹을 물리치기 위해 온갖 노력을 기울인다. 그는 사랑의 문제도 자신의 삶의 원칙에 의해 해석하고 거기에 맞지 않을 경우 거부하고자 한다. 그는 재벌의 딸을 사랑할 수 없다는 그 나름의 원칙을 지키고자 하지만 상임에게서 '사랑의 진실'을 확인한 다음에는 그 원칙을 어기게 된다. 그러나 원칙의 어김은 그에게 엄청난 대가를 가져온다. 그는 납치되어 폭행을 당하고 미국으로 떠나라는 협박에 굴복하게 된다. 이것은 그 자신의 보호 원칙을 어긴 대가로 지불받은 첫번째 재난이다. 그것이 재난인 것은 폭행을 당한 사실 때문이 아니라 사랑이 실패했기 때문이다. 그가 모든 유혹에도 지지 않는다는 보호 원칙을 깨뜨리면서 비로소 사랑을 하기로 마음먹는 순간 그는 사랑에 실패한다.

또 하나의 사랑의 실패는 미국에서 우희의 온갖 유혹에도 잘 버티다가 나흘 동안 앓고 난 다음 자신의 원칙을 깨뜨리려 했으나 우희가 떠나는 것으로 나타난다. 그는 자신의 원칙을 깨뜨리고 한걸음 더 나아가고자 했지만 우희의 원칙이 충족되지 않았기 때문에 "당신에게 당신의 질서가 있었듯 내게도 내 삶의 방식이 있다"는 비판을 받는다.

주인공이 미국에서 경험하게 되는 두번째 실패는 극도의 인종차별주의자인 제인 오스왈드 교수의 현대사 강의 수강에서 나타난다. 그는 우희의 충고에도 불구하고 백인우월주의자로서 현대사를 백인 중심으로 해석하고 있는 오스왈드 교수의 강의를 듣는다. 그는 많은 준비를 통해서 교수의 주장을 논리적으로 반박하고 수정하고자 시도하지만 오히려 자신의 주장을 굽히지 않을 수 없는 벽에 부딪히고 그 결과 학문적 지조가 없다는 모욕적인 비난을 받기에 이른다. 그는 여기에서 받은 충격으로 한 학기를 쉬기까지 한다.

이 두 실패는 주인공의 개인적인 자아가 자기실현을 시도하다가 체험한 실패이다. 제1부에 해당한다고 할 수 있는 1·2·3장에서 주인공은 자신의 개인적인 행복과 성취를 이룩하기 위해서 삶의 원칙을 지키고자 하지만 실패하고 만다. 그는 자기 주변에서 일어나는 '예기치 않은 일'들에 대해 외면하면서 살고자 하는 삶의 태도를 보이지만 그것이 개인적인 차원에서 끝나지 않는다는 사실을 확인하게 된다. 개인적인 행복도 타인과의 관계 속에서만 있을 수 있고 또 세계의 끊임없는 간섭을 받을 수밖에 없다는 사실을 확인하게 되는 것이다. 제1부는 그가 자신의 원칙을 벗어나는 일에 대해 도외시하고 자신에게 주어진 일에만 충실하려고 한 것이 일종의 도피 행위에 지나지 않는다는 깨달음에 도달하는 과정이다. 따라서 제1부는 자기 존재의 비극성이 개인적 자아의 실현에 실패하는 과정을 보여준다.

이 작품의 제2부에 해당하는 4·5·6장에서는 주인공의 삶의 원칙이 바뀐 것은 아니지만 의식에 변화가 일어나는 과정을 그리고 있다. 자신의 삶을 철저한 개인의식으로 파악한 제1부에서와는 달리 제2부에서 주인공은 사회의식에 눈을 뜨게 됨으로써 현실과 마주 서는 사회적 자아를 실현하고자 한다. 그는 귀국하고 신문사에 취직한다. 신문사에 취직한다고 하는 것은 신문사가 입사 시험이라는 자유 경쟁에 의해 취직할 수 있는 곳이라는 점에서 고아 비슷한 출신 성분을 가진 주인공이 이 사회 속에 뿌리를 내릴 수 있는 상징적인 곳임을 이야기해주고 있다. 그리고 신문이란 개인으로 하여금 그가 살고 있는 세계의 거의 모든 부분과 접촉하게 만드는 성질을 띠고 있다. 그 때문에 그는 우리 사회가 안고 있는 문제들을 직접 찾아다니고 확인할 수 있게 된다. 그는 지금까지 자신이 외면하고자 했던 문제들을 직업의 성격상 이제는 적극적으로 찾아 나서지 않을 수 없는 것이다. 그는 사회부의 경찰 출입 기자로 있으면서 1980년대 학원에서 일어나고 있는 일들과 사회에서 일어나고 있는 범죄들의 진상을 알게 되고, 경제부에서 근무하면서 이 나라의 농촌 현실을 파악하게 되며, 편집부에 있으면서 언론의 비리를 목격하게 된다. 그는 대학생의 의문에 찬 죽음을 취재하여 기사화했으나 보도가 되지 않았고, 농촌의 부채와 농산물 유통 구조의 모순을 조사하여 기사화했으나 왜곡된 것을 읽을 수 있었고, 성고문 사건의 제목을 사실과 맞게 다루었으나 엉뚱하게 변형된 것을 확인할 수 있었다. 그는 이제 개인적인 자아에서 사회적인 자아로 가는 중간 단계인 직업적인 자아의 상태에서 너무 많은 모순과 비리를 목격하게 된다. 그는 자신의 삶의 원칙을 지키며 사는 일이 얼마나 허구에 찬 것인지 의식하게 된다. 그렇지만 '굶어서 죽은 일곱 형'의 이야기가 그의 뇌리를 자꾸 스치고 지나가기 때문에 그는 신문사의 부장이나 데스크를 보는 차장에게 몇 번의 항의를 하는 정도로 의사 표시를 했을 뿐 더 이상의 과격한 행동을 하지 못한다. 그런 점에서 보면 그는 착실한 직업인의 범주를 벗어나지 못한다.

그는 신문사 서무의 보도 지침 대장을 복사하여 가지고 나오다가 기관원에게 붙들려가 '엄청난 협박'을 받고 난 다음 사표를 제출하고 서울을 떠난다. 그는 기차와 버스를 타고 시골을 전전하다가 어느 농가에 머물게 되면서 자신이 또 다른 현실과 대면하고 있음을 깨닫게 된다. 그는 자신이 경제부에서 취재를 한 경험이 있는 농촌의 현실을 대면하고는 농민운동에 가담하게 된다. 그는 결국 농민대회장에서 테러를 당해 비극적인 삶에 종말을 고하게 된다.

'갑작스러움'을 싫어한 주인공의 이러한 생애는 삶에서 개인적인 자아나 사회적인 자아가 개인의 의식 내면에서 결정되는 것이 아님을 보여준다. 그것은 자신과 세계의 부딪침 속에서 끊임없이 형성되는 것으로서 개인이 세계에 대해서 어떤 의식을 갖게 되느냐, 세계에서 어떤 체험을 하게 되느냐에 따라 결정되는 것이다. 여기에서 주인공은 자신의 삶과 그에 대한 의식을 자신의 계획에 따라서 움직이려고 시도하고 있지만, 그러나 그가 살고 있는 세계는 그에게 끊임없이 '갑작스러움'으로 다가오고 있다. 아무리 그가 충동적인 일을 하지 않으려고 노력함에도 불구하고 세계가 그에게 '갑작스러움'으로 다가올 때 그는 매번 한발 물러서서 자신의 원칙을 확인할 수 있는 것이 아니다. 때로는 자신이 싫어하는 충동적인 행동을 하지 않을 수 없다. 그리고 그 충동적인 행동이 그에게 불행을 가져온다.

최초로 그에게 갑작스러움인 것은 상임의 출현이다. 그는 그녀를 받아들이지 않기 위해 온갖 노력을 기울였지만 그녀의 도전에 굴복하고 만다. 그는 자신의 원칙을 어긴 결과 현실로부터 엄청난 보복을 받는다. 두번째로 그의 충동적인 행동은 신문사에서 보도 지침 대장을 복사해내는 일이었으나 이것은 그로 하여금 신문사를 떠날 수밖에 없게 만든다. 세번째로 그에게 원칙을 어기에 만든 것은 농민운동이다. 여기에서 그는 자신의 비극적인 운명을 완성하게 된다. 그가 자신의 원칙을 어긴 이 세 번의 시도는 현실로부터 철저한 보복을 받게 되는데, 그때마다 어김없이 찾아오는 것이 '기관원'이다. 그것은 개인의 사랑의 문제에서 직업 내부의 문제와 사회의 문제에 이르기까지 개입하는 거대한 힘의 상징으로 이 작품에서 나타난다. 그리하여 개인이 자신의 분수를 넘어서려고 하면 언제나 보복을 하는 현실의 상징적 역할을 맡고 있다.

결국 이 작품은 제1부에서 개인적인 자아가 의식의 눈을 떠서 제2부에서 사회적 자아로 발전하게 되는 과정과, 그 과정 속에서 개인이 비극적인 운명을 살아야 하는 현실의 모습을 우리에게 제시해주고 있다. 그러나 그러한 현실의 모습이 우리에게 감동으로 읽힐 수 있는 것은 주인공의 사회적 자아로의 확대 때문이라고 할 수 있는 것이 아니다. 오히려 주인공의 생애의 변화는 그 자체만으로는 도식적인 요소를 갖고 있고 또 어떤 점에서는 동기가 분명하지 않은 요소도 있다. 가령 주인공이 미국 유학을 간다든가 혹은 신문사에 사표를 내고 새벽 기차를 탄다든가 농촌에서 김 노인을 만나 정착하게 되는 과정들이 그러한 요소들에 속한다. 이 작품의 생명력은 1970~80년대에 고뇌하는 젊음을 살고 있는 여러 작중인물들의 비극적 삶이 서로 유기적으로 엮여 있으면서도 각자가 자기의 삶을 진지하게 살려고 하는 모습을 구체적으로 보여주는 데 있다. 자신을 그림의 액자 속에 있는 삶에서부터 구출하기 위해 결국 죽음을 선택한 상임, 이 세계에 대해서 끊임없는 현기증을 느끼면서 그 현기증에 대항하는 방법을 찾아 방황하고 있는 우희, 동료들이 학생운동을 하고 있는 데 대해 "희생에 비해 성과가 적은 소모전"이기 때문에 함께하지 못하는 자신의 존재를 괴로워하다가 자살을 하고 만 정진, 가난한 현실에서 탈출하기 위해 우희와 함께 미국으로 가 그녀의 아르바이트 자리를 빼앗았다가 오히려 흑인의 총격의 희생자가 되고 만 우희의 친구, 그리고 이 사회에 뿌리내리기 위해 온갖 노력을 했음에도 불구하고 죽음 이외에는 이 땅에 뿌리를 뻗을 수 없었던 민수 등은 고통 속에 있는 젊음의 모습을 형상화하고 있다. 이들은 모두 가난한 젊음을 가지고 있고 그들의 시도는 모두 실패로 끝난다. 그러나 이 소설의 화자가 이야기하고 있는 것처럼 그들의 실패는 삶에 대한 진지한 물음을 담고 있고 삶의 구체성을 획득하고 있는 한 아름답고 감동적이다. 이들의 실패를 통해서 가난한 젊음의 고통의 정체가 밝혀질 수 있다면 그것은 위대한 실패일 수 있다. 그 위대한 실패 가운데 우희가 이야기하고 있는 고백은 처절하기까지 하다. 우희는 민수에게 자기와 가까이 지낸 사람들이 죽어왔다는 말을 지나가는 말처럼 한다. 정진이 그녀와 하룻밤을 보낸 다음 자살을 했고, 그녀와 함께 미국에 온 그녀의 친구가 슈퍼마켓에 들어온 흑인의 총에 맞아 죽었다. 그리고 그녀가 함께 살자는 민수의 제안을 받아들이기로 하자 민수도 죽는다. 이러한 그녀의 모습은 실제로 어떤 귀기가 흐를 정도로 매혹적이지만 그녀에게는 어쩌면 죽음의 그림자가 따라다니는 것일지도 모른다. 이러한 인물의 설정은 이 소설을 도식적인 형태에서 벗어나게 해준다. 또 민수 자신의 삶에 있어서도 그의 시도나 행복은 언제나 성공적으로 끝나기 직전에 실패한다. 그것은 상임과의 관계나 우희와의 관계가 그렇고, 신문 기자 일이나 농촌운동이 그렇게 끝나는 것으로 입증된다.

개인의 운명이나 사건의 진행을 순환 구조로 그리고 있는 이 작품은 오늘의 젊은 세대의 감각과 의식을, 삶과 그 근원을 보여주고자 한 점에서 작가의 야심적인 의도를 읽게 해준다. 위대한 실패를 아름답게 노래할 수 있는 사람이 아니고는 작가가 될 수 없다는 것을 작가 자신이 의식하고 있는 것처럼 보인다.

중층 구조의 소설

—박상우의 『지구인의 늦은 하오』

I

박상우의 『지구인의 늦은 하오』는 1980년대에 젊은 시절을 보낸 사람들의 이야기라는 점에서 주목을 끈다. 작가가 자기 시대에 대한 어떤 정리를 하겠다고 생각한다는 것은 야심에 해당한다. 왜냐하면 자기 시대를 제대로 보고자 하는 의식 있는 사람은 누구나 자기가 산 시대를 가장 고통스러운 시대로 인식하기 때문이다. 자기 시대를 가장 고통스러운 시대로 인식한다고 하는 것은 다른 시대에 비해서 고통스러운 사건이 그만큼 많은 데서 연유할 수도 있다. 그 경우에는 그 시대의 고통이란 그 시대를 산 사람에게 우연으로 주어진 것일 수도 있다. 그러나 작가가 자기 시대를 가장 고통스러운 시대로 인식하는 것은 대부분의 경우 자신의 경험이 다른 시대보다는 자기 시대를 보다 속속들이 알게 하고 그리하여 체험된 고통을 보다 가까이에서, 보다 즉각적으로 확대시키는 데서 연유한다. 작가가 자기의 고통을 확대시키는 것은 자신이 느끼고 있는 위기를 확대시키는 것이다. 고통의 확대가 위기의 확대로 가는 것은 작가가 자기의 존재를 확인하는 방식에 해당한다. 자신이 글을 쓰는 것은 그 글을 쓰지 않고는 견딜 수 없는 고통과 위기에 대해서 스스로 버티는 방법이며, 다른 사람들에게 고통과 위기를 느끼게 함으로써 거기에 대처하게 하는 방법이기 때문이다. 대부분의 경우 작가는 스스로 버티는 데 성공하지 못할 뿐만 아니라 타인을 버티게 만드는 데도 성공하지 못한 것처럼 보인다. 그 경우 작가의 버팀이 작가의 비극적인 숙명처럼 나타난다. 왜냐하면 현실에 대한 버팀은 현실과의 불가능한 싸움을 벌이는 것이기 때문이다.

작가는 현실과의 불가능한 싸움을 벌이면서 시시하고 자질구레한 이야기를 한다. 다시 말하면 그 시대의 이념이나 정치적 이슈나 집단적 가치를 내세우는 것이 아니라 그러한 것들 속에서 살고 있는 개인들의 일상적인 생활에서 야기되는 자질구레한 이야기를 늘어놓는다. 그 이야기는 소설 속의 인물들을 단순히 허구의 세계 속에서 살게 하는 것이 아니라 우리의 삶 속에서 살게 만든다. 작중인물들은 우리와 마찬가지로 사랑하는 사람과 미워하는 사람이 있고, 질병과 가난에 시달리고, 어떻게 보면 자기 자신과 직접적인 관계가 없는 일에 흥분하고 분노하며, 자신의 욕망을 충족시키지 못해서 괴로워하거나 불평을 늘어놓는다. 요컨대 자신이 살고 있는 삶과 자신이 생각하고 있는 삶 사이에 너무나 큰 괴리가 있음을 자각하고 그 때문에 고통스러워하고 절망한다. 따라서 소설은 시시하고 자질구레한 이야기를 통해서 개인의 삶의 내용과 질에 대해 질문을 던지게 하고 그런 삶을 가능하게 하는 사회에 대해 의혹의 눈초리를 보내는 것이다. 이처럼 작가가 삶과 세계에 대해서 의혹의 눈초리를 보내는 것은 그러한 삶과 세계를 넘어서고 싶은 욕망에서 비롯된다. 고통과 그것의 극복이라고 하는 주제로 설명할 수 있는 이러한 작가적 노력은 대부분의 경우 은밀하게 진행된다. 가령 소설의 주인공이 도덕적으로 부도덕하다든가 법률적으로 범죄자라든가 사회적으로 이단자라든가 개인적으로 반항자라고 하는 것은 그 주인공이 살고 있는 사회의 제도나 법률이나 풍속이, 요컨대 주인공의 현실 전체가 그 주인공의 삶에 억압적으로 존재하고 있음을 의미한다. 따라서 소설의 주인공은 법률이나 풍속이라는 제도의 입장에서 보면 단죄되어야 할 인물이지만 소설적 상황으로 제시된 개인적 입장에서 보면 이해할 수 있는 인물이 된다. 소설의 인물이 범죄적이고 반항적이고 이단적인 것은 그 인물이 살고 있는 사회와 제도에 대해서 질문을 던지는 방식이며 동시에 그 평가 기준에 대해서 문제를 제기하는 방식이다. 소설의 주인공은 비극적인 인물이고 불행한 사람이다. 그가 자신의 운명을 극복하고자 하지만 실패하고 만다는 점에서 비극적이고, 욕망을 실현시키고자 하지만 이루지 못한다는 점에서 불행한 사람이다. 그렇다면 소설이란 결론이 내다보이는 이야기라고 할 수 있을까? 비극적이고 불행한 삶이라는 점에서는 그렇다고 말할 수도 있을 것이다. 그러나 소설이란 그렇게 한마디로 이야기할 수 있는 결과를 중요시하는 문학 장르가 아니라 그런 결과에 이르게 되는 과정을 중요시하는 문학 장르이다. 그 과정은 사람에 따라서, 그 사람이 살고 있는 상황에 따라서, 그의 개인적 기질과 사회에 따라서 너무나도 다르게 나타날 수 있을 뿐만 아니라, 그런 것으로 설명할 수 없는 우연

혹은 어떤 것에 따라서도 얼마든지 다르게 나타난다. 소설이 시시껄렁한 이야기를 길게 늘어놓는 것처럼 보이는 것은 그 과정을 자세하게 보여주어야 하기 때문이다. 그 자세한 과정은 그것을 충실하게 따라가는 독자에게만 읽힐 수 있는 것이지 결론만을 알고자 하는 독자에게는 읽히지 않는다.

II

박상우의 작품은 그 자세한 과정을 두 가지 차원에서 보여주고 있다. 그 하나는 작가를 직업으로 택하고 있는 조정우라는 인물이 살고 있는 삶이고 다른 하나는 1980년대라고 하는 불행한 시대에 대학 시절을 보낸 남궁국이라는 인물이 살고 있는 삶이다. 표면적으로 이 작품은 자기 시대에 적극적으로 대응하려고 하는 젊은 주인공의 비극적인 운명을 하나의 이야기로 삼고 있고 그 운명의 과정을 우리에게 보고하는 소설가의 삶을 다른 하나의 이야기로 삼고 있다. 그렇기 때문에 이 작품의 두 주인공은 서로 다른 세계를 형성하고 있다. 즉 소설가로서 이 소설의 화자인 조정우를 중심으로 한 세계는 그가 결혼할 예정인 영주와, 그의 옛 은사로서 논리학자이면서 고고학 분야에도 관심이 많은 신지균, 옛날 애인이었으나 지금은 다른 사람의 아내가 되어버린 남궁연숙, 그리고 그녀의 동생으로 사회학과에서 제적당한 남궁국 등의 인물로 구성되어 있다. 반면에 소설 속의 소설 『지구인의 늦은 하오』의 작가인 남궁국을 중심으로 한 세계는 동생에게 '창녀'라는 비난을 받을 정도로 애인이 입대한 사이에 다른 남자와 결혼했다가 별거하고 있는 남궁연숙, 고위 경찰 간부로 있는 아버지, 벼락 맞은 대추나무를 부적처럼 목걸이로 매고 다니는 신묘선, 그를 밀고자로 몰아버린 같은 운동권의 친구들로 구성되어 있다.

여기에서 또 하나의 세계를 구분한다면 남궁국이 쓰려고 했던 미완성의 소설 『지구인의 늦은 하오』의 세계가 있다. 이 미완의 소설에는 어느 곳에도 정착을 못 하고 여기저기를 배회하고 있는 화자인 '나'와, 철학도이면서 허무주의자이고 신비주의자이며 종말론자인 친구가 있고, 오십대가 되어서도 동네 다방의 종업원을 탐내는 아버지가 있고, 대학 교수이면서 시인으로서 가출한 어머니가 있고, 어머니와 함께 살다가 군에 입대한 동생이 있으며, 동생의 애인으로 동생을 자살로 몰고 간 여자가 있다. 이 세 가지 이야기가 엮여 있는 이 작품은 따라서 이야기 속의 이야기와, 그 이야기 속의 이야기라는 3중의 구조로 형성되어 있어서 대단히 복잡하게 보인다. 그러나 이 세 가지 이야기가 서로 공통적으로 만나는 지점은 구성원의 측면으로 볼 때 조정우라는 소설가와 남궁국이라는 소설가 지망생이다. 이 두 인물의 만남에 의해 서로 다른 두 세계가 교류를 하게 되어 있는 이 작품은 마치 두 개의 원이 겹쳐 있는 공통의 부분이 두 인물이라는 중심점을 공유하고 있는 것 같다. 그러나 주제의 측면에서 이 세 이야기가 공통적으로 만나는 지점은 종말론과 구원의 문제이다.

우선 첫번째 이야기는 소설가 조정우가 격동의 시대에 대학을 졸업하고 군대에 갔다 온 다음 '소설'을 쓸 수밖에 없다고 생각하는 과정을 다음과 같이 기록하고 있다.

그렇듯 삶과 죽음이라는 두 가지 형태의 극단이 나의 내면에서 치열한 교전을 계속해나가던 어느 날, 쏜살같이 나의 뇌리를 스쳐간 푸른 섬광이 있었다. 죽은 자가 산 자 속에 있고, 산 자가 죽은 자 속에 있다는 전혀 다른 확신에 나는 이르게 되었던 것이다. 죽음과 삶의 간극에 드리워진 어두운 통로—그게 바로 인간들이 만들어낸 가증스런 힘의 배관이라는 사실을 비로소 나는 확인하게 되었던 것이다. 인간이란 어차피 모방되어진 환영이 아닌가! 죽은 자의 유형별 분류를 통해서 얻어진 일종의 연립방정식이 그 분류군에 해당하는 산 자들에게 대입되어도 결국은 동일한 답이 얻어질 수밖에 없으리라는 발견이었다. 그리하여 역사를 짓밟는 인간들이 만들어낸 잔악한 폭력에 의해 죽임을 당한 자들의 목록을 작성하고, 그리고 죽임당할 자들의 목록을 발췌해나가는 전혀 다른 식의 삶을 나는 꿈꾸기 시작했던 것이다.

1980년대의 폭력적인 상황의 체험이 소설을 써야겠다는 생각을 갖게 만들었다는 고백에 해당한다. 그것은 폭력적인 상황이 자신의 주변에서 무수한 주검을 보게 하고, 그 주검을 통해서 자신의 죽음을 인식하게 되고 나아가서는 자기 존재의 비존재화를 목격하게 되었음을 의미한다. 여기에서 주검을 생명체로 바꿔놓고 자신의 죽음에 살아 있다는 증거를 제시하며 부재를 존재로 변형시키는 방법은 소설밖에 없다는 작가의 인식을 확인할 수 있다. 그렇기 때문에 그의 관심은 폭력적인 상황의 체험이 사람들의 사고 속에 어떤 변화를 가져오는가 하는데 집중되고 있다. 여기에서 결정적인 단서가 되는 것이 신문에 보도되고 있는 끔찍한 사건들과 기상 이변들과 선지자를 자처하는 사이비종교의 발호이다. 화자는 아침이면 늦잠을 자고 오후에 잠에서 깨어나면 작취미성의 상태에서 일상적인 생활을 시작하지만 끊임없이 마치 우연처럼 읽게 되는 것이 그러한 기사들이다. 그 기사들은 일부 종교에서 과장하고 있는 '종말론'을 연상시킴으로써 화자로 하여금 수많은 예언들이 결국 괴롭고 고통스러운 현실로부터 탈출하기 위한 방법으로 제시된 것임을 밝혀나가게 만든다. 바로 그 구명의 과정이 남궁국의 삶을 통해서 나타난다.

사회학과에 적을 둔 남궁국이 운동권에 가담한 것은 폭력적인 상황에 저항하기 위한 것이다. 그의 행동이 현실적으로 여러 가지 희생을 감수하면서 이루어진 것임에도 불구하고, 또 자신의 현실에 파시즘이 자리 잡지 못하게 하기 위한 것임에도 불구하고 결국 동료들로부터 배신자로 낙인찍히게 되자 그는 처음에는 자폐증 환자처럼 되었다가 나중에는 광신자로 변모한다. 그리하여 신묘선이라는 여자의 지시를 받으며 종말론의 구원을 꿈꾸게 되지만 그의 무의식 속에서 그것이 구원일 수 없다는 자각이 싹트면서 그도 '소설'을 시도하게 된다. 그러니까 '종말론'이란 신지균의 말대로 "이 지구상에서 일어나고 있는 갖은 형태의 혼란을 발판으로" "종말론이 횡행하게 된다"는 시대적 배경이 있지만 그것이야말로 가짜 해답의 추구 방식인 것이다. 어쩌면 이것은 너무나 상식적인 사실이다. 그렇기 때문에 신지균이라는 인물 설정 자체가 소설 기법상으로 안이한 방법이었던 것으로 보인다. 그러나 남궁국이라는 인물이 소설을 시도하는 것은 비록 그것이 미완으로 끝나고 말지만 문학의 역할이 운동과도 다르고, 종교와도 다른 진정성을 갖고 있음을 보여준다.

실제로 작가가 이 작품에서 세 가지 이야기를 사용하고 있는 것은 문학이 가지고 있는 역할을 보다 선명하게 보여주고 있다. 왜냐하면 첫번째 이야기인 조정우의 일상적 삶은 너무나 도식적이고 해설적인 것이다. 반면에 남궁국의 삶은 보다 치열하고 변화가 많은 것이고, 그의 소설은 그보다 더 허구적이고 보다 고통스러운 것이다. 이렇게 볼 때 이 작가가 세 가지 이야기를 겹쳐놓은 기법은 마치 하나의 사물을 가운데 놓고 양쪽에 두 개의 거울로 마주 세워놓은 것과 같은 기법이다. 조정우의 이야기가 그 자체가 사물처럼 존재하면서 다른 것을 비춰주는 것이 아니라면, 남궁국의 이야기는 그 자체가 하나의 이야기이면서 조정우의 이야기에서 잘 보이지 않는 것을 비춰주는 거울의 역할을 하고 있고, 그가 쓴 소설은 그 자체가 하나의 이야기이면서 동시에 조정우와 남궁국의 이야기를 보다 잘 보이게 부각시키는 거울의 역할을 하고 있다. 따라서 이 세 가지 이야기는 단계적으로 심화되고 확대되는 소설적 이야기의 구성을 이루고 있다. 이러한 삼중의 구조는 이 작가가 현실을 단순화시켜서 보고자 하는 것이 아니라 보다 진지하고 깊은 탐구 정신을 갖고 보고자 하는 것임을 입증하고 있다. 아마도 일차적 이야기가 종말론과 같은 도식적인 것이 아니었더라면 죽음을 거부하고 현실에 대한 군건한 버팀으로서 소설의 역할이 훨씬 더 부각될 수 있었을 것이다. 그러나 폭력에 대응하는 방법으로서 소설의 인식은 이 작가의 미래가 열려 있음을 충분히 인정하게 한다. 고통의 과정이 기록되지 않은 소설은 감동이 없고, 분노가 여과되지 않은 소설은 설득력이 없다. 불행의 제스처가 없는 분노의 여과와 고통의 기록은 이 작가의 가능성을 읽게 만든다.

Ⅱ

공간은 이념적 논쟁에 압도되어 '작품 읽기'로서의 비평을 망각하고 있었다. 이론과 이념은 작품보다 선행할 수 없고 작품으로부터 나온다는 투철한 입장은, 그의 비평을 '공감의 비평'으로 만들었다. 비평가와 작가
서 오히려 문학의 본래적인 가능성을 읽어낸다. "문학은 그것이 스스로의 형태를 파괴하고자 하는 노력까지도 문학을 지키기 위한 것임을 내게 보여주었다"라는 고백은, 80년대의 문학 공

지식인의 고뇌, 지식인의 행동
—선우휘의 소설

I

1960년대에 문학을 한 사람들은 선우휘의 1957년도 작품인 「불꽃」의 감동을 누구나 체험했을 것이다. 이 작품이 준 감동은 그 이전의 소설에서 느낄 수 없는 것이었기 때문에 이 작품으로 그가 당시에 가장 권위 있는 동인문학상을 받았을 때 젊은 문학도들과 공유된 것이었다. 이 작품은 3·1운동 때 시위 군중에 앞장섰던 아버지의 유복자로 태어난 주인공 고현이 여러 가지 우여곡절을 겪은 다음 행동하는 지식인으로 새롭게 태어나는 극적인 변모로 이루어져 있다. 조국이라든가 민족의 문제에 대해서 무관심한 그의 할아버지는 손자로 하여금 철저하게 자기중심으로 생각하고 자기 외에는 관심을 갖지 않고 자라도록 교육시킨다. 가령 고현은 자신의 할아버지의 혹을 가지고 조롱하는 친구와 싸웠을 때 할아버지로부터 칭찬을 기대했으나 꾸지람을 듣게 되는 것처럼 자신이 옳다고 생각하는 일을 위해서 행동하는 것이 아니라 "남에게서 괴로움을 받기 싫은 것처럼 나도 남을 괴롭히지 않는다"는 원칙 속에서 소시민적인 안일을 추구한다. 그러나 그가 인민재판의 현장에 강제로 끌려나가 공산당의 만행을 보게 됨으로써 지금까지 폐쇄적이던 관조의 세계에서 행동의 세계로 나오게 된다. "분명한 한 가지는 외면하거나 도피하지는 않을 것이다. 외면하지 않고 어떻든 정면으로 대하자. 도피할 수가 없도록 절박한 이 처지. 정면으로 대하도록 기어이 상황은 바짝 내 앞으로 다가온 것이다. 이미 꽃밭의 시대는 끝난 것이다"라고 외치는 주인공은 지금까지의 수동적인 삶에서 능동적인 삶으로 변신하고 현실에서 도피하는 것이 아니라 현실에 참여한다. 그러니까 이 소설의 주인공은 자신의 성장 과정이 세 시기로 분류되고 있음을 아는 지식인이다.

어렸을 때 불의를 보면 참지 못하는 성격의 소유자였던 시기를 제1기라고 한다면, 할아버지의 교육 때문에 자기 자신과 직접적인 관계가 없으면 무조건 외면해버리는 성격의 소유자였던 시기를 제2기라고 할 수 있고, 해방 후 공산 치하의 체험 때문에 현실 자체에 뛰어드는 성격의 소유자가 된 시기를 제3기라고 할 수 있다. 이처럼 한 사람의 생애를 3기로 구분해서 볼 수 있을 정도면 그 사람은 온갖 체험을 갖고 있음을 말해준다. 물론 고현의 이와 같은 변화는 그가 살아온 격변의 역사와 일치하고 있다. 아버지가 부재한 유년 시절, 자신의 정신적 지주였던 할아버지를 조롱하는 친구를 간과하지 못한 것은 3·1운동 후 얼마 되지 않은 시기였고, 학도병으로 끌려갔다가 탈주해온 다음 개인의 내면 속에 안주하게 된 것은 일제가 소위 대동아 공영을 꿈꾸며 이 땅의 젊은이들을 전쟁의 도구로 삼던 시기였고, 그 자신의 내면의 밀실을 박차고 역사의 현장으로 뛰어든 것은 8·15해방 이후의 시기였다. 여기에는 주인공 자신의 개인적 성장의 과정이 그대로 드러난다. 그것은 소년 시절의 의협심과 청년 시절의 이기심과 장년기의 애국심으로 표현될 수 있다.

그러나 이러한 시기 구분에서 의협심이 이기심으로 넘어오는 과정과 이기심에서 애국심으로 넘어오는 과정을 잘 관찰해보면 몇 가지 주목할 만한 사실을 발견하게 된다. 첫째, 소년 시절의 의협심은 어린 시절에 받은 교육에서 유래한 것으로 보인다. 3·1운동의 선봉에 선 아버지라면 불의를 보면 저항하고, 옳다고 생각하는 것을 위해서는 싸워야 한다는 교육을 이미 시킨 셈이다. 그런데 그의 할아버지는 그가 옳다고 생각한 것을 위해 싸워서 피투성이가 되었을 때 칭찬 대신에 꾸지람을 한다. 어린 그에게는 그것이 이해될 수 없는 일이지만, 이미 아들을 잃어버린 할아버지로서는 가문의 대통을 잇겠다고 하는 가부장적 의식에서 벗어날 수 없었을 것이다. 더구나 이 세상의 불의를 너무나 많이 보아오면서 그 모든 불의에 저항하다가는 목숨을 건지지 못하리라는 것을 너무도 잘 알고 있는 할아버지로서는 손자가 살아남을 수 있는 길을 그런 방식으로 가르치지 않을 수 없었을 것이다. 둘째, 이러한 교육의 영향으로 주인공은 현실 속에 존재하고 있는 모순을 인식하게 됨과 동시에 현실에 대한 공포를 갖게 된다. 아버지의 행동과 할아버지의 외면 사이에서 죽음과 삶의 경계선을 본 주인공은 살아남는 쪽을 선택한다. 삶에의 적극적인 선택이 현실에 대한 공포를 극복한 단계에서 이루어졌다면 식민지적 상황에 저항하겠지만, 극복되지 못했기 때문에 학도병에서 탈주한 다음 자신의 내면 세계로 돌아온다. 셋째, 살아남는 쪽의 선택은 지식인으로 성장한 주인공으로 하여금 행동하지 못한 데 대한 콤플렉스를 지니게 만든다. 넷째, 오랫동안 콤플렉스를 느끼며 살아온 지식인에게 공산 치하에서의 인민재판은 그 고통의 껍질을 벗고 나오게 만든다. 그런 점에서 주인공이 행동하기까지 겪어온 고통은 일종의 준비 기간이라고 할 수 있다. 다섯째, 일제시대에 행동에 뛰어들지 못하고 해방 후에 뛰어든 것은 주인공의 자연적 성장과 일치한 것으로 볼 수 있기도 하지만, 주인공 자신이 역사의 주인의식을 갖고 있는 데서 유래한다. 나라가 해방이 되었음에도 불구하고 동족 사이에 자행되고 있는 살육 행위에 대해서 그는 저항할 수밖에 없고 행동할 수밖에 없다. 이것은 다른 말로 바꾸면 주인공이 자아를 개인의 공간 속에서 인식하고 있는 것이 아니라 자기 나라의 공간, 자기 역사의 공간 속에서 인식함을 의미한다. 그렇기 때문에 그는 눈앞의 잔혹한 현실을 이제 묵인할 수 없게 된다.

II

선우휘 문학 전체를 다루기 전에 이처럼 「불꽃」에 관해서 장황하게 이야기하는 것은 그것이 그의 다른 작품들을 이해하는 데 중요한 열쇠가 되기 때문이다. 이미 개인의 폐쇄적 자아를 깨뜨리고 역사의 현장에 뛰어들고자 한 선우휘의 주인공은 그 뒤 다른 작품들에서 여러 가지 모습으로 나타나고 있다. 그가 역사를 증언하고 현실에 저항하며 행동에 뛰어들기로 작정한 순간 그는 가장 행복하고 편안한 순간을 맛보았을 뿐,

그다음에 온 삶 전체는 일종의 '좌절 지식인의 고뇌, 지식인의 행동의 반복'에 다름 아니다. 실제로 「좌절의 복사」에서 이 작가는 일제시대, 6·25전란, 공화당 시절 등이 그의 주인공으로 하여금 동일한 체험을 하게 한다는 것을 그리고 있다. 신문사의 R국장은 K기관의 X국장에게 신문사의 Y기자의 신분을 부탁하고 있다. '국가 변란'에 연루된 혐의로 조사받게 된 Y기자를 자진 출두시켰다가 곧 석방되지 않아서 고민하는 R국장은 K기관의 X국장에게 매달려서 Y기자를 석방시키는 데 성공한다. 그러나 그러한 과정에서 자신의 열아홉 살 먹었을 때의 체험을 회상하게 된다. 사상 문제로 일경에 붙들려온 R은 선배인 D와 옛 은사인 H선생의 혐의 때문에 풀려날 수 없게 되었지만, 일제하에서 '중추원 참의'로 있는 고모부가 경찰서장에게 부탁하여 석방될 수 있었다. 그러니까 R 자신이 붙들린 것은 R에게 잘못이 있어서가 아니라 일제시대라는 체제 자체에 잘못이 있었기 때문이고, 따라서 고위직에 있는 고모부의 부탁으로 그들의 손아귀에서 벗어날 수 있었다. 이와 비슷한 체험이 또한 6·25 때 지리산 전투 사령부에서 장교로 근무할 때 일어난다. 전투 포로로 붙잡힌 빨치산 청년은 자신의 동료들을 귀순 포로로 해준다는 약속을 받고 동료들이 있는 곳을 안내해주었으나 작전 도중에 한 사병의 오발로 27명의 동료가 사살되자 스스로 자살을 시도한다. 죄의식에서 헤어나지 못하는 빨치산 청년을 구해주기 위해 그 사건의 내막을 추적하고 있던 R장교는 그에게 성경을 줌으로써 마음의 진정을 얻게 하려 했으나 그의 자살을 목격하게 된다. 그러니까 일제시대 때의 고모부와 경찰서장과 R 사이의 관계가 6·25전란 가운데는 R장교와 K소령과 빨치산 청년의 관계로 변형되고 공화당 시절에는 R국장과 X국장과 Y기자 사이의 관계로 전이된다. 이와 같은 관계의 삼각형에서 R 자신이 맡고 있는 역할만 달라져 있으나 그가 그 관계의 한 인자인 것은 사실이며 동시에 역사적인 여건의 변화에도 불구하고 그러한 관계 유형이 변화하지 않는 것은 삶의 조건이 전혀 개선되지 않은 것을 의미한다. 그리하여 우리의 현대사의 가장 중요한 사건들을 체험한 주인공 R은, "K기관의 X국장은 그때의 일본인 서장에 비기고, 고문을 자행한 일본인 형사에게 그 온화한 중학교 교원 같은 두 기관원을 비길 수는 없고 또 비길 것은 아니었다. 그러면 무엇보다 X국장과 두 기관원은 노할 것이니까. 아니 R국장 자신을 이미 지금은 이승에 없는 그때의 고모부 중추원 참의에 비긴다는 것은 싫었다"라고 고백하고 있다. 그러나 이처럼 비교하기 싫었다고 이야기하는 것은 어디까지나 심정적인 표현이고 사실은 그들 사이에 유사관계가 존재했다는 논리적 전제가 선행되고 있다. 그리고 이러한 논리적 전제는 작가 자신의 현실 인식이 보다 깊이를 획득했다는 것을 의미한다. 그렇기 때문에 작가는 주인공으로 하여금 "모두 죄가 없는데 어째서 그래야 하는가. 죄가 없는 이상 수감도 구타도 고문도 없어야 하는 것이며 중추원 참의와 서장의 홍정이나 그로 말미암아 베풀어진 자기에 대한 은혜도 있을 필요조차 없는 것이 아니겠는가. 극언하면 형사나 서장이나 중추원 참의는 없어야 하는 존재가 아닌가. [……] 있어야 할 존재는 H선생과 D와 자기의 삶인 것을—그런데 있어야 할 존재가 그처럼 없어야 할 존재의 자의적인 횡포와 그들의 구정물 방울 같은 온정에 매달려 그 삶을 이어가야 하다니 이것이 인간이 사는 현실이란 말인가", 질문을 던지고 탄식을 하게 만든다. 그의 주인공은 현실이 부조리하고 모순투성이의 것임을 알고 그 때문에 고민한다.

그러나 「불꽃」의 고현이 현실에 뛰어들어 적극적인 저항을 하겠다고 선언한 반면에 「좌절의 복사」의 R은 현실에 대한 절망을 이야기하고 있다. 그것을 행동의 차원에서 보면 일종의 후퇴로 생각될 수 있다. 실제로 고현의 용감한 탈바꿈은 답답한 현실 속에서 끊임없이 방황하고 있는 현대 소설의 모든 주인공들에 비하면 청량제와 같은 신선감을 주는 것이 사실이다. 그러나 현실에 절망하고 있으면서도 행동에 뛰어들지 못하는 현대 소설의 주인공들은 바로 고현의 결단이 어떤 비극적 결말을 가져올 것인가를 너무나 잘 알고 바로 이처럼 너무나 잘 아는 것 때문에 결단력 있게 행동하지 못하는 것은 윤리적으로 볼 때 비겁한 지식인의 태도라고 이야기된다. 여기에서 한 가지 짚고 넘어가야 할 것은 작가가 그리는 작중인물이 있어야 할 인물인가 아니면 있을 수 있는 인물인가 하는 문제다. 그런 관점에서 본다면 고현은 있어야 할 당위적인 인물이고 R은 있을 수 있는 인물이다. 그러나 인물의 담력이 크다고 해서 현실의 모순을 잘 드러낼 수 있고 또 개혁할 수 있는 것은 아니다. 오히려 1940년대, 50년대, 60년대의 한국 사회가 인간다운 삶을 사는 조건을 갖추지 못했다고 보는 R의 현실 인식이 보다 아프게 우리의 가슴을 찌르고 있고, 행동하지 못하면서 자신의 작은 역할을 친일한 고모부에 비교하는 자기 인식이 훨씬 정직한 자기 모순을 드러내고 있음을 알 수 있다. 그런 점에서 R이 자괴감을 갖고 인식하고 있는 10년 단위로 이루어진 관계의 삼각형은 선우휘의 지식인소설이 더욱 발전시켰어야 할 중요한 테마라고 말할 수 있다. 그렇다면 왜 이 테마는 더욱 발전될 수 없었는가? 여기에 대한 대답은 작품으로 씌어지지 않은 한 유추에 의존할 수밖에 없을 것이다.

III

그의 지식인소설의 범주에 들어갈 수 있는 또 하나의 중요한 작품이 『십자가 없는 골고다』이다. 이 작품에는 세 명의 주요한 인물이 등장한다. "이 년 만에 고국으로 돌아온" '나'는 "일종의 자기 방어 본능에서 나온 사시(斜視)적인 감정"으로 어느 것에도 감동을 하지 않는 인물이지만, 옛 친구가 정신병원에 입원한 것을 알고 그 원인을 찾아나서는 지식인이다. '나'의 이런 성격은 전쟁에서 체험한 공포 이후 감정의 문턱이 둔화된 데서 연유하고 있다.

반면에 친구인 K·김은 어려서부터 정상적인 교육을 받았고, 해방 후 좌우익 정치 투쟁이 일어났을 때는 양쪽을 다 적당히 비판하며 어느 쪽에도 가담하지 않았고, 중학교 교사를 거쳐 언론계에 투신했다가 6·25가 발발하자 장교로 입대하고, 휴전 후 다시 언론계로 복귀한 지식인이다. 그러나 겉으로는 "상식적인 처세"로 일관하면서도 40 평생에 "아무것도 창조하지" 못한 자신의 모습을 술에 취하면 반성하고 그리하여 취중에 아무 이야기나 지껄임으로써 자신의 억압된 불만을 배설하는 인물이다. 그가 취중에 제창한 국토의 국제입찰론이란 자신이 살고 있는 현실의 답답함을 타파하기 위해서 '비극'의 감동이 더욱 필요하다고 생각한 데서 연유한 역설이었다. 그러나 바로 그러한 역설을 진실로 받아들인 대장장이 이칠성의 죽음을 계기로 그는 스스로 정신병원에 갇혀 살다가 사라진다.

이들 두 지식인과 달리 이칠성은 제대로 교육을 받지 못했기 때문에 K·김의 취중 농담을 진실로 믿고 국제입찰을 실현시키기 위해 서명을 받다가 군중들의 폭력에 의해 죽는다.

이 세 인물이 살고 있는 현실은 겉으로는 아무런 모순 없이 각자가 자기의 세계를 구축하고 있는 것처럼 나타나 있지만 언론이 제 기능을 하지 못함으로 인해서 진실이 끊임없이 은폐되고 있음을 보여준다. "어디선가 들려오는 소리"의 형식으로 표현되고 있는 언론의 조작과 대중심리의 조정은 그것을 알고 있는 지식인을 무력하게 만들고, 그것을 모르는 노동자를 무모하게 행동하게 하여 죽음에 이르게 한다. 그러므로 K·김의 정신이상은 이칠성의 죽음을 보도하지 못하게 된 데 직접적인 동기가 있지만, 근본적으로는 '있는 것을 없는 것'으로 만들고 '없는 것을 있는 것'으로 만드는 현실의 허위를 견디지 못한 데 원인을 두고 있다.

작가는 이 작품에서도 고민하고 있는 지식인의 모습을 보여주면서 행동에 이르지 못하는 지식인의 울화를 이야기한다. 『십자가 없는 골고다』라는 제목은 그런 점에서 현실 속에 구원을 받아야 할 사람은 많지만 그들을 구원하기 위해 십자가를 질 사람이 없다는 것을 이야기하고 있다. 지식인이 희생당하지 않고 지식인의 무책임한 농담에 놀아나는 대중만 희생당하는 한 모순된 현실이 타개될 수 없음을 이야기한다.

이와 같이, 행동하지 못하는 지식인들과 「불꽃」의 고현과는 어떤 관계가 있는가? 좀더 주의 깊은 독자는 이들 사이에 일종의 혈연관계가 있음을 알 수 있을 것이다. 왜냐하면 고현이 행동을 개시한 것이 이북의 공산사회에 대항하기 위함인 것처럼, 선우휘의 다른 지식인들도 공산주의에 대항하는 데는 행동을 하고 있기 때문이다. 이들이 행동하지 못하고 고민하는 것은 남쪽에서이다. 이것은 어쩌면 해방 이후 이북에서의 악독한 체험 때문에 웬만한 모순이나 부조리를 묵과할 수밖에 없는 실향민의 고민을 이야기하는 것일지도 모른다. 그렇기 때문에 「좌절의 복사」에서 주인공이 체험하는 좌절을 마치 자신과는 상관없이 '젊음의 핵(核)'이 상처를 결정적으로 입는다는 사실로 돌려버린다거나 『십자가 없는 골고다』에서 주인공이 마지막에 "울컥 가슴을 치밀어 오르더니 쿡 코허리를 치는 것"을 느끼는 것으로 끝낸다. 그의 지식인들은 이처럼 타인에게 미칠 영향을 걱정하면서 자신의 삶과는 상관없이 생각하거나 개인적인 격정의 차원으로 끝냄으로써 현실에 대한 보다 치밀한 분석이나 해석을 시도하지도 않는다. 이와 같은 그의 태도는 「나도밤나무」 「포엠 마담」 등의 작품에서 착하게 사는 사람들의 인정의 세계를 아름답게 그리게 된다. 여기에는 사실 분석과 비판이 필요한 것이 아니라 그들이 살고 있는 세계의 모순에도 불구하고 인간적인 행복이 성취될 수 있다는 가능성의 제시가 필요할 따름이다. 이것은 자칫하면 개인의 불행이나 삶의 고통이 그 집단이나 사회의 모순에서 기인하는 것이 아니라 개인의 능력에서 비롯된 것으로 만들 위험도 내포하게 된다.

소설이라는 문학 장르가 개인과 사회의 갈등의 소산이라고 한다면 선우휘의 작품 가운데 가장 그것이 잘 나타나는 계열은 실향민의 삶과 고통을 드러내는 작품들이다. 비교적 그의 후기 작품에 속하는 「망향」 「1950년의 고뿔감기」, 그리고 다른 많은 중·단편들이 여기에 해당한다. 특히 해방 후 3·8선을 넘어와서 언젠가는 고향으로 돌아갈 것을 꿈꾸어왔던 「망향」의 주인공들은 이제는 이곳에 뿌리를 박기로 작정을 하고 집을 장만하게 되는데, 이장환의 아버지가 충주 가까운 시골에 이북에서의 집을 그대로 재현시키고자 하는 노력은 분단의 현실이 무엇을 의미하는지 깊이 생각하게 만든다. 실향민의 설움을 절실하게 느끼게 해주는 이 작품은 선우휘 소설의 본령을 엿보게 하는 작품이다. 특히 집 모양과 집 주변의 환경을 이북 시절의 그것과 닮게 하였을 뿐만 아니라 부엌의 쥐 소리까지 재현시키고자 하는 주인공의 집념은 분단의 비극이 어느 정도까지 이들의 의식을 지배하고 있는지 감동적으로 느끼게 한다. 그것은 「1950년의 고뿔감기」에서처럼 전쟁 동안의 비극적인 재회로 나타나기도 하지만 이 주인공이 안고 싸우는 고민은 그에게 국한된 것이 아니라 보편적인 의미를 띤 것이다.

그의 지식인소설 가운데 보다 깊은 문제를 제기하고 있는 작품은 「묵시(默示)」이다. 춘원과 서랑(徐浪)이라는 문인-지식인에 대한 여러 가지 해석을 가능하게 한 이 작품은 작가의 일생에 비춰볼 경우에는 일종의 지식인을 위한 변명으로 보이지만, 오늘을 사는 작가들이 겪고 있는 고통에 대해서 문제를 제기하고 있다는 점에서 작가의 개인적 변명이 아닌 것으로 읽고 싶은 작품이다. 이 작품에 대한 보다 상세한 독서는 다음 기회로 미루어둔다.

농촌소설의 의미와 확대

—이문구의 소설

I

소설이 다른 문학 장르에 비해서 비교적 그 역사가 짧다는 것은 널리 알려진 사실이다. 그러나 소설이 삶에 대한 인식의 방법이라는 사실을 알게 되면 소설 역사의 일천성에 대해서 보다 깊이 수긍되는 바가 있다. 소설이란 삶의 이야기이다. 삶의 이야기 가운데서도 소설은 갈등과 불화의 이야기다. 이 세상에서 이루어진 삶에 때로는 행복한 순간도 있고 때로는 불행한 순간도 있다면, 소설의 주제가 되는 것은 주로 불행한 순간이다. 이 말은 소설이라는 장르가 태어난 것이 불행에 대한 인식에서 출발했다는 것을 의미한다. 사람이 삶에서 불행을 인식하게 되는 것은 자기가 살고 있는 삶을 자신의 개인 의지나 능력으로 좌우할 수 있는 것이 아니라 그 개인보다 더 큰 어떤 것의 지배에 의해 자신의 의지와 상관없이 살 수밖에 없다는 생각을 갖게 되면서부터이다. 물론 여기에는 애당초부터 개인이 자신의 생명을 보존할 수 있다거나 삶을 만들어갈 수 있는 것이 아니라 '하느님'이나 군주와 같은 어떤 절대자의 힘에 의해 부여받는 것이라는 결정론의 시대가 포함되는 것은 아니다. 적어도 그러한 결정론이 지배하던 시대는 모든 것이 운명이기 때문에 개인이 자기가 살고 있는 삶에 대해서 갈등이나 불화를 느낄 필요가 없다. 그 경우에는 살아 있는 동안 자신의 생명과 삶을 어떤 절대자의 뜻에 종속되어 있는 것으로 생각하고 주어진 운명이 다할 때까지 개인은 자신의 삶을 누리기만 하면 된다. 그러므로 자신의 삶을 조건 짓고 있는 상황이나 제도, 권력이나 문명에 대해서도 그 절대성을 인정함으로써 개인은 전혀 독자적인 생각을, 자아의 삶에 대한 존재론적 생각을 갖지 못하게 된다. 소설의 대두가 서양에서 18세기에 이루어졌다는 것은 대단히 흥미롭다. 그것은 절대군주의 시대에 도전하는 새로운 시민 계층이 역사의 주도권을 잡게 되는 시기와 거의 동시이기 때문이다. 개인이 자신이 살고 있는 삶과 자신이 생각하고 있는 삶 사이에 어떤 단절이 있다고 느끼는 것은 바로 개인의 자아 발견이라고 할 수 있다. 이 개인의 발견이 18세기 부르주아혁명과 함께 이루어졌다면 그것은 소설의 전면적인 대두와 무관하지 않다. 다시 말하면 개인이 자신의 삶을 결정짓고 있는 절대군주에 대해서 회의를 느끼고, 모든 개인에게 동일한 기회와 전환을 주지 않는 제도에 대해서 문제를 제기하고, 자신이 살고 있는 사회의 여러 제도의 선택이 자신과 상관없이 이루어진 것에 대해서 모순을 느낀다는 것은, 개인이 자신의 삶과 세계에 대해서 갈등과 불화의 관계 속에 들어간다는 것을 의미한다. 따라서 소설 이전의 모든 문학 장르에서 주인공의 삶이 가지고 있는 비극성은 운명론적 비극성이기 때문에 주인공은 바로 그런 운명을 살기만 하면 된다. 반면에 소설의 주인공은 자신의 삶을 '주어진 것'에서부터 '만들어가는 것'으로 바꾸어놓고자 한다. 이때 주인공은 자신이 생각하고 있는 삶과 자신이 살고 있는 삶 사이에 단절이 있다는 것을 발견하고 그 단절을 극복하기 위해 자신의 모든 것을 기울인다. 프로이트식의 표현을 빌리면 소설의 주인공은 자신의 현재의 신분—가문이라든가 사회적 지위라든가—이 본래의 신분과 다르기 때문에 본래의 신분을 회복하기 위해 현재의 신분에 대해 갈등과 불화를 느끼는 것이다. 여기에서 주인공이 꿈꾸는 본래의 신분이 주인공의 이상적 삶이라고 한다면, 그의 현재의 신분은 현실적인 삶이다. 바로 이상적인 삶과 현실적인 삶 사이에 메꿀 수 없는 간격이 소설 주인공의 갈등과 불화의 원인이고 불행의식의 근원이다.

그런 점에서 소설은 갈등과 불행의식의 소산이다. 자신이 살고 있는 삶에 대해서 불행하게 생각하고 자신이 처해 있는 상황에 대해서 갈등을 느끼기 때문에 소설의 주인공은 존재한다. 행복한 시는 있지만 행복한 소설이 없는 것은 그러한 이유이다. 그러한 점에서 문학 장르로서 소설의 대두는 '행복한 바보'가 아니라 '불행한 개인'의 자기 인식이 가져온 필연적인 결과이기 때문에 문학 장르의 근대화와 관계를 맺게 된다.

II

1966년 『현대문학』지를 통해 작품 활동을 시작한 이문구의 경우, 이와 같은 문학 장르의 근대화로서의 소설문학이 바로 우리 사회의 근대화를 다루고 있다는 점에서 대단히 상징적인 의미를 띠고 있다. 물론 이 작가가 다루고 있는 현실이 바로 근대화 그 자체인 것은 아니다. 그가 다루는 세계는 전통적인 농촌이나 어촌, 혹은 사회 자체에서 소외되어 있는 도시의 변두리 등이다. 따라서 엄격하게 이야기하자면 이른바 '근대화'의 양지에 해당하는 도시의 이야기라기보다는 '근대화'의 음지에 해당하는 농촌의 이야기가 그의 소설의 주류를 이룬다. 그의 작가적 명성을 높인 연작소설 『관촌수필』은 작가의 고향을 무대로 한 어린 시절의 추억을 그리고 있고, 최근의 연작소설인 『우리 동네』는 얼마 전까지 그가 살던 경기도 어느 농촌을 무대로 한 1970년대의 삶의 모습을 보여주고 있다. 그의 대표작이라고 할 수 있는 『해벽』은 그의 고향에서 멀지 않은 '사포곶'이라는 작은 어항을 무대로 하고 있다. 이처럼 소설의 무대가 농촌이나 어촌이라고 하는 것은 그 자체로는 특별한 의미를 지닐 수 없다. 왜냐하면 사람이 사는 곳은 농어촌이나 도시나 산간벽촌이나 구별될 수 없는 것이며, 갈등과 불화를 느끼는 삶은 그 어느 곳에서나 마찬가지이기 때문이다. 그러나 이문구가 농어촌에 사는 사람이나 그곳 출신의 사람을 주인공으로 내세우는 데는 특별한 의미가 있을 수 있다. 그것은 삶 자체가 밝은 삶과 어두운 삶이 있는 것처럼, 또 사회 속에는 지배하는 사람과 지배받는 사람이 있는 것처럼, 권력과 문화의 중심을 이루는 도시와 그 주변을 이루는 농어촌이 우리 사회 속에 공존하고 있기 때문이다. 따라서 농어촌을 다루거나 농어촌 출신의 주인공을 다룬다고 하는 것은 그 자체가 상징적인 의미를 띤다고 할 수 있다.

그러나 농어촌을 다룬다고 해서 반드시 도시와 대립되는, 소외된 사회를 다룬다고 생각하는 것은 단순한 이분법이며 지나친 단순화에 지나지 않는다. 왜냐하면 농어촌의 현실 속에도 지배하는 사람과 지배당하는 사람이 있고, 권력의 중심에 있는 사람과 권력의 주변에 머물고 있는 사람이 공존하기 때문이다. 이처럼 도시와 농촌을 이원적 현실로 파악하려고 하는 태도는 세계의 모든 사물을 선과 악의 세계로 구분해서 보려는 극히 소박한 태도에 지나지 않는다. 오늘날 우리가 괴로워하고 고통스러워하는 것은 무엇이 선이고 무엇이 악인지 그 정체를 정확하게 파악하지 못하고 있는 데서 기인하며 나아가서는 우리 내면에 그 두 가지 요소가 공존하고 있다는 모순을 느끼고 있는 데서 기인한다. 우리가 세계에 대해서 갈등을 느끼고 불화를 느끼는 것은 우리 자신은 반드시 선이고 세계는 반드시 악이기 때문인 것은 아니다. 우리가 때로는 선이라고 생각했던 것이 시간과 공간의 이동에 의해 악으로 보이는 모순 때문에 우리는 현실에 대해서 갈등과 불화를 느끼게 된다. 그러한 점에서 주인공의 행동을 성급한 윤리의식으로 파악하는 것보다는 선악을 떠나서 삶의 양상으로서 파악하는 일이 선행되어야 한다.

이문구의 주인공의 행동을 삶의 양상으로서 파악한다고 하는 것은 이미 현실로 제시된 주인공의 삶의 조건을 보다 깊이 있게 분석한다는 것을 의미한다. 모든 이문구의 주인공은 고향을 떠나온 사람이거나 고향을 떠나고자 하는 사람이다. 가령 『해벽』에 나오는 '사포곶' 사람들 가운데는 많은 사람들이 고향을 등지고 떠난 데 반하여, 주인공 '조등만(趙登滿)'은 고향을 지키려다 패배한 인물이 되고 만다. 사실은 '조등만' 자신도 다른 사람 같으면 고향을 떠나지 않을 수 없었지만 자신의 패배를 감수하면서 변화하는 고향에서 비극적인 삶을 견디어낸다. 여기서 말하는 고향이란 정신적인 것이 아니라 삶의 현장으로서의 고향이다. 그렇기 때문에 이문구의 고향이란 휴식의 공간이나 정신의 안식처가 아니라 삶의 기본적인 터전이다. 따라서 고향을 떠난다는 것은 바로 직업을 바꾼다는 현실적인 의미를 띠게 된다. '사포곶' 어협조합장인 '조등만'은 대대로 내려온 생계 수단인 수산업을 발전시키기 위해 고향에 수산고등학교를 설립한다. 이를 위해 그는 자신이 조상에게 물려받은 땅을 내놓아 학교 부지로 사용하게 하고 자신은 후원회를 조직하는 등 온갖 노력을 기울인다. 그러나 원래부터 천시되어온 농업이나 어업에 뜻이 없을 뿐만 아니라 도시화의 물결에 휩쓸린 주민들로부터 외면당한 '수산고등학교'는 인문고등학교로 바뀔 수밖에 없다. '출어세'까지 거두면서 육성하려 했던 학교의 실패는 그에게 첫번째 패배를 안겨주었다. 이때 이미 많은 어민들에게 반발을 산 '조등만'은 그곳에 미군 부대가 들어섬으로써 더 큰 패배를 체험하게 된다. 부대의 이동과 함께 새로운 부류의 직업여성들이 등장하고, 미군들의 횡포로 '황승태' 일가가 몰락의 길을 걷게 되고, 수십만 평의 농토를 얻기 위해 간척사업이 시작됨으로써 '사포곶' 자체가 폐항 선언을 당하게 된다. 물론 이러한 과정에는 그와 같은 변화를 이용하여 자신의 부와 권력을 쌓아가는 경쟁자들이 있다. 이웃 '거문개' 어협조합장인 '오갑성'과 '사포곶' 토지조합장인 '박창식'은 바로 '조등만'의 실패를 이용하고 있다. 이들은 사회 자체가 겪게 되는 변화에 잘 적응함으로써 새로운 현실에서 중심적인 인물이 되어간다. 반면에 '조등만'은 설상가상으로 그의 발동선 '해조호'마저 조난당함으로써 생계의 기둥을 잃게 되고 마침내는 '어살'을 놓아 연명하는 지경에 이른다.

이와 같은 개인의 운명의 변화는 '사포곶'이라는 작은 어항이 간척사업으로 수십만 평의 농토를 얻고 폐항이 되는 변화와 상관관계에 놓이게 된다. 다시 말하면 어촌이 농촌으로 바뀌는 과정은 많은 사람들에게 새로운 삶을 살 수 있게 하는 긍정적인 측면이 있는 것처럼 보이지만 어업을 생계의 수단으로 삼아온 보다 많은 사람들에게 부정적으로 작용하게 된다. 얼핏 보면 언제나 자연의 변화에 위협을 받으며 가난에 허덕이던 어촌이 간척사업에 의해 농촌으로 바뀐 것은 적어도 먹는 문제를 해결할 수 있는 발전으로 볼 수 있을 것이다. 그것은 가난에 허덕이던 농촌이 경제 개발 정책에 의해 도시화됨으로써 절대적 빈곤을 벗어나게 되었다는 근대화에 대한 평가와 같은 것이다. 그러나 이러한 평가는 변화의 현실에서 과정을 무시하고 결과만 중요시하는 위험한 생각에 근거를 두고 있다. 소설이 불행한 사람들의 이야기라고 하는 것은, 정책을 세우고 집행하여 어떤 성과를 거두었다고 주장하는 사람들이 이야기하는 변화와 발전의 그늘에는 고통받고 무시당한 삶이 얼마나 참담한 패배를 겪고 있는지 이야기하기 때문이다. 어촌이 농촌으로 바뀐다든가 농촌이 도시로 바뀌는 것과 같은 변화는 그 자체만으로는 발전이며 긍정의 대상이다. 그러나 전통적인 사회에 뿌리를 박고 있던 사람들이 뿌리를 뽑히게 되고, 전통적인 사회에서 떠돌던 사람이 뿌리를 박게 되는 새로운 사회란 하나의 불평등한 사회에서 다른 하나의 불평등한 사회로의 이동에 지나지 않는다. 그것은 있는 사람과 없는 사람의 위치를 바꿔놓는 변화이지, 있는 사람과 없는 사람의 존재가 가지고 있는 모순을 해결하는 발전이 아니다. 그렇기 때문에 이러한 변화는 입장이 바뀐 사람들 사이에 대립감을 높아지게 할 뿐, 함께 잘사는 사회, 있는 사람이 함께 되는 사회를 가져오지 못한다. 다시 말하면 어촌이었을 때 지도적 인물이었던 '조등만'의 위치가 농촌으로 변화하면서 토지조합장인 '박창식'의 위치에 의해 대체되어버린다. 그것은 입장의 바뀜이지, 근원적인 모순을 해결하여 함께 잘살게 된 발전은 아니다.

게다가 이러한 변화에 있어서 심각한 것은 어촌 전체의 삶을 개선하기 위해서 자기 개인의 재산을 사용한 사람이 물러나게 되고, 어촌이 농촌으로 변화하는 것을 이용하여 자신의 이권을 확보하게 된 사람이 지배하게 된다는 사실이다. 그것은 변화 자체가 지도적 인물의 단순한 대체를 가져오는 것이 아니라 윤리적인 타락을 가져온다. 사리사욕을 떠나서 공적인 이익을 위해 일하는 사람은 패배할 수밖에 없고, 공적인 이익을 내세우면서 사리사욕을 채우고 있는 사람이 지배한다는 것은 그 자체로서 대단히 상징적이다. 왜냐하면 현실에서 일어난 그러한 변화는 집단무의식에 작용을 하게 됨으로써 삶의 조건을 보다 악화시키기 때문이다. 산업화의 물결이 휩쓸고 있는 오늘의 사회에서 기회주의와 출세주의가 지배를 하게 된 것은 바로 그러한 역사적 체험이 집단무의식에 작용하였기 때문이다.

III

어촌이나 농촌에서 지도적 인물의 위치 변화와 윤리관의 변화는 어촌이나 농촌의 주민들에게 고향을 등지게 만든다. 왜냐하면 그들이 삶의 터전으로서 고향에서 맺고 있는 인간관계 자체가 변화했기 때문이다. 가령 「암소」라는 뛰어난 소설에서 볼 수 있는 주인 '황구만'과 머슴 '박선출'의 관계가 이를 전형적으로 이야기하고 있다. 황구만의 머슴으로 4년 동안 살아온 박선출은 군대에 가면서 그동안 모아놓은 전 재산을 주인에게 맡겼다. 그 돈으로 영세한 직조공장을 세운 황구만은 화학섬유의 등장을 예견하지 못하고 원금째로 날려버린다. 월 3부 이자를 주기로 된 머슴의 돈을 갚을 길이 없게 된 황구만이 '농어촌 고리채 정리' 기간 동안에 그 돈을 신고해버린다. 농어촌을 악덕 고리채 업자로부터 구하기 위해서 입안된 정책 때문에 결국 피해를 보게 된 것은 머슴 박선출이다. 사실 고리채 정리 정책이 나쁜 것은 아니지만 소설이란 바로 그러한 좋은 정책이 시행되는 과정에서 어떤 부작용이 있을 수 있는지 현상의 이면을 들여다보는 역할을 한다. 주인과 머슴 사이에 일어난 이러한 인간관계의 변화는 주인이 머슴의 전 재산을 돌려주지 않는 데 있다. 여기에는 주인의 악의가 작용하고 있는 것이 아니라, 산업화라고 하는, 그들 개인도 어쩔 수 없는 변화가 작용하고 있다. 그래서 주인과 머슴은 '암소'라고 하는 중개물에 의해 그들 사이의 관계 개선을 모색하고 있지만 이번에는 뜻하지 않은 암소의 죽음으로 그들의 계획이 수포로 돌아가고 만다.

이처럼 생활의 터전을 잃어버리고 인간관계마저 변화하게 됨에 따라 대부분의 이문구의 주인공들은 고향을 떠나려고 하고 고향을 떠난다. 「암소」의 박선출은 '신실'이와 함께 서울에 가서 사는 꿈을 꾸고 있으나 실현하지 못하고, 「추야장(秋夜長)」의 '박윤만'과 결혼하려 했던 '능애'는 남자의 무능에 실망한 나머지 혼자서 '출향(出鄕)'을 시도하고, 「다가오는 소리」의 '나'는 군대에 갔다 온 뒤 고향에 자리를 잡고자 했으나, '우시장'에서 축산조합 서기이면서 거간꾼 노릇을 하는 '김돈섭'의 횡포에 견디지 못하고 폭행을 한 다음 서울로 떠나왔고, 「그때는 옛날」의 막내딸 '삼례'는 서울에서 돌아왔으나 고향에 적응하지 못하고 언젠가 떠날 수밖에 없는 생활을 하고 있다. 이들 주인공이 고향을 떠나는 것은 애당초 이들이 고향에 뿌리를 박고 있지 못한 것이 첫째 이유이다. 이들은 고향에서도 일정한 생계 수단이 있는 것이 아니라 거의 막노동을 해서 벌어먹고 사는 사람들이다. 이들은 고향을 떠난다고 해서 포기해야 할 기득권이 있는 것도 아니고 또 어디를 가든지 고향에서의 삶보다 더 어려운 삶이 있을 것도 아니다. 그렇기 때문에 이들은 전혀 변화가 없는 현재의 삶을 살기보다는 고향을 떠나는 변화를 선택하고자 한다. 둘째 이유는 이들이 살고 있는 고향이 옛날에는 인심의 후함에 의해 살기 좋은 곳으로 인식되었으나 이제는 고향 자체의 생활 방식의 변화로 인해서 그러한 인간관계도 기대할 수 없을 정도로 각박한 곳으로 인식되기 시작한 데 있다. 너무나 오랫동안 가난에 허덕이기도 했지만, 도시화된 이기주의의 물결이 농어촌에 밀려옴으로 인해서 작은 이해관계에 의해 신용과 의리를 저버리는 일이 빈번해지는 농촌 현실은 이제 도시보다 낫다고 할 수 없게 된 것이다. 오히려 그러한 인간관계의 장점이 없어진 상황에서는 도시가 훨씬 살기 편한 곳일 수밖에 없다. 왜냐하면 동일한 노동의 대가가 도시에서 더욱 크기 때문이다. 셋째로는 사회 자체의 산업구조가 농업이나 어업과 같은 1차 산업보다는 공업이나 상업과 같은 2차·3차 산업 중심으로 바뀌면서 사회 분위기가 농수산업보다는 상공업에 더욱 큰 비중을 두고 있고, 따라서 정신적 가치보다는 물질적 가치가 보다 중요시되고 있는 데 그 이유를 찾을 수 있다. 상공업이 중요시되는 것은 가난을 벗어난다는 목표가 있기 때문에 설득력이 있다. 농수산업이 한곳에 정착하지 않고는 종사할 수 없는 산업이라면 상공업은 이동하면서 종사할 수 있는 것이다. 그러한 점에서 농어촌의 주민들이 도시의 주민들보다 상대적으로 빈곤해지는 것이나 농어촌의 주민들이 도시로 흘러들어가는 것이 같은 맥락에서 이루어지고 있음을 알 수 있다. 넷째로는 이와 같은 변화 속에서도 농어촌의 좁은 공간은 남녀 사이의 관계에 대한 인식을 바꾸지 못하고 있다. 이문구의 대부분의 소설들에는 비정상적인 남녀관계가 자주 나온다. 유교적인 가족 윤리가 사회에 뿌리를 박은 사람들의 성을 독점하기 위한 수단으로 이용되고 있는 현실에서 고향을 떠나고자 하는 사람들에게는 바로 그러한 가족 윤리를 어기는 것이 성을 획득하는 수단이 된다. 그래서 이들은 남의 눈을 피해 가면서, 혹은 남의 눈을 무서워하면서 성적인 쾌락을 추구하게 된다. 「추야장(秋夜長)」의 박윤만과 능애, 뚝생이댁과 신아불, 「김탁보전(金濁甫傳)」의 김삼식과 역말댁, 염길성과 말순어머니, 「암소」의 박선출과 신실이, 점촌댁과 방가(方哥)는 물론이고 「그가 말했듯」의 '나'와 '소이영', 「다가오는 소리」의 '나'와 '부영(富英)'의 관계가 모두 정상적인 남녀관계라고 할 수 없을 만큼 성적 쾌락의 추구라는 면에서 과장된 것처럼 보인다. 그러나 이들의 삶이 가지고 있는 답답하고 고통스러운 현실로 비추어본다면 성은 이들에게 생명의 확인이고 가능성의 모색이며 확실한 즐거움에 속한다. 그런데 이들이 살고 있는 고향은 이들에게도 그 사회에 뿌리내리고 있는 사람과 동등한 성 윤리를 요구하고 있다. 이문구의 주인공들이 대부분 남녀가 짝을 지어서 '탈향'을 시도하는 것은, 특히 남의 눈에 띄지 않게 떠나고자 하는 것은 그러한 성

윤리의 감시를 벗어나고자 하는 시도라고 할 수 있다.

그러나 그러한 시도가 성공할 수 있다면 이들 주인공이 싸워온 싸움은 심각한 것이 아니다. 중요한 것은 이들이 고향을 떠났다고 해서 그보다 좋은 삶의 조건을 갖게 되는 것이 아니라는 삶 자체의 비극성에 있다. 그리고 그 비극성 때문에 주인공은 갈등과 불화 속에서 불행하게 살고 있으며 또 그런 사람의 삶이 있기 때문에 소설이 씌어지고 있는 것이다.

IV

이문구의 소설이 그 독특한 세계를 구축하고 있는 것은 첫째 그 주인공들이 모두 시골 출신이라는 사실이다. 그의 주인공을 크게 둘로 나눈다면 『해벽』이나 「암소」처럼 시골의 농어촌에서 고통스럽게 살아가면서 끊임없이 탈향의 꿈을 꾸고 있는 사람과, 「그가 말했듯」이나 「다가오는 소리」처럼 탈향한 뒤 서울에서 살고 있으면서도 옛날보다 더 행복하게 느끼지 못하고 있는 사람이 되겠지만, 이들이 모두 시골 출신인 것은 사실이다. 둘째로 이들의 불행한 삶을 그리는 데 있어서 이들의 사투리를 그대로 살리고 있다는 사실이다. 아마도 호남 지방이나 호서 지방 출신이 아니면 도저히 이해할 수 없는 이 작가의 사투리는 그러나 우리말 사전에 없는 사투리가 아니라는 점에서 인정을 받아야 한다. 그의 사투리는 모든 것이 중앙집권화되고 획일화되는 우리의 현실에서 지방색을 갖추고자 하는 일종의 다양한 세계와 삶에 대한 가장 강렬한 꿈의 표현이다. 특히 그의 언어 속에는 삶의 체험들을 연결시켜주고 있는 끈끈한 접착제가 들어 있으며 표준어로는 표현되지 않는 감정 상태가 나타나 있다. 오늘날 지방색이란 무조건 나쁜 것으로 이야기되고 있지만, 사실은 풍부하고 보다 나은 삶을 꿈꾸는 사람에게는 지방색이 있어야 되고 더욱 다양화되어야 한다. 지방색이 나쁜 경우는 그것으로 지배 이데올로기를 삼으려고 하는 경우일 뿐이다. 셋째, 이문구 소설은 메시지 중심으로 읽는다면 대단히 단순화될 위험이 있지만, 문학작품으로 천천히 읽는다면 삶에 대한 깊은 이해와 공감을 느낄 수 있다. 그의 소설에는 우리의 전통적인 이야기 양식에서 볼 수 있는 풍부한 유머가 살아 움직이고 있지만, 그 유머들은 우리에게 인생의 어떤 기미를 깨닫게 한다. 「그가 말했듯」의 '나'가 애정 행각을 벌이다가 10여 년 전 중학교 시절의 자신 모습을 발견한다든가 하는 것은 사회가 변화하고 있음에도 불구하고 삶의 유형은 동일한 형태를 띠고 있음을 알게 한다. 또 「다가오는 소리」에서 아내의 벌이로 먹고사는 주인공이 남의 발소리를 'ㄱㄴ, ㄱㄴ'으로 표현하면서 아내의 발소리를 'ㄷㄹ, ㄷㄹ'로 표현한 것은 타인의 발걸음을 '건들, 건들'로 생각하는 한편 아내의 발걸음을 부지런하게 걷는 '달, 달' 소리로 느끼고 있음을 말한다. 넷째, 이문구의 소설들은 농어촌을 다루든지 도시의 변두리를 다루든지 단순히 토속적인 세계의 아름다움을 이야기하는 것이 아니라 그 변화를, 변화의 양상을 이야기하고 있다는 점에서 다분히 정치적이다. 실제로 「장난감 풍선」과 같이 정치적인 사건을 다룬 소설도 있고 또 『해벽』에서도 잘 드러나 있기는 하지만 그의 모든 소설을 정치소설로 읽을 수 있다. 여기에서 확인하게 되는 것은 정치란 삶을 위해서 있는 것이기 때문에 사실은 중요하고 필요한 것이지만, 지금까지 그렇게 인식되지 못한 것은 제대로 정치가 이루어지지 않았던 데 기인하고 있다는 사실이다. 그의 주인공들의 불행의 원인을 잘 읽어보면 정치의 부재에서 찾을 수 있다. 다섯째는 위와 같은 여러 가지 특징보다 더욱 중요한 것은 이문구 소설 어디에서나 느낄 수 있는 서정성이다. 가난과 불의에 시달리는 주인공이 '바다 소리'를 듣는 장면이라든가 '무적(霧笛)' 소리를 듣는 장면은 주인공의 정서의 고향이 어디인지 느끼게 한다.

위에 든 이문구 소설의 특징은 고향을 잃은 사람들이 그 어느 곳에서도 고향을 발견할 수 없다는 것을 이야기하면서 우리 사회 속에서 개인이 느끼고 있는 갈등과 불화의 정체를 밝혀준다. 그러나 그것이 단순히 농어촌 출신의 실향민 이야기가 아니라 고향을 잃어버린 모든 사람의 이야기로 확대될 수 있기 때문에, 그리고 그의 지방주의가 사실은 보편적인 의미로 확대되고 있기 때문에 보다 깊이 있는 독서를 요구한다. 이문구 소설의 사투리를 읽어내는 독자는 그 속에서 보물을 발견하게 될 것이다.

방황하는 젊음의 세계

—송영의 소설

I

흔히 좋은 작품은 어느 시대, 어느 곳에서나 다시 읽힌다고 말한다. 그것은 그 작품이 모든 시대의 진실을 담지하고 있다는 것을 의미하지 않는다. 모든 시대의 진실을 담기에는 한 편의 작품이란 길이가 너무나 짧다. 또 시대와 장소에 따라서 사람들이 살아가는 모습은 그 변화가 너무 심하다. 따라서 작가란 자신의 시대를 선택하는 사람이어야 한다. 이 말은 작가가 어느 시대에만 읽히기를 바라는 것을 의미하는 것이 아니라 어느 시대의 이야기를, 그 시대의 삶의 모습을 전달하는 이야기를 선택한다는 것을 의미한다. 사실 작가에게서 진실을 느낄 수 있는 것은 그 선택이 얼마나 진지하고 성실하게 이루어졌느냐에 달려 있다. 이와 같은 선택이 제대로 이루어졌을 때 그 작가는 언제, 어디에서나 읽히는 작가가 될 수 있다.

II

송영의 소설은 여러 가지 특징을 갖고 있지만 우선 제일 주목할 수 있는 것은 그의 소설에 커다란 모험이 없다는 사실이다. 일반적으로 소설을 두 종류로 구분한다면 그 하나는 사건이나 모험에 의존하는 작품이고 다른 하나는 그 사건이나 모험을 전달하는 방식에 의존하는 작품이다. 사건이나 모험에 의존하는 작품은 대체로 작중인물이 보통 사람과는 다른 능력의 소유자이며 무수한 역경을 견뎌냄으로써 독자들로 하여금 그 역경의 과정을 체험하게 하고 결과적으로 삶이란 고해와 같다는 생각을 갖게 만든다. 이런 계열의 소설에는 마지막에 문제를 해결해주는 오락적인 것들도 있지만 삶의 비극적 성격을 드러내주는 감동적인 걸작품도 많은 편이다. 반면에 사건과 모험의 전달 방식에 의존하는 작품은 소설 안에서 사건과 모험의 비중이 줄어들지만 독자로 하여금 그 의미나 결과에 대해서 질문하고 생각하게 만든다. 이 경우 삶에 대해 어떤 선험적인 가치도 확고하게 제시되지 않고 삶의 어떤 모습이 과장 없이 그려지게 된다. 송영의 소설은 말하자면 후자에 속한다. 그의 소설에는 남다른 능력을 갖춘 특이한 인물들이 존재하는 것이 아니라 평범하게 살기를 바라지만 그렇게 되지 않아서 고통받는 인물들이 살고 있다. 가령 「보행 규칙 위반자」에서 볼 수 있는 주인공들이란 이 사회에서 특수한 범죄를 저지른 사람들도 아니고 그렇다고 해서 이 사회에서 중요한 자리를 차지하고 있는 사람들도 아니다. 그들은 어느 날 갑자기 교통 규칙 단속 기간에 잘못 걸려서 붙들려온 평범한 사람들이다. 따라서 그들이 이야기하는 삶이란 우리가 일상적으로 흔히 볼 수 있는 삶에 지나지 않는다. 그들이 그처럼 한자리에 모이게 된 것은 교통위반자 단속 기간에 걸려들었기 때문이다. 그들은 각자 특별한 범죄 의식도 없이 생활 습관 때문에 법규를 위반하기는 하지만 그것으로 하여금 하룻밤의 구류 생활을 하게 된다. 그들은 자신들이 특별히 잘못했다고 생각하는 것이 아니라 남들보다 재수가 없었기 때문에 붙들렸다고 생각한다. 그들 주인공은 높은 이상이 있는 것도 아니고 현실에 대해 깊은 좌절을 체험한 것도 아니다. 그들은 그냥 그날그날을 살아가는 사람들일 뿐이다. 그들은 '담배 한 대' 피울 수 있게 해준다거나 그들의 벌금을 물 수 있게 해주는 사람만 있으면 큰 불평이 없는 것이다. 이처럼 평범한 삶을 사는 사람들의 모습을 통해서 작가는 사람 사는 꼴을 제시하고 있다. 실제로 우리의 삶이란 여느 소설에서 볼 수 있는 것처럼 그렇게 많은 사건만으로 이어져 있는 것도 아니고 그처럼 얽히고설킨 사건들이 하나하나 해결되어가는 것만도 아니다. 그러한 점에서 이처럼 평범한 삶을 그린다는 것이 작가에게는 대단히 어려운 일이다. 송영은 말하자면 이처럼 어려운 작업을 하기로 선택한 작가라고 할 수 있다.

그러나 송영의 소설을 보다 면밀하게 읽어보면 그 안에 있는 사건들을 평범한 것이라고 이야기할 수 없다. 가령 「비련」이라는 작품에는 '나'라는 화자가 어린 시절의 추억 때문에 버스 속에서 만난 소녀를 쫓아가서 과거를 재현하고자 한다. 즉 그 소녀의 집 앞 공터에 가서 소녀가 창문으로 내다보기를 기다리고 있는 '나'의 행동은 얼핏 보면 어떤 편집광의 정신병적인 집착을 보여주고 있는 것 같지만, 사실은 불행했던 과거 속에 아름답게 남아 있는 추억을 재현하고자 하는 욕망의 표현이라는 점에서 비극성을 드러내주고 있다. 그렇지만 그 사실 자체만으로 보면 이런 행동은 사춘기의 감정에 근거를 두고 있어서 일종의 낭만적 허위의식에서 크게 벗어나지 않는다. 그런데 「마테오네집」이라는 작품에는 「비련」에서 나왔던 국민학교 6학년이었던 '영애'라는 인물이 '미란이'의 엄마가 되어 있는 것을 볼 수 있다. '염전'의 사장 딸이었던 그녀가 이제는 나무하러 다닐 정도로 가난해졌을 뿐만 아니라 그녀를 다시 찾아간 '나'와 그녀 사이에 그동안 밝히지 못했던 슬픈 사연이 있음을 알게 해주는 이 두 작품은 사건 자체로 보면 충분히 두 사람의 운명을 바꿀 만큼 커다란 모험을 다루고 있으면서도 마치 커다란 연못에 작은 물결이 이는 것처럼 조용하고 잔잔하게 비극적인 분위기만 전달하고 있다. 이것은 송영 자신이 사건을 과장하지도 않고 과시하지도 않으면서도 그 사건의 성격을 느끼게 한다는 것을 의미한다. 그 느낌은 일상의 껄끄러운 요소들마저도 거북하게 만들지 않는 포용력을 지니고 있다. 그리하여 주인공인 '나'가 '영애'를 만나러 간 것을 '수상한' 사람으로 신고한 '병규'의 행동도 세월과 함께 달라진 운명의 비극성을 느끼는 데 방해하지 않는다. 바로 이와 같은 일상성 속에서 '나'와 '영애'의 입장이 뒤바뀌어 있는 운명의 변전을 확인할 수 있는데, 사건 중심의 소설가였다면 그 같은 운명의 변전이 어떻게 이루어지는지 그 과정을 그렸을 것이다.

송영 소설에 있어서 두번째 특징은 그의 주인공들이 확고한 직업을 갖고 있지 않거나 일자리를 찾아 떠도는 사람들이라는 것이다. 앞에서 든 작품에서 「보행 규칙 위반자」의 '나'는 월부책 수금 사원이라는 불안정한 직업을 갖고 있고, 「비련」의 '나'는 아직 학생의 신분도 완전히 벗어나지 않았으며, 「마테오네집」의 '나'는 직업이 밝혀지지 않았다. 「계절」의 주인공은 이제 겨우 교사 자리에 정착하려는 순간이었는데 탈영병의 죄목으로 붙들려 가고, 「시월당원」의 주인공들은 모두 취직을 바라다가 '떠돌이의 삶'을 그리는 '시월당원'의 생활을 하고 있고, 「지붕 위의 사진사」의 주인공은 스스로 프리랜서를 자처하며 끝끝내 자신의 정체를 밝히지 않는다. 「북소리」의 주인공은 젊은 시절을 무위도식하는 하숙 생활을 하다가 건설회사의 사원이 되었으나 여전히 옛 하숙집을 찾아가고, 「투계」의 주인공은 집 안에 틀어박혀서 닭싸움을 시키며 세월을 보내고 있다. 또 「중앙선 기차」의 주인공은 일자리를 찾아서 중앙선 열차를 타고 지옥 같은 시간을 보내고 있다. 이들은 모두 그들이 살고 있는 사회에 제대로 뿌리를 박지 못하고 떠돌아다닌다. 이들 떠돌이는 1970년대 중반 이후의 노동자들과는 달리 대부분 일자리마저도 갖고 있지 못한 1960년대적인 현실을 드러내고 있다. 그들은 일자리를 찾고 있지만 적당한 자리를 발견하지 못해서 떠돌고 있다. 1970년대의 주인공들이 일을 하면서 괴로워하고 분노하고 절망한 것과는 달리 이들은 고통도 분노도 절망도 보여주지 않는다. 송영의 주인공들의 그러한 성격은 감옥이라고 하는 극단적인 상황에서도 마찬가지로 드러난다. 군에서의 죄과 때문에 감옥 생활을 하고 있는 「선생과 황태자」나 「님께서 오시는 날」 같은 작품에서도 감옥 생활의 비인간적인 조건에 대해 분노하고 고발하기 위한 의도보다는 그런 상황 속에서의 일상생활을 보여주고자 하는 의도가 강하게 나타나는 것도 바로 그런 성격을 보여준다. 따라서 송영의 주인공들이란 이 사회 속에서 자기 자신을 과시할 수 있는 사람들이 아니라 아무런 능력이 없어서 사회 자체가 거의 비존재나 다름없이 생각하는 인물들이다. 그렇기 때문에 그의 주인공들의 보잘것없는 삶이란 마치 그들이 살고 있는 사회의 모순 때문이 아니라 그들 각자가 가지고 있는 능력의 부재 때문인 것처럼 보일 수도 있다. 그러나 여기저기에서 일종의 고백 형식이나 혹은 삽화의 형식으로 제시되는 사회의 모순은 그들이 남들처럼 자랑할 수 있는 직장도 없고 유산도 없는 것을 개인적인 것으로 돌려버릴 수 없음을 이야기하고 있다.

송영 소설의 세번째 특징은 따라서 주인공들의 만나고 헤어짐이 어떤 집단이나 공동체라는 필연적인 관계 속에서 이루어지고 있는 것이 아니라 거리나 감옥이나 기차와 같이 우연한 사건에 의해서 이루어지는 데 있다. 사실 일정한 직업 없이 떠돌아다니는 사람들이란 떠도는 자들만이 만날 수 있는 우연의 장난을 체험할 수밖에 없다. 그렇기 때문에 그들의 만남이란 자칫하면 삼류 소설의 그것으로 전락할 수 있는 가능성을 갖고 있으면서도 그 우연이 지나치게 큰 모험을 만들어내는 대신에 일상적인 사건을 만들어냄으로써 오히려 소설적인 장치의 역할을 하고 있다. 좀더 과감하게 이야기하자면 송영 소설의 우연은 그의 소설에 오히려 리얼리티를 부과하는 역할을 하고 있다. 가족관계 때문에 '함께' 살 수밖에 없는 「투계」를 제외한 송영의 주인공들의 만남이란 우연히 이루어진 것이기 때문에 대부분 일회적이고 따라서 곧 헤어지는 것을 전제로 하고 있다. 다시 말하면 「보행 규칙 위반자」에 나오는 인물들은 여러 분야의 사람들이 하룻밤을 함께 보내고는 헤어질 운명을 갖고 있다. 「시월당원」의 인물들도 거리에서 우연히 만나거나 하숙집에서 만난 경우로 공동의 운명을 가진 인물들이 아니다. 「지붕 위의 사진사」에서도 '나'가 사진사를 만난 것은 "그때 친구 몇 사람이 몇 해 만에 노상에서 우연히 만나서 어느 빌딩의 라운지로 올라가 둥근 탁자를 가운데 놓고 맥주를 마시고 있을 때"였다. 이렇게 알게 된 '강현수'라는 사진사를 '나'는 여러 번 만나지만 모두 우연에 의한 것이었고, 따라서 이들은 만나면 곧 헤어졌다. 이와 같은 '함께 있음'의 우연은 「선생과 황태자」 「님께서 오시는 날」 「보행 규칙 위반자」 등에서는 제도적인 공동 체험을 가능하게 하기도 하지만 그 극단적인 경우는 「중앙선 기차」에서 이루어진다. 기차란 매일 일정한 시간에 어느 지점을 떠나서 어디론가 갈 수밖에 없도록 이미 예견된 시간표에 의해 움직이는 것이지만 그 기차를 탄다고 하는 것은, 그래서 다른 승객들과 함께 여행을 하게 된 것은 우연이다. 주인공이 열차 속에서 만나게 되는 승객들이란 평생 다시 만난다는 가능성도 없이 잠시 함께 있다가 헤어지는 인물들이다. 따라서 「님께서 오시는 날」 「선생과 황태자」 「보행 규칙 위반자」 등의 주인공들은 그들이 함께 보내야 하는 일정한 시간 때문에 그 안에서 이미 사회적인 질서를 형성하게 되지만 「중앙선 기차」의 작중인물들이란 그런 질서나 규약 이전의 세계를 살게 된다.

이와 같은 관점에서 보면 송영의 인물들은 사회의 집단이나 조직 속에 들어가지 못한 사람들의 삶을 살고 있다. 그것은 작가가 자신의 시대에서 비존재로 취급당하고 있는 사람들의 세계에 관심을 갖고 있고 그런 세계 속에 있는 개인에 대한 탐구를 시도하고 있다는 것을 이야기해준다. 바로 그러한 이유 때문에 그의 소설은 커다란 사건이 없으면서도 여운이 많은 울림으로 읽힌다. 특히 그들의 삶의 모험이 그처럼 내세울 만한 것이 아니지만 작가의 서술에 의해 삶의 중요한 측면을 보여주는 데 성공하고 있다는 것은 작가의 섬세한 재능을 읽게 만든다.

III

송영의 작품 가운데 특히 주목해서 읽어야 할 것은 「중앙선 기차」 「선생과 황태자」 「투계」인 것처럼 보인다.

「중앙선 기차」는 이른바 3등 열차를 타고 가는 사람들이 어떤 계층에 속하는지 너무나 잘 보여준다. 그들은 체면이나 예의를 차릴 만큼 여유가 있는 것이 아니어서, 자기 자신 이외에는 아무도 생각할 수 없다. 객차 안이 만원이어서 움직일 수 없을 경우에는 여자의 몸으로 창문을 열고 뛰어내린다든가, 자리가 나면 염치를 불고하고 먼저 자리를 차지하려 든다거나, 남들이 어떻게 생각하든 화투판을 벌여 시끄럽게 떠들다가 춤판을 벌인다든가, 갑자기 큰 소리로 찬송가를 부르며 다른 사람을 방해하기도 한다. "이 중앙선의 승객들 가운데 제대로 생겨먹은 놈은 한 놈도 없다"고 한 '작업복 청년'의 탄식처럼 열차 안은 마치 지옥을 연상시킨다. 그러나 이들 작중인물들이 예절도 순서도 없이 무질서하게 행동하는 데는 우선 기차 자체가 너무 만원이어서 어떤 통제나 지도가 불가능하기 때문이다. 많은 승객들이 매달리고 통로마저 메워버린 상황에서는 예절이나 순서가 있을 수 없다. 이것을 어쩌면 1960년대식 혼란이라고 일컬을 수 있을 것이다. 여기에 더욱 심각한 것은 기차 안에 '너구리잡이'가 미리 좌석을 잡아서 돈을 받고 넘겨준다는 데 있다. 그러니까 좌석이 모자라는 것을 이용하여 불법 거래가 행해지고 있다. 일자리가 모자라서 생계의 위협을 느끼는 경우에는 돈이 되는 일이면 무잇이든지 할 수밖에 없고, 그 경우 개인에게 노넉적인 반성이 불가능한 것이다. 작가는 이들의 모습을 통해서 삶의 밑바닥이 어떤 것인지 제시하고 있다. 그러나 작가는 그것을 고발하기 위한 것이 아니라 이 세계의 여러 가지 삶 가운데는 이런 삶도 있음을 보여주고 있다. 그와 같은 작가의 선택을 통해서 왜 세계 속에는 그러한 삶이 있는가, 그런 삶이 있는 세계란 얼마나 추문으로 가득 차 있는가 반성하게 한다. 그 반성의 실마리를 작가는 '환오'라는 인물과 '작업복 청년'을 통해서 풀고 있다. 자기 앞에 나온 자리마저 남에게 빼앗기고 서서 여행을 하고 있는 '환오'는 서울에서 직장을 구하지 못하고 취직을 하러 낙향하고 있다. 그러한 그에게 '작업복 청년'은 "난 단언해요. 틀림없이 환멸 끝에 돌아오고 말 거요. 그쪽에 뭔가 있으리라고 기대했다면 오산이죠. 아무것도 없으니까"라고 말한다. 그러나 이러한 단언을 들었다고 해서 '만종'이라는 시골에 가는 일을 '환오'가 중단할 수 있는 것은 아니다. 그는 1년 내내 일자리를 구하러 다니다가 실패하고 겨우 소개장을 하나 들고 낙향하고 있기 때문이다. 바로 이러한 실업자의 과정을 거치고 나면 개인에게 체면이나 예절을 차릴 능력이 없어진다. 그렇다면 '작업복 청년'이 "환멸 끝에 돌아오고 말 것"이라고 단언하는 근거는 어디에 있는가. 그는 다음과 같이 고백하고 있다.

> 나도 이젠 싫증났어요. 이 느림보 기차에 타고서 무한정 기다린다는 게 말이죠. 정말 지쳤어요. 매양 이 꼴 이 모양이니깐 정말 미칠 것 같다구요. 어떤 때는 이놈의 기차에서 그만 뛰어내려 죽어버릴까 생각할 때도 있죠. 제가 별안간 이렇게 말하면 무슨 얘긴지 잘 모르실 테죠. 저는 요즘 기로에 서 있는 셈이죠. 마음 둘 데가 없고 도무지 갈피를 못 잡겠어요. 시골에서 자극도 못 받고 젊은 나이에 무의미한 세월 보내는 데 싫증나서요. 그래 도시로 나갈까 보다 했죠. 하

지만 막상 도시로 나가 보면 도시는 더 나를 실망시켜요. 허탕치고 그냥 돌아오죠. 돌아올 땐 하는 수 없이 배나무나 사과나무를 친구 삼고 살자 이렇게 맘먹죠. 하지만 얼마 지나면 못 견디겠어요.

도시와 시골 사이에서 방황하고 있는 이 젊은이의 독백처럼 송영의 주인공들은 모두 그들의 젊음을 맡길 수 있는 곳을, 자신의 삶을 정착시킬 수 있는 곳을 발견하지 못하고 있다. 그의 작중인물들의 나이가 모두 젊다는 것은 따라서 우연이 아니다. 아직 자신의 삶을 체념하기에는 너무나 젊고 혈기가 살아 있지만, 자신의 이상을 실현하고 자신의 욕망을 만족시키기에는 현실이 너무나 거리가 멀기 때문에 그들은 방황을 할 수밖에 없다. 그들이 현실에서 체험하고 있는 것은 '뚱보 여인'의 "우리 집 아들놈은 애가 외톨로 어리광만 피우고 자라서 영 철이 없었는데 글쎄 걔가 지금 군대로 월남 가서 매달 꼬박꼬박 한푼도 쓰지 않고 제 월급을 부쳐오지 뭡니까? 나 원 하두나 기특해서"라는 고백에서 이야기되고 있는 것처럼 돈을 벌기 위해서, 효도를 하기 위해서, 병역의 의무를 치르기 위해서 생사를 걸어야 하는 것이다. 그렇지 않으면 일자리를 구하기 위해 방황을 하거나, 도시와 시골 사이에서 정처를 발견하지 못하고 고민할 수밖에 없다. 이 경우 젊음이 모든 고통의 원인이 된다. 왜냐하면 '뚱보 여자'와 같은 나이가 되면 텔레비전 화면이 잘 나오는 것도 살기 좋은 세상의 이유가 되고, 월남에 가서 군인 봉급을 꼬박꼬박 보내주는 아들의 효도가 그저 행복하기만 하기 때문이다.

그러나 이 작품의 가장 상징적인 의미는 마지막에 드러난다. 처음 기차를 탔을 때만 해도 주저하고 망설이던 '환오'가 마지막에는 "맹렬하게 다투고 욕지거리를 퍼부어대고 상대방을 사정없이 밀어붙이는" 세계에 한몫을 하게 된다는 것은, 같은 기차를 타고 몇 시간을 함께 여행을 하게 되면 그 자신도 어쩔 수 없이 다른 사람들과 같은 방식으로 살 수밖에 없음을 의미한다.

젊음에 관한 송영의 이와 같은 탐구는 「선생과 황태자」에서 특수한 집단 안에서의 개인에 관한 서술로 옮겨진다. 「중앙선 기차」가 열차 안이라고 하는 공간 전체를 묘사하고 있다면 「선생과 황태자」는 군부대의 '영창'이라는 공간 속에 있는 개인들의 모습을 그리고 있다. 앞의 작품들에서는 인물 상호 간에 응집력 있는 관계가 성립되지 않았다면 이 작품에서는 일종의 조직적인 역학관계가 형성되어 있다. 따라서 이 작품에서는 '영창' 안에 함께 있는 인물들의 개성이 훨씬 두드러지게 추구되고 있다. 베트남의 술집에서 상관을 구타하고 3년의 영창 생활 가운데 2년 6개월을 보낸 감방장 '이 중사', 작전 중에 베트공 30여 명을 죽인 공로로 처음에는 훈장까지 받았다가 그 가운데 민간인도 있었다는 사실 때문에 14년을 언도받아 살고 있는 '정철훈 하사', 이탈죄와 항명죄로 붙들려와서 아직 선고를 받지 않은 '박순열' 등은 감옥 안에서 하나의 세계를 이루면서 각자의 역할과 개성을 드러낸다. 아내와 딸을 둔 '이 중사'는 감방장으로서 절대 권력(밖에서 보면 제한된 것이기는 하지만)을 쥐고 모든 동료들 위에 군림하고 있다. '박순열'에 의해서 '네로'라는 이름이 붙여질 정도로 강력한 힘을 행사하는 '이 중사'는 20일 후에 있을 다음 공판에서 감형되어 출감하게 되기를 기다리고 있다. 그는 바로 얼마 남지 않은 그 기간을 기다리는 일이 너무 힘들어서 '박순열'에게 '선생'이라는 존칭을 붙여가며 여러 가지 이야기를 하게 하고 다른 사람들을 못살게 굴어가며 시간을 보내고 있다.

'정 하사'는 '이 중사'의 출감 후에면 감방장의 자리를 물려받기를 기다리는 사람으로 평소에는 잔인성이 나타나 감방장을 제외하고는 모두에게 공포의 대상이 되고 있다. 군에 입대하기 전에 왕십리에서 동대문으로 채소를 운반하며 배고프게 살아온 그는 겉으로는 "월남에서 C레이션을 까먹고 지낼 때를 빼놓고는 지금이 제일 좋다"고 하고 있지만 '박순열'과 단둘이 있을 때 '상고 이유서'를 다시 써주기를 부탁한다. 또 신참자로서 감방장의 특별한 배려를 받고 있는 '박순열'은 '황제'와 '황태자' 사이에 있는 '선생'으로서 일반 사회에서라면 작가나 지식인의 역할을 하고 있으나 혼자 불침번의 자리에서 울고 있다. 작가는 이들 세 인물을 그들 상호 간의 관계에서는 희극적일 만큼 엄격하게 분담된 역할을 하게 만들고는 개인적으로는 인간적인 모습을 드러내게 만든다. 감방 안에서의 이들의 비정상적인 태도나 생각은 감방에 들어오기 이전의 사회에서의 삶이 비정상적이었던 데서 기인하고 있음을 이들 인물의 개인적인 형상화를 통해 알게 해준다. 그러니까 이들이 현재 살고 있는 감방 안이 살 만한 세계가 아닌 것과 마찬가지로, 그 이전의 바깥 세계에 더욱 문제가 있다는 것을 이 작품은 깨닫게 한다.

그런 점에서 「선생과 황태자」의 주인공들이 바깥에서 체험한 세계란 「중앙선 기차」에서 볼 수 있는 세계이며 그렇지 않으면 베트남의 전선에서 경험한 세계이다. 그 두 가지 세계 외에는 어떤 체험도 허용되지 않는 현실 속에서 송영의 주인공은 「투계」에서 이제 내면의 싸움으로 돌아서고 있다. 매일 하는 일 없이 살고 있는 「투계」의 주인공은 '뿌리마'가 모든 종류의 닭과의 싸움에 이기고 있는 사실을 견디지 못하고 '뿌리마'가 패배할 때까지 절망적으로 새로운 종계를 사다가 싸움을 하게 한다. 그 싸움은 마치 그 자신이 심리적으로 '뿌리마'와 직접 싸우고 있기나 한 것처럼 집요하게 추구되고 있는데, 마지막에는 한 번 패배한 경험이 있는 '샤모'를 훈련시켜서 '뿌리마'를 이기게 한다. 일단 그의 의도가 성공을 거두자 그는 '뿌리마'를 제거할 명분을 얻게 되고 따라서 그 자신이 심리적으로 처음 승리감을 맛보게 된다. 그의 승리감은 홀어머니와 함께 살아온 현실 속에서 한 번도 체험하지 못한 것에 대한 일종의 보상 행위이다. 그러나 그것이 진정한 승리가 되지 못하는 것은, 그 자신이 그러한 현실을 극복한 것이 아니기 때문이다. 말하자면 현실과 정면으로 대결할 수 있는 어떤 여건도 형성되지 않았기 때문에 그는 '닭싸움'이라는 지극히 상징적인 싸움에 매달렸을 따름이다. 그렇기 때문에 그는 폐쇄적인 성격을 갖게 되고 사회적인 활동을 할 수 없게 되며 외부에서 오는 모든 관계나 도전을 피하게 된다. 그의 이러한 성격은 그러나 자신이 이겼다고 생각하는 순간에 가장 큰 도전을 받는다. 그것은 그동안 자기 집에 드나들던 천주교 신도의 뒤를 이어 '서양 신부'의 출현으로 나타난다. 그는 더 이상 폐쇄된 자아 속에서 버티지 못하고 외부로 향한 자신의 문을 열 수밖에 없게 되는 것이다.

IV

이상의 작품들에서 볼 수 있는 것처럼 송영은 그 주인공으로서 모두 젊은이들을 다루고 있다. 작가에게 젊은이를 주인공으로 다룬다고 하는 것은 그 자체가 모험이 될 수 있다. 왜냐하면 아직 직업도 결정되지 않았고 사회적인 지위도 얻은 것이 없고 어디에 정착할 수 없을 정도로 떠도는 것을 특색으로 삼고 있는 젊은 주인공을 형상화시키기에 대단히 힘들기 때문이다. 아마도 이처럼 철저하게 '젊은 주인공만을 다룬' 작가란 대단히 드물다고 단언할 수 있다. 바로 그러한 이유로 그의 주인공들은 자신의 가문이 탁월한 경우나 재산을 물려받은 경우가 하나도 없으며 모두 떠도는 성질을 띠고 있다. 그들에게는 유일하게 '젊음'만이 있지만 그 젊음을 개인의 완성을 위해 바칠 수 있는 기회를 제공받지 못하고 일자리를 찾아 헤매거나, 전장에서 극단적인 상황을 체험하거나 감옥에 갇혀서 그들은 신음한다. 삶이 지옥이고 젊음이 통곡에 지나지 않는 세계에서의 삶이란 과연 살 만한 가치가 있는 것인지 그의 작품은 질문하고 있다. 그런 점에서 송영의 세계는 대단히 어두운 부정적인 성질을 띠고 있다고 할 수 있다. 그러나 그의 작품을 읽으면 단순한 절망만을 체험하는 것이 아니다. 그처럼 고통스러운 삶, 그토록 답답한 세계를 읽으면서도 어디에서인지 빛이 보이는 것 같은 느낌을 끊임없이 받는다. 그것은 아마도 그의 주인공들이 자신의 세계 속에서 끝없는 좌절을 체험하면서도 개인적인 구원을 추구하고 있기 때문일 것이다. 바로 이 개인적인 구원의 추구 과정 속에 그들의 존재 이유가 있다. 그것이 그들을 이 세계에서 없음의 상태에서 있음의 상태로, 비존재의 상황을 존재의 상황으로 바꾸어놓는다. 그런 점에서 송영의 작품은 종교적인 성질을 내면에 깔고 있다고 할 수 있다. 절망적인 현실에서 초월하고자 하는 요소가 개인적인 구원의 추구에 언제나 나타나고 있기 때문이다. 그리고 그 단적인 예가 「투계」의 주인공이 마지막에 신부의 출현 앞에서 보는 거부를 포기하는 데서 찾아질 수 있다. 어쩌면 송영은 자신의 떠도는 젊음을 정착시키기 위해서 피나는 노력을 기울이고 있고 바로 그 노력의 일환으로 지금도 작품을 쓰고 있을 것이다. 그토록 오랜 방황을 한 젊은이들이 지금은 어디쯤에 정착하고 있을까. 그의 작품은 여전히 우리에게 이런 질문을 던지게 한다.

도덕적 인물과 부도덕한 개인

—김원일과 현길언

I

김원일의 『바람과 강』, 현길언의 『우리들의 스승님』은 최근에 읽은 '한국 소설의 성과'라고 부를 수 있는 작품들이다. 소설이 삶에 대한 가장 깊이 있는 반성으로서 존재할 수 있는 것은 그것이 우리의 삶 속에서 볼 수 있는 모든 것을 포용하고 있을 뿐만 아니라, 그 가운데 어떤 요소를 과장하고 그 과장을 통해서 삶의 본질적인 모습을 보여주기 때문이다. 그러한 점에서 김원일의 『바람과 강』이나 현길언의 작품집 속에 들어 있는 「신열(身熱)」은 우리의 삶을 비춰볼 수 있는 대단히 반성적인 작품이다. 특히 이 두 작품에서 주목할 수 있는 것은 주인공들이 이른바 '난세'라고 할 수 있는 현대의 격동기를 산 인물들의 전혀 다른 삶의 태도를 보여주면서도 그들을 통해서 오늘의 삶에 대한 정직한 질문을 던질 수 있게 해준다는 공통점을 가지고 있다는 점이다. 물론 정통적인 의미에서의 소설이란 다소간 이러한 공통점을 지니고 있는 것도 사실이지만, 그 질을 생각할 때 이 두 작가가 도달한 세계는 결코 흔히 볼 수 있는 세계가 아니다. 더 정확하게 말하자면 개인의 삶이 역사적 현실 속에서 부대끼고 있는 정직한 모습을 감동적으로 보여주는 세계라고 할 수 있다. 사실 『바람과 강』의 주인공이 1920년대에서부터 해방, 6·25사변을 거쳐오는 약 30여 년의 세월을 살고 있는 데 반하여 「신열」의 주인공은 일제시대부터 1970년대에 이르는 약 40여 년의 세월을 살고 있다. 이러한 사실은 이 두 작품이 한국의 격동기 속에서의 개인의 삶에 대한 탐구라고 하는 공통점을 가지고 있다. 그러니까 지난 세월을 어떻게 살았느냐 하는 '과거의 물음'이 현재 살고 있는 삶과 어떤 관계에 놓여 있느냐 하는 양상을 탐구하고 있는 것이다. 뿐만 아니라 이 두 작가는 소설이란 어떻게 쓰는가 하는 소설 작법에 많은 노력을 기울인 흔적을 보이고 있다는 점에서 대단히 정통적인 작가의 세계를 추구하는 공통점도 갖고 있다. 사실 이러한 공통점은 소설 속의 삶의 체험이 넓이와 깊이를 획득하지 못한 경우 대단히 부정적으로 작용하게 된다. 가령 김원일의 1970년대의 단편소설들이 하나하나의 작품이 완결된 형태를 갖추고 있으면서도 일관성 있는 울림을 주지 못하는 것이나, 현길언의 단편들 가운데서 상당히 건강한 현실 인식에서 씌어졌음에 틀림없는 작품들이 논리적인 인과관계로서는 파악되면서도 읽는 사람에게 감동을 제대로 주지 못한 것은 바로 그러한 이유라고 할 수 있다.

그러나 그러한 작품들을 읽었던 독자가 『바람과 강』이나 「신열」을 읽게 된다면 이 두 작가가 도달한 수준이 얼마나 높은 것인지 깨닫게 될 것이다. 그것은 이 두 작품이 작가 자신의 삶에 대한 깊은 통찰과 다각적인 질문의 결실임을 이야기하면서 동시에 역사 속에 있는 개인의 총체적 인식을 가능케 하는 소설 미학의 소산임을 이야기한다. 소설은 필연적으로 하나의 이야기의 끈에 의해 인도될 수밖에 없지만 그것이 곧 이야기 자체의 단순성을 의미하는 것이 아니다. 소설에는 여러 등장인물들의 개인적인 기록들이 직조된 천처럼 엮어져 있기 때문에 그것들이 어떻게 엮어져 있느냐 하는 문제를 풀어보는 것이 필요하다. 그것은 바로 소설의 미학과 관계되는 것으로서 우리에게 공감을 느끼게 하는 토대가 된다. 하나의 작품을 줄거리만 파악하면서 읽는다고 한다면 그것은 소설을 옛날이야기와 동일한 차원으로 생각한다는 것을 의미한다. 따라서 옛날이야기와 같은 줄거리가 우리에게 어떻게 제시되었느냐 하는 것은 소설을 소설로 읽는 데 전제 조건이라고 할 수 있다.

II

우선 「신열」은 죽은 후 '선구적인 시민상'을 받게 된 한 인물의 일생을 재조명하고 있다. 어느 신문사에서 제정한 이 시민상은 상의 공정성을 지키기 위하여 생존자를 수상 대상에서 제외시키고 있다. 그런 점에서 '김만호'라는 인물에게 주어진 이 상이 객관성을 띠고 있는 것처럼 보인다. 일제시대에는 변상을 하고 해방 후에는 학교를 세워 지역 발전에 공헌한 것으로 되어 있기 때문이다.

그러나 소설은 한 인물의 일생에 대한 일방적인 평가에 대해서 질문하고 탐구하는 것이지 자서전이나 공덕비처럼 그대로 수용하는 것이 아니다. 이 작품의 서두는 바로 그러한 질문과 탐구의 기본 구조인 이견의 대립에서부터 시작되고 있다. 주인공 김만호의 일가친척들이 모여서 종갓집 차례를 지내는 자리에서 전해진 '선구적인 시민상' 수상 소식은, 곧 긍정적인 평가를 내리는 사람과 부정적인 평가를 내리는 사람 사이의 이견 대립으로 발전된다. 따라서 화자인 '나'는 인물 자체의 평가에 대해서 중립적인 위치에서 출발하고 있지만 '교장어른/재종숙'의 대립된 견해의 전개 과정에 따라 '김만호' 일생의 진짜 모습을 알게 되고, 나아가서는 그것이 현재의 '나'의 삶과 관련되는 것임을 깨닫게 된다. 그 결과 이 작품은 크게 보아 두 부분으로 나누어질 수 있다. 그 하나는 죽은 '김만호'의 일생에 관한 부분이고 다른 하나는 그 일생을 알아가는 '나'의 현재의 삶이다. 여기에서 김만호의 일생에 관한 부분은 과거에 속하고, 따라서 이미 완료된 사실인 반면에 '나'의 현재의 삶은 진행 중에 있는 미완의 것이다. 그러니까 '교장어른/재종숙'의 대립은 김만호라고 하는 인물의 동일한 삶에 대해서 다른 해석을 내리는 데 근거를 두고 있다. 이들 두 사람의 입을 통해서 '내'가 알게 된 김만호라는 인물은 일제시대에 소학교를 졸업하고 중학교 과정인 농업학교를 나온 다음 농회 일을 하면서 일본어를 강습하고, 28세에 면장이 되어서는 도로를 넓히고 성황당을 부수고 상투를 자르게 하는 등 개혁의 주역이 된다. 해방 후 김만호는 친일파로 몰렸으나 강성수의 도움으로 위기를 모면한 후 미군 고문관이 되고 남도학원을 세워 후진 양성을 하는 한편, 자유당 시절에는 도의회 부의장을 지낼 정도로 정계에서도 두각을 나타냈으나 국회의원에 출마했다가 실패한

다음 국회의원의 꿈을 버리고 국회의원 입후보자의 당선을 좌우할 만큼 영향력 있는 인물이 된다.

이와 같은 '김만호'의 일생에 대해서 '재종숙'은 "일제시대에 친일행각으로부터 자유당 정부 이후부터 전력을 업고 세상을 살면서 지역사회를 위하여 그런 일 조금 한 것 가지고 상을 주"는 것은 언어도단이라고 하면서, 오히려 '김만호' 때문에 사상이 불온한 것으로 몰려버린 강성수 목사를 신원시켜야 한다고 주장한다. 김만호 일생의 평가에서 '교장어른'과 '재종숙'이 대립하고 있는 부분은 i) '김만호'가 일본어 강습을 하고 강성수가 한글 강습을 한 사실 ii) 김만호가 미신 타파와 상투 자르기로 개혁운동을 주도한 것과 강성수가 목사가 되어 교회를 개척했다가 일본의 탄압을 받아 쫓겨간 사실 iii) 김만호가 해방 후 학원을 세운 사실과 강성수가 사상적인 의혹 때문에 억압을 받다가 공비에게 피살된 사실 등이다.

첫째 강습소 문제에 있어서, 재종숙은 김만호가 일본어 강습소를 차린 것은 일제에 협력하고 아부하여 출세를 하기 위한 것인 반면에 강성수가 한글 강습소를 차린 것은 민족의 얼을 고취시키기 위한 것이라고 한다. 그런데 교장어른은 김만호가 일본어 강습을 한 것은 자신이 배운 것을 불우한 어린이들에게 가르쳐 새로운 시대에 잘살게 만들기 위한 것이지만 강성수가 한글 강습소를 차린 것은 그것을 핑계로 사회주의운동을 하기 위한 것이라고 주장한다.

둘째 김만호가 성황당을 부순 것을 미신타파운동으로 보고 조부의 상투를 자른 것을 개혁운동으로 생각하는 교장어른은 그것을 1970년대의 새마을운동과 비교하고 있다. 그런데 재종숙은 김만호의 그런 행동을 일제의 정책 실현의 일환으로 보고 있다. 성황당을 부순 것은 미신을 타파하기 위한 것이 아니라 전통적인 신앙에 의존하여 민족정신을 고양하고 있는 토대를 제거하기 위한 것이고, 조부의 상투를 자른 것도 개화를 위한 것이 아니라 일제의 정책을 실현시키기 위한 것이라고 재종숙은 평가하고 있다.

셋째로 재종숙에 의하면 강성수는 한글 강습소를 못 하고 쫓겨났다가 5년 만에 목사가 되어 돌아와, 마을에 교회를 개척하였을 때 주재소로부터 일본말 설교를 강요당하고 일제에 협력을 거부했다가 교회를 폐쇄당한다. 그는 김만호를 찾아가서 교회를 살릴 수 있도록 협조를 요청했다가 거절당한다. 그런데 '교장어른'에 의하면 "김만호 그 어른은 백성을 위한 행정을 폈다고 할 수 있지. 비록 일제 치하의 관리로서나마 옛날 현감이나 사또·이방 들보담이야 얼마나 백성을 위하여 일을 했겠어. 그는 일한 대가를 꼭 면민들에게 돌아오도록 했지"라고 할 정도로 김만호가 '선구적인 시민상'을 받을 만하다는 것이다.

그러나 '김만호/강성수'의 대립은 강성수가 4·3사건 때 공비들의 습격을 받아 여러 가지 혐의를 뒤집어쓴 채로 죽어버리기 때문에 강성수의 패배로 끝나버린다. 이것이 이 소설의 제1차적인 우화라고 한다면, 제2차적인 우화는 김만호의 수상을 당연하게 생각하면서 남도학원에 김만호의 동상을 세우는 데 큰 역할을 하는 '교장어른'과, 김만호의 수상을 부당하게 생각하면서 강성수의 신원을 위해 노력하고 있는 '재종숙'의 대결이다. 60 평생을 어린이 교육에 바친 다음 정년 퇴직한 '교장어른'은 겉으로 보면 '행복한 서민'의 모습과 깨끗한 선비의 풍모를 지니고 있다. 그는 일제시대에 김만호가 면장을 하지 않았으면 누군가가 면장을 했을 것이고 그랬더라면 김만호만큼 백성을 위해 일을 하지 못했을 것이라는 신념을 갖고 있다. 그러나 그의 외모에서

풍기는 인격과 교양에도 불구하고, 김만호를 비호하는 일에 있어서나 '권학비'의 일화를 꾸며낸 일에 있어서 '교장어른'은 위선자에 다름 아니다. 반면에 김만호의 수상을 방해하고자 하는 '재종숙'은 '강성수'의 신원을 위해 백방으로 노력한다. 일제시대에 고등계 형사를 했고 해방 후 경찰서의 사찰과장을 한 후, 지금은 기독교도로서 회고록을 쓴 '장성환'의 글을 신문에 발표하기 위해 '신문 기자'인 '나'에게 맡기고, 조총련계에서 민단으로 전향한 백종구의 수기를 입수하여 발표시키고자 하기도 하고, 강성수가 일제시대에 독립운동을 한 사람이지 사상을 의심받을 만한 사람이 아니라고 진정서를 받으러 다니는 것 등은 '재종숙'이 친척인 '교장어른'과 대립하면서 진실을 밝히고자 하는 노력의 표현인 것이다. 그러나 그의 노력이 전혀 실현되지 않은 채 그가 죽은 반면에 김만호를 옹호하는 측에서는 그의 동상을 그가 세운 학교에 세워서 제막식을 갖게 된다.

김만호와 강성수의 대립에서 강성수의 삶이 패배한 것처럼 '교장어른'과 '재종숙'의 대결에서도 재종숙의 삶이 패배하고 있는 것은 이미 지나간 삶의 양상과, 현재 진행 중에 있는 삶의 양상이 구조적 동질성을 갖고 있음을 의미한다.

그러나 이러한 구조적 동질성이 이들 세대의 비극적 운명으로 끝나는 것이라면 아마도 그것은 작가가 우리의 현대사에 대한 낙관적 전망을 가지고 있음을 이야기하는 것이다. 이 작품에서 보다 고통스럽게 인식되는 작가의 현실의식은 화자인 '나'로 하여금 강성수나 재종숙과 마찬가지로 패배를 체험하게 만들고 있다. 원래 '선구적인 시민상'을 제정한 신문사 기자인 이 작품의 화자는 우연히 김만호의 부정적 측면을 듣게 되었지만, 신문사 당국으로부터 그 진상을 취재하라는 명령을 받고 진실을 밝히려 들었다가 여러 가지 예기치 않은 반대에 부딪히게 된다. 때로는 집안의 친척에게 협박을 당하기도 하고 때로는 남도학원 동창회장에게 위협을 받기도 하지만, 그의 취재가 강성수의 누명을 벗기는 쪽으로 진행된 것 때문에 그는 신문사 당국으로부터 취재 중단 명령을 받고 시말서를 써야 했으며, 결국은 김만호 동상 제막식에 사장을 대신해서 참석해야 하는 일을 당하게 된다. 그러니까 화자인 '나'는 자신과 대립관계에 있는 것의 정체도 정확하게 모른 채 패배를 맛보게 된 것이다. 이것은 김병익이 지적하고 있는 것처럼 "식민지 시대로부터 도덕적 타락이 세태를 주도하는 오늘날에 이르기까지의 잘못 진행된, 그래서 비극적인 것으로밖에 달리 볼 수 없는 우리 현대 민족사의 뿌리에 대한 진지한 천착과 고통스런 진단을 이룬다."

소설이 갈등의 소산이라면 작가가 동시대의 삶에 대해서 느끼고 있는 고통과 회의의 역사적 근원을 보여준다는 것은 앞으로의 전망을 위한 정직하면서도 아픈 문학적 탐구에 속한다. 그렇기 때문에 소설 속의 '지사장'이 "김만호 씨에 대한 어떤 불미스러운 일이라도 새로 나타난다면 그 사람들 아마 가만있지 않을 것이오. 그건 비단 자기 조상에 대한 명예 문제라서가 아니라, 김만호 씨의 생활 자체를 가장 바람직하게 인식해오던 그들 자신의 삶이 무너져버리기 때문이오"라고 말할 수 있는 것은 식민지 시대부터 우리의 삶 속에서 허위의식이 차지하고 있는 비중이 그만큼 크다는 것을 이야기해준다.

그러나 "진실을 쓴다는 게 얼마나 어렵고 귀한 일인가" 생각하면서도 그 문제를 해결할 수 있다면 우리의 삶에는 전망이 보인다고 할 수 있지만, 주인공이 그저 "얼굴이 화끈거리며 온몸에 신열이 피어오르"는 것을 느낄 수밖에 없는 데 문제의 심각성이 있는 것이다.

현길언의 소설집 『우리들의 스승님』 속에는 이와 같은 부끄러움의 역사적 반복에 관한 작품들이 특히 주목을 끈다. 「불과 재」「우리들의 스승님」「땅별곡」「얼굴 없는 목소리」 등은 「신열」과 같은 맥락에서 읽을 수 있는 작품들이다.

III

현길언의 「신열」이 현재에서 과거로 끊임없이 왕복하면서, 또 여러 사람의 증언을 거쳐서 '김만호'라는 인물을 그리고 있다면, 김원일의 『바람과 강』은 해방과 함께 '월포목'에 자리 잡은 '이인태'라는 인물의 현재와 과거를 그리고 있다. 앞의 작품에서는 신문 기자인 화자에 의해서 과거가 밝혀지고 있다면, 김원일의 작품에서는 주인공 '이인태'와 친구 '최지관' 사이의 대화 속에서 과거가 밝혀지고 있다. 전자가 일인칭 소설이라면 후자는 삼인칭 소설이지만 화자는 등장인물보다 많은 정보를 갖고 있지 않은 채 소설의 전면에 자신의 모습을 드러내지 않는다. 현길언의 주인공이 자신의 옳지 못한 과거를 합리화시키고 그러한 삶에 대한 반성 없이 죽어감으로써 오늘날 삶의 부정적인 모습을 근원부터 보여주고 있다면, 김원일의 주인공은 자신의 과거의 잘못을 안고 살면서 괴로워하고 고통을 느끼다가 죽음에 이르는 과정에서 비로소 그 잘못으로부터 해방되는 모습을 보여주고 있다.

이 소설의 주인공 이인태는 소설의 서두에 대단한 기인으로 등장한다. 그는 노름에 탁월한 재주가 있으나 '월포목'에 자리 잡던 첫날 그 실력을 과시한 다음에는 화투장에 손을 대지 않을 뿐만 아니라, '이대 말'이라는 별명이 붙을 정도로 탁월한 '연장'을 갖고서 무수한 여자들을 거느렸다고 소문난 인물로 소개된다. 그런데 소설의 현재 상황은 그의 상대역 '최지관'에게 묏자리를 보아달라는 부탁을 하는 장면이다. 신장이 나빠서 몸이 부어오른 '이인태'가, 말하자면 자신의 죽음을 준비하고 있는 것이다. 이때가 6·25사변 직후 휴전하던 해라고 했으니까 1953년일 것이다. 그리고 그가 월포목에 자리 잡은 지 8년이 되었다고 했으니까 해방되던 1945년에 그곳에 왔다는 것을 알 수 있다. 그리고 소설이 진행됨에 따라서 그가 머슴살이하던 고향을 떠나 만주의 독립군에 가담하러 간 것이 1920년 18세 때라고 고백한다. 그러니까 이 작품에는 묏자리를 찾고 있는 현재의 시점과, 입암에 도착하던 8년 전, 만주로 떠나던 30여 년 전의 과거가 뒤얽혀서 나타나고 있다.

이 뒤얽힘은 주인공의 생애를 단순히 복잡하고 무질서하게 제시하고 있는 것이 아니라 기인으로 통하는 주인공에 관한 소문과 그 자신의 현재의 엉뚱한 행동을 설명해주는 소설적인 장치이다. 자신의 몸이 병들어 있음을, 그래서 자신의 죽음이 임박해 있음을 알고 있는 주인공이 그 죽음을 준비하는 과정에서 감추어진 과거, 평생 동안 한때의 과오에 대한 대가를 치르며 살아온 감추어진 과거를 고통스럽게 고백함으로써 거기에서 해방이 되어 편안한 죽음을 맞게 된다는 것은 소설의 미학이 아니면 체험할 수 없는 감동을 맛보게 하면서 주인공을 총체적으로 이해하게 한다.

이인태는 닥나무가 많이 있다는 '딱밭골'에서 머슴살이를 하다가 독립의식을 갖고 있는 학생들에게 일깨움을 받고 만주로 떠난다. 무학인 그는 신흥무관학교에서 초등 과정과 하사관반을 거쳐서 독립군이 되어 여러 전투에 참가했으나 다른 동료와 함께 일본군에 붙들린다. 그는 독립군의 활동 무대를 알고자 하는 일본군에게 온갖 고문을 당하자 거의 무의식 상태에서 자신들에게 숙식을 제공한 '야지골'의 이름을 댄다. 그 결과 그는 일본군으로부터 풀려나지만 일본군 헌병에게 "앞으로 개돼지같이 살아!"라는 저주를 받았고, 일본군에 의해 쑥밭이 된 야지골의 한 부인네에게 "평생 똥이나 처먹는 개돼지같이 살아!"라는 똑같은 저주를 받는다. 함께 붙들렸던 동료 두 사람이 고문 때문에 죽은 반면에 이인태는 고문을 이기지 못해 마을 이름을 대고 살아난 오욕의 대가를 치르게 된 것이다. 그는 야지골 주민들인 동포들에게 붙들려 두 귀를 잘린 다음 '바람'과 같은 방랑을 시작한다.

그는 한때 용정의 소리패와 함께 지내기도 하고, 통긍강변에서 조선인 소작인 딸과 동거하며 아들 하나를 낳기도 하고, 고려공산당의 심부름꾼으로 시베리아를 누비기도 하고, 상해에서 중국인 여자와 동거하며 딸 하나를 낳기도 하고, 복주에서 중국인 걸인과 동거하며 아들 하나를 낳기도 하고, 오키나와로 건너가 사탕수수밭에서 일하기도 하고, 북해도 탄광에서 노동자가 되기도 했으나 해방을 맞아 귀국한다. 그는 고향으로 가는 도중에 입암에서 귀향을 중단하고 과부인 '월포댁'의 서방이 된다. 그는 입암에 자리 잡기까지 작가 자신이 이야기하고 있는 것처럼 '성적인 인간'으로서 살아간다. 그가 자신의 호를 '탁립'이라고 하는 남성적인 이미지를 사용하고 있는 것처럼 독립군에서 쫓겨난 이후의 그는 오직 '남근' 하나로 생명을 유지하며 살아간다. 그는 모든 위기에서 수단과 방법을 가리지 않고 살아남음으로써 "개돼지같이 살아"라는 저주를 스스로 실천하고 있다. 그러나 그러한 주인공이 병이 들어 자신의 '연장'을 제대로 사용할 수 없게 되자 '최지관'에게 묘터를 구해달라고 부탁한다. 그에게 있어서 남근은 생명의 상징으로서 '개돼지 같은 삶'을 살아야 할 그의 운명을 실천하게 한다. 그러나 '개돼지 같은 삶'의 대가를 다 치른 다음에 그의 남성은 이제 쓸모가 없어지게 된다. 그는 그 순간에 모든 업보를 치른 하나의 자아로 되돌아와서 죽음의 순간에 대비하게 된다. 그는 병든 몸을 이끌고 '최지관'이 잡아놓은 묘터에 가보기도 하고 월포댁의 구박을 받자 돼지우리 속에 들어가서 돼지처럼 살아보기도 하고 소리꾼을 불러서 「춘향가」 가운데 이별가를 부르게 한 다음 스스로 곡기를 끊고 죽는다.

이러한 이인태의 생애는 일제시대에 태어난 죄로 과오를 저지른 자신의 행동에 대해 저주받은 운명을 산 인물의 참담하면서도 희극적이고, 쓸쓸하면서도 소름 끼치고, 위악적이면서도 진실이 느껴지는 삶의 모습을 보여준다. 그렇기 때문에 그의 삶이란 한마디로 이야기할 수 없는 성질의 것이고 따라서 작가는 한 편의 소설로 쓸 수밖에 없었을 것이다. 소설 안에서 '최지관'은 이인태와 함께 묏자리를 보러 가면서 그의 복잡한 모습을 다음과 같이 말한다.

> 바람에 날리고 있는 머리칼 사이 이인태 씨의 무심한 옆얼굴에는 달관한 자의 그 심오함이 깃들여 있었다. 최지관은 이인태 씨의 빠꼼한 눈에 자욱하게 낀 안개 같은 습기를 보며, 이인태란 인간을 어떻게 헤아려야 할지 짐작할 수가 없었다. 경거망동으로 깝쭉거리며 편박스러운 한 면이 있는가 하면 은근하며 과묵한 구석이 있고, 계산과 이치에 밝으며 탐욕스러운가 하면 물욕을 초월한 초연함이 있었다. 하는 행동이 똥개같이 천박하여 상종 못 할 저속함을 보이다가도 홀연히 허장성세 군자다운 위풍을 세우는 그였다.

이처럼 복잡한 이인태의 모습을 완전히 설명해줄 수 있는 것은 그가 숨겨온 과거의 과오에 대한 고백이다. 그는 자신의 '개돼지 같은 삶'으로 자신의 행동과 운명에 대한 충분한 대가를 치렀음에도 불구하고 그러한 '삶'만으로 충분하게 생각지 않은 것이다. 그는 마지막에 돼지우리에 들어가서 돼지처럼 살아봄으로써 자신의 삶의 근원적인 모습을 보여준다.

그러나 그의 생애가 저주받은 운명을 성취하는 것은 자신의 과오의 고백 행위에서이다. 이것은 소설 속에서 '최지관'의 중요성을 의미하는 것이다. 그는 최지관과 교유함으로써 생애의 마지막에 자신의 변절 사실을 끝까지 숨긴 것이 아니라 고백하는 데 성공한다. 그러니까 그가 최지관과 오랜 교유를 계속하는 것은 그 고백을 행함으로써 자신의 운명을 성취할 기회를 기다리고 있었음을 의미한다. 그것은 마치 그가 자신의 죽음을 대비하기 위하여 영혼의 은신처로서 기독교와 불교의 문을 두드린 다음 최지관의 풍수를 선택하는 과정과 같은 것이다. 그리하여 이인태는 마침내 자신이 동족을 배반했던 과오를 고백하는 데 이르게 되고 그 결과 그는 조용한 죽음을 맞게 된다. 그런 점에서 최지관의 존재는 이인태의 생애를 완성하는 데 없어서는 안 될 중요한 인물이다. 최지관이 특히 두 번의 전쟁을 체험하는 동안 한 아들을 잃고 한 아들을 병신으로 만든 역사적 체험을 한 인물이라는 것은, 이인태의 과오가 역사적 소용돌이 속에서 이루어졌다는 사실과 함께 기억되어야 할 것이다.

이인태의 고백을 들은 최지관이 헤아릴 수 없었던 이인태를 이제 이해하게 된 것과 마찬가지로 이 소설을 다 읽은 독자는 이인태의 행동을 인정할 수는 없지만 이해할 수는 있을 것이다. 김현이 지적한 것처럼 "의식 있는 머슴꾼 이인태는 자신의 변절 때문에 끝까지 고뇌한 인물이다. 그 몸부림은 추하지만 그 몸부림을 낳은 고뇌는 아름답다." 작가 김원일은 말하자면 이인태의 기행을 그린 것이 아니라, 그가 맞이하게 된 편안한 죽음이 그의 기구한 운명의 완성임을 그린 점에서 이 작품의 결정적인 깊이를 획득하고 있다.

IV

현길언의 작품이 고통스러운 현실 속에서 의미 있고 훌륭한 일만을 했다고 주장하는 출세주의자들의 마비된 허위의식의 정체를 밝히고 있는 것이라면, 김원일의 작품은 현실이 고통스러운 것인지 확실하게 의식하지 못하면서도 자신의 과오에 대해 철저한 대가를 치르고 있는 이름 없는 삶의 정직성을 보여주고 있다.

그렇기 때문에 전자가 현실을 지배하고 있는 도덕적 타락을 문제 삼고 있다면, 후자는 자신의 도덕성의 상실에 대한 대가로 자신의 일생을 고통스럽게 산 개인의 정직성을 문제로 삼고 있다. 사실 이 두 가지 문제의 중요성은 그것이 오늘의 우리 현실 속에서도 여전히 근본적인 문제로 남아 있다는 데 있다. 우리가 살고 있는 삶에서 이 두 가지 문제를 제기하고 있는 이 두 작가는 소설이 근본적으로 이야기이고 말이라는 사실을 확인시켜준, 주목할 만한 작가이다.

개성과 다양성

—최인호의 소설

어느 작가에게나 마찬가지이겠지만, 흔히 말하는 1970년대 소설의 주인공의 한 사람으로서 최인호의 소설 세계를 한마디로 규정하는 것은 대단히 어려운 것으로 보인다. '1970년대'라는 수식어를 통해서 그에게 보내지는 보이지 않는 비난에도 불구하고 최인호가 한국 소설의 역사에서 차지하게 될 공간 자체를 부인할 수 있는 사람은 없을 것이다. 그는 그만큼 자기 시대의 긍정적 혹은 부정적 특성을 드러낸 작가이며, 동시에 소설적 재능을 인정받은 작가이다.

최인호의 소설은 우선 네 가지 계열로 구분해서 생각할 수 있을 것으로 보인다. 첫번째는 「술꾼」 「모범 동화」 「처세술 개론」 등의 단편들로서 주인공이 대부분 어린이인 경우이고, 두번째는 이 작가 자신을 1970년대의 선두 주자로 불리게 한 『별들의 고향』 등의 장편소설들이고, 세번째는 「타인(他人)의 방(房)」「견습 환자(見習患者)」「순례자(巡禮者)」 등의 단편소설들로서 오늘의 도시적 삶의 공간 속에서 개인의 존재에 대한 질문을 제기하고 있는 소설들이고, 네번째는 「미개인(未開人)」「다시 만날 때까지」 등의 단편소설들로서 우리가 살았던, 그리고 살고 있는 현실의 단면을 서술하면서 삶의 의미를 정면으로 규명하고자 한 소설들이다. 이 네 가지 계열 가운데에서 작가 개인의 이름에 부당한 비난의 대상이 되는 것은 두번째 계열의 작품들인데, 거기에 대해서는 별도의 검토가 있어야 할 것으로 보인다. 그러나 여기에서는 그 네 가지 계열에 대한 보다 자세한 검토를 하는 것이 작가의 세계에 보다 정직하게 접근하는 길이라 믿는다.

첫번째 계열인 「술꾼」「모범 동화」「처세술 개론」 등의 소설은 어린이가 주인공으로 나온다는 의미에서, 그리고 그 어린이가 우리 어른들에 의해 만들어진 환경 속에서 살고 있다는 의미에서 성장소설이라는 이름으로 불릴 수도 있을 것이다. 그러나 여기에 등장하는 어린이들은 아직 때가 묻지 않은 순진한 어린이도 아니고, 어른들의 좋지 못한 제도에 피해를 입고 있는 어린이도 아니며, 자신의 정신과 자신을 둘러싸고 있는 세계의 가치관 사이에 있는 차이 때문에 고민하고 방황함으로써 성장하는 어린이도 아니다.

그들은 육체적으로는 아직 어린 상태에 있지만 정신적으로는 이미 늙어버린 어린이라고 말해야 좋을 것이다. 밤마다 '아버지'를 찾는다는 구실 아래 고아원을 빠져나와 술집을 찾아다니며 술을 마시는 「술꾼」의 주인공은 거의 알코올중독 상태에 빠져 있는 어른의 세계를 그대로 보여주고 있고, 학교 앞 노상에서 뺑뺑이판을 벌이고 있는 야바위꾼 어른들을 골탕 먹이는 「모범 동화」의 주인공은 어른보다 더 많은 주름살을 이마에 지니고서 그 방면에 일생을 바친 사람처럼 야바위의 비밀을 꿰뚫고 있으며, 늙은 할머니의 재산을 물려받기 위해서 놀라운 연극을 해내는 「처세술 개론」의 주인공은 탐욕의 덩어리인 어른들보다 더욱 간교한 재능을 소유하고 있는 것이다. 그러한 점에서 이들 어린 주인공은 우리가 일반적으로 생각하는 어린이가 아니라, 우리 사회에서 도덕적 지탄의 대상이 될 수 있는 어른의 모습을 띠고 있다. 그러한 점에서 첫번째 계열의 소설은 알레고리의 세계라고 말할 수 있다. 다시 말해서 우리가 일상적으로 부딪치고 있는 어른의 세계를 어린이를 통해 표현함으로써 보다 충격적으로 받아들일 수 있게 만든다는 것이다. 이러한 기법은 러시아 형식주의자들의 표현을 빌리면 지각의 자동화로 인해 부재화되어버린 일상적 생활을 존재화시키는 것이다. 습관적으로 일어나고 있는 현실에 대해서 의식의 잠을 깨워주는 이러한 기법은, 한편으로는 어린이를 주인공으로 내세움으로써 일상의 허위를 보다 충격적으로 받아들이게 만들고 있고, 다른 한편으로는 우리의 삶속에 내재해 있는 절망의 요소들을 의식화시키고 있는 것이다. 그렇기 때문에 이 계열의 소설을 읽으면 허무주의의 아름다움을 맛볼 수 있으면서도 그다음에 오는 정체 모를 아픔을 경험하게 되는 것이다.

두번째 계열의 작품은 필자가 이미 「문학과 문학사회학(文學社會學)」이라는 글과 「여성 해방과 소설」이라는 글에서 분석을 하여 그 의미와 한계에 대해 언급한 바 있기 때문에 여기에서 길게 이야기하지 않겠다. 그러나 이 계열의 작품이 우리 사회에 미친 영향 가운데 간과할 수 없는 사실은 소설의 베스트셀러의 개념을 대단히 확대시켰다는 것이고, 그로 인해서 그 아류(亞流)들을 대단히 많이 태어나게 했다는 것이다. 주인공에게 주어진 문제로 제기된 여성의 사랑이 성의 소비라는 보편적 현상으로서 영향을 미친 이 계열의 작품들은, 우리 사회가 이른바 소비사회의 미덕을 처음으로 부르짖던 1970년대의 특성 가운데 하나로서 꼽힐 만하다. 여기에서 '대중사회'와 '대중문학'이 문학의 문제로서 제기되고 여러 방향에서 토론의 대상이 되었다. 그러나 이러한 논의가 이 작가의 사회사적 위치와 그의 소설 세계의 문학사적 의미를 제대로 평가하는 데 도달했다고는 할 수 없는 것 같다. 왜냐하면 사회의 현상으로서, 그리고 어느 시기의 특성으로서 나타난 소설 속에서의 성의 소비는 그것 자체만이 목적이 되었느냐, 혹은 삶의 어떤 양상의 상징적인 표현 수단이었느냐에 따라서 달리 해석되어야 하고, 또 그것을 받아들이는 사회의 수용 양상도 우리의 삶이 어떤 것인지 그 정체를 파악하는 데 크게 기여할 수 있었을 것이기 때문이다. 그런데 실제로는 이러한 방면에서 광범위하고 깊이 있는 검토가 진행되지 않고 거기에 대한 성급한 도덕적 비난이 여러 가지 표현으로 선행되어버림으로써 문제의 초점이 다른 곳으로 이동되어버렸던 것이다.

세번째 계열의 작품으로 들 수 있는 「타인의 방」「견습 환자」 등은 현대인의 도시적 삶에 대한 자각을 우화적인 수법으로 보여주고 있다. 그의 데뷔작인 「견습 환자」에서는 사람이 사는 데 있어서 기능적인 측면만이 강조되는 극단적인 상황으로 병원의 입원실을 들고 있다. 주인공이 어느 날 각 입원실의 명찰을 바꿔놓는다는 우화로 되어 있는 이 소설은 1960년대 이후 공업화와 근대화로 가고 있던 사회가 기능 제일주의를 신봉하고 있는 것을 풍자적으로 보여주고 있는 것이다. 그것은 환자 자신이 병의 치료라는 한 가지 목표에 의해 자신의 삶이 완전히 재단되고 있는 사실을 자각하는 순간, 한편으로 자신의 보잘것없는 존재에 대한 자각을 하게 되는 것이며, 다른 한편으로 자신의 삶이 그러한 기능적 측면에서 움직이는 것에 반기를 드는 것이다. 그리하여 주인공은 병실의 명찰을 바꿔 끼우는 장난을 하게 되는데, 기능적인 측면에서 볼 때 그 결과는 대단히 심각할 것이다. 여기에서 기능적이라고 하는 이유는 입원실에서 중요한 것이 입원실의 번호와 환자의 이름이며, 그 밖의 환자의 인격체에 관한 것은 전혀 문제가 되지 않기 때문이다. 입원실의 번호와 환자의 이름이란 그 병원이라는 조직 속에서 '기호'에 지나지 않는다. 따라서 이 작품에 주어진 상황으로서의 입원실이란 우리가 살고 있는 사회의 상징에 지나지 않는다고 보아야 할 것이다. 그리고 그렇게 보아야 할 근거는 그다음에 나온 「타인의 방」과 같은 아파트 생활의 이야기에서 찾을 수 있을 것이다. 이 작품의 주인공은 어느 날 자기 스스로 가장 확실하다고 믿어온 것들로부터 무너지는 자신의 삶을 발견하게 된다. 다시 말하면 자신이 살고 있는 아파트에서 아파트의 소유권을 옆집 사람에게 인정받지 못하는 것을 신호로 해서 자기 스스로를 타인으로 느끼는 상황으로 빠져버리게 된다. 주인공의 앞세대가 대가족 제도의 삶을 영위한 세대라면 주인공의 세대는 핵가족 제도의 삶을 시작한 세대라고 할 수 있겠는데, 이 작품에서 제일 먼저 제기하고 있는 것이 주인공의 자기소외감이다. 주인공은 자신이 소유하고 있는 집, 자신의 아내, 자기의 생활을 이루고 있는 가재도구들을 갑자기 낯설게 느끼기 시작함으로써 현실 속에서의 고립감에 사로잡힐 뿐만 아니라 자기 자신에게도 낯설어지는 것이다. 이 작품에서 대단히 비극적으로 나타나고 있는 것은 이처럼 모든 것으로부터 소외된 주인공이 결국 스스로를 집 안의 사물 가운데 하나로 인식하게 되는 것이다. 아니 보다 더 정확히 말하자면 사물 전체가 움직이고 교미하고 활동하는 데 반하여 자기 자신이 더욱더 작아지는 존재로 느껴지는 것이다. 이른바 '집'이라는 개념을 거주라는 기능의 측면에서만 확대시킨 아파트 생활에서 개인의 왜소화를 그리고 있는 이 작품은 카프카의 주인공처럼 어느 날 인간적인 모든 능력을 상실해버린 자기 존재에 대해서 질문을 던지는 주인공을 통해 도시의 삶을 우화적으로 제시하고 있다. 이 존재에 대한 질문이 가지고 있는 비극성은 개인 스스로가 왜소화되고 개인이 맺고 있는 가장 확실한 관계들이 무너짐으로 인해서 개인의 정신 속에 허무주의가 나타나는 것으로, 그런 의미에서 첫번째 계열의 작품과 세번째 계열의 작품들이 서로 같은 문맥 속에서 파악될 수 있다. 다시 말해서 이 두 계열은 우화법과 과장법이라는 두 가지 소설적 기법에 크게 의존하고 있다.

네번째 계열의 작품으로는 「미개인」「다시 만날 때까지」「돌의 초상(肖像)」 등이 있는데, 이 계열의 작품들은 우리 사회의 어떤 현상을 정공법으로 다루고 있다. 다시 말해서 앞의 여러 작품들과는 달리 여기에서는 현실 속의 구체적인 사실을 문학 속에 수용함으로써 그 개별적인 사건에서 오늘날의 보편적인 삶의 문제를 추적하고자 하는 작가의 의도가 노골적으로 드러나고 있다. 그렇기 때문에 「미개인」에서는 미감아의 문제와 도시 건설의 문제, 「다시 만날 때까지」에서는 고아들의 해외 입양 문제, 「돌의 초상」에서는 대가족 제도 붕괴 이후 도시에서의 노인 문제 등 우리가 현실적으로 부딪치고 있는 사회문제를 주제로 삼고 있다. 그러나 문학에 있어서 중요한 것이 무엇을 주제로 삼았느냐에 있는 것이 아니라 그 주제를 어떻게 이야기했느냐에 있는 것이라면, 여기에서 최인호가 사용하고 있는 정공법은 작가 자신이 주제에 따라 그 기법을 달리하고 있다는 것을 의미한다. 다시 말해서 소설의 기법은 작가가 무엇을 이야기하려고 하느냐 하는, 내적인 요구에 의해 선택되는 것이며, 동시에 어떤 기법을 사용하느냐에 따라 작가가 이야기하고자 하는 내용도 결정된다고 보아야 할 것이다. 그렇기 때문에 「미개인」에서 작가는 파월 부상병 출신의 주인공이 서울 변두리 지역의 국민학교 교사로서의 체험을 통해서 극복되어야 할 정신의 문제를 찾아가고 있다. 갑자기 서울시에 편입되고 새로운 시가지가 조성되고 있는 변두리 마을에서 문제가 되는 것은 벼락부자가 된 개인의 사회적 변동이 아니라, 자기가 문명인이라고 생각함으로써 과학적으로 전염성이 없을 뿐만 아니라 그들과 전혀 다르지 않은 미감아들을 원시인으로 취급하고 그들과 격리된 삶을 요구하는 사람들에게서 발견한 '폭력'과 '광기'이다. 작가는 이들이 금전적 이익을 추구하는 양상으로 나타나는 '광기'와 신분적 상승으로 할 수 있었던 주장의 관철을 위한 '폭력'을 근대화를 지향하는 사회가 극복해야 할 대상으로 부각시키는 데 성공하고 있다. 이것은 파월 부상병 출신의 주인공이 국민학교 교사로서 미감아라는 구체적인 문제와 부딪쳐서 고민하고 싸우고 절망하는 과정 때문에 드러난 것이다. 그러한 점에서는 「다시 만날 때까지」의 주인공이 해외 입양 고아를 실제로 데리고 가는 이야기나, 「돌의 초상」의 주인공이 공원에 버려진 노인을 데려왔다가 다시 버리고는 또 찾아가는 이야기도 마찬가지라고 할 수 있다. 여기에서 이 작가의 능력이 나타나는 것은 이러한 사회문제를 도덕적인 단죄의 눈으로 바라보지 않는다는 데 있다. 문학이 어떤 사건이나 현상을 도덕적으로 단죄하지 않는다는 것은 대상을 열어놓은 상태로 탐구한다는 것을 의미한다. 그렇기 때문에 성공법으로 다루어진 사회문제가 최인호에게 있어서는 고발의 수준에 머물지 않고 우리 삶의 근원적인 문제에 어떤 중요한 실마리로서 사용되고 있는 것이다.

이상의 네 계열의 작품들과 관련 아래 「깊고 푸른 밤」을 살펴본다면 이 작품은 네번째 계열에 속한다고 할 수 있을 것이다. 이 작품의 특색 가운데 하나는 그것이 작가 자신의 이야기에 가깝다는 것이다. 물론 작가 자신의 이야기냐 아니냐 하는 것이 여기에선 별로 중요하지 않다. 그러나 이 작품에서 이야기되고 있는 것이 1970년대 두 예술가의 미국에서의 만남을 통해 그들의 삶의 의미를 반성하고 있다는 것을 감안한다면 그것이 개인의 이야기면서 동시에 1970년대라는 한 시대의 특성을 드러내고 있는 것이다. 여기에 등장하는 두 인물 가운데 '준호'는 인기 절정에서 소위 대마초를 피운 죄로 지난 4년간 무대를 빼앗긴 불운한 과거를 가진 가수로서 미국 여행을 떠나온 뒤 미국에 눌러살고자 결심한 경우이고, '화자'의 시점을 택하고 있는 '그'는 "지난 십여 년 동안 한시도 제대로 쉬지 못하고 혹사한" 인기 작가로서 몇 달 동안 미국 여행을 떠나온 경우이다. 그렇기 때문에 이 두 사람은 모두 자신의 나라를 떠나온 것에서 '자유'를 느끼고 있고, 미국에서의 자유를 누릴 수 있어야 했고, 그 여행 기간 동안에는 행복했어야 할 것이다. 그러나 다시 마리화나를 피우게 된 준호는 갈수록 경제적 빈털터리가 되어갈 뿐만 아니라 정신적으로 황폐해간다. 그래서 주인공은 "준호의 말대로 그것은 술보다 더 해독이 적은 단순한 풀잎 같은 것인지도 모른다. 한 번도 그것을 피워본 적이 없는 그로서는 그것은 단지 조그만 환상을 불러일으키는 풀잎 같은 것으로 우울하거나 절실하게 고독할 때, 심리적인 위안을 만족시켜주는 약의 효능을 지닌 순한 약초와 같은 것일지도 모른다. 그것은 그의 공포를 달래주는 유일한 풀잎이었다. 왜 그것을 빼앗았을까. 무엇엔가 조금이라도 마취되어 있지 않으면 견딜 수 없는 저 엄청난 고독 속에서 그가 가질 수 있는 심리적 위안을 내가 무슨 자격으로 빼앗을 수 있을까?"라고 생각한다. 주인공은 자신이 떠나온 것을 '분노' 때문이라고 생각하면서 '준호'와 마찬가지로 스스로 망명해온 것 같은 느낌에 사로잡힌다. 그러나 그의 진정한 마음은 준호가 집에서 부쳐온 카세트 녹음을 욀 만큼 듣고 있는 것처럼 자기가 태어난 땅에 대한 근원적인 사랑을 가지고 있다. 바로 그 사랑 때문에 주인공과 준호가 괴로워하고 있는 것이다. 그들은 근원적인 사랑을 가지고 있음에도 불구하고 그곳에서 위로를 받을 수 없는 절망감에 사로잡혀 있다. 그 때문에 그들은 미국 대륙을 방황하면서 자신이 가지고 있는 모든 것을 하나하나 소모시켜가는 것이다. 그래서 주인공은 "미국의 풍요가 내게 무엇이란 말인가. 미국의 자유가 내게 무엇이란 말인가. 미국의 병정 인형과 아름다운 정원이, 웅장한 저택과 핫도그와 아이스크림이, 사막과 설원이 내게 무엇이란 말인가, 그의 가슴속에는 터질 듯한 분노 이상의 아무런 감정도 존재하지 않고 있었다"라고 고백한다. 이 소설의 중요성은 이들 주인공이 가지고 있는 패배감과 절망감의 상태가 어느 정도인지 밝혀주는 데 있을 뿐만 아니라, 그 절망과 패배의 감정과 싸우고 있는 개인의 처절한 의식을 단순히 1970년대라는 과거의 사실로서 제시하는 것이 아니라 현재의 삶으로 인식시켜주는 데 있는 것이다. 그것은 작가 자신의 의식이 그것을 둘러싸고 있는 상황, 그것이 처해 있는 상황에 대해 끝없는 갈등과 치열한 싸움을 전개함으로써 얻어질 수 있는 것으로, 최인호 소설의 새로운 모습이라고 해도 지나치지 않다. 이들 주인공의 정신의 횡폐김과 질망은 1970닌내 정신의 중요한 양상 가운데 하나였으면서도 우리가 지각하기에 쉽지 않았던 것처럼 보인다.

최인호의 개성과 그 개성 속에 있는 다양한 재능을 이 작품은 충분히 보여주고 있다 하겠다.

소시민적 삶의 우울한 저항

—최인호의 『구멍』

I

1970년대의 한국 소설은 역사적으로 기록될 만한 특징을 갖고 있다. 그것은 이 시대의 소설이 대중적 관심을 끄는 데 성공했기 때문이다. 이른바 베스트셀러의 개념을 바꾸었다고 말할 수 있는 이 시대의 소설은 그만큼 대중의 호응을 받았고 소설이 돈으로 환치될 수 있는 상업적 성질을 인정받았다.

5천 부에서 1만 부 정도 팔리면 베스트셀러가 되던 1960년대와는 달리 1970년대에 들어와서는 10만 부를 넘어서는 작품들이 눈에 띄게 많아진다. 이런 현상을 문학사회학적으로 설명하자면 1970년대 우리 사회가 '이야기'를 요구하고 소비할 수밖에 없었기 때문이라고 할 수 있다. 한편으로 경제제일주의를 표방하면서 산업사회로 발전하게 되고 가난의 굴레를 벗어나게 되자 "소비가 미덕이다"라는 구호가 나올 정도로 모든 분야에서 대량 소비의 현상이 일어난다. 그동안 가난하게 살았던 과거에 대한 보상 행위를 하는 것처럼 먹고 마시는 기본적인 욕망의 충족뿐만 아니라 무엇이든지 소유하고자 하는 욕망까지도 충족시키고자 하기 때문에 자신의 육체와 돈으로 살 수 있는 모든 것을 소유하고 소비하는 풍조가 생긴다.

이러한 사회적 분위기 속에서 소설은 문화적 욕구 충족의 도구이며 동시에 억압된 사회적 욕구 표현의 도구이다. 따라서 유신의 선포로 모든 정치적·사회적 자유가 억압당하게 되자 사람들은 소설 속에 그 억압된 자유를 표현하고자 하고, 소설 속에서 억압된 자유를 읽고자 한다. 가령 오래전부터 관례화되어 있는 성의 상품화가 이 시대의 소설 속에 나타나기 시작하고, 무허가 판자촌의 고달픈 삶이 소설의 주요한 소재로 등장하기 시작하며, 노동의 현장에서 노동 조건의 개선과 임금의 인상을 요구하는 투쟁이 삶의 현실로서 제시되기 시작한다. 서슬이 퍼렇던 유신시대에 이 모든 현상들이 드러났다고 하는 것은 아무리 사회가 억압적이고 정치권력이 강화되었다고 하더라도 삶 속에서 자연발생적으로 일어나고 있는 욕망은 억누를 수 없음을 의미한다.

그러나 소설이 이러한 욕망을 표현하게 된 것은 소설 자체의 성격으로 볼 때 너무나 당연하다. 왜냐하면 소설이란 사람이 살아가는 삶의 모습을 제시하면서도 끊임없이 지금까지 이야기되지 않은 모습을 처음으로 제시하고자 하는 야심적인 장르이기 때문이다. 그런 점에서 본다면 현실 자체의 체험만으로도 지겹고 되돌아보고 싶지 않은 술집이나 사창가의 이야기나, 선거철에는 양성화되었다가 헐리게 되는 무허가 판잣집의 고달픈 삶이나, 기회만 있으면 떼어내거나 늦게 지불하고자 하는 노임의 노동 현장의 삶은, 산업화와 경제적 발전을 최대의 목표로 삼고 있던 당대 사회에서 가장 중요하고 절박한 문제일 수 있다. 그렇지만 그것이 소설적 소재가 될 수 있다고 하는 것은 삶의 그러한 측면이 현실로서 엄존하고 있음에도 불구하고 그 이전까지 그것을 존재하지 않는 것처럼 소설에서 외면해왔기 때문이다.

1970년대 소설이 그 이전의 소설에서 외면해온 현실을 다룬다고 하는 측면에서 본다면 이러한 현상은 너무나 당연하다고 할 수 있다. 작가는 외면당한 현실에 얼마든지 주목할 수 있기 때문이다. 문제는 그러한 소설이 독자들의 호응을 얻었다는 데 있다. 다시 말하면 작가가 생각하고 있는 것을 독자도 공감하고 있다는 사실을 여기에서 발견할 수 있다. 독자들이 소설을 소비한다고 생각하든 생산한다고 생각하든 그러한 종류의 소설을 많이 읽는다는 것은 적어도 작가의 의식과 독자의 의식이 어느 정도 맞아떨어진 것이다. 1970년대의 독자들이 1970년대의 소설을 읽는다는 것은 그 자체로 너무나 당연하다. 그러나 그것은 왜 1970년대 독자들이 갑자기 소설을 그토록 많이 읽게 되었는가를 설명해줄 수는 없다. 여기에 대한 대답은 두 가지로 시도해볼 수 있다.

그 하나는 경제 성장을 위해 일만 해온 중산층이 그러한 자신들의 삶에 삭막함을 느끼고 자신들의 삶을 풍요하게 해줄 수 있는 문화적 생활에 갈증을 느낀 결과 혼자서 싼값으로 그 욕구를 충족시킬 수 있는 소설의 독서를 선택하지 않았을까 유추할 수 있다. 이 경우 중산층의 월급쟁이들이 소설을 별로 읽지 않는다는 현상은 설명할 수 없지만 소설의 독자가 주로 중산층의 가정주부와 대학생 들이라는 현상은 충분히 설명할 수 있다.

다른 하나는 소설이 유신시대의 엄격한 통제 사회에서 제 기능을 못하고 있는 언론 기관의 대리 역할을 하지 않았을까 유추할 수 있다. 이 경우 소설은 그 자체의 자율적 기능보다는 언론 기관에서 이야기되지 않은 현실을 전달하는 넓은 의미의 매체의 역할을 한다.

그러나 이것은 어느 시대의 소설이나 부수적으로 맡고 있는 기능이기는 하지만 소설의 주된 역할이라고 할 수 없다. 따라서 그런 점에서라면 1970년대 소설을 문학적으로 평가하는 것이 아니라 사회적·역사적으로 평가하는 것이 된다. 사실 1970년대 문학이 획득하고 있는 사회적·역사적 평가는 아무리 비판적인 입장에 있는 사람이라도 부인할 수 없을 것이다. 왜냐하면 모든 억압으로부터의 자유와 사회적인 평등의 문제를 1970년대 문학만큼 정면으로 그리고 진지하게 다룬 적이 거의 없기 때문이다. 특히 가장 도덕적인 포즈를 취하면서 베일 속에 감추어두었던 당대 사회의 위선을 벗겨 보이는 데 1970년대 문학은 탁월한 능력을 발휘한다.

문학이 가지고 있는 역사적·사회적 능력은 문학적인 평가를 동반했을 때 설득력을 갖게 된다. 1970년대 문학의 행복은 많은 독자를 확보할 수 있을 정도로 다양한 언어를 구사하여 그러한 설득력을 갖게 되었다는 데 있다.

II

최인호는 1970년대 소설의 대표적인 작가 가운데 한 사람이다. 물론 여기에서 '1970년대 소설'이라는 꼬리표를 붙인 것은 그가 과거의 작가, 흘러간 작가라는 이야기를 하기 위한 것이 아니다. 그가 그 화려했던 1970년대 문학을 대표할 수 있는 작가라는 사실을 말하기 위한 것이다.

그는 이미 「미개인」이라는 작품 속에서 파월 장병의 정신적 패배와, 경제적 근대화 과정에서 서민들의 사회적 불평등과 벼락부자에의 꿈에 사로잡힌 지배 계층의 광기를 보여줌으로써 우리 사회 전체가 구조적 모순과 정신적 위기 속에 빠지기 시작하는 과정을 무섭게 제시한 바 있다. 또 그는 「술꾼」「모범 동화」「처세술 개론」 등의 작품을 통해서 이미 도덕적인 규범이 무너진 세계 속에서 볼 수 있는 '무서운 아이들'의 모습을 제시함으로써 선과 악의 문제를 다시 생각할 수 있게 하고, 수많은 상업 언어를 도입함으로써 우리 사회가 부딪치게 될 상업주의의 놀라운 힘을 느끼게 하며, 육체와 성에 대한 새로운 태도를 보이는 주인공들을 만들어냄으로써 성이 소비적인 대상으로 통용될 수 있는 가능성을 예견하고 있다.

그의 소설이 가지고 있는 이러한 성격은 그가 소설 속에서 성공하고 있는 인물의 구체적 형상화의 뒷받침을 받아서 소설적 재미의 핵심을 이룬다. 소비가 미덕이라고 과장되는 시대에 모든 것이 상품화되는 현상은 독자들의 소비 욕구를 충족시키게 된다. 그러나 문학이 단순히 소비 욕구를 충족시키는 대상에 지나지 않는다면 그것은 곧 현실에 대해 반성하는 문학이 아니라 현실에 영합하는 문학이 되고 만다. 최인호 소설의 중요성은 그것이 소비적 현실의 충족에 의해 대중적 호응을 획득하는 측면을 갖고 있음에도 불구하고 그러한 현실이 가져오는 부정적인 측면을 표현하는 데 있다.

그의 주인공들은 그러한 현실을 향유하고 있는 것처럼 보이지만 실제로는 그 현실 속에서 내면에서부터 부패하는 자아를 발견하게 되고 그러한 현실 속에 살아야 하는 자신의 삶과 그 의식 사이에서 갈등을 느끼게 됨으로써 정상적인 생활을 하는 것이 아니라 성격 파탄자와 같은 균형 감각을 잃은 생활을 하게 된다. 그들은 때로는 지나치게 알코올을 섭취하고 때로는 모든 것을 성적 표현으로 바꾸어서 생각할 정도로 섹스에 탐닉하고 때로는 위악적이라고 할 수 있을 만큼 관례와 상식을 벗어난 행동을 하며 분노와 절규를 표현한다. 그러한 과정에서 그의 주인공들은 난폭한 성격을 보이고 좌절과 타락의 길에 들어서며 자신의 죽음을 맞이하게 된다. 그것은 모든 것이 억압적인 구조 속에 있으면서 물질적 소비만이 개방되어 있는 현실 속에서 개인이 어느 정도로 자신을 유지할 수 있는지 시험하고 있는 듯한 생각을 하게 만든다.

소비의 가장 중요한 원리는 본능과 감각의 충족에 있다. 본능과 감각에 좌우되는 삶은 때로는 멋있게 보일 수 있지만 지속적인 가치를 지닐 수 없는 약점을 갖는다. 그래서 그러한 삶은 순간적으로는 충동적인 힘을 발휘하지만 시간이 지날수록 공허감과 허무감을 남겨주게 되어 자기 소모적인 결과를 가져오게 된다. 본능과 감각에 자신을 맡기는 삶은 이성이나 상식의 통제를 받지 않기 때문에 악마적인 성격을 띠고 있는 것처럼 보인다. 그러나 이성과 상식은 세련된 체제가 감추고 있는 위선과 허위의식에 논리적 정당성을 부여하면서 그 체제로부터 받고 있는 억압의 정체를 감춰줄 수 있다. 이 경우 본능적 감각은 세련된 체제에 반성을 가져오게 만드는 도전의 힘이다. 그래서 그것은 충동적인 힘으로 이성과 상식의 틀을 깨뜨리는, 위선과 허위의식의 베일을 벗기는 역할을 감당한다. 바로 그런 역할 때문에 문학은 언제나 불행한 시대의 증언이 되고 바꾸어야 할 현실의 모습을 제시한다.

III

최인호의 새로운 장편소설 『구멍』은 이 작가의 1970년대에 볼 수 있었던 재능이 살아나면서 1970년대의 삶의 모습을 상징적으로 파악하게 하는 작품이다. 이미 다른 소설에서 수없이 되풀이되고 있는 것처럼 이 작품도 개인의 기록이다. 단 한 사람의 주인공이 6~7시간 동안에 체험한 이야기란 일반적으로 의식의 흐름을 좇는 경우거나 아니면 대중적 관심을 끄는 사적인 모험담이다.

한 의사의 일상적 삶을 다루고 있는 이 작품은 의식의 흐름을 좇는 것이라기보다는 사적인 모험을 좇는 작품이다. 이미 현재형으로 진행되는 개인적 이야기의 대부분이 그런 것처럼 독자는 화자의 이야기가 진행됨에 따라서 주인공의 일상생활을 하나하나 알아가게 되고 또 거기에 따라 주인공이 살고 있는 상황을 이해하게 된다. 이 소설을 읽게 되는 독자는 화자가 이야기를 이끌고 가는 대로 주인공이 5년 전에 이혼한 의사로서 1개월 전까지만 해도 옛날에 자신에게서 맹장 수술을 받은 바 있는 젊은 여성과 동거 생활을 하였으나 지금은 혼자서 아파트에 살고 있고, 이혼한 부인과의 협약에 따라 한 달에 한 번 전 부인이 양육하고 있는 딸을 만나러 가고, 병원에서 받는 돈의 일부를 양육비로 지불하면서 산다는 것을 알게 된다. 그는 저녁 식사를 하기 위해 잠깐 외출하여 주유소에 들러 자동차에 기름을 넣고 거리를 돌아다니다가 라디오에서 그날 밤 등화관제 훈련이 있을 것이라는 소식과 에이즈 환자가 당국의 부인에도 불구하고 나올 가능성이 높아졌다는 소식, 그리고 수사관이 성고문 사건을 일으킨 데 대하여 백여 명의 변호인단이 구성된 소식 등을 들으면서 자기 나름의 여러 가지 상상을 한다. 그의 상상력은 무더운 날씨와 함께 대단히 가학적인 쪽으로 발전하게 된다.

"차는 그때그때의 욕망에 따라서 번화가를 달릴 수도 있을 것이고, 낯선 골목을 달릴 수도 있을 것이다. 미친 듯한 광기에 사로잡히면 차는 발광하여 앞차를 들이받을 수도 있을 것이고, 다리의 난간을 들이받고 강 아래로 추락하여 물속에 빠져버릴 수도 있을 것이다"라고 하는 것처럼 그는 자신이 몰고 있는 자동차에 대해서 그의 행동과 유사한 상상을 한다. 그가 자동차로 달리는 거리는 그의 자동차처럼 그를 발광하게 한다.

> 젊은 여성들을 유혹하는 양장점들. 화려하게 꾸며진 쇼윈도 . 쇼윈도마다 세워진 기괴한 모습의 마네킹들. 손님을 부르는 간이술집들의 간판들. 호화롭게 꾸며진 레스토랑·케이크점. 아메리칸 스타일의 햄버거집·아이스크림집. 다닥다닥 붙어진 병원의 간판들. 치과·산부인과·내과·이비인후과. 더워서라기보다는 오고 가는 사람들의 시선을 끌기 위해서 반쯤 열려진 카페들. 그 반쯤 열려진 카페의 문틈 안에서 정육점에 매달린 고깃덩어리들처럼 온통 살을 드러내고 앉아 있는 여인들. 내부에 불을 환히 밝히고 있는 전자대리점. 전자대리점에 진열된 수십 대의 TV 화면에서는 일제히 같은 모습과 같은 움직임이 일란성 쌍둥이처럼 반추되고 있었다. 끊임없는 약방. 수많은 미

> 장원. 그 엄청난 미장원 안에서는 쉴 새 없이 머리카락이 잘려나가고, 손톱을 다듬고, 머리를 지지고 볶는다. 목욕탕·안마 시술소·사우나·휴게실·구둣방·양품점……

이 숨막히는 묘사에서 볼 수 있는 것처럼 그가 살고 있는 도시는 유혹과 소비와 과장으로 가득 차 있다. 그 속에는 겉으로 나타난 화려함 대신에 퇴폐와 폭력과 음모가 감추어져 있다. 그러한 현장을 목격한 다음 그는 교통 체증을 참지 못하고 중앙선을 무시한 채 180도 회전을 감행하고, 경찰의 추적을 받게 되자 그 자신도 미친 듯이 속도 경쟁을 벌인다. 그의 질주는 얼핏 보면 이유 없는 범죄처럼 보이고, 그의 모든 행동은 충동적으로 이루어지고 있다. 그는 마치 먹이를 찾아 들판을 헤매는 맹수처럼 도시의 여기저기를 배회하면서 타인을 엿본다. 그는 5년 전에 헤어진 아내를 몰래 관찰하고, 불 켜진 미장원의 낯모르는 미용사를 놀려주고, 수돗가에서 몸을 씻는 여자를 보며 자위행위를 한다. 가정적으로 이혼의 경력이 있는 그는 어머니를 양로원에 맡겨놓고 자주 찾아가지도 않는다. 이러한 그의 행동은 그가 정신적으로 문제가 있는 인물임을 깨닫게 하지만 그의 행동을 단순히 정신질환의 결과로 설명할 수는 없다. 만일 그의 행동을 미친 사람의 그것이라고 한마디로 규정해버린다면 왜 그가 그런 행동을 하는지 그 행동의 원인은 어디에 있는지 알 수 없을 뿐만 아니라 다른 소설의 주인공들—사실 많은 소설의 주인공들은 부도덕한 패륜아이거나 은혜를 모르는 배덕자이거나 파렴치한 범죄자이거나 영락없는 정신병자다—을 통해서 반성하고 깨닫게 된 삶과 세계에 대한 이해를 원점으로 돌려버리는 결과를 가져온다.

사실 이 주인공의 대부분의 행동이 비정상적으로 보이고 있지만 아버지로서, 혹은 의사로서 그가 보인 행동은 충분히 정상적이라고 할 만하다. 하기는 정상과 비정상의 기준을 어디에 두고 있느냐는 질문을 제기하면 문제는 훨씬 복잡해질 수 있다. 그러나 갑자기 딸이 보고 싶어서 찾아간 그가 딸과 장난을 하는 모습이라든가, 자신의 입원 환자가 위급하다는 것을 알고 일요일임에도 불구하고 수술 준비를 시키고 달려가려고 한 그의 태도는 그에게 개인적으로나 사회적으로 인정받을 수 있는 요소가 있음을 알게 한다. 그도 일곱 살 난 딸과 장난을 할 수 있는 다정다감한 요소를 갖고 있고 위급한 환자를 수술하기 위해 달려가는 직업의식을 갖고 있다. 그러나 그 밖의 행동을 보면 사람이란 부성애나 직업의식으로 평가할 수 없을 정도로 복잡한 존재임을 알게 된다.

딸에게는 다정한 아버지요 환자에게는 철저한 의사인 주인공이 생활의 균형을 상실하는 직접적인 계기는 그가 위급한 환자의 수술을 위해 병원으로 가고자 했으나 갈 수 없는 상황에서 비롯된다. 병원에서 걸려온 무선호출기의 연락을 받고 병원으로 전화를 건 그는 자신의 입원 환자가 금방 수술을 받지 않으면 내장이 부패하여 생명을 잃게 된다는 위급한 상황에 있음을 알게 된다. 그는 급히 수술 준비를 지시하고 달려가지만 그의 의도와는 상관없는 거대한 힘에 의해 저지당한다. 그 하나가 데모 현장이고 다른 하나가 방공 훈련이다.

그는 병원을 향해 강을 건널 즈음 데모 행렬과 맞닥뜨려 꼼짝도 할 수 없는 상황에 부딪힌다. 갖은 고생 끝에 그는 그 현장에서 과감하게 탈출을 시도하지만 진압 경찰에 의해 저지당한다. 그는 자신이 병원의 의사이고 위급 환자의 수술을 위해 급히 병원에 가야 한다는 것을 주장하지만 그의 요구는 완전히 묵살된다. 그는 생명이 죽어가는 위급한 상황을 외면하는 현실에 대해서 분노한다. 분노는 그의 이성을 잃게 한다. 그는 경찰의 저지를 무시하고 자동차를 몰아 시위의 현장을 빠져나온다. 그 과정에서 그는 무수한 돌멩이 화염병 세례를 받으며 최루가스로 고통을 받는다. 그가 시위 현장에서 듣게 되는 노래는 "앞서서 나가니 산 자여 따르라"라는 외침이고 "5월 그날이 다시 오면 우리 가슴에 붉은 피 솟네"라는 비극적 사건의 환기였지만 그의 머릿속에는 환자의 생명이 경각에 달려 있다는 사실뿐이다.

> 그는 보고 싶지 않았다. 듣고 싶지도 않았다. 그는 증인이 되고 싶지 않았다. 현장의 목격자가 되기는 싫었고, 그들의 노래처럼 살아 있어 일어나 따르고 싶지도 않았다. 그는 다만 방관자로서 죽어 있는 자이기만을 바라고 있었을 뿐이었다. 이 한밤의 시위 소동이 나와 무슨 상관이란 말인가. 지금 이 순간 하나의 생명이 죽어가고 있다. 급성 췌장염에 걸린 환자가 수술을 기다리고 있다. 시간 안에 도착하지 않으면 그는 죽을 것이다. 아니 그는 이미 숨을 거두고 죽어 있을지도 모른다. 그는 시계를 보았다. 열 시 십오 분 전이었다. 언제까지 이 거리에서 꼼짝할 수도 없이 머무르게 될 것인가는 아무도 모르는 일이었다.

이와 같은 서술은 그가 자신의 삶에 대해서 어떤 의식을 갖고 있는 것이 아니라 단지 자기에게 주어진 일 이외에는 무관심하고자 하는 '방관자'임을 지칭한다. 그는 자신이 살고 있는 사회가 민주화가 되지 않은 데 대해서 무관심하고자 하고, 자기에게 직접적인 관계가 없는 일에 대해서는 외면하고자 하는 전형적인 소시민이다. 그는 '증인'이 되고 싶지도 않고 "살아 있어 일어나 따르고 싶지"도 않아 한다. 그에게 관심이 있는 것은 급성 췌장염으로 죽어갈 환자의 생명이다. 그러나 그가 그러한 소시민이라고 해서 정말로 자신의 직업에만 충실하고 사회적인 사건들에 대해서 철저하게 무관심한 것인가. 그는 내면적으로는 "살아 있어 일어나 따르고 싶지"만 실제로 그럴 만한 용기가 없기 때문에 갈등을 느낀다. 그는 "두부처럼 잘려나간 젖가슴의 잔해더미 속에서 도망쳐버리고 싶었다. 분명히 우리 곁에서 일어난 일이었으므로 그것은 보고 싶지도 않고, 듣고 싶지도 않고 생각조차 하기 싫은 고통스런 현장이었으므로"라고 고백하고 있는 것처럼 남도에서 있었던 비극적인 사건에 대해 너무나 잘 알고 있다. 그는 그 많은 죽음에 대해서 침묵하는 그 자신과 그가 살고 있는 세계에 대해서 인정을 하고 싶지 않다. 그는 그 많은 죽음에 대해서 침묵하는 대신에 한 사람의 생명에 대해서 특별한 관심을 보이는 보상 행위를 한다. 그의 침묵은 수많은 죽음이 있는 현실이 너무나 엄청나기 때문이기도 하고 그것이 너무나 두렵기 때문이기도 하다. 그래서 일단 관심을 보이기 시작하면 그 자신도 시위 군중의 일원이 될 수밖에 없는데 그러기에는 자신에겐 용기도 없고 또 자신의 안락한 현실에 미련도 남아 있다. 그는 "두부처럼 베어져버린 젖가슴과 도려진 귀와 떨어져나간 팔과 다리의 사람들"을 상상만 해도 구역질이 나기 때문에 그것을 아예 자신과는 상관없는 일로 생각하려고 노력한다. 그의 이성은 자신이 할 수 있는 일이 급성 췌장염으로 위기에 빠진 한 사람의 생명을 구해주는 것뿐이기 때문에 거기에만 매달리려고 한다.

그가 겨우 최루가스 지대를 벗어나서 목격하는 시가지는 "국제적으로 명성을 얻고 있는 쇼핑의 거리"로서 "외국어로 된 간판들과 네온의 불빛이 불야성을 이루"고 있다. "생사를 뛰어넘는 필사의 탈주로 도망쳐 나온 그의 눈앞에 벌어진 거리의 풍경은 여러 사람들이 모여서 가면을 쓰고 행렬하며 신나게 노는 사육제의 카니발처럼 느껴"져서 그는 돌연 "울화가 치밀었다." 그다음에 그가 만난 사람은 여성으로 위장한 변태 성욕자로서 그에게 섹스와 대마초 가운데 선택하기를 제안한다. 그는 자신이 배회하는 도시를 악마의 소굴로 느끼면서 심한 구역질을 체험한다. 그렇기 때문에 그가 그곳에서 발견한 성당 안에 들어가서도 그는 "신은 죽었다"고 내뱉는다.

그가 겨우 정신을 차리고 무선호출기의 연이은 재촉을 받아 병원으로 향할 때 이번에는 등화관제 방공 훈련에 걸려서 그의 병원행은 좌절된다. 그는 훈련 요원에게 한 사람의 생명을 구해야 한다는 이유를 들면서 의사라는 자신의 신분을 밝히고 병원에까지 가게 해달라고 간청하지만 철저하게 거절당한다. 그는 자신이 할 수 있다고 생각한 최소한의 행동마저 저지당했다. "난 아무것도 할 수 없다. 설혹 11호실의 환자가 죽었다 하더라도 그것은 내 책임이 아니다"라는 생각을 하게 된 그는 훈련이 끝난 다음에 병원으로 가지 않고 거리를 다시 배회한다. 그는 자신이 환자를 살릴 수 있었음에도 불구하고 살리지 못한 것에 대한 죄의식을 떨쳐버리기 위해서 "지금쯤 11호실의 환자는 숨을 거두었을 것이다. 그러나 그의 죽음은 나하고는 상관없는 일이다"라고 무수히 되풀이하면서 술집에 들러서 술을 마시고 자신에게서 떠나버린 '한선영'을 찾아다닌다. '5월의 비극'에 대해서 자신과 상관없는 일이라고 생각하고 그 증인이 되기를 피해온 그는 이제 자신의 환자의 죽음에 대해서 자기와 상관없는 일이라고 되풀이 주장함으로써 자신의 죄의식을 면해보고자 하지만 그의 의식의 밑바닥에는 앙금처럼 죄의식이 남아 있다. 철저히 소시민인 그는 그것을 피하기 위하여 개인적인 쾌락만을 추구하는가 하면 운전을 하면서 술을 마신다. 그는 술을 마시고 자신의 사랑하는 여인인 '한선영'을 찾아 헤맨다. 그리하여 마침내 그녀와 만나는 데 성공하나 그녀를 찾아 자신의 아파트로 들어서는 순간 실로 운명의 장난과 같이 그녀를 차로 들이받아 죽게 만드는 결과를 빚는다. 마치 불을 보고 덤벼드는 부나비처럼 그는 자신의 분노와 욕망의 발산을 위해 자신의 생명까지 걸고서 난폭하게 행동한다. 그는 자신의 소시민적 안락과 쾌락만을 추구하여 절망적인 몸부림을 치지만 자기 파탄에 이르고 만다.

IV

그렇다면 1980년의 비극적인 사건을 체험한 이후 최인호의 이러한 주인공은 어떻게 설명할 수 있는가? 그의 주인공은 자신의 직업이나 일상생활과 관련이 없는 일에는 철저하게 무관심하고자 하는 소심한 이기주의자이다. 그는 자기의 능력을 벗어나는 일에 대해서는 쓸데없는 욕심을 부리지 않고 개인적 쾌락만을 추구하는 일상적인 소시민이다. 그래서 그는 1980년의 비극을 끔찍하게 생각하면서도 애써 외면하려 하고 위급 환자를 돌볼 수 없어서 죽어간 현실에 대해서도 자기 책임이 아니라고 주장한다. 그는 논리적인 사고를 통해 의식화된다거나 운동권에 가담할 능력을 갖고 있지 못하다. 그는 20년 가까운 연하의 여성과 동거 생활을 하면서도 성적 쾌락만을 추구할 뿐 그녀의 이름도 모르고 지낼 정도로 그녀에게 인간적인 대우를 하지 않는다. 그는 변태성욕자요 성격파탄자라고 부를 만한 요소가 너무나 많다. 그러나 그가 이렇게 된 것은 그 자신이 아무리 상관없다고 부인하고 외면하려고 노력함에도 불구하고 그가 체험한 현실이 그를 절망하게 만들었기 때문이다.

그런 점에서 보면 이 작품의 서두에서 보는 고양이의 죽음은 아주 상징적이다. 귀여워하는 고양이를 자동차 안에 가두어놓고 뜨거운 햇볕 속에 죽어가게 한 에피소드는 답답하고 뜨거운 현실 속에 있는 주인공의 삶과 유사한 것이다. 5월에 무수한 목숨이 사라져간 사건이 발생하여 유언비어만 난무할 뿐 어떤 보도 기관도 제대로 전달하지 못하는 답답한 현실을 살면서 주인공은 자신과 상관없다고 생각하고, 민주화운동에 나선 젊은이를 성고문·물고문으로 억압한 5공에 대해서 끊임없이 일어나는 시위의 뜨거운 현장을 살면서도 그는 자기 개인과는 상관없다고 생각하지만, 그것이 그의 의식 밑바닥을 건드리고 자극해서 그로 하여금 정서적 불안과 감정적 욕구 불만에 사로잡히게 만든다. 그렇기 때문에 그는 온갖 음식점과 의상실과 술집으로 가득 차 있는 거리를 보면서 비판적으로 관찰하게 된다.

그러나 그의 의식은 그런 비판을 논리화시킬 수 있는 능력을 갖고 있지 않을 뿐만 아니라 자신의 개인적인 쾌락을 탐닉하게 만든다. 그가 성도착증 환자처럼 육체적 쾌락에 매달리는 것은 그러한 사회적 비판의식에 대한 욕구 불만의 해소책이다. 그는 어쩌면 1980년대의 침묵하는 다수의 한 전형이고, 먹고 마시며 소비하는 쾌락주의자의 한 유형일지 모른다. 폭력으로 출발한 제5공화국은 경제적인 여유가 생긴 것을 정권 유지를 위한 수단으로 사용하여 경제적으로 풍요를 구가

하게 하면서 정치적으로 억압하는 정책을 쓴다. 그 과정에서 스포츠에 온갖 정열을 기울여 국민의 관심을 그곳으로 쏠리게 하고 답답한 가슴을 그것으로 풀게 만들어서 국민으로 하여금 국가 이기주의라는 감정적 동질성을 갖게 만든다. 수많은 스포츠 중계는 그러한 동질성을 조성한 다음 애국심으로 연결시킨다.

독재 정부가 권력을 유지하기 위해서 사용한 또 하나의 무기는 북한의 위협이다. 독재 정부는 북한의 무력 침략에 대항하기 위해서는 민방위 체제를 강화해야 한다는 이유로 등화관제 훈련을 실시한다. 스포츠 경기와 애국가, 그리고 등화관제 훈련으로 이어지는 방법이나 경제적 풍요, 해외로의 수출 증대, 새마을운동의 강화로 이어지는 방법은 그것이 정권 유지의 수단으로 사용되지 않는 한 사회를 건강하게 하고 개인에게 비전을 갖게 하며 국가를 부강하게 만든다. 그러나 그것이 독재 정권을 유지하는 방법으로 사용될 때는 소비가 미덕이라는 꿈에 사로잡혀 자신의 도덕적 정체성을 잃어버린 국민에게 감정적 긴장과 쾌락을 제공한 다음 그 대가로 체제에 대한 충성을 요구하는 수법이 된다.

이 소설의 주인공은 이러한 수법에 대해서 논리적인 반박을 할 능력이 없고 행동으로 저항할 용기가 없지만 그러나 답답하고 뜨거운 자동차 속에서 죽어가는 고양이처럼 자신이 답답하고 뜨거운 현실 속에 있다는 것을 느끼고 있다. 그는 그런 현실 속에서 자신의 죽음을 보고 그 죽음에 저항하기 위하여 난폭한 쾌락 속에 자신을 던진다. 따라서 그의 광기는 우리 사회가 가지고 있는 광기의 표현이고 그의 폭력은 우리 사회에 존재하는 폭력이며 그의 분노는 우리 현실에 대한 분노이면서 그 자신에 대한 분노이다. 한쪽에서는 고문과 탄압에 저항하고 있는데 다른 한쪽에서는 소비와 쾌락만을 추구하는 우리의 현실 속에서 그는 자신의 모습을 발견하지만 다른 선택을 할 수 없는 자신에 대해서 절망한다. 그 절망의 선택이 결국 그 자신을 고양이처럼 자동차 속에서 죽어가게 만든다.

최인호는 이처럼 노동의 현장이나 운동의 현장에 나선 주인공을 다루지는 않지만 1980년대 우리 사회의 핵심적인 측면을 그 측면에 전혀 무관심한 인물을 통해서 무섭게 보여준다. 그는 그의 편집광 같은 인물의 창조를 통해서 긍정적 부정의 강한 메시지를 전달하고 있다. 그는 우리 시대의 음화(陰畫)를 제작하는 탁월한 작가임을 이 작품을 통해서도 입증하고 있다. 그는 최근에 일어나는 강력 사건들—강도와 폭행과 살인으로 나타나는—을 1980년대의 상황에서 예견하고 있다.

역사적 상처와 현실적 고통

—윤흥길의 세 작품

소설이 근본적으로는 삶과 세계 속에 있는 인간의 탐구라면 소설은 필연적으로 개인으로서의 인간의 특수한 체험의 서술을 통해서 보편적인 어떤 것을 드러내 보이는 문학 장르일 것이다. 여기에서 말하는 인간의 특수한 체험이란 작가 개인이 살아온 삶을 토대로 상상력의 힘을 빌려서 구성한 정신적인 체험일 것이다. 그렇기 때문에 소설 속의 삶이란 한편으로 우리가 일상적으로 체험할 수 있는 것으로 보이는 삶, 적어도 그럴듯하다는 생각이 드는 삶이면서 동시에 우리가 그러한 일상 속에서 깨닫지 못하고 의식하지 못한 어떤 것을 미리 체험하거나 다시 체험하는 삶이다. 이 두 가지 체험을 하나는 선체험이라고 하고 다른 하나를 재체험이라고 한다면 모든 예술작품의 감상이 그러한 것처럼 문학작품의 독서는 그 두 가지 가운데 하나의 즐거움을 우리에게 제공하는 것이다.

일반적으로 윤흥길의 소설 세계를 이야기할 때 그의 작품을 세 가지 계열로 나누어서 논하는 것이 무리가 없는 것으로 보인다. 그 한 계열이 「장마」「황혼의 집」「집」「양(羊)」 등의 작품으로서 6·25동란을 체험한 어린이들의 성장 과정을 다룬 소설을 일컫는다면, 다른 하나는 「어른들을 위한 동화」「몰매」「제식훈련변천약사(諸式訓鍊變遷略史)」「내일의 경이」「엄동(嚴冬)」「빙청(氷靑)과 심홍(深紅)」「아홉 켤레의 구두로 남은 사내」「직선과 곡선」「날개 또는 수갑」「창백한 중년」 등의 작품으로서 이른바 1960년대 이후 경제 개발 정책이 본격적으로 이루어진 후에 경험된 삶의 여러 가지 양상을 서술한 작품들이고, 세 번째 계열이 「무제(霧堤)」「무지개는 언제 뜨는가」 등의 작품으로서 분단의 현실과 아픔을 다룬 소설들이다. 이러한 분류가 앞으로의 작품 활동을 제한하는 것이 될는지는 모르지만 「꿈꾸는 자의 나성(羅城)」이 분명 두번째 계열에 속한다고 한다면 최근의 장편 『완장』이나 『에미』는 그 어느 한 계열에 가두어놓기에는 훨씬 폭이 넓은 작품들이다. 그러나 『에미』는 「장마」와 마찬가지로 첫번째 계열에 분류시키지 않을 수 없는 것처럼 보인다. 왜냐하면 『에미』에서 화자의 어머니의 삶이란 해방 전의 신혼 시절의 이야기와 죽음을 앞둔 단말마의 고통을 시기적인 출발과 종말로 삼고 있을 뿐 실제로는 6·25동란을 전후해서 살아야 했던 저주받은 여성의 삶 그 자체이기 때문이다. 그러한 점에서 살펴본다면 분단의 문제를 다룬 세번째 계열의 작품도 첫번째 계열에서 파생된 것으로 보아도 별로 무리가 없을 것이다. 6·25동란이란 바로 분단의 역사적 비극 때문에 생긴 것이며 또 오늘날에도 그 비극의 씨앗으로 남아 있는 것이다.

윤흥길의 문학적 출발점은 「장마」라고 할 수 있다. 아니 어쩌면 「장마」는 「황혼의 집」과 함께 윤흥길 문학의 본령이며 핵심이라고 해도 지나치지 않을 것 같다. 왜냐하면 이 두 작품의 발표로 작가 자신이 문단의 주목을 받았기도 하지만, 여기에서 이미 윤흥길의 역사에 대한 의식과 묘사로서의 소설적 가능성을 내보여주었기 때문이다. 특히 그의 「장마」는 우리의 역사 속에서 저 끈끈하고 무덥고 고통스러운 한 시기의 이야기를 토속적인 믿음과 전통적인 모성애와 상처받은 성장기를 통해서 전해준다는 점에서 윤흥길 자신의 작품뿐만 아니라 우리의 중편소설 가운데서 손꼽을 만한 걸작이기 때문이다.

이 소설에는 한집안에 살고 있는 두 노인이 등장한다. 사돈 사이인 이 두 노인의 관계가 '나'라고 하는 어린이에 의해 서술되고 있는 이 소설은 화자인 '나'의 외할머니와 친할머니가 역사의 소용돌이 속에서 극단적인 대립을 보이다가 화해에 도달하는 과정을 보여준다. 국군에 입대했다가 죽은 아들을 가진 외할머니와, 빨치산이 되어 밤에나 찾아오는 아들을 둔 할머니가 한집에 살고 있는 이 소설의 상황은 바로 6·25전쟁을 겪은 우리 사회 전체의 축도에 다름 아닌 것이다. 서로 사돈 간이면서도, 또 화자인 '나'의 입장에서 보면 모두 혈육임에도 불구하고 같은 집안에서 서로 다른 이해관계에 빠지지 않을 수 없는 두 노인의 운명은 역사가 만들어준 기괴한 모순을 그대로 드러내고 있다. 다분히 나막신 장사를 하는 아들과 짚신 장사를 하는 아들을 둔 부모의 우화를 연상시키는 이러한 모순은 두 노인이 나누어 가진 대립적 운명과 부딪침으로써 더욱 비극화되고 있다. 결과적으로는 두 노파가 모두 각자의 아들을 잃고 말지만 이들이 화해의 장으로 나올 수 있었던 것은 전통적인 모성의 공통점에서 유래한 것처럼 보인다. 실제로 두 노파가 대립의 상태에 있을 때 화자인 '내'가 체험하게 된 것은 두 개의 죽음이다. 이 두 개의 죽음은 한국의 여성에게 있어서 전통적인 한이 어떻게 발생하게 되는지 보여주는 것이다. 다시 말해서 자식에 대한 맹목적인 사랑 이상을 알지 못하는 전통적인 모성은 바로 그렇기 때문에 역사적 현실 앞에서 자신의 선택을 내세우는 것이 아니라 자식의 선택을 무조건 따르는 것이다. 그런데 그러한 선택 때문에 자식이 죽을 때 정치적 색채가 개인의 의식과는 아무런 상관이 없는, 그러한 논리의 세계를 떠난 숙명을 의식하게 된다. 그렇기 때문에 전통적인 모성에게는 흉년이나 질병이나 교통사고나 전쟁 같은 것들이 모두 동일한 차원에서 느껴지는 것이다. 「장마」의 두 노파에게서 아들의 죽음이 가져온 비극적 의미는 두 노파 모두가 그것을 숙명으로 받아들임으로써 한을 지니게 되는 데 있다. 이른바 '포한'이라고 할 수 있는 이와 같은 한의 발생이 그러나 작가에게는 단순한 숙명이 아닌 것이다. 국군과 빨치산으로 나누어진 역사적 상황이 두 노인에게서와는 달리 작가에게는 부정적 현실의 뿌리로 인식된 것이다. 그러니까 정치적인 대립이나 이념적 대립이 우리의 역사에 가져왔고 또 앞으로도 가져올 수 있는 비극이 우리 민족에게 얼마나 큰 부정적 현실이 될 수 있는가 작가는 보여주고 있다. 특히 어린 주인공이 초콜릿과 같은 어른들의 미끼 때문에 아버지를 육체적으로 고통받게 함으로써 평생 동안 지니게 될 죄의식을 작가는 내다보고 있다.

그러나 이와 같은 부정적 현실을 극복하는 일이 두 노파에게는 논리적인 방법으로 가능한 것이 아니다. 수많은 세월 동안 숙명으로 받아들인 역사의 비극을 두 노파는 한(恨)의 풀이, 즉 해한(解恨)의 방식으로 극복하고 있는 것이다. 이 소설에서 구렁이의 출현으로 그려지고 있는 비극의 정점은 구렁이가 가지고 있는 토속적인 정서에 의해 깊은 감동으로 남아 있다. 죽은 사람의 영혼을 대신하여 나타났다고 알려진 구렁이를 앞에 놓고 마치 살아 있는 사람과 대화를 하듯이 달래는 장면은 그것이 토속신앙의 한 표현이면서 동시에 판소리에서 짐짓 사설을 늘어놓는 것 같은 보다 깊은 슬픔을 느끼게 하고, 동시에 그러한 방식으로 비극적 죽음을 언어화하지 않고는 살아남은 사람으로서 한을 달랠 길이 없음을 말해준다.

여기에서 윤흥길의 주인공이 느끼고 있는 한이란 순전히 개인적인 정서인가 역사적 사실에서 유래한 현대적 의미를 띠고 있는가 질문을 던질 필요가 있다. 왜냐하면 그것이 순전히 개인적인 정서에 속하는 것이라면 일종의 회고적 감상을 벗어날 수 없기 때문이다. 분단의 비극이 아직도 지속되고 있는 우리의 현실로 볼 때 여기에서 나타나고 있는 한은 역사적인 의미를 띠고 있다.

다시 말해서 정치적인 대립과 선전의 지배를 받는 역사는 분단의 현실을 극복할 수 없는 반면에 한과 같은 근원적인 정서의 동질성을 발견할 때 서로를 용서하고 받아들임으로써 적대관계가 극복될 수 있는 것이다. 그러한 점에서 '외할머니'가 구렁이와 대화를 나누는 것은 대단히 의미심장하다. 여기에서 말하는 대화의 언어는 일종의 주술적인 언어라고 할 수 있을 것이다. 구렁이를 죽은 사람의 영혼으로 보았다는 사실 자체가 그 언어를 주술적인 것으로 규정짓게 하는 것이기도 하지만, 구렁이를 죽은 사람의 영혼으로 생각하는 '믿음'을 전제로 하지 않고는 그러한 대화를 나눌 수 없다는 점에서 그 언어는 주술적인 것이기도 하다.

그러나 이 주술적인 언어는 동일한 믿음을 갖고 있는 사람에게만 감동적인 것이다. 그렇기 때문에 '할머니'의 적대 감정이 '외할머니'의 주술적 언어를 들은 다음에 사라질 수 있었던 것이다. 또 '외할머니'가 구렁이 앞에서 그와 같은 언어를 사용할 수 있었던 것은 그것이 죽은 사람의 영혼이라는 믿음이 있었기 때문이다. 이것은 정치나 이념의 싸움 때문에 두 노파가 적대 감정을 가질 수 있었지만 그 두 사람의 밑바닥에 깔려 있는 정서는 토속적인 동질성을 띠고 있어서 감정적인 대립을 해소할 수 있는 통로 역할을 한다는 것을 말해준다.

이처럼 이들이 정서적 동질성을 느낄 수 있었던 것은 오랜 역사적 체험으로 주어진 것이기 때문일지도 모른다. 그러나 실제로는 전란으로 아들을 잃은 슬픔을 체험하기는 '할머니'나 '외할머니'나 마찬가지일 것이다. 그러한 점에서 갑자기 나타난 구렁이를 상대하는 '외할머니'는 아들을 잃은 사돈의 슬픔을 이해하고 그 한풀이를 대신하고 나선 것이다. 그 점에서 '할머니'는 논리를 떠난 정서적 화해에 도달할 수 있었다.

「장마」를 이처럼 한국 여성의 모성의 한 유형으로 파악하게 되면 윤흥길의 네번째 장편 『에미』는 「장마」의 연장선으로도 읽힐 수 있는 작품이다. 어렸을 때 열병을 앓음으로 인해 '사팔뜨기'가 되었고 그 때문에 큰외삼촌에 의해 정략결혼을 하기는 했지만 신혼 초에 '아버지'로부터 버림을 받은 『에미』의 '어머니'는 「장마」의 두 노파 이상으로 기구한 운명을 살아간다. 소설의 형식으로 보면 이제 죽음을 눈앞에 둔 '어머니'를 찾아가 베일에 쌓인 과거의 일부를 하나하나 벗겨가면서 '어머니'의 임종을 지키게 되는 '나'의 이야기라고 할 수 있을 것이다. 따라서 한편으로는 '어머니'의 임종을 맞이하게 되는 '나'의 현재가 기록되고 다른 한편으로는 그 사이사이에 '어머니'의 과거가 밝혀지고 있다. 이러한 서술의 과정에서 '어머니'의 한이 어떻게 맺혀지고 있는지 밝혀주는 감동적인 장면들이 수없이 나타난다. 가령 다음과 같은 장면이 그 대표적인 것이다.

> 어려서 내가 달구지 바퀴에서 본 머리카락은 하나같이 검고 반질반질 윤기가 흐르는 비단실 같은 것들뿐이었다. 어머니는 매일매일 해질녘마다 자기 머리털 한 올씩을 뽑아 달구지에다 매다는 것으로 하루 가운데서 가장 의미심장하고 엄숙한 일과를 삼곤 했다. 이를테면 그것은 혼자 사는 젊은 여자가 밖에 나가서 돌아오지 않는 가족을 불러들이는 비밀스런 의식이었다. 달구지 바퀴에 매달려 나울거리는 그 머리털은 그 사람을 향한 그 사람을 애타게 부르는 어머니의 영혼의 손짓이었다. 그것은 한 여자의 한 남자만을 염두에 둔 소리죽인 흐느낌이었다. 그것은 한 여자의 일편단심이면서 그니 혼자만이 아는 처절한 희열이요, 동시에 절망이기도 했다. 그것은 머리를 풀어 하늘에 제사지내는 한 여자의 기도이면서 다른 한편으로는 저주를 의미하기도 했다.

여기에서 볼 수 있는 것처럼 평생 동안 달아난 남편이 되돌아오기를 기다리면서 때로는 오지 않는 남편을 저주하고 때로는 철없는 자식들을 꾸짖고 때로는 자신의 욕망을 억제하기 위해 밤새워 스스로와 씨름을 한 '어머니'에 대한 작가의 탐구는 윤흥길의 치열한 작가 정신이 이룩한 하나의 업적이 될 것이다. 이 작품에서 한 가지 의문으로 남아 있는 문제는 '화자'인 '나'가 왜 '어머니'의 과거를 임종 며칠 전에야 한꺼번에 파악하려 했느냐 하는 데 있지만, 그러나 그것이 이 작품의 중요성과 감동을 약화시키는 것은 아니다. 그만큼 이 작품에서는 자신의 몸과 마음과 전 생애를 바쳐가며 한 많은 일생을 살고도 지칠 줄 모르는 모성애와 꺼질 줄 모르는 생명력을 유지하는 '어머니'의 존재를 드러내고 있다. 그 존재는 '큰외삼촌'의 엄격함으로 가족의 도움을 잃었고 또 역사의 소용돌이로 사회의 가장자리로 밀려났고 가난의 시련으로 죽음의 위협 속에 빠졌지만, 그보다도 더욱 중요한 것은 모든 원한을 포용하면서 "지면서 이기고 이기면서 지는" 전통적인 '어머니'의 지혜에 도달하는 과정에 있는 것이다. 자신의 '큰오라버니'에게 자식을 맡기려고 했다가 스스로의 힘에 의지하지 않고는 어떤 삶도 보장받을 수 없음을 깨닫고 모녀가 벌거벗고 물속에 들어가서 지금까지의 자신들의 죽음을 선언하고, 폭격 속에서 갖게 된 아들을 미륵의 아들이라고 이야기하고, 죽는 날까지 '아버지'의 귀환을 기다리며 안방을 30여 년 동안 비워놓은 '어머니'의 삶은 스스로의 숙명에 대한 믿음 없이는 불가능한 것이겠지만, '어머니'의 인간적인 고통과 환희, 미움과 사랑, 저주와 용서가 함께하면서도 결국은 모든 것에 대해 화해를 발견하는 것은 「장마」에서의 한풀이와 같은 문맥에 놓인다. 「장마」의 외할머니가 "나사 뭐 암시랑토 않다"라고 주장한 것과 마찬가지로 『에미』의 어머니가 "애비는 참말로 암시랑토 않느니라"라고 단언하는 것은 오랜 한의 역사 속에서 토속적인 믿음에 자신을 거는 비극적 여성의 운명을 느끼게 한다. "살아남는다는 게 말짱 비겁헌 짓인 줄 아냐? 죽는다는 게 말짱 다 용감헌 짓인 줄 알어?"라고 질문하는 '어머니'의 가슴속에는 고난의 역사 속에서 살아남은 끈질긴 생명력과 전통적인 모성애가 체험한 한의 역사가 자리 잡고 있는 것이다. 여기에서 한 가지 더 극복해야 할 것은 어머니가 '사팔뜨기'라는 사실이 가지고 있는 상징성이다. 한쪽 눈으로는 동생에 대한 온화함을 나타내고 다른 한쪽 눈으로는 '나'에 대한 엄격함을 나타낸다고 하는 어머니 눈의 이중성은 오랜 고통과 시련과 억압을 당한 사람이 살아남을 수 있는 방법인 것이다. 그것은 굽히면서 꺾이지 않는 부드러운 견고함이고, 자기의 끈질긴 생명력을 뒷받침해주는 엄격한 관용인 것이다. 모성이 가지고 있는 이처럼 넓고 깊은 모습의 형상화는 윤흥길의 뛰어난 재능이 아니고는 불가능한 것이다.

윤흥길의 소설 가운데 두번째 계열에 속하는 「꿈꾸는 자의 나성」은 이미 『아홉 켤레의 구두로 남은 사내』 연작집을 통해 산업사회에 살고 있는 개인의 문제를 파헤친 작가의 능력이 되살아난 작품이다. 이 소설의 서술 기법은 '나'라고 하는 화자의 이야기와 '이상택'이라는 기묘한 인물의 이야기가 서로 조응하는 형식을 갖추고 있다. '나' 자신이 회사 안에서 인간관계에 휩쓸려서 현실적인 고민에 빠져 있는 데 반하여 '이상택'이라는 환상적인 인물은 다방에서 차 한잔 시키지도 않은 채 어딘가에 전화를 걸어서 '로스앤젤레스행 비행기 편'의 예약 관계를 묻는다. 바로 그러한 이유 때문에 그는 이 다방에서 저 다방으로 쫓겨다니는데 그러면서도 반드시 열대어 수족관 옆에 자리를 잡는다. 따라서 '나'가 이 인물을 찾고자 하는 것은 현실적인 이해관계가 전혀 없어서 다분히 상징적인 의미를 띠고 있는 것 같다. 그렇지만 이처럼 꿈을 꾸는 듯한 인물을 통해서 인간다운 삶이 가능한 세계가 사라져간다는 것을 작가는 보여준다. 따라서 삶의 어려움은 첫째 우리 사회가 동창 관계나 지연에 의해 작용되고 있고, 둘째 너무나 서로 경쟁하는 사회가 되어버림으로써 다른 사람에 대해서 지나치게 피해의식을 느끼고 있고, 셋째 그리하여 다른 사람의 진실을 알아보기 전에 자신의 추측으로 정직한 사람을 고통 속에 빠뜨리고 있고, 넷째 이해관계에서 부정적인 인물로 보이는 사람에 대해서는 공격적인 방어를 행하고 있고, 다섯째 정직한 사람은 다른 세계를 꿈꾸면서도 이 땅을 떠나지 못하고 있는 것으로 나타나고 있다. 그러나 여기에서 주목해야 할 것은 '이상택'이라는 인물의 설정이다. 그가 끊임없이 되풀이하고 있는 "로스앤젤레스행 비행기 편이 몇 시에 출발합니까?"라는 말은 한편으로 대단히 현실적이면서도 현실에서 패배한 자의 공허한 주문처럼 들린다. 그리고 바로 그러한 인물에 '나'를 조응시킴으로써 우리의 삶 속에 들어 있는 허구적인 요소를 절망적으로 느끼게 만들고 있다. 특히 '나' 자신이 '이상택'처럼 가방을 챙겨서 떠돌아다니는 꿈과, '이상택'이 마지막으로 전화를 걸어서 고향으로 돌아가겠다고 한 말은, 한편으로 화자가 '손과장 부인'의 병실을 찾아가겠다는 화해를 뜻하면서, 다른 한편으로는 월급과 직장을 보장해주는 대가로 끊임없이 지불해야 했던 위선과 허위와 계산과 안락으로부터 떠남을 의미한다. 그것은 '고향'을 잃어버린 오늘의 삶에서 '고향'을 되찾겠다는 의지의 표현이며, 타인에 대한 불신과 공격성으로부터 믿음과 사랑으로 전신하고자 하는 자구책인 것이다. 따라서 윤흥길의 「꿈꾸는 자의 나성」에 나오는 고향은 상징적이면서 다시 찾을 수 있는 마음의 고향이다. 그러나 바로 그렇기 때문에 이 고향을 다시 찾는다는 것은 그 고향의 상상적 성질 때문에 대단히 복합적인 것이고 순간적인 것이어서 개인이 삶 속에서 끊임없는 윤리적 결단을 내리지 않고는 불가능한 것처럼 보인다. 문학이 그러한 윤리적 결단이 힘든 사회 속에서 그것을 가능케 하는 상상력의 싸움이어야 하는 것도 그 때문이다.

움직임과 바라봄의 시
—정현종의 시에 관한 단상

1990년대의 정현종은 하얀 머리, 맑은 눈을 가진 시인으로서 우리들 사이에 있다. 우리의 일상적 삶의 저 음험한 함정에 시달려왔음에도 불구하고 그는 나이가 들어가면서 더욱 삶의 늪에 빠져본 적이 없는 것처럼 하얀 머리칼을 하고 초연한 표정을 짓는다. 때로는 무심한 듯한 그의 맑은 눈동자를 보면 더러운 삶의 때가 그의 눈동자에 어떤 흔적도 남기고 있지 않아서 그가 생활과는 상관없이 살아오지 않았나 의심하게 한다. 특히 그의 눈이 장난스럽게 미소를 짓고 있을 때는 천진난만한 순진함을 느끼게 된다. 그러나 그 순진함은 무지나 미숙에서 오는 것이 아니라 자신이 시달려온 온갖 고통과 번뇌에서 벗어난 자유로운 순진함이다. 그것은 삶과 세계의 최고의 아름다움만을 받아들이고자 하는 미학적 순진함이고 생명의 근원에 대한 무조건의 애착을 보이는 본능적 순진함이다. 그래서 때로는 그가 우리처럼 범속한 사람들 앞에서 지나치게 고고하게 보일 때도 있고 때로는 어리석은 이상주의자로 보일 때도 있다. 이따금 그에 대해서 비난을 하는 사람들은 대부분 시인의 이러한 모습을 잘못 이해하고 있다. 그의 시가 지향하고 있는 아름다움이나 그의 시가 지니고 있는 힘이 마치 현실과 상관없는 것이 아닌가 의심하면서 그것을 사적인 고백이나 말의 장난이라는 차원에서 다루려는 사람들에게 그의 시는 아무런 말도 하지 않는다. 그의 시는 누구에게나 말을 하는 시가 아니다. 그의 시는 사물의 모습을 보여주는 시이고, 사물과 사물 사이의 움직임을 보여주는 시이다. 따라서 그 움직임을 읽을 줄 아는 사람에게 정현종은 경이로운 시인이 된다.

정현종은 행복한 시인이다. 그는 동시대에 자신의 시를 이해해주는 많은 독자를 가진 드문 시인이기 때문이다. 1960년대 그의 시가 이제 하나의 세계를 향해 열리기 시작할 때 그는 이미 신촌의 그 음침한 골방에서 자신의 독자들과 가난하지만 열기에 찬 삶을 공유할 수 있었고, 그의 시집이 세상에 나올 때마다 당대의 일급 비평가들로부터 외면당한 적이 없다. 그의 첫 시집 『사물의 꿈』은 김주연의 「정현종의 진화론」이라는 해설과 함께 나왔다. 김주연은 정현종의 시가 바람의 현상에서부터 별빛의 이미지로 진화되어 지상과 천상의 세계의 화해로 발전하고 있음을 밝히고 있다. 그의 두번째 시집 『나는 별 아저씨』는 김현의 「변증법적 상상력」이라는 해설을 싣고 있는데, 김현은 정현종의 시의 이미지가 "가벼움/무거움, 딱딱함/부드러움 등의 대립을 지양한, 내립적이면서 일원석인 구조를 가지고 있음을 보여"준다. 정현종의 첫번째 시선집인 『고통의 축제』는 김우창의 해설 「사물의 꿈」

과 함께 나온다. 정현종의 첫번째 시집 제목을 글의 제목으로 삼고 있는 김우창은, 정현종의 시가 철학적인 출발을 하고 있지만 사물이 인간과 더불어 탄생하는 혼융의 이미지에 의해 꿈과 사물이 하나됨을 입증하고 있음을 밝혀낸다. 그의 세번째 시집 『떨어져도 튀는 공처럼』은 그의 동년배는 아니지만 그를 이해하고 있는 진형준의 「물 주기, 숨통 터주기」라는 해설과 함께 나온다. 진형준은 정현종의 시가 이 세상에 물을 주고 숨구멍 터주는 역할을 하고 있음을 분석하고 거기에서 사물과의 친화력과 생명 사상의 씨앗을 밝혀낸다. 그의 두번째 시선집인 『달아 달아 밝은 달아』는 이상섭의 해설 「정현종의 '방법적 시'의 시적 방법」을 싣고 있다. 이상섭은 정현종의 시가 근본적으로 언어에 대한 반성에 토대를 두고 있음을 주목하고 그 반성을 가져오는 몇 가지 요인을 기독교적인 발상과 성적 이미지의 혼합, 동요적 세계와 민요적 가락의 차용, 동양적인 거지의식과 서양적인 광인의식의 비교 등에서 찾아내고 그의 시에서 나타나는 말의 재미의 핵심을 밝혀낸다. 그뿐만 아니라 김현은 1971년에 「바람의 현상학」이라는 제목으로 그의 고뇌를 바람이라는 이미지 분석에 의해 해석한 바 있고, 최하림은 『나는 별 아저씨』에 대한 서평 「문법주의자들의 성채」에서 풀잎의 이미지에 의해 정현종의 시적 변화를 해명하고 있고, 김우창은 「괴로운 양심의 시대의 시」에서 정현종 시의 정치학적 독서 가능성을 시도하고 있으며, 유평근은 정현종의 시적 비밀을 '교감' 현상으로 설명한 「어느 시구의 이해」를 쓰고 있다. 이처럼 정현종은 동시대의 탁월한 비평가와 시인에 의해 분석되고 이해되고 설명된 대단히 보기 드문 행복한 시인이다.

그러나 이렇게 이야기하는 것은 자칫하면 시인으로서의 그의 행복이 행운에 의한 것이라고 이해하게 할 수 있다. 그와 동시대에 많은 시인이 있음에도 불구하고 그의 시적 재능의 화려한 개화가 일급 비평가들로 하여금 그의 시에 주목하게 만든 것이다. 그의 시는 『고통의 축제』라는 시선집 제목에서 나타나고 있는 것처럼 고통 속에 살고 있는 시인이 그 고통을 축제처럼 향유하고 사는 법에 도달해 있음을 보여준다. 즐거워해야 될 어떤 것도 없는 삶에서 그의 시는 심각하게 고민하는 것이 아니라 끊임없는 비상의 날개를 편다. 그런 점에서 그의 데뷔작이 「독무(獨舞)」라고 하는 것은 의미심장하다.

사막에서도 불 곁에서도
늘 가장 건장한 바람을, 한끝은
쓸쓸해하는 내 귀는 생각하겠지.
생각하겠지 하늘은
곧고 강인한 꿈의 안팎에서
약점으로 내리는 비와 안개,
거듭 동냥 떠나는 새벽 거지를.
심술궂기도 익살도 여간 무서운
亡者들의 눈초리를 가리기 위해
밤 映窓의 해진 구멍으로 가져가는
확신과 熱愛의 손의 행운을.

—「獨舞」 전문

혼자서 추는 춤을 보면서 시인은 '바람'과 '거지'와 '손의 운행'을 생각하고 있다. 시인이 살고 있는 세계에는 무수한 사물과 그 사물들 사이의 공간이 있는데, 그 속에서 유일하게 의미하는 것은 '움직임'이다. 그 움직임은 사막이나 불 곁에서는 건장한 바람처럼, 혹은 비와 안개 속에서는 동냥 떠나는 거지처럼, 혹은 밤에는 영창의 구멍을 막는 손의 움직임처럼 나타난다. 이러한 「독무」에서 그는 시인의 모습을 발견한다. 그가 바람을 생각하는 것은 그것이 사물과 사물 사이의 공간 속에서 움직이는 것이기 때문이다. 그래서 김현은 정현종의 시를 분석하면서 「바람의 현상학」이란 멋진 제목을 붙이기도 했다. 사물과 사물은 그 사이에 움직임이 없으면 서로 독립된 존재, 비존재의 존재에 지나지 않는다. 그 사이에 어떤 움직임이 개입되면 두 사물은 서로의 존재를 확인하고 존재의 의미를 드러내게 된다. 그의 또 하나의 데뷔작 「화음(和音)」을 읽으면서 시인의 그러한 상상력이 확인될 수 있다. '발레리나에게'라는 부제가 붙어 있는 이 작품은 "그대 불붙는 눈썹 속에서 일광/은 저의 머나먼 항해를 접고/화염은 타올라 용약의 발끝은 당당히/내려오는 별빛의 서늘한 승전 속으로 달려간다"고 함으로써 춤의 운동성을 노래한다. "확신과 열애의 손의 운행"과 "화염은 타올라 용약의 발끝"은 춤이 가지고 있는 성질로서 이 땅에 사는 사람이 자신의 육체의 물질성을 운동성으로 바꿔놓음으로써 땅과 하늘을 연결시키고자 하는 꿈을 표현하고 있다. 그는 발레리나가 자신이 발딛고 있는 땅에 머물지 않고 끊임없이 하늘을 향해 도약하는 모습에서 시인의 모습을 확인한다. 발레리나의 움직임은 바람을 일으킨다. 그 바람은 땅과 하늘 사이의 연결을 시도한다. 그것은 두 개의 세계가 서로 부르고 화답하는 관계를 성립시킨다. 그래서 시인은 「화음」이라는 제목을 붙이고 있다.

정현종의 시가 가지고 있는 또 하나의 아름다움은 사물과 사물 사이에 바람을 일으킴으로써 사물과 사물, 시인과 세계 사이에 교감이 이루어지는 데 있다.

> 밤이 자기의 심정처럼
> 켜고 있는 街燈
> 붉고 따뜻한 街燈의 정감을
> 흐르게 하는 안개
>
> 젖은 안개의 혀와
> 街燈의 하염없는 혀가
> 서로의 가장 작은 소리까지도
> 빨아들이고 있는
> 눈물겨운 욕정의 親和.
>
> —「交感」 전문

가로등에 안개가 넘실거리는 밤의 풍경에서 남녀의 성적 이미지를 끌어낸 시인의 상상력은 두 사물 사이의 교감을 충분히 아름답게 파악하고 있지만 그것이 시인이 추구하는 최종의 아름다움은 아니다. "서로의 가장 작은 소리까지도/빨아들이고 있는/눈물겨운 욕정의 친화"는 '눈물겹다'는 형용사를 사용함으로써 '욕정'이 가지고 있는 절실한 단계를 이야기하면서도 동시에 그것이 사랑의 완성은 아니라는 것을 일깨워준다. '눈물겹다'는 불가능한 것을 가능한 것으로 생각하거나 참이 아닌 것을 참인 것으로 생각할 수밖에 없는 절망과 안타까움이 들어 있기 때문이다. 그러나 그러한 절망에도 불구하고 시인은 두 사물의 어우러짐에서 환희를 맛본다. 그리고 그 환희를 읽는 독자는 이 시인의 쾌락주의가 욕정의 노예 상태를 의미하는 것이 아니라 그것으로부터 벗어난 상태를 의미한다는 것을 알게 된다. 쾌락에 얽매여 있는 쾌락주의자가 아니라 쾌락으로부터 자유로운 쾌락주의자이다. 그래서 그의 시는 언제나 바람처럼 경쾌하고 물처럼 부드럽고 생명처럼 경이로운 이미지로 가득 차 있다. 그가 배우에게 "행동을 버릴 것" "말을 버릴 것" "박수 소리를 버릴 것"을 요구하는 것은 배우가 슬픔 자체가 되고 기쁨 자체가 되며 말 자체가 될 때 진정한 배우가 될 수 있기 때문이다. 그가 시인에게 "즐거울 때까지 즐거워하고" "슬플 때까지 슬퍼하고"라고 요구하는 것은 "모든 즐거움을 완성하려 하고" "모든 슬픔을 완성하려 하"는 것이 시인이기 때문이다. 그의 시인의 꿈은 그리하여 "저 혼자 고요하고 맑고" "저 혼자 아름답다"고 하는 시를 쓰는 것이며 "쓸데없는 것의 쓸데 있음/적어도 쓸데없는 투신과도 같은/걸음걸이로 걸어가거라"라고 하는 시 창작의 방법에 이르는 것이다. 이러한 그의 꿈은 프랑스의 말라르메나 동양의 선시(禪詩)의 꿈을 통합하는 것이다. 그의 시가 서구적인 이미지에서 출발해서 동양적인 융합의 세계로 넘어오는 것은 바로 그러한 통합적인 세계관에 기인한다. 그리고 그 융합의 세계에서 가장 근원적인 가치는 '생명'이다. "파랗게, 땅 전체를 들어올리는 봄 풀잎,/하늘 무너지지 않게/떠받치고 있는 기둥/봄 풀잎" 같은 시구에서 보면 풀잎이라는 생명 앞에서는 하늘이라는 우주 전체도 너무나 가벼워진다. 또 "새로 낳은 달걀/따뜻한 기운,/생명의 이 신성감,/우주를 손에 쥔 나는/거룩하구나/지금처럼/내 발걸음을 땅이/떠받든 때도 없거니!"라고 하는 시구에서 금방 낳은 달걀을 손에 쥐고 우주를 느끼는 시인은 자신의 발걸음의 가벼움과 땅의 단단함을 통해서 생명의 소중함을 노래한다. 이러한 생명사상은 살아 있는 모든 것을 사랑하고 자연 그대로의 모든 것을 자연으로 받아들이며 모든 사물을 포용하게 된다. 그래서 시인은 "부처님/큰 깨달음은 당신의 몫이구요/중생은 그나마도 드문 자질구레한/깨달음으로 징검다리를 삼기에도/어려운 물살입니다/가령 무슨 이념 무슨 주장 무슨/파당 무슨 조직에 앞서는 게/눈앞의 사람 아닙니까"라고 말할 수 있고 "요새의 내 꿈은/한 그루 나무와도 같아/나는 그 그늘 아래 한숨 돌리느니"라고 노래할 수도 있다. 그의 시가 최근에 노래하고 있는 나무와 꽃은 생명의 근원이며 우주의 원리이다. 그는 자연사상에 어긋나는 문화와 제도를 거부하고 "사람들 사이에 섬이 있다/그 섬에 가고 싶다"는 희망을 표현한다. 어떤 사람은 그 섬을 '행복'이나 '문학'으로 바꿔서 생각하고 어떤 사람은 무미하고 질펀한 바다를 깨뜨릴 수 있는 것을 섬이라고 생각한다. 그러나 사람들 사이가 곧 인간(人間)이라고 한다면 시인이 가고 싶어 하는 곳은 사람들을 사람들이게끔 하는 삶이면서 사람들에게 휩쓸려도 사라지지 않는 삶이다. 그가 끊임없이 도약하고 싶고 날고 싶고 초월하고 싶은 것도 삶이지만 궁극적으로 도달하고 싶은 것도 삶이다. 결국 정현종은 그가 살고 있는 삶을 떠나고 싶어 하면서 삶으로 되돌아온다. 그는 자신이 떠나고 싶은 삶과 되찾고 싶은 삶 사이에 있는 시인이다. 그래서 그는 바람처럼 발레리나처럼 끝없는 운동을 계속한다. 그리고 그는 그의 운동을 가능하게 하는 공간을 필요로 한다. 그의 시에 자주 나타나는 집, 방과 같은 공간의 이미지는 앞으로 그의 생명사상이 뿌리내릴 수 있는 공간의 시학으로 발전할 것이다.

정현종은 우리 사이에 있는 섬이다.

Ⅲ

공간은 이념적 논쟁에 압도되어 '작품 읽기'로서의 비평을 망각하고 있었다. 이론과 이념은 작품보다 선행할 수 없고 작품으로부터 나온다는 투철한 입장은, 그의 비평을 '공감의 비평'으로 만들었다. 비평가와 작가의
오히려 문학의 본래적인 가능성을 읽어낸다. "문학은 그것이 스스로의 형태를 파괴하고자 하는 노력까지도 문학을 지키기 위한 것임을 내게 보여주었다"라는 고백은, 80년대의 문학 공간

19세기 사실주의의 몇 가지 개념에 관하여

문학의 역사 속에서 아마도 가장 오랫동안 여러 번 되풀이되면서 논란의 대상이 된 문예사조를 든다면 그것은 '사실주의réalisme'일 것이다. 사실주의가 문학의 사조로서 등장하던 19세기 중반은 물론이거니와, 이른바 의식의 흐름을 기록하고자 한 20세기 초에 이미 '발자크 소설의 죽음'으로 거론되기도 하였고, 러시아혁명 이후 사회주의 리얼리즘이 공산권의 문학적 이념으로 등장한 이래 루카치와 서구의 좌파 지식인들에 의해 새로운 개념으로 발전하였으며, 1950년대의 누보로망 작가들에 의해 '새로운 사실주의'로 변형되기도 한 것을 보면 사실주의는 분명히 여러 가지 의미로 사용되면서 문제로 제기된 문예사조인 것으로 보인다. 특히 이에 관한 논란이 서구나 동구에 국한된 것이 아니라 전 세계적으로 문학적인 이슈였거나 아직도 이슈로 남아 있다는 사

실은 그것을 입증하고 있다.[1]

이러한 논란의 양상을 보면 그것은 첫째 사실주의의 역사적 사실에 관한 것에서 출발해서 둘째 문학적 방법론에 관한 것, 셋째 문학의 이념에 관한 것 등으로 구분된다. 그러나 사실주의문학이 대두된 19세기 중반의 프랑스 문학사에서 그것이 어떤 역사적 배경을 지니고 있었으며 어떤 내용을 어떤 양상으로 전개시켰는지 살펴보는 것은 사실주의 문학의 근원을 찾는 것이고 나아가서는 문제를 구체화시키는 것이다. 그래서 본고에서는 사실주의의 몇 가지 개념을 역사적 전개 양상 속에서 검토해보고자 한다.

I

랑송의 문학사를 비롯하여 티보데A. Thibaudet의 『1789년에서 오늘에 이르는 프랑스 문학사』 등 대부분의 역사적인 기록들을 보면 사실주의의 대두가 당시의 프랑스의 정치와 역사, 경제와 사회의 급격한 변화를 배경으로 하고 있음을 지적하고 있다. 1830년의 혁명 이후 부르주아 계층이 만족하게 되었으나 1848년의 혁명은 피를 많이 흘리게 하고 실패로 끝난다. 그 결과 경제학이 이상보다 우선하게 된다. 거기에다가 1851년의 나폴레옹 3세의 쿠데타는 그 방법이 거칠었고 결과

1 한국 문학에서 아마 가장 큰 논쟁의 이슈로 '리얼리즘'을 들 수 있을 정도로 1920년대부터 오늘에 이르기까지 그 이론적인 전개가 계속되고 있다. 주요 저서로는 김병걸 지음, 『리얼리즘 문학론』(을유문화사); 백낙청 편, 『리얼리즘과 모더니즘』; 『서구 리얼리즘 소설 연구』(창작과비평사).

가 반동적이어서 물질적 가치의 지배를 또다시 가져오게 된다. 그러나 나폴레옹 3세가 1870년 프러시아와의 전쟁을 선포했다가 패배하게 되자 프랑스 전체는 파리 코뮌과 정부군 사이의 내란으로 시달리게 된다. 여기에다가 산업혁명 이후 기계의 발달과 철도의 개발이 이루어짐으로 인해서 지방에 살던 농민들이 파리로 몰려들게 된다. 그리하여 건축붐이 일어나고 증권 투기가 일어남으로써 임금과 금리가 상승하게 된다. 이는 당대 사람들에게 여러 가지 체험을 하게 하지만 일상생활은 훨씬 힘들어지는 결과를 가져온다.

이러한 사회적 여건 속에서 '실증주의positivisme'에 관해서, '사회조직'에 관해서 이야기하는 새로운 학설들이 나오게 된다. 즉 인간은 자신의 우월성을 경쟁하고 개인은 자신의 특출한 성격을 보여주고자 하는데 이보다 4반세기 후에는 실험이 직관을 대신하고 분석의 축적이 종합을 대신함으로써 결정론이 모든 것을 지배하게 되기를 기대하기까지 된다.

이러한 변화 속에서 사실주의의 선구자로 여러 사람이 꼽히고 있지만 앙리 모니에Henri Monnier[2]가 당시에는 진정한 선구자로 불린 것 같다. 보들레르의 표현을 빌리자면 그는 '엄청나게 사실적인monstrueusement vraie' 모습을 갖춘 부르주아 조제프 프뤼돔Josephe Prudhomme이라는 인물을 창조하고 심화시켰다는 것이다. 그의 작품 『조제프 프뤼돔의 회고록*Mémoires de Josephe Prudhomme*』에는 다음과 같은 구절이 나온다.

> 나는 부르주아의 전형이라고 일컬어졌습니다. 나는 이런 명칭을

2 프랑스의 작가(1799~1877). 낭만주의 시대에 만족하고 엄숙해하는 부르주아의 전형적 인물을 창조했다.

반박하기는커녕 그와 정반대입니다. 그러니 이 부르주아의 시대에 누가 부르주아 자신보다 더 말할 권리를 갖고 있는 것입니까? 왜냐하면 당신이 아무리 행동하고 말해보아야 소용없기 때문입니다. 오늘날 모든 것이 부르주아적이기 때문입니다. 아리스토크라시는 이제 더 이상 존재하지 않고 민주주의는 아직 존재하지 않으며 존재하는 것은 오직 부르주아지뿐입니다. 당신이 가지고 있는 것은 단지 과도기적인 본능과 예술과 문학과 풍속들과 의견들과 관념들뿐입니다. 그러니 과도기의 인물, 다시 말하면 부르주아지의 인물, 조제프 프뤼돔 씨의 아들, 이것이 당신의 진짜 칭호입니다. 볼테르의 아들이 아니라 말입니다![3]

모니에는 여기에서 부르주아지를 아리스토크라시와 민주주의의 중간에 있는 과도기로 보고서 어리석고 거드름을 피우는 부르주아지의 전형으로 프뤼돔이라는 인물을 그리고 있는데, 여기에서 주목할 수 있는 사실은 '부르주아' 계층은 그 당대에서도 희화적인 존재로 나타나고 있다는 것이다. 다시 말하면 17세기의 고전적인 세련미를 갖춘 귀족들이나 기사의 시대는 갔지만 아직 모든 사람의 평등을 주장하는 민주주의 시대가 오지 않은 반면, 보잘것없는 지식과 품위를 내세우고 쓸데없는 거드름을 피우는 부르주아 계층이 아리스토크라시를 대신하고 있다는 비판이 감추어져 있다. 이러한 부르주아지의 등장에 사상적인 뒷받침이 된 것이 오귀스트 콩트Auguste Comte의 실증주의 철학과 조프로아 생틸레르Geoffroy Saint-Hilaire의 '인간의 동물학zoologie humaine'

3 *Mémoires de Joseph Prudhomme*(1857), in J. H. Bornecque et P. Cogny의 *Réalisme et Naturalisme*, Hachette, p. 11에서 재인용.

이론이다. 새로운 과학인 사회학의 선구자 콩트의 『실증철학 강좌』는 '사실들의 연구'에 바쳐진 것으로서 학문적 지식과 과학적 방법을 개선한 업적이었기 때문에 그 엄격성과 분류의 편의에 의해 영향력을 행사할 수 있었다. 또 모든 존재의 조직적 통일성에 관한 생틸레르의 이론은 괴테가 곧 그 중요성을 인정할 정도로[4] 당시에 문학에 대해서 보다 광범위하고 뜻밖의 결과를 가져오게 된다. 특히 의식적이든 무의식적이든 당대의 모든 요구에 응하던 실증주의는 모든 사상의 움직임에 있어서 핵심에 자리 잡게 되어서 문학에서도 특권을 부여받은 위치를 차지하고 있다. 당대의 일급 비평가 브륀티에르는 다음과 같이 말하고 있다.

> 어쨌든 몇 년 전부터 〔소설은〕 결정적인 어떤 형식 밑에 고정되기를 갈망한 것으로 보이고, 전환기에 들어선 사실주의는 실증주의가 철학에서 차지하고 있는 것을 예술에서 차지하고 있는 중인 것으로 보인다.[5]

브륀티에르가 사실주의를 철학에 있어서의 실증주의에 비교한 것은 사실주의가 여러 차례의 혁명으로 당면하게 된 시민사회의 위기를 극복하는 문학적 방법론이며 정신이었음을 말해준다. 반면에 생틸레르의 인간동물학의 이론은 발자크H. de Balzac가 『인간 희극*La Comédie humaine*』에서 그 근본적인 사상의 토대로 삼고 있었음을 알 수 있다.

---

4 *Conversations avec Eckermann*, 2 août, 1830, in *ibid.*, p. 13.

5 *Le Roman Naturaliste*(1883), in *ibid.*, p. 13에서 재인용.

『인간 희극』의 첫번 구상은 〔……〕 우선 인간성humanité과 동물성animalité 사이의 비교에서 시작되었다. 〔……〕 존재하는 것은 하나의 동물뿐이었다. 조물주는 모든 조직된 존재들에 대하여 단 하나의 동일한 모형을 사용했을 따름이다. 동물이란 인간의 외형을 취하는 근본이다. 더 정확하게 말한다면 발달하게 되어 있는 환경 속에서 그 형식의 차이를 취하는 근본인 것이다. 동물학적인 종이란 이 차이에서 유래하고 있다. 〔……〕

그 체계 때문에 논쟁이 일어나기 훨씬 전에 그 체계에 자신을 가진 나는 그 점에서 사회란 자연과 닮았다는 것을 깨달았다. 사회가 그 힘을 전개시키는 환경에 따라서 인간을, 동물학에 여러 변종들이 있는 것만큼 다양한 인간들을 만들어내지 않는가? 따라서 어느 시대에나 동물학적 종들이 있는 것과 마찬가지로 사회적 종들이 존재했고 앞으로도 존재할 것이다.[6]

이와 같이 여러 가지 다양한 사회적 종들을 다양한 동물의 종들과 동일시함으로써 유사과학이라는 좋지 않은 버릇이 문학연구에서 태어나게 되는데 그것이 바로 생리학physiologie이라고 불리는 인간동물학으로서, 이것은 생틸레르의 인간동물학 이론이 당시에 어느 정도 보편성을 지닌 과학적인 이론이었으며, 나아가서는 발자크가 그의 방대한 소설 『인간 희극』을 써나가는 데 그 많은 인물들을 분류하고 배합하여 창조하게 된 인간 유형을 서술하는 방법이 되었다는 것을 알 수 있다. 발자크가 생물학에서 말하는 종들의 유형을 통해서 사회적 종들을 분류

6 "Avant-propos," de *La Comédie humaine*.

하고 그 종들의 유형을 통해서 3천 명이 넘는 등장인물들을 분류하고 배합시켰다고 하는 것은 '과학'과 '객관'에 대한 생틸레르의 영향을 읽을 수 있게 한다.

II

일반적으로 프랑스의 사실주의의 태동은 대개 1850년 샹플뢰리Champfleury와 뒤랑티Duranty의 등장과 함께라고 이야기되지만, 이들에게 정말로 양향을 준 작가로는 뮈르제르Henri Murger(1822~1861)를 들 수 있다. 그는 작가의 사명을 추구하기 위해 가난을 체험하고 『방랑 생활의 장면들*Scènes de la vie de bohème*』(1848)을 발표하는데, 이 작품집이 성공을 거두어서 연극의 대본으로 사용되기도 하고 뒷날 푸치니의 유명한 오페라 「라보엠」을 쓰게 만든다.

> 우리가 사랑하는 여자들은, 그 여자들이 우리의 정부가 되면, 우리에게 그 여자들이 실제로 있는 그대로의 존재이기를 그만둔다. [……] 우리는 그 여자들을 연인의 눈으로 볼 뿐만 아니라 한 시인의 눈으로 본다. [……] 우리는 우리의 꿈을 맨 처음에 온 여자에게서 구체화하고, 그녀에게 우리의 언어를 말하지만 그녀는 우리의 이야기를 이해하지 못한다. [……] 이윽고 마지막에, 오! 언제나 마지막에 우리 눈에 3중의 눈가리개를 아무리 쓰려고 해도 소용없게 된 다음, 우리가 우리 과오에 속은 사람이라는 것을 깨달았을 때 우리는, 그 전날 밤에 우리의 우상이었던 그 가련한 여자를 쫓아내고 그녀에

> 게 우리 시의 황금 장막을 다시 씌운다.[7]

여기의 서술에서 볼 수 있는 것처럼 사실주의는 관념론적인 낭만주의에 대항하고 '예술을 위한 예술'에 대항하여 가난의 비참함과 방랑자의 삶을 미화시키지 않고 환상 없이 묘사하고 있는 것이다. 그것은 인간의 타고난 진실에 대한 욕구의 깨어남에 해당하는 것이고 사회적 발전과의 연대에 대한 욕구에 상응하는 것이다. 대상에 대해서 환상을 갖고 있을 때 그 대상을 제대로 인식할 수 없을 뿐만 아니라 스스로의 환상에 속게 된다는 사실을 깨닫고 인간은 대상을 있는 그대로 바라보고 인식하는 작업을 추구하게 된다. 그러기 위해서 작가는 스스로 가난한 사람의 비참함을 체험하고 그 체험에 환상이나 관념을 배제시키면서 있는 그대로 서술하고자 한다. 그것을 사실주의라고 할 때 당대의 이론가도 그것을 과도기로 보았던 것 같다.

> 30년 이상 지속되지 않을 과도기적인 말 리얼리즘이라는 단어는 아주 모호한 용어 가운데 하나인데, 그것은 모든 종류의 사용에 적합하고, 월계관으로도 쓰일 수 있고 동시에 꼴찌에게 주는 관으로도 쓰일 수 있다.[8]

이러한 과도기란 사실 그 이전 세대의 과오를 다시 범하지 않고 장래에 새로운 길을 찾아가려는 목표를 설정했기 때문에 가능한 표현이었다. 낭만주의 다음에 온 이들 세대의 목표가 너무나 보편적인 것이었

7 *Scène de la vie de bohème*(1851), in *Réalisme et Naturalisme*, p. 12에서 재인용.

8 *Préface du Réalisme*(1857), in *ibid.*, p. 19에서 재인용.

기 때문에 상호 간에 성격이 다른 예술가들과 작가들은 기본적인 것에 관해서만 의견의 일치를 보아 '리얼리즘'이라는 표현을 받아들이게 된다. 여기에는 두 사람의 공식적인 선구자로 샹플뢰리와 뒤랑티가 있었고 보들레르처럼 스스로 동조자가 된 사람들도 있었다. 그러나 샹플뢰리는 사실주의가 낭만주의로부터 나올 것임을 예언하였다.

> 고전주의도 아니고 낭만주의도 아닌 새로운 유파가 생길 것인데, 어쩌면 우리는 그것을 보지 못할지도 모른다. 왜냐하면 모든 것에는 시간이 필요하기 때문이다. 그러나 틀림없이 새로운 유파는 낭만주의로부터 생길 것이다. 마치 진실은 죽은 자들의 수면보다는 산 사람들의 활동으로부터 보다 즉각적으로 나오는 것처럼.[9]

여기에서 샹플뢰리가 말하는 새로운 유파는 두말할 필요도 없이 사실주의이며, 죽은 자들이 고전주의자들을 가리킨다면 산 사람들이란 비록 낭만주의 시대를 살기는 했지만 아직도 그 생명을 유지하고 있는 동시대인들을 가리킨다. 그 산 사람들 가운데 대표적인 작가가 바로 발자크와 플로베르G. Flaubert인 것이다. 그러나 여기에서 새로운 유파라고 부르는 것은 실제로는 아직 구성된 것이 아니기 때문에 상당히 오랜 모색의 과정을 거친 다음에야 나올 수 있는 것이다. 새로운 것을 해야겠지만 낭만주의의 유산 가운데 어느 것도 살리지 않고 모두 거부한다는 것은 졸렬한 짓일 것이었다. 능란하고 공정한 해결책이란 스탕달이나 발자크와 같이 낭만주의에도 속했던 세대의 작가들을 선구자

9 *Ibid.*, p. 20.

들이라고 주장하는 데 가능성이 있었던 것이다. 실제로 스탕달과 발자크는 모두 사소한 것들의 중요성을, 사실의 작은 사건들petits faits vrais의 우선권을 때로는 지나칠 정도로 강조하였던 것이다.

그러한 점에서 샹플뢰리는 당대의 소설 형식들 가운데서 발자크의 소설 형식을 제외하고는 모든 형식을 거부하고 있는 것이다. 그는 1852년에 보다 실증적으로 자신의 원칙들을 제시하고 있는데[10] 소설가란 무엇보다 먼저 개인들의 외모를 연구해야 하고, 그 개인들을 조사하고, 그들의 대답을 검토하고 그들의 환경을 연구하고 이웃 사람들을 조사해야 하고, 그다음에는 거기에 작가가 개입되지 않도록 최대한으로 노력하면서 그 자료들을 소설로 옮겨 적어야 한다는 것이다. 이러한 관점에서 보면 이상적인 사실주의 소설가란 작중인물들의 말을 받아쓰는 속기사이며 동시에 여러 가지 모습을 찍는 사진사라고 할 수 있을 것이다. 그만큼 소설가들의 작업이란 샹플뢰리에 의하면 관찰의 엄격성을 지키는 것이다. 그래서 사실주의란 "일상적인 평범의 표현이 되기를 갈망한다"[11]는 것이다.

반면에 뒤랑티는 "사실la vérité이란 쓸모가 있어야 한다"고 주장하면서 다음과 같이 말한다.

> 사실주의는 역사적인 것을 금지한다. 그것은 우리 시대의 연구이고자 한다. 그것은 무엇이나 변형시키지 않는다. 그리고 그 때문에 그것은 인간의 사회적 측면을 재현한다. 예술가란 오락적이 아니라 유용하고 실천적인 철학적 목적을 갖는다. [……]

---

10 Van Tieghem, *Les Grandes Doctrines Littéraires en France*, P. U. F., 1968, p. 220.
11 *Ibid*., p. 220.

우선 가장 눈에 잘 보이고 가장 이해하기 쉽고 가장 다양한 인간의 사회적 측면을 고찰해야 한다. 〔……〕 그리고 가장 많은 다수의 삶과 관계된 것들을 재현해야 한다.[12]

이것은 뒤랑티가 샹플뢰리보다 훨씬 뚜렷하고 강력한 주장을 갖고 있었음을 보여주는 것이다.

모든 새로운 사조가 처음 등장할 때 그러한 것처럼 사실주의가 새로운 문학적 경향으로 등장하던 1840년대 많은 비평가들이 사실주의라는 용어를 경멸적으로 사용했던 것으로 나타난다. 특히 샹플뢰리가 높이 사고 있던 화가 쿠르베G. Courbet의 그림에 대해서 다른 비평가들이 경멸의 의미로 사용하던 이 말은 잡지 『사실주의*Réalisme*』의 간행, 그리고 샹플뢰리 자신이 1853년부터 1857년까지 쓴 글들을 모아 1857년에 『사실주의』라는 제목으로 내놓은 그의 평론집의 출판을 계기로 공식화된 것으로 보인다. 그러나 이렇게 형성된 새로운 유파로서의 사실주의는 객관적인 관찰을 중요시한다는 원칙 때문에 자연과 가까운 계층에 더 잘 적용되는 성질을 띠게 된다. 그리하여 상류사회보다는 시민사회가 사실주의의 이론적 실천에 더욱 적합했다는 사실을 알 수 있다. 이것은 소설의 서술 대상이 프랑스혁명 이후 상류 계층으로부터 시민 계층으로 옮겨진 과정을 이해하는 데 도움을 줄 수 있을 뿐만 아니라 그러한 이동이 뒤에는 하류 계층으로 옮겨짐으로써 자연주의 문학 이론의 등장을 가능하게 만든다는 것을 알 수 있게 한다. 사실주의 작가로서 발자크와 플로베르가 꼽히게 되는 것도 그러한 문맥을 갖게

12 Duranty, *Revue de Réalisme*, avril-mai 1857.

된다.

III

> 재능의 뚜렷한 표시는 아마도 창의력일 것이다. 그러나 가능한 모든 배합이 고갈된 오늘날, 모든 상황이 싫증 나고 불가능한 일이 시도된 오늘날, 작가는 오직 사소한 것들만이 이제 부당하게도 로망romans이라고 불리는 작품들의 장점을 이루게 될 것이라고 굳게 믿는다.[13]

여기에서 발자크가 말하고 있는 "가능한 모든 배합"이나 "모든 상황"이란 인물의 구성이나 작품의 줄거리, 사건의 전개 등 소설에서 기본적으로 요구하는 모든 것을 의미한다. 사실주의 이전에 이미 여러 가지 시도가 이루어졌기 때문에 어떻게 해도 거기에서는 새로움이 나타날 수 없다는 것을 주장한 작가는 따라서 그런 구성이나 줄거리나 사건의 세부 묘사들만이 아직 미개척 분야이므로 거기에서 새로운 가능성을 찾을 수 있다는 것이다. 이것은 말을 바꾸면 사실주의가 그 이전의 문학에 비해 세부 묘사를 특징으로 삼고 있다는 것이다. 발자크 소설에서 가령 종이 제조법에 관한 자세한 서술이나 백작 부인의 저택에 관한 자세한 묘사가 나오는 것은 이처럼 그의 사실주의 문학의 새로움에 관한 신념에서 유래한 것이다.

이러한 세부 묘사들이란 역사나 상상력의 세계에서 빌려오는 것이

---

13 Préface des *Scènes de la vie privée*.

아니라 당대의 현실에서 빌려오는 것이다. 방티겜Philippe van Tieghem[14]에 의하면 이러한 작가에게 낯선 이 세부 묘사들이란 외부 세계에 의해 어느 시대, 어느 곳에나 흩어진 채로 작가에게 제공된 것인데, 소설가란 그 세부 묘사들을 배합함으로써, 그것들을 문학의 차원에 배열함으로써, 작가 개인의 작품을 만드는 사람인 것이다. 따라서 작가란 세부 묘사들을 완벽하게 배합시킴으로써 '완성된 드라마'를 만드는 것인데, 그것이 바로 '진짜 소설vrai roman'이라는 것이다.

그렇다면 발자크가 말하는 진짜 소설을 구성하게 될 '진짜 세부 묘사들détails vrais'이란 어디에서 찾는 것인가? 발자크는 진짜 세부 묘사들이란 사교계나 상류사회에서 찾아지는 것이 아니라 "병원에서 그리고 법률가들의 사무실에서" 찾아진다는 것이다. 상류사회에서는 세부 묘사의 두드러짐이 예절이나 사회생활에 의해 지워지는 반면에, 병원이나 법률 세계에는 "우리 시대의 모든 희극과 비극"이 모여 있다는 것이다. 이것은 발자크의 『인간 희극』 가운데 의사 이야기와 변호사 이야기가 많은 비중을 차지하는 이유를 설명해주는 사실이다. 발자크의 소설에 나타나는 의사란 "열정이 가져오는 무절제한 생활의" 내막을 듣는 사람이어서 마치 "법률가들이 이해관계의 갈등을 빚는 사람들의 증인" 노릇을 하는 것과 같다는 것이다. 여기에서 말하는 '열정passion'과 '이해관계intérêts'를 발자크는 인류의 정신 생활에 있어서 두 개의 극이라고 말한다.[15] 그것은 발자크가 근대사회의 핵심에 관한 직관적인 능력을 소유했음을 이야기해주는 것이다. 금전에 얽힌 이해관계란 부르주아 사회가 가장 중요시하는 문제이기 때문이다.

---

14 Van Tieghem, *op. cit.*, p. 216, sq.

15 *Ibid.*, p. 216.

그런데 이처럼 진짜 디테일의 탐구는 소설가가 상상력을 타고났을 경우에 가능한 것이 아니다. 그것은 발자크에 의하면 "육체를 게을리 하지 않으면서 영혼을 간파하는" 직관적인 능력, '더 멀리' 가기 위해 외부의 디테일을 즉각 파악하고 순간적으로 거리에서 마주친 어떤 개인의 생활을 간파하는 직관적인 능력을 타고났을 경우에만 가능한 것이다.

이처럼 구체적인 현실을 그리게 됨으로써 사실주의 소설은 낭만주의 소설의 두 가지 결점으로 지적된 것을 극복할 수 있게 된다. 즉 낭만주의 소설의 두 가지 결점이란 1820년대에 유행하였던 '고민하는 우수mélancolies langoureuses'의 남용과 1830년대에 유행하였던 '윤색된 과장 표현exagérations colorées'의 남용이었다. 그러니까 사실주의 소설이란 '솔직한 문학littérature franche'으로 되돌아가자는 것이었고, 당대의 사회를 있는 그대로 그려야 한다는 것이었다. 여기에는 당대 사회를 미화시키려고idéaliser 해서는 안 되며, 가능한 한 객관적인 정신으로, 대중이 있는 그대로의 자기 자신을 소설에서 보게 되는 것을 두려워하여 격렬한 항의를 하게 되더라도 당대 사회를 있는 그대로 그려야 한다고 발자크는 강력하게 주장한다.[16] 샹플뢰리는 "자연을 진지하게 관찰하고 가능한 진실vrai possible의 최대한을 창조문 속에 넣으려고 노력하는" 작가를 사실주의자로 이야기하면서 작가를 '은판 사진사(銀板寫眞師)'에게 비교하고 있다.[17] 그는 이 글에서 자연을 '미화'하여 '거짓되고 우울한 자연'을 그린 화가를 비판하면서 "인간에 의한 자연의 재현reproduction은 단순히 기계적인 재현이나 모방imitation이 아니라 언제

---

16 *Ibid.*, p. 217, Préface de *Livre Mystique*(1835).

17 Champfleury, *Le Réalisme*(1857), in 김용직 외 편, 『문예사조』, p. 174.

나 하나의 해석interprétation일 것이다"라고 말한다. 여기에서 해석이란 자연 속에 있는 대상들의 형태가 환경에 의해 변형된다는 것을, 시간에 따라 자연의 색깔이 달라진다는 점을 보여주는 것이어야 한다고 샹플뢰리는 주장한다. 그러한 점에서 그의 이론은 소설가란 단순히 화가이기만 해서는 안 되고 학자이며 철학자여야 한다고 한 발자크의 이론과 일치하고 있다. 발자크는 인간이 본능적으로 자신의 외모(예를 들면 의복이라든가 관상이라든가 언어라든가)에 자신의 내면의 삶을 투영시키고 있기 때문에 작가가 현실을 있는 그대로 그리지만 거기에서 대상이 된 개인의 내면 생활이 드러나게 해야 한다는 것이다.

발자크가 생각한 것과 같은 소설의 이러한 목표는 18세기에 볼테르가 생각했던 역사의 목표와 가까운 것이고 미슐레Michelet가 썼던 역사와 유사한 것이다. 발자크는 그 시대의 '풍속의 역사l'histoire des moeurs'를 쓰고자 했고, 동시대 문명의 완전한 모습을 그림으로써 소설을 '역사의 철학적 가치'로 상승시키고자 하였다.

반면에 플로베르는 기질적으로 모든 문학적 유파에 대해서 반대한 경우에 속한다. 그에 의하면 모든 문학 유파란 목적을 수단과 혼동하고 있다는 것이다. 그는 본능으로서의 사실주의의 진실을 인정하면서도 그 본능에다 우월성을 부여하는 것을 인정하지 않는다. 그는 문학 이론을 특별히 발표하지는 않았지만 많은 편지들에서 그의 문학론을 보여주고 있는데, 문예사조 혹은 문학유파운동에 대해 그가 가지고 있는 적대감은 도처에서 나타난다.

> 내 생각으로 현실이란 일종의 편법에 지나지 않을 따름입니다. 내 친구들은 현실만이 모든 걸 구성하고 있다고 확신합니다. 이 유물론

> 이 내게 화가 치밀게 합니다. 그리고 나는 거의 매주 월요일마다 그 친절한 졸라Zola의 연재소설을 읽으면서 분개하게 됩니다. 사실주의자들 다음에 우리에게 자연주의자들과 인상주의자들이 나타난 것입니다. 이 무슨 발전입니까! 수많은 어릿광대들은 그들이 지중해를 발견했다고 스스로 믿고자 하고 우리를 믿게 만들고자 합니다.[18]

플로베르가 이 글을 쓴 시기는 자연주의 시대이기 때문에 에밀 졸라의 연재소설에 분개한다고 이야기하고 있으나 그는 사실주의·자연주의·인상파 등 그 어느 유파도 좋아하지 않음을 알 수 있다. 여기에서 "이 무슨 발전입니까Quel progrès"라고 하는 것은 여러 유파들의 진행을 두고 개탄하는 것이다. 그가 스스로 사실주의자라거나 자연주의자라고 규정하지 않는 것은 그러한 그의 성격을 잘 드러내고 있다. 그렇지만 그의 방대한 서한집은 그 자신의 집필 작업의 조건에 관해서 혹은 소설가의 예술적 조건에 관해서 여러 가지 지적을 하고 있다. 특히 1850년 이후 프랑스 소설이 자연주의의 경향으로 휩쓸리고 있는 것에 대하여 플로베르는 소설이 겉으로 드러난 도덕을 포함해서는 안 되고 정치적·사회적·종교적인 주장을 표명해서는 안 된다고 말한다. 그에 의하면 소설이란 그림이나 음악과 마찬가지로, 보들레르를 비롯한 많은 시인들이 생각한 시나 마찬가지로 문학의 한 장르로서 예술에 속하는 것이다. 그러한 관점에서 플로베르가 표현의 질이 소설가의 첫번째 관심이 되어야 한다고 하는 것은 당연한 것이다.

---

18 "Lettre à Tourgeniev" 8, nov. 1877, in *Réalisme et Naturalisme*, p. 22.

사람들은 좋은 문체로 글을 쓰는 사람들에 대해서 사상을 소홀히 하고 도덕적 목표를 등한시한다고 비난한다. 마치 의사의 목표가 병을 고치는 것이 아닌 것처럼, 화가의 목표가 그림을 그리는 것이 아닌 것처럼, 나이팅게일 새의 목표가 노래 부르는 것이 아닌 것처럼, 예술의 목표가 무엇보다 먼저 아름다움이 아닌 것처럼〔……〕[19]

여기에서 볼 수 있는 것처럼 플로베르는 소설을 '아름다움'을 추구하는 예술로 규정하고 있다. 이것은 시에 있어서 형식이 있는 것처럼 소설에 있어서도 '아름다움'을 구현하는 형식이 있다는 것을 의미하며 그 형식을 플로베르는 '문체style'로서 설명한다. 이것은 자칫하면 플로베르를 '형식주의자'로 오해할 수 있게 만든다. 그러나 플로베르는 오늘날에도 논쟁의 대상이 되고 있는 문학에 있어서 '내용fond'과 '형식forme'의 문제를 19세기 당대에 동일한 것으로 보고 있다. 플로베르는 사상의 아름다움을 형식의 아름다움과 분리시킬 수 없는 것이라고 생각한 최초의 작가들 가운데 하나인 것이다. 그는 일반적으로 구분해서 생각하는 '내용'과 '형식'이 동일한 것의 서로 다른 모습에 지나지 않는다고 생각한다.

당신은 왜 내가 번쩍거리는 것, 요란한 것, 금으로 장식된 것을 좋아한다고 끊임없이 말합니까? 형식의 시인! 바로 이것은 공리주의적인 사람들이 진정한 예술가에게 내뱉는 지나친 표현입니다. 나로서는 하나의 문장 안에서 형식을 내용과 분리시켜 이야기하는 한 그 두

19 "Lettre a Louise Colet" 18, sept. 1846, in 김기봉 편, 『프랑스 문학 이론과 선언문』, 1983, p. 229.

> 개의 단어는 의미가 비어버렸다고 주장할 것입니다. 아름다운 형식이 없는 훌륭한 사상이란 없는 것이며 그 역도 마찬가지입니다.[20]

문학에 있어서 시가 소설보다 우월하던 시대에 소설가란 우선 하나의 예술가라고 주장하고 그 예술가의 목표는 완벽한 예술작품을 생산하는 것이라고 한 플로베르의 소설관은 소설을 문학의 한 장르로서 예술성이 강한 것으로 만드는 데 기여하고 있는 것이다. 그러나 여기서 말하는 완성미란, 여러 가지 점에서 작가를 열광시킬 수 있는 다양한 문제들에 관해서 작가가 관념을 제거하는 것과 마찬가지로 자기의 개인적인 감동을 제거하는 경우에만 이루어지는 것이다. 그 점에 있어서 플로베르가 말하는 소설가란 '비개성적impersonnelle'인 작품을 만드는 사람인 것이다. 소설가란 자신의 그림의 대상을 앞에 두고 '무감동한impassible' 채로 있는 것이다. 그렇기 때문에 작품 속에다 자신의 감정을 드러낸 작가들이란 진정한 예술가라고 플로베르는 생각하지 않았고 따라서 그는 그러한 작가들을, 특히 낭만주의 작가들을 경멸하기까지 한다.

이러한 관점에서 플로베르가 본 예술이란 실제로 '과학science'에 가까운 것이다. 연구의 대상인 자연 앞에서의 학자의 '냉정성impassibilité'은, 묘사의 대상인 인류 앞에서의 소설가의 태도에 모델이 되는 것으로 그는 생각하고 있는 것이다. 이처럼 묘사 자체가 정확하고 사실이기 위해서는 소설가가 불편부당해야 한다. 그것을 플로베르는 소송 사건의 양쪽 당사자에 대해서 재판관이 갖는 '공정성impartialité'을 소설

---

20 같은 책, p. 228

가도 가져야 한다고 조르주 상드Georges Sand에게 보낸 편지에서 밝히고 있다.[21]

그러니까 재판관이 해결지어야 할 이해관계의 외부에 서 있는 것과 마찬가지로 작가는 자신이 묘사하고자 하는 삶에 대해서 초연해야 한다는 것이다. 삶이 소설가의 대상임에도 불구하고, 아니 바로 그렇기 때문에 소설가는 사회생활의 소용돌이 속에 빠져 있지 않아야 된다는 것이다. 그랬을 경우 소설가는 외부 현실을 보다 정당하게 그릴 수 있는 것이다.

그러므로 이상적인 예술가로서의 소설가란 재판관이나 학자의 침착성을 지니고 있어야 되며 그러한 태도만이 작중인물들에게 하나의 유형의 보편적인 성격을 줄 수 있는 것이다. 이처럼 작중인물들에게 하나의 유형의 보편적인 성격을 부여한다는 점에서 플로베르는 발자크와 동일한 목표를 가지고 있다고 할 수 있을 것이다. 한 유형의 보편성을 준다고 하는 것은 기발한 체험을 한 사람이나 예외적인 능력을 가진 사람을 그린다는 것이 아니라 가장 전형적인 인물을 그린다는 것이다. 그러나 모든 작가가 그려온 일상적 인간의 전형적인 모습을 다시 그림으로써 새로운 작가는 어떻게 자신의 독창성을 획득할 수 있는가? 플로베르는 그것을 끈질긴 '관찰observation'에서 찾고 있다. 그가 작가가 되고자 하는 모파상에게 준 충고는 그것을 잘 입증하고 있다.

> 사람들이 표현하고자 하는 모든 것을 상당히 오랫동안 상당한 주의력을 가지고 쳐다봄으로써 지금까지 아무도 이야기한 적도 없고

---

21 Van Tieghem, *op. cit.*, p. 224.

> 본 적도 없는 어떤 모습을 거기에서 찾아내는 것이 문제입니다. 모든 것 속에는 설명이 안 된 것이 있습니다. 왜냐하면 우리가 관찰하는 것에 관해서 우리보다 먼저 사람들이 무엇을 생각했던가 기억하면서만 우리는 우리의 눈을 사용하는 데 익숙해 있기 때문입니다. 아무리 사소한 것이라고 할지라도 알려지지 않은 것을 조금은 포함하고 있습니다. 그것을 찾아냅시다. [……] 이렇게 하여 사람은 독창적이 되는 것입니다.[22]

따라서 현실의 새로운 성격, 새로운 모습을 파악하기 위해서는 현실을 끊임없이 관찰해야 하는 것이다. 이미 다른 사람들이 보고 이야기한 현실을 다시 보고 다시 이야기하는 가운데 현실의 새로운 모습을 파악할 수 있다는 이 충고를 듣고 모파상은 7년 동안 습작 기간을 갖고 『피에르와 장』을 썼다고 고백하고 있다. '재능talent'이란 '인내patience'라고까지 이야기한 플로베르의 현실의 관찰은 그의 '문체'와 마찬가지로 수많은 반복 속에서 이루어진 것이다. 그것은 마치 돌을 닦아 옥으로 만드는 장인(匠人)의 인내와 같은 것이다. 화가 몽드리앙이 4각형 속에 들어 있는 색깔을 얻기 위해서 기존의 물감을 수없이 혼합시킨 그 끝없는 되풀이도 어쩌면 플로베르의 끈질긴 현실 관찰의 이론과 상통할지도 모른다.

---

22 김기봉 편, 같은 책, pp. 277~79.

IV

고전주의가 상류사회를 묘사의 대상으로 삼았고 낭만주의가 개인의 관념과 상상력을 묘사의 대상으로 삼았다면 사실주의는 부르주아 사회의 현실을 묘사 대상으로 삼음으로써 19세기 중반의 프랑스 문학의 주된 흐름을 구성하게 된다. 그러나 상류사회에서 중류사회로 내려온 문학적 서술의 대상이 이제 부르주아 계층에서부터 하류 계층으로 하향하게 됨에 따라 문예사조도 사실주의에서 자연주의로 바뀌게 된다. 그것은 역사의 표면에 등장하는 계층의 변동과 일치하는 현상을 보이는 것이다. 그렇지만 일단 하류 계층까지 하향한 서술 대상의 이동은 필연적으로 다른 세계를 향할 수밖에 없을 것이다. 그 다른 세계가 너무도 다양하다는 것은 20세기에는 지배적인 문예사조가 있을 수 없는 이유일 것이다. 그래서 사실주의도 전통적인 사실주의, 사회주의적 사실주의, 누보로망의 사실주의 등으로 분화되어 나타나고 또 사조 자체의 의미도 약화되고 있는 것이다. 그러나 19세기 사실주의 이론이 소설을 문학의 한 장르로 굳게 자리 잡게 만든 것은 소설이라는 문학 양식을 삶과 현실에 접근시켰기 때문일 것이다. 그러나 이들 작가가 사용한 몇 가지 개념들은 단순히 지나간 날의 것이 아니라 아직도 유효한 문학의 문제로서 우리가 검토하고 관찰하지 않을 수 없는 것이다.

정신분석학과 문학비평

I

약 1세기 반의 역사를 가지고 있는 근대 문학비평은 최근에 와서 놀라운 발전을 이룩한 분야이다. 그것은 문학비평 자체의 힘에 의한 것이라기보다는 그 주변에 있는 수많은 분야의 발전에 의한 것이다. 전통적인 문학비평이 미학이나 윤리학에 기초를 두고서 모든 작품들에 대한 가치 판단을 목적으로 삼고 있었던 데 반하여 최근의 비평은 문학작품들을 여러 가지 각도에서 분석하고 서술함으로써 작품의 보이지 않는 의미와 구조에 접근하는 것을 목적으로 삼는다. 문학작품을 여러 가지 각도에서 접근한다고 하는 것은 바로 문학작품이 총체적인 성질을 갖고 있다는 것을 전제로 한다. 총체적인 문학작품을 분석적인 방법이 아니라 총체적인 방법으로 접근하려 했기 때문에 전통적인 문학비평은 어떤 작품의 미적인 가치나 윤리적 가치는 이야기할 수 있었지만, 바로 그 미적 가치를 이룩하고 있는 요소들의 의미나 그것들이 구축하고 있는 구조에 관해서 이야기할 수 없었다. 전통적인 비평에서 말하는 윤리적 가치나 미적 가치란 어떤 의미에서 절대적 가치라고 할 수 있다. 왜냐하면 그때의 가치란 적어도 일정한 교양을 갖춘 사람이라면 누구나 동일하게 인식할 수 있는 단 하나의 가치이기 때문이다. 반면에 그 가치를 구성하고 있는 요소들이나 그 요소들의 구조는 어떤 관점 혹은 어떤 패러다임을 선택하느냐에 따라 다른 의미, 다른 양상을 나타내기 때문에 상대적인 성질을 띤다. 바로 이 상대적인 성질을 통해서 문학작품의 어느 한 측면에 접근하고자 하는 경향이 현대 비평의 특징적 경향이다. 문학비평에 있어서 이러한 경향의 타당성은 비평의 대상인 문학작품에 접근하는 데 있어서 하나의 방법을 선택하는 문제와 상관된다. 문학비평에 있어서 방법적인 선택은 인문·사회과학 분야의 이론적인 발전과 함께 이루어진 20세기의 현상에 속한다. 특히 아인슈타인, 마르크스, 소쉬르, 프로이트의 영향이 오늘의 모든 인문·사회과학 분야를 지배하고 있는 것과 마찬가지로 문학비평도 이들의 이론적인 영향으로부터 벗어나 있는 것은 아니다. 대단히 자연스럽게도 오늘의 문학비평은 인문·사회과학의 어느 한 분야의 방법론을 문학적 분석에 끊임없이 적용하고자 한다. 그 가운데 정신분석학psychanalyse 혹은 심리학psychologie 분야가 문학비평에서 차지하고 있는 자리는 갈수록 넓어지고 있다.[1] 그 넓어짐은 인간과 삶에 대한 이

1 이것은 서양의 경우, 특히 프랑스의 경우를 말한다. 우리의 경우 심리학 혹은 정신분석학이란 비교적 낙후된 분야이다.

해에 도달하고자 하는 내적인 요구가 있기 때문이다. 그러나 인간과 삶에 대한 이해란 문학의 여러 기능 가운데 하나에 지나지 않는다. 문학이 무엇인지 알기 위해서 문학에 접근하고자 하는 사람들에게 심리학이나 정신분석학의 방법이 무슨 설명을 줄 것인가? 심리학이나 정신분석학이 문학의 본질을 이해하는 데 어떤 도움을 줄 것인가? 이러한 질문은 심리학이나 정신분석학의 존재가 문학과는 다른 것을 밝혀내는 목적을 갖고 있는 분야이기 때문에 가능하다. 그것은 사회학이나 언어학이나 철학이 문학비평과는 다른 목적을 갖고 있는 것과 마찬가지이다. 요컨대 문학비평이 다른 과학의 방법론의 도움을 필요로 하는 것은 문학작품이라고 하는 거대한 복합체를 보다 잘 이해하기 위한 것이다. 본 논문은 문학비평에 정신분석학적 방법이 어떻게 도입될 수 있었고, 정신분석학적 문학비평이 어떤 양상을 띨 수 있는가, 이미 이루어진 업적을 통해 설명하는 것을 목적으로 삼는다.

II

르네 웰렉과 오스틴 워렌이 쓴 『문학의 이론』[2]에는 8장 「문학과 심리학」이라는 항목이 있다. 이른바 문학의 외적 접근으로 분류된 이 글에서 워렌은 '문학의 심리학psychologie de la littérature'이란 용어를 쓰고 있다.

---

2 여기에서는 불어판 René Wellek, Austin Warren의 *La Théorie littéraire*, Seuil, 1971, Paris 판을 참조했음.

'문학의 심리학'이란, 유형이나 개인으로서의 작가의 심리학적 연구로 이해될 수도 있고, 창조의 과정에 관한 연구로 이해될 수도 있으며, 문학작품에서 보게 되는 심리적 법칙과 유형에 관한 연구로 이해될 수도 있고 독자와 대중심리에 끼친 문학의 효과로 이해될 수도 있다. 네번째 의미는 나중에 '문학과 사회'라는 제목으로 다루어질 것이다. 〔……〕 세번째 유형의 연구가 아마도 엄격한 의미에서 유일하게 문학 연구에 속하는 것이다. 첫번째, 두번째 유형은 예술심리학의 하위 구분의 일부이다.[3]

그러므로 워렌이 쓰고 있는 '문학의 심리학'이란 용어는 넓은 의미에서는 문학과 관계된 모든 심리 현상을 이야기하는 반면, 좁은 이미에서는 "문학작품에서 보게 되는 심리적 법칙들과 유형에 관한 연구"로 제한되고 있다. 이러한 제한이 엄격하게 보일 수 있고, 또 문학비평과 정신분석학의 관계를 보다 분명히해주는 것으로 보일 수 있다. 그러나 여기에는 근본적인 문제가 내재되어 있다.

문학비평과 정신분석학은 그 대상이나 목적이 서로 다르다. 문학비평은 대상 작품을 이해하고 설명하는 것을 목적으로 삼지만 정신분석학은 환자의 독백을 듣고 환자를 치료하는 것을 목적으로 삼는다. 문학비평의 대상은 문학작품인 데 반하여 정신분석학의 대상은 '환자의 독백'이다. 따라서 정신분석학의 방법을 문학비평에 도입한다고 하는 것은 자칫하면 작가의 작품을 환자의 독백으로 취급하는 결과를 가져올 수 있다. 그러나 작가의 작품이란 작가가 문학적 의도를 가지고 쓴

3 Wellek & Warren, *ibid.*, p. 109.

것이다. 따라서 그것은 환자가 진정한 자아를 감추기(혹은 드러내기) 위해 하게 되는 독백과 구별된다. 정신분석의 대상과 문학비평의 대상을 텍스트라는 용어로 고정시켰을 때 이 두 텍스트 사이의 차이는 그 텍스트가 완성되었느냐, 미완성되었느냐에서 찾아질 수 있다. 정신분석의 텍스트는 피분석자가 무질서하게 이야기한 것들로서 논리적인 전개 과정을 밟지 않고 단편적인 꿈이나 무의식의 표현이라는 형태로 나타나기 때문에 텍스트 자체의 완성된 모습을 보여주지 못한다. 거기에는 수많은 비약과 단절이 있어서 완성된 텍스트로 만들기에는 너무나 많은 메꿔야 할 구멍들이 있다. 반면에 문학비평의 텍스트는 고도로 세련된 언어에 의해 질서 있게 정리된 것으로서 전체가 조직되어 있기 때문에 완성된 텍스트의 모습을 보여준다. 이처럼 텍스트가 완성되었느냐 그렇지 않느냐 하는 차이는 그 텍스트의 발화자에게 미학적인 의도가 있었느냐 없었느냐 하는 차이와 상응한다. 여기에서 미학적인 의도가 있다고 하는 것은 그 텍스트를 문학에 관심이 있는 모든 독자에게 공개한다는 것을 전제로 하며 독자들에게 텍스트를 즐기도록 허용한다. 이러한 차이 때문에 프로이트 같은 사람도 정신분석학을 문학에 적용할 때 그것이 문학의 모든 해석을 가능하게 하는 것이 아님을 강조하고 있다.

> 예술작품의 미학적인 평가와 예술적 재능의 설명은 정신분석학이 할 일이 아니다.[4]

4 S. Freud, Court abrégé du *psychanalyse*, in *L'enfance de l'art*, Payot, 1970.

프로이트가 제한을 두고 이야기하고 있는 것처럼 정신분석학은 문학작품을 환자의 독백으로 생각할 수도 없지만, 더구나 예술작품의 미학적 평가나 작가의 예술적 재능의 설명을 시도할 수도 없다. 다시 말하면 정신분석학이 문학작품이나 인간의 삶에 대해서 만능 열쇠처럼 생각되어서는 안 된다. 그것은 정신분석학이 원래 치료의학이라는 경험적인 세계로부터 출발한 사실과 관련을 맺고 있다. 경험적인 학문은 그 경험 자체의 한계 때문에 경험의 범주 안에서는 다른 어떤 이론보다 확실하지만 경험을 벗어난 세계에서는 불확실하기 때문이다. 따라서 정신분석학적인 개념을 사용해서 모든 것을 설명할 수 있다고 생각하는 것은 대단히 위험하다. 심리비평의 대가인 모롱Ch. Mauron 자신도 정신분석학적 문학비평이 가질 수밖에 없는 한계를 뚜렷하게 인식하고 그 한계 안에 머물기 위해서 스스로를 끊임없이 경계했다.

모롱은 심리비평을 i) 총체적인 것이 아니라 부분적인 것 ii) 고전적 비평을 대신하려는 것이 아니라 풍요하게 하는 것 iii) 의식의 구조들이 지니고 있는 고유한 가치들을 인정하면서 무의식적 구조들의 수준에서 분석을 행하려는 것 등으로 설명한다. 이러한 태도는 바로 문학비평을 하나의 학문으로 정착시키고자 하는 그의 의도를 반영해준다. 왜냐하면 하나의 학문이란 곧 그것이 다루게 될 영역의 경계를 결정했을 때 엄격성을 유지할 수 있기 때문이다.

정신분석과 문학비평이 그 대상에 있어서나 목적에 있어서 서로 다르고 따라서 그 두 영역이 경계선을 갖고 있지만 이 두 분야를 결합시키기 위해 파욜R. Fayolle은 두 가지 사실을 지적한다.

> 제일 먼저, 예술작품이란 처음부터 정신분석학적 탐구의 영역에

포함되었다. 두번째로, 몇십 년 전부터 정신분석학적 개념들에 의거한, 풍부하고 풍요로운 문학비평이 존재한다.[5]

정신분석학이 처음부터 예술작품을 탐구 영역에 포함시켰다고 하는 것은, 정신분석학이라는 분야가 하나의 학문으로서 성립하기 위해서 일정한 텍스트를 필요로 했는데, 환자들의 독백만으로는 불충분하기 때문에 유사 이래 축적된 예술작품들을 분석 텍스트로 삼음으로써 이론적인 체계를 세울 수 있었음을 의미한다. 실제로 프로이트의 저술 가운데 대부분의 사례 분석은 예술작품을 텍스트로 삼고 있음을 확인할 수 있다. 둘째로 최근 몇십 년 동안 문학비평이 발전하는 데 있어서 정신분석학적 개념의 도움을 받은 바 크다는 것은 가령 모롱이 개척한 '심리비평psychocritique'이라는 분야뿐만 아니라 이른바 테마비평critique thématique 전체가 정신분석학적 개념들을 토대로 하고 있다는 사실로 증명될 수 있다. 이 두 가지 역사적인 사실은 정신분석학과 문학비평의 구분이 전제되어야 하면서도 동시에 그 두 가지의 결합이 가능하다는 것을 실증적으로 보여주고 있고, 동시에 그것이 문학비평의 발전에 필요한 작업임을 이야기해준다.

여기에는 예술작품과 개인의 욕망 사이에 밀접한 관계가 있다는 관점이 필요하다. 물론 하나의 예술작품은 개인이 가지고 있는 천재적 상상력에 의해 만들어진 것이면서 동시에 그 작품을 낳은 사회나 집단의 의식을 반영하고 있기 때문에 작가 개인뿐만 아니라 그 사회와의 관련 속에서 설명될 수 있다. 따라서 하나의 작품을 사회학적으로

5 R. Fayolle, *La Critique*, Armand Colin, 1978, p. 182.

접근할 수 있는 것과 마찬가지로 정신분석학적으로도 접근할 수 있다. 이때 전자의 접근 방식은 예술작품을 집단의 산물, 역사의 산물로 보는 것이고 후자의 접근 방식은 개인의 산물로 보는 것이다. 바로 그 때문에 20세기 초엽에 정신분석학적 접근이란 마르크스주의자들에 의해 철저하게 배격됐었다. 그러나 예술작품이란 그것을 직접 생산한 작가 개인을 배제할 경우 이 세계 속에 존재할 수 없다. 작가 개인의 재능을 지나치게 신비화하는 것도 문제겠지만 작가의 상상력의 직접적인 표현이 예술작품이라는 사실도 간과해서는 안 된다. 이때 그 상상력에 의해 이루어진 상상적인 것은 작가 개인의 내면에 자리 잡은 '욕망의 표현'이라는 점에서 정신분석학의 대상이 될 수 있다. 프로이트는 『환상의 미래』에서 예술을 "가장 오래된 문화적 체념들을 보상해줌으로써 대치적 만족을 가져다주는" 기능이 있다고 이야기한다. 예술작품이란 작가 개인의 차원에서 볼 때 어떤 결핍을 충족시키려는 욕망의 산물이다. 자기 내면에서 어떤 결핍을 느끼지 못하는 사람은 창작가가 될 수 없다. 말하자면 여기에서 말하는 결핍을 대신할 수 있는 것이 예술작품이라면 그것은 작가의 정신분석학적 치료의 대치물일 수 있다. 그렇기 때문에 '정신분석학적 미학esthétique psychanalytique'의 이론가인 로졸라토Guy Rosolato는 작가의 '복사품double'이라는 개념을 중심으로 예술작품을 설명하고자 하였다.[6] 여기에서 '복사품'이라는 것은 문학작품이 작가의 복사품임을 의미한다. 따라서 어떤 작품을 탐구하려면 복사품이 아니라 그 원본인 작가를 중심으로 시작해야 한다고 주장한다. 물론 문학비평의 대상이 작품이기 때문에 작가를 중심으로 작품에

6 그의 대표적인 저서 *Essais sur le symbolique*, Gallimard, 1967, Paris가 바로 그러한 시도이다.

대한 탐구를 하는 것이 적합한 방법이라고 할 수는 없지만, 작품이 바로 그 결핍의 주체를 설명하는 데 결정적인 역할을 할 수 있다는 것은 알 수 있다.

그러나 결핍의 주체가 그 대치물로서 예술작품을 만들어냈다고 해서, 예술작품의 대치물로서의 역할을 작가에게 국한시킨다면 그것은 모든 예술작품의 기능을 극도로 축소시키는 태도에 지나지 않는다. 이 대치물로서의 예술작품이란 수많은 독자와 관객에게 있어서도 똑같은 역할을 한다. 아리스토텔레스 이후 문학작품의 기능 가운데 가장 널리 알려져 있는 '카타르시스' 이론은 독자나 관객에게도 예술작품이 결핍의 대치물로서 갖게 되는 역할을 충분히 설명해준다.[7] 이것은 정신분석학에서 무의식 속에 잠겨 있는 상처나 콤플렉스를 말·행위·감정 등에 의해 밖으로 발산시킴으로써 치유시키는 요법과 상통하는 것이다.

성적으로 억압되어 있는 세계 속에서 살고 있는 작가나 독자는, 허구라는 이유 때문에 모든 것이 허용되어 있는 작품 속에서, 억압된 성적 쾌락을 되찾을 수 있다. 사실 문학이나 예술작품이 아닌 현실 속에서는 도덕이나 윤리, 혹은 종교나 법률이 많은 자유를 억압하고 있다. 반면에 문학이나 예술작품에서는 그것들이 현실이 아니라는 이유 때문에, 그리고 그것들이 모든 추악한 것을 미학적으로 승화시킨다는 이유 때문에 모든 것을 허용한다. 따라서 문학작품이란 '극복된 결핍 manque surmonté'을 미학적 현상으로 갖고 있다.

그렇기 때문에 정신분석학자는 현실 속에 있는 사례만으로는 너무나 공백이 많아서 설명할 수 없는 정신 현상을 설명하기 위해서 처음

7 아리스토텔레스, 『시학』, 제6장 참조.

부터 문학작품을 필요로 하였다. 문학작품들이란 무수하게 많기 때문에 사례의 공백에 해당하는 부분을 충분히 채워줄 수 있었던 것이다. 아리스토텔레스도 『시학』에서 이와 비슷한 이야기를 하고 있다. 그에 의하면 비극의 구성은 '연민과 공포'를 불러일으켜야 하는데, 그러한 결과를 획득하는 데 있어서 가장 좋은 방법은 무대 위에서 '친척관계'를 보여주는 것이다. 그래서 그는 "비극적인 사건들이란 정다운 사람들 사이에 일어나는데, 예를 들면 동생을 죽이는 형이 그를 죽이는 순간에 있다든가, 그런 종류의 청부를 그에 대해서 행한다든가, 자기 아버지에 대해서 똑같은 행동을 하는 아들이라든가, 아들에 대해서 동일한 행동을 하는 어머니라든가 자기 어머니에 대해서 똑같은 행동을 하는 아들이라든가, 이 모든 경우를 연구해야 할 것이다"[8]라고 쓰고 있다. 그러한 의미에서는 '가정famille'이란 그 자체가 비극적인 공간이라고 할 수 있다. 따라서 사랑이라든가 증오라든가 하는 모든 감정이란 가정에서 그 첫 경험을 갖게 되고, 그것이 현실에서 일어나는 것이 아니라 아리스토텔레스가 말하는 비극에서, 우리로서는 문학에서 일어난다. 이때 비극이라는 문학은 현실의 '모방imitation'이라기보다는 '자기 확인identification'이라고 할 수 있다. 여기에서 자기 확인이란 자신의 무의식 속에 억압되어 있는 욕망의 확인이다. 그러므로 정신분석학적 해석은 바로 그 욕망과 작가의 꿈을 결부시킴으로써 작가의 무의식을 탐구한다. 다시 말하면 문학작품 속에 들어 있는 작가의 꿈은 무엇이며 그 꿈은 어떤 욕망의 무의식적 표현인지 분석해냄으로써 문학작품이 작가에 대해서 하는 역할을 끌어내는 것이다.

---

8 아리스텔레스, 같은 책, 제14장.

정신분석학적 비평의 선구자 가운데 하나인 보나파르트Marie Bonaparte는 특히 문학작품의 치료적 기능을 강조한 경우로, 욕망의 대치물로서의 문학작품이 작가나 독자에게 똑같이 작용하고 있다고 주장한다. 보나파르트에 의하면 예술작품이란 꿈과 같은 것이어서 감추어진 욕망의 환영이라는 것이다. 꿈이란 꾸지 않을 수 없는 것이라면 문학작품이란 작가 개인에게는 쓰지 않을 수 없는 것이다. 만일 작품을 쓰지 않았더라면 "억압된 본능의 너무나 강한 압력"이 다른 데로 폭발해버렸을 것이라고 보나파르트는 주장하고 있다. 본능이 '억압된' 것이 바로 문명 때문이라면 그에 대한 반발력에 '일종의 안전판' 역할을 하는 것은 예술작품이다. 그러한 점에서 작가란 억압된 욕망을 작품으로 승화시킴으로써 스스로의 구원을 얻고 있다.

그런데 '안전판'의 역할은 작가에게만 국한된 것이 아니라 그다음에는 독자에게로 확대된다. 보나파르트가 이야기하고 있는 안전판의 역할 확대는 일반적으로 문학의 역할에 대해서 생각한 많은 사람들에게 공통적으로 주장된 것이다.[9] 작품 속에 나타난 작가의 무의식이란 "작가와 독자의 역사적 진실vérité historique de l'auteur et du lecteur"[10]이기 때문이다. 이른바 예술작품에 있어서 '공감'을 설명하는 이 주장은 그 구체적인 예를 제공해주고 있다.

햄릿의 갈등은 관객의 정신 속에서 일종의 메아리를 불러일으킨

---

9 하지만 일부 문학사회학은 이러한 역할을 문학의 전통적인 해석 가운데 부정적인 요소로 생각하고 있다. 또 누보로망의 작가 로브그리예 같은 사람은 소설에서 바로 그러한 요소를 제거할 것을 *Pour un nouveau roman*에서 이야기한다. 이러한 반대 의견은 다른 차원의 문학 논의에서 이야기되어야 한다.

10 R. Fayolle, *ibid.*, p. 183.

> 다. 그 관객이 체험한 유사한 갈등이 강력하면 할수록 비극은 그 관객을 혼란 속에 빠뜨린다. 〔……〕 겉으로 역설처럼 보이는 이런 사실은 주인공과 시인과 대중이 모두, 그 원천이 그들에게 감추어져 있는 어떤 갈등에서 유래한 감정들 때문에 깊이 감동되기를 바란다.[11]

햄릿의 갈등이 관객의 정신 속에서 메아리를 불러일으킨다는 것은 관객에게 그와 유사한 체험이 있었다는 것을 의미한다. 관객의 갈등이 강렬하면 할수록 햄릿의 비극에서 받는 공감이 강해진다고 하는 것은 두 갈등의 동질성을 나타낸다. 그런데 그 갈등의 원천은 그들에게 알려지지 않은 채로 바로 갈등에서 연유한 감정에 의해 주인공이나 관객이 모두 감동되어 있다는 것이다. 또 작가도 그러한 감정에 의해 감동되어 있기 때문에 그와 같은 주인공을 만들어낼 수 있는 것이 아닌가? 여기에서 작가와 주인공과 관객 사이에 동일하게 작용하는 것이 무의식이라고 정신분석학적 이론에서는 이야기한다. 정신분석학적 비평은 문학작품의 발생 과정을 찾아냄으로써 작품을 다시 해석하는 것이며 동시에 우리가 그 작품을 읽을 때 누리게 되는 즐거움의 발생 과정을 정신분석하는 것이다.

III

프랑스에서 정신분석학 이론을 문학에 적용한 최초의 전문가는 『보들

---

11 Ernest Jones, *Hamlet et Oedipe*, trad. A le Gall, 1967, p. 51.

레르의 실패』를 쓴 라포르그R. Laforgue, 『포우론』을 쓴 보나파르트로서 이들은 순수한 의학적 정신에서 작가의 작품과 생애를 정신분석한 결과 작가의 생애를 재구성할 수는 있었다. 그러나 이들 이전으로 거슬러 올라간다면 문학운동으로서의 다다이즘과 초현실주의가 프로이트의 이론에 관심을 보여 이른바 '자동 기술'의 문제를 들고 나온 바 있다. 비평 쪽에서 정신분석을 처음 적용한 비평가는 티보데, 레이몽M. Raymond 등 이른바 주네브학파의 선구자들이지만, 그들은 비평에서 정신분석학을 체계적으로가 아니라 단편적으로 사용한다. 특히 '무의식'이라는 개념을 최초로 받아들인 것이 베겡이고, 정신분석학이 다다Dada와 초현실주의Surréalisme운동에 영향을 미쳤다고 주장한 것이 레이몽이었다. 이들을 출발점으로 해서 많은 비평가들이 정신분석학의 영향을 받게 되는데, 가령 그 이론을 문학비평에 체계적으로 적용한 경우를 든다면 실존적 정신분석의 사르트르J. P. Sartre, 원소와 이미지의 유형을 만들어낸 바슐라르G. Bachelard, 또 심리비평이라는 새로운 분야를 개척한 모롱, 끝으로 아직 그 선배들의 대열에 끼지 못하지만 정신분석학의 이론으로 소설의 유형을 분석해내고 있는 로베르M. Robert 등을 들 수 있다. 물론 이들 외에도 정신분석학 혹은 프로이트 이론을 자신의 비평에 적용한 바르트R. Barthes, 크리스테바J. Kristeva, 혹은 테마비평을 개척한 수많은 주네브학파의 신화비평가들을 들자면 끝이 없을 것이다.

1) 사르트르는 그의 『존재와 무』 제4부 '실존적 정신분석la psychanalyse existentielle'에서 자신의 정신분석과 프로이트의 정신분석을 구분한다. 그는 자신의 실존적 정신분석의 특수한 방법을 설명하면서 자신의 원

리가 "인간이란 총체이지 어떤 집합이 아니다. 따라서 그의 행동들 가운데서 가장 무의미하고 가장 피상적인 것 속에 자신을 통째로 표현한다. 다시 말하면 계시적이지 않은 취미나 버릇이나 인간 행동이란 없다"[12]는 데 있음을 말한다. 이렇게 하여 사르트르는 프로이트가 『정신분석학 입문』에서부터 보인 관점과 일치하게 된다. 프로이트와 마찬가지로 사르트르도 정신분석학의 목적이 "인간의 경험적 행동 양식을 해독하는 것"이라고, 그리고 "그것의 출발점이 경험"이라고 생각한다.

사르트르는 인간의 성격이나 성향이 타고나는 것이 아니라 형성되는 것이라고 생각한다. 그렇기 때문에 개인이란 독자적으로 존재하는 것이 아니라 '세계 속'에 존재하므로 개인이 처해 있는 상황을 고려하지 않고는 그 개인에 대한 어떤 질문도 할 수 없다고 생각한다. 그의 방법론은 따라서 역사성의 차원에 자리 잡고 있음을 알 수 있다.

실존적 정신분석과 경험적 정신분석을 구분해 쓰고 있는 사르트르는 경험적 정신분석학이 '콤플렉스'를 밝히려고 노력하는 반면에 실존적 정신분석학이 '원초적 선택'을 밝히려고 노력한다고 주장한다. 따라서 그는 자신을 정신분석하는 데 있어 주체의 유리한 위치를 인정하지 않는다. 그 경우 주체는 자신의 특수한 위치의 유리한 점을 포기하고 마치 자기가 '타자autrui'인 것처럼 스스로에 대해서 정확하게 질문해야 한다. 실제로 경험적 정신분석학이 원칙적으로 주체의 직관에 나타나지 않는 무의식적 심리 현상이 존재한다는 가정에서 출발한다면 실존적 정신분석학은 무의식의 가정을 거부한다. 실존적 정신분석학에 있어서는 심리적인 사실이란 의식conscience의 연장선상에 있는 것

12 J. P. Sarte, *L'être et le néant*, Gallimard, 1943.

이다. 따라서 실존적 정신분석학의 분석 대상에는 "꿈, 실패한 행위, 강박관념, 신경증세"뿐만 아니라 "잠깨어 있을 때의 사고들, 성공되고 적응된 행위들"도 포함된다.

사르트르는 실존적 정신분석학을 보들레르, 주네J. Genet, 플로베르, 그리고 그 자신의 분석에 적용하고 있다. 그 가운데서 제일 첫번째 작업인 『보들레르』는 시인의 심리 이해에 있어서는 통찰력이 강하면서도 사디즘이나 마조히즘 등과 같은 정신분석학적 개념들로 이룩된 분석으로서 높이 평가될 수 있으나, 시인의 해석에 있어서는 프로이트적 정신분석학을 벗어나 있다. 실제로 사르트르에게 있어서 보들레르는 작가와 억압받은 사람으로 자유롭게 선택된 것이다. 이 선택의 자유가 사르트르에게는 보들레르의 사명이며 삶이다. 그러므로 사르트르에게는 보들레르 시 작품이 그의 원초적 선택을 표현하기 위해 채택한 형식이다. 보들레르는 존재와 실존의 용해되지 않은 결합이 될 자기 이미지를 찾아내는 것을 목적으로 시를 쓴 것이다. 그러한 목적이 이루어질 수 없다는 것을 아는 보들레르는 자신의 원한을 충족시키기 위해 삶을 악용하며 신을 저주한다. 그리하여 타자들에 대해서 존재être했던 것처럼 그 자신에 대해서 존재하기exister를 선택했고, 그의 자유가 그에게 본질로 나타나기를 원했고, 그 본질이 타자들에게 그의 자유의 발현물 자체로 보이기를 원했다. 결국 사르트르는 보들레르가 이처럼 자신의 원초적 선택에 의해 자신의 자유로운 선택을 운명으로 만들어버리는 '자기기만mauvaise foi'을 범했다고 한다. "인간이 자기 자신에 대해서 한 자유로운 선택이 자기의 운명이라고 불리는 것과 완전히 일치한다."

2) 사르트르가 무의식과 리비도의 개념을 거부하면서 실존적 선택의 측면에서 작가의 정신분석을 행하였다고 한다면 바슐라르는 그와 전혀 다른 방식으로 정신분석학 이론을 문학비평에 도입한 사람이다. 주로 콤플렉스 이론을 중심으로 모든 작가나 시인에게 나타나는 공통적이고 보편적인 이미지를 드러내고자 한 바슐라르는, 따라서 작가 개인의 특수성이라든가 윤리적 성향을 비평하는 것이 아니라 그 보편적 이미지와의 만남을 즐기고 있다. 그렇기 때문에 그 자신은 문학비평적 작업을 한다고 자처하지 않았다. 바슐라르의 비평은 그가 여러 작가와 시인의 작품을 분석의 예로 삼고 있지만 사실은 작품의 비평이라기보다는 이미지비평이라고 할 수 있다. 그래서 클랑시에A. Clancier는 바슐라르의 비평을 '미시비평une micro-critique'이라고 부른다.[13] 바슐라르의 비평은 시 한 편이나 시집 하나 혹은 소설 한 편에서 끌어낸 이미지가 아니라 여러 작가들, 여러 작품들에 나타나는 어떤 특성의 이미지거나 일련의 이미지들의 차원에서 전개되는 특징을 갖고 있다. 여기에서 말하는 이미지의 차원이 곧 시의 구성상의 문제로 귀착되는 것은 아니다. 그 자신도 문학적인 구성의 문제는 그의 분석과는 다른 분석으로 이루어질 수 있는 것이라고 『공간의 시학』에서 말하고 있다.

바슐라르는 자신의 이미지 연구보다 더 완전한 현상학이 시적 구성의 문제를 다룰 수 있으리라고 말한다. 그의 현상학은 시적 상상력의 현상학이고 시적 창조의 현상학이면서 동시에 그 창조가 요구하는 독서의 현상학이기 때문이다. 따라서 그의 현상학은 여러 가지 다양한 이미지들이 어떻게 어울려서 한 편의 시를 구성하는가 하는 것

---

13 A. Clancier, *Psychanalyse et Critique littéraire*, p. 137.

을 분석하는 것이 아니라 시적인 상상력 속에는 어떤 이미지들이 어떤 방식으로 나타날 수 있는지 분석하는 것이다. 그런 점에서 그는 이미지의 '인식론자épistémologue'라고도 할 수 있고 이미지의 '현상학자phénoménologue'라고도 할 수 있다.[14] 그는 '정신esprit'과 '영혼âme', '이성raison'과 '몽상rêverie', '과학science'과 '시poésie'를 구분하려고 노력함으로써, 이미지들이 근대 과학의 섬세한 추상성을 침범하지 않게 하고, 또는 상대적으로 관념들이 시적 이미지들을 변형시키지도 않게 한다.

바슐라르가 정신분석학의 이론을 다룬 첫번째 저서는 1938년에 쓴 『불의 정신분석학』이다. 바슐라르가 정신분석학과 만난 것은 문학적 몽상의 영역에서가 아니라 역시 1938년의 작품 『과학적 정신의 형성』이라는 책에서, 다시 말하면 과학의 영역, 인식론의 영역에서이다. 원래 이 책의 한 장이 『불의 정신분석학』으로 떨어져 나온 것이다. 이 두 권의 책에서 바슐라르는 프로이트의 원리들을 적용하면서 정신분석학적 생각을 새로운 연구 분야로 확대시키려고 시도한다. 그 새로운 연구 분야가 객관적 인식의 분야, 무의식적 몽상에 젖어 있는 전(前)과학적 인식의 분야, 신화와 문학 창조의 분야를 말한다. 여기에서 말하는 신화와 문학 창조는 몽상을 나타나게 하고 유사한 정신 현상의 과정을 나타나게 하는 것이다. 그러나 정신분석학에 관한 바슐라르의 태도는 애매한 점이 있다. 끊임없이 정신분석학적 이론이나 용어를 사용하면서도 『로트레아몽』 이후의 4원소에 관한 그의 일련의 작품들은 문학작품들에 관한 너무 기계적인 정신분석의 위험을 점점 더 강조하고 있다. 그는 그 개념과 방법 들을 더욱더 세밀한 뉘앙스를 두고 사

---

14 A. Clancier, *ibid.*, p. 137.

용하고 변증법으로 발전시킨다. 그의 후기 저서인 『공간의 시학』 『몽상의 시학*La poétique de la rêverie*』 『촛불의 불꽃*La flamme d'une chandelle*』 등에서 바슐라르는 정신분석학을 떠나서 현상학적 방법을 적용한다.

바슐라르는 『과학적 정신의 형성』에서 과학적 사유의 세 단계를 이야기하고 있는데, 제1의 단계가 18세기까지의 전(前)과학적 상태état préscientifique이고, 제2단계가 과학적 단계état scientifique이며, 제3단계가 상대성이론에 의해 이룩된 새로운 과학 정신의 시대l'ère du nouvel esprit scientifique라는 것이다.[15] 이 책에서 바슐라르는 주로 18세기까지의 과학 정신을 다루고 있는데, 객관적이라는 과학을 검토하면 할수록 실험에 입각하였다기보다는 몽상에 의해 형성되었음을 알게 된다. 그리하여 그는 과학적 인식이 객관적이기 위해서는 거기에 잠재된 주관적 요소를 정신분석하여 제거해야 한다고 생각한다. 그런데 객관성에의 의지를 뒤집어놓으면 엄격한 방법 속에 주관적인 것이 남아 있는데, 그것이 곧 시를 낳는 상상력이다.

『불의 정신분석학』은 이러한 이중의 축 위에서 체계적으로가 아니라 종합적으로, '불'에 관한 심리적 직관이 과학에 미친 혼란을 기술하고 있다. 불이란 바슐라르에 의하면 과학적인 문제가 아니라 심리적인 문제일 뿐이다. 그 이유는 그것이 인간의 최초의 문제 가운데 하나이기 때문이다. 그에 의하면 불이란 인류가 깊이 생각하게 된 최초의 대상, 최초의 현상이다. 일반적으로 우리의 인식을 방해하는 것이 장애물이라면 바슐라르는 바로 그 장애들을 '콤플렉스'라고 명명한다. 이 책에는 네 가지 콤플렉스가 나오는데, i) 프로메테 콤플렉스complexe de

---

15 G. Bachelard, *La Formation du l'esprit scientifique*, p. 7.

Prométhée ii) 앙페도클 콤플렉스complexe d'Empédocle iii) 노발리스 콤플렉스complexe de Novalis iv) 호프만 콤플렉스complexe d'Hoffmann가 그것이다. 여기에서 말하는 콤플렉스는 나중에 나타나는 '원형archétype', 문학적 이미지의 대두와 표리관계를 이루면서 변화해간다. 초기의 콤플렉스는 "객관적 인식을 방해하는 심리적 힘"이었던 것이 『불의 정신분석학』에서는 부정적 성격을 잃어가면서 창조적 힘의 원천으로 작용한다.

프로이트의 고전심리학에서는 콤플렉스란 '꿈rêve'을 대상으로 한 억압되고 부정적인 내적 충동이 검열을 피해 왜곡되어 나타나는 결정론적이고 비관적이며 병적인 것이다. 반면에 바슐라르의 콤플렉스는 '몽상rêverie'을 대상으로 하며 무의식적 억압을 의식적 억압으로 대치시켜, 왜곡된 형태가 아니라 변증법적 승화를 이룬 새 이미지를 산출하는 힘으로까지 높여진 문화적이고 낙관적이며 건강한 것이다.

'몽상'이라는 개념은 바슐라르로 하여금 객관적 인식의 정신분석에서 인식론적 틀을 벗어난 세계로 넘어가게 해준다. 그 점에서 『불의 정신분석학』은 인식론자에 의해 씌어졌음에도 불구하고 인식론적 연구는 아니라고 할 수 있다. 이 책은 원시인의 심리학, 과학 이전의 정신의 정신분석학, 문학적 이미지의 심리학으로 구성되어 있다.

원시인의 발견, 특히 불의 발견의 '심리적 조건'을 서술하려고 한 바슐라르의 중심 개념은 "인간은 욕망의 창조물이지 필요의 창조물이 아니다"[16]라는 개념이다. 바슐라르는 처음으로 융Jung의 의견을 따르면서, 불의 발견을 합리화시키는 순환적 설명을 비판한다. 불의 정복

---

16 Bachelard, *Psychanalyse dn feu*, p. 34.

에 관한 객관적 가상의 이유에 대해서 주관적 이유를 대립시켜야 한다. 그 점에 있어서는 정신분석학적 설명이 바슐라르에게 가장 그럴듯한 해석으로 보였다. 그에 의하면 불이란 성적 몽상rêverie sexuelle의 결실이다. 불의 정복이란 원시적 활동의 성화sexualiser의 특수한 예일 뿐이다. 불의 발견에서 리비도libido의 구성자들을 조직적으로 추구할 것을 제안한 바슐라르는 "리비도가 승화되는 것은 예술에서만이 아니다. 그것은 '공작인homo faber'의 모든 작업의 원천이다"[17]라고 쓰고 있다. 이것은 불의 몽상이 연금술사들에게도 최초의 성화로 기록되었다는 것을 상기시켜준다.

바슐라르에 의하면 불의 콤플렉스는 문학에 도움을 주는 것이다. 사람이 심리적 콤플렉스를 알게 되면 그는 보다 종합적으로 시 작품들을 이해하게 되기 때문이다. 그래서 만일 콤플렉스가 없다고 한다면 문학 작품은 더 이상 무의식과 통하지 않는다. 『불의 정신분석학』이 상상력에 부여한 새로운 성격은 그 이후의 바슐라르의 작품에서 보다 발전적으로 나타난다.

'물·불·공기·대지'로 대표하는 4원소들은 각각 고유의 몽상이 있고 고유의 콤플렉스가 있다. 그의 정신분석학은 문학작품에 나타나는 이 특권적 이미지들의 변화와 생성을 추구함으로써 상상력의 미학으로 발전한다. 이 상상력의 미학이 다른 비평 방법의 원론이 된다. 그의 물질적 상상력은 주제비평의 길을 열어주었고 역동적 상상력과 원형론은 신화비평의 길을 열어주었다. 위대한 작품이 우리의 영혼을 울리며 존재의 전환을 경험하게 한다는 미적 감동을 이야기한다는 것은 정신분

---

17 Bachelard, *ibid.*, p. 56.

석학이라는 새로운 방법론으로 작품의 전체적인 독서에서 얻을 수 있었던 전통적인 기쁨을 재체험하게 한다는 점에서 획기적인 것이다.

3) 정신분석학적 방법을 문학 연구에 적용함으로써 이 분야를 제3의 단계로 끌어올린 것은 '심리비평psychocritique'이라는 용어를 만들어낸 모롱이다. 그는 문학작품이 불확정적인 가치를 지니고 있는 것으로 간주하고, 그의 심리비평이 문학작품의 어떤 특정한 의미를 다룬다는 점에서 제한적이라고 주장한다. 그는 문학작품에 대한 인식이 과학적 조사의 범주를 벗어나는 것이기 때문에 다음과 같은 요소를 고려할 수 있다고 주장한다.

> 문학작품의 경우에 이 변화 가능한 것은 세 그룹으로 분류된다. 즉 환경과 그 역사, 작가의 개성과 그 역사, 언어와 그 역사 등이다. 우리의 여러 가지 비평적 활동들(관념과 사회 구조의 역사, 근원의 탐구, 문체론 등)은 이 범주 속에 기록된다.[18]

샤를르 모롱의 심리비평은 두번째 요소를 대상으로 삼고 있는 것으로서 특히 작가의 무의식적 개성과 그 역사를 밝히고자 한다. 모롱은 현대 비평의 세 경향을 문학 창조에 있어서 무의식적 개성의 역할에 따라서 i) 고전비평, ii) 의학적 비평, iii) 주제비평으로 분류한다. 여기에서 고전비평이란 무의식의 연구를 거부하고 작가가 사고하고 느끼고 원했던 사실만을 분석하고, 의학적 정신분석은 작품을 병리학적인

18 Ch. Mauron, *Des métaphores obsedantes au mythe personnel*, José Corti, 1962, p. 12.

무의식의 단순한 표현으로 다루며, 주제비평은 사실들이나 명확한 사고 너머로 꿈과 주제와 신화 등에 대해 관심을 가지고 개개의 작가의 작품 속에서 '심층 자아moi profond'의 발현을 포착하고자 한다. 모롱은 이러한 심리 분석의 목적을 "문학작품들과 그 발생에 대한 우리의 앎을 증가시키는 것"[19]에 있다고 한다. 그렇게 하기 위해서 모롱은 텍스트 속에서 지금까지 인식되지 못했거나 혹은 불충분하게 인식된 채로 남아 있는 사실, 그러면서도 작가의 무의식적 개성이 그 원천이 되고 있는 사실과의 관계를 밝히려고 한다.

경험적·실험적 방법에 의거하여 텍스트의 의도적 구조 속에 있는 무의지적 사고들의 결합을 나타나게 하기 위해서, 그는 의도적 구조들을 잠정적으로 없앤다. 이 방법은 정신분석에 있어서의 '자유 연상'과 비슷하다. 문학비평에 있어서는 이미 죽은 작가에게 "자유롭게 연상하시오"라고 말할 수 없기 때문에 '텍스트의 겹치기superposition des textes'라는 방법을 사용한다. 이 과정에서 텍스트들 사이에 미묘하게 중첩되면서 "집요하게 나타나며 무의식에서 산출되었을 가능성이 있는 연상망réseaux d'associations 혹은 이미지 집단들"을 드러나게 만든다. 흔히 작가의 의식적인 사고는 논리적이며 통사론적인 관계, 혹은 문체의 형태와 리듬과 어조의 관계에 의해 표현되는데, 모롱의 이 연상망은 이 세 가지 가운데 어느 쪽에도 속하지 않는다. 그의 연상망은, 정서적 역할에 따라 이미지들을 결합시키는 보다 원초적이며 전(前)논리적인 사고를 나타내주는데, 이 원초적 사고가 무의식일 가능성을 지닌다.

---

19 Ch. Mauron, *ibid.*, p. 9.

모롱은 이 네 가지 단계의 작업을 통해서 말라르메Mallarmé, 보들레르, 발레리Valéry, 네르발Nerval의 시와 코르네이유Corneille, 몰리에르Molière, 라신Racine의 희곡에서 개인 신화를 형성하고 있는 이미지들을 분석한다. 제1단계에서 드러나는 연상망은 단어나 이미지들 자체가 아니라 그것들이 전체를 구성하고 있는 체계를 말하며, 제2단계에 의해서 개인적인 신화가 작가의 작품 전체에 공통된 어떤 무의식적 구조가 되고, 제3단계에서 개인 신화의 해석이 그 신화의 발생 근원과 기능을 탐구하는 것임을, 그리하여 외부 현실과 무의식을 통합하는 문학작품에서 무의식적 측면의 고찰임을 알게 되고, 제4단계에서 정신분석학적 이미지 분석이 작가의 생애 속에 유효한지 알게 된다.

샤를르 모롱의 심리비평은 첫째로 텍스트에 근거를 둔 문학작품의 순수한 정신분석이라는 점에서 과학적이고 실험적인 정신으로 무장된 문학비평이고, 둘째로 텍스트의 분석에 의해 과학적인 명증과 미학적 명증을 동시에 획득한 새로운 비평이라고 할 수 있다. 셋째로는 스스로 부분적인 성질을 띠고 있다고 주장하는 부분비평이며, 넷째는 그렇기는 하지만 "환원적이 아닌 비평critique non réductrice"이다.[20]

IV

환자의 독백을 다루는 정신분석학과 작가의 예술적 작품을 다루는 문학비평이, 그 대상에 있어서나 목적에 있어서 서로 다르기는 하지만,

20 A. Clancier, *ibid.*, p. 218.

현대 비평은 그 두 분야를 결합, 발전시켜오고 있다. 이것은 어디까지나 인간과 삶, 세계와 문화에 대한 앎과 이해를 증진시키고자 하는 인간의 '욕망'에서 이루어진 것이다. 이 욕망은 정신분석학이 예술작품의 미학적 평가를 다루는 데 적합하지 않다고 한 프로이트의 명제를 바꾸어놓았다. 정신분석학은 사르트르에게서 '원초적 선택'이라는 윤리적 분석에 적용된 다음, 바슐라르에게 있어서는 작가와 독자의 쾌락을 가져오는 이미지의 원형을 설정하는 단계의 미학에 주요한 개념이 되고, 샤를르 모롱에게 와서는 예술작품의 미학적 평가의 기준이 된다. 문학비평에 있어서 정신분석학의 이와 같은 영향은 인간의 정신현상으로서의 보편적 이미지라든가 인간의 무의식 속에서 끊임없이 작용하는 주제들의 원형에 이론적인 근거를 제공해줌으로써 '주제비평thématique'의 발전을 가져온다. 풀레G. Poulet, 리샤르J. P. Richard, 스타로뱅스키J. Starobinski, 베베르J. P. Weber 등의 주제비평은, 프로이트, 융, 바슐라르의 업적을 토대로 이루어진 것으로서, 정신분석이 문학비평에 광범위하게 간접적으로 미친 영향을 대변한다. 그러나 주네브학파로 불리는 이들보다 더욱더 직접적으로 정신분석학적 방법론을 사용하면서 문학작품 특히 소설의 전반적인 성격을 구명하고자 하는 사람으로서 마르트 로베르를 들 수 있다. 독문학자로 더욱 알려져 있는 로베르는 프로이트의 생애와 소설 『돈 키호테』에 관한 연구를 거듭해오는 도중에 1972년에 『기원의 소설, 소설의 기원』이라는 대단히 중요한 업적을 내놓게 된다. 정신분석학의 도움을 받아 소설의 분석을 시도한 로베르는 모든 소설가들을 낭만주의자와 사실주의자라는 두 범주로 분류한다. 그는 정신분석학 이론과 문학작품에 그 이론을 적용해서 얻은 결과에 의존해서 이러한 분류에 도달한다. 그에 의하면 낭만적인 작가의 유형은 '업둥이l'enfant trouvé'로서 자기 아버지를 부인하고 옛날의 잃어버린 낙원으로 되돌아가기를 원한다.[21] 반면에 사실주의적 작가의 경우는 정신적으로는 '사생아bâtard'로서 아버지에게 대들면서 오이디푸스적 갈등과 현실을 받아들인다. 그는 낭만적 작가의 범주에 세르반테스Cervantes, 장 파울Jean-Paul, 노발리스Novalis, 멜빌Melville을, 사실주의 작가의 범주에 위고V. Hugo, 발자크Balzac, 디킨스Dickens, 프루스트Proust를 분류하고 있다. 이것은 그가 정신분석학의 도움을 얻어서 소설의 일반 이론을 정립하는 단계에 이르렀음을 의미한다. 정신분석학의 이론에 의한 문학비평의 이와 같은 발전은 근본적으로 서양의 신화적 인물의 성격을 분명히 하고 문학적인 주제들을 유형화시키는 작업이 이미 이루어져 있기 때문이다. 그러한 점에서 정신분석이 마르크시즘과 결합되고 있는 오늘의 현실은, 작중인물이나 작가들 개인 차원에서 정신분석하는 단계를 넘어서 사회적이고 집단적인 차원에서 정신분석하는 단계로 이행하리라는 전망을 하게 한다. 그것은 문학이 알고자 하고 문학을 통해서 알고자 하는 우리의 끝없는 욕망이 역동적인 힘으로 작용하고 있는 한 계속될 것이다.

이러한 문학비평이 한국 문학에서 이루어지기 위해서는 서양의 모델을 직접 적용하기보다는 한국 문학 속에 있는 어떤 원형들을 발견하는 일이 선행되어야 한다. 그 경우 신화적 인물과 주제의 유형화가 이루어질 수 있고, 그것이 바로 정신분석학의 대상이 될 수 있기 때문이다. 그것은 한국 문학의 독창적인 이론의 전개에 중요한 몫을 담당할 수 있을 것이다.

---

21 M. Robert, *Romans des origines et origines du roman*, Gallimard, 1972. cf. chaptre premier.

바르트의 기호학
—『기호학적 모험』을 중심으로

I

롤랑 바르트가 죽은 뒤 3년이 되던 1985년에 『기호학적 모험』[1]이 출간되었다. 이 책의 서문에 해당하는 「기호학적 모험」이라는 글[2]에서 바르트는 자신의 기호학이 3시기로 나누어져서 행해진 모험이라고 말한다. 이미 여기에서 사용된 '모험'이라는 단어가 내포하고 있는 것처럼 바르트에게 있어서 기호학이란 대단히 개인적인 성질을 띠고 있으며, 동시에 그 결과에 대한 확실한 신념을 가지고 출발한 것이 아니었음을 의미한다. 제1기를 '감탄의 시기moment d'émerveillement', 제2기를 '과학

1 R. Barthes, *L'Aventure sémiologique*(이하 *A. S.*로 표기함), Ed. du Seuil, 1985.

2 이 글은 원래 이탈리아에서 행해진 강연인데 1974년 *Le monde*지에 발표했었다.

의 시기moment de la science', 제3기를 '텍스트의 시기moment du texte'라고 부른다. 새로운 독서법을 모색한 『기술의 영도』로 시작되는 제1기는 언어활동langage 혹은 더 구체적으로 말해서 담론discours이 연구의 대상이었다. 그는 현대 소비사회에서 신화적인 재료가 되어 있는 것들[3]의 담론을 읽어내는 작업을 『신화지*Mythologies*』에서 행하고 있다. 이 시절 처음으로 소쉬르를 읽었다고 고백하고 있는 바르트는 소쉬르의 이론을 그대로 수용한 것은 아니다.

> 결국 소쉬르의 제안을 언젠가는 뒤집어놓게 될 가능성을 지금부터 인정해야 한다. 즉 언어학이란 기호들의 일반과학의 특권 지워진 일부분이 아니다. 기호학이 언어학의 일부분이다.[4]

> 따라서 소쉬르의 공식을 아마 뒤집어놓아야 할 것이고, 기호학이란 언어학의 부분이라고 주장해야 할 것이다.[5]

여기에서 볼 수 있는 것처럼 소쉬르가 그의 『일반언어학 강좌』에서 언어학을 비롯하여 여러 분야를 포함하는 학문의 존재로서 기호학의 가능성을 이야기한 데 반하여 바르트는 기호학도 언어학의 일부라고 주장한다. 이것은 모든 것이 언어화되지 않고는 의미 분석이 불가능하다는 점에 주목한 데서 연유한다.

---

3 예를 들면 프로 레슬링·자동차·스트립 쇼·관광 안내책·샹송 가수·광고·바캉스·음식·요리 등이 여기에 속한다.

4 *Eléments de Sémiologie*, Gonthier, p. 81(*A. S.*에 재록되면서 이 부분이 삭제되었다).

5 *Système de la mode*, p. 7.

기호학이란 따라서 일종의 초언어학 속에 흡수될 수밖에 없을 텐데, 그 재료는 신화·설화·신문 기사일 것이고 때로는 그것들이 이야기된 한에서는(신문을 통해서, 광고 쪽지·인터뷰·대화를 통해서, 혹은 환상적 차원의 내면적 언어활동을 통해서) 우리 문명의 여러 대상들이다.[6]

여기에서 말하는 초언어학trans-linguistique이란 언어학에 기호학을 더한 것으로서, "사회 속에서 기호들의 삶을 연구하는 학문"이라는 소쉬르의 기본적인 개념을 확대한 것이다. 이를 통해서 그 자신이 싸워온 "소시민들의 신화들"을 폭로할 수 있는 "과학적으로 발전된 방법"을 부여할 수 있다는 희망을 갖게 된다. 이 방법이 그가 말하는 기호학 혹은 의미의 진전 과정의 세밀한 분석으로서, 그 분석의 도움을 받아 바르트는 부르주아지가 자기네 계급의 역사적 지식을 '보편적인 자연nature universelle'으로 변화시키고 있음을 밝혀낸다. 특히 『신화지』의 후기에 해당하는 「오늘날의 신화」에서는 이념적 비판의 근본적인 방법으로서의 기호학에 대한 감탄과 희망을 표현하고 있다. 따라서 이 시기의 기호학은 일종의 분석의 도구를 제공함으로써 그의 지성의 참여를 보장하는 것이었고 다른 한편으로 의미 연구에 정치적 영향력을 부여함으로써 책임을 부과하고 있다.

과학성의 시기인 제2기는 지금까지 알려지기는 했지만 분석되지 않은 랑그langue의 정립과 기호학의 교육을 위한 개념서의 집필로 요약

6 *Eléments de Sémiologie*, p. 81(이 부분도 1965년도 판에만 있다).

된다. 1957년부터 1963년까지 유행의 의상을 의미 있는 대상으로 보고 이를 분석, 『유행의 체계』를 출판한다. 이 책으로 인하여 바르트는 덴마크의 옐름슬레브Louis Hjelmslev의 후계자 가운데 대표적인 기호학자가 된다. 바르트는 "이 연구의 목적이 대단히 개인적이고 고행 같은 것이었다. 이미 알려져 있기는 하지만 아직 분석되지 않은 랑그의 문법을 세밀하게 재구축하는 것이 문제였다"[7]고 고백하면서 그것의 성공 여부가 중요한 것이 아니라 그 작업 자체가 즐거움이었다는 것이다.

이 무렵 바르트는 기호학에 관한 교과서를 염두에 두고 『기호학의 요소들』을 발표한다. 그는 우리 삶 속에 있는 의사 전달의 모든 언어활동을 다루는 이론으로서 기호학을 정립시키고자 한다. 여기에서 말하는 언어활동이란 언어학자들의 그것을 말하는 것이 아니라 2차적인 언어활동이어서 그 단위들이 형태소monèmes나 음소phonèmes가 아니라 담화에 있어서 보다 넓은 조각fragments이다. 따라서 기호학의 요소들로 다루어지고 있는 것들은 구조언어학에서 다루어지는 것들과 유사한 용어들이다. 이 책에서 바르트는 의복·음식 메뉴·도로 표지판 등을 예로 들면서 개념 정리를 시도하고 있다. 그레마스J. Greimas, 에코U. Eco, 야콥슨R. Jakobson, 방브니스트E. Benveniste, 브레몽Cl. Bremond, 메츠R. Metz 등과 함께 연구를 진행한 바르트는 기호학을 일종의 계통학une systématique으로 시험하고 있는 점에서 정통적인 언어학자들과는 거리를 두고 있다. 로만 야콥슨을 포함한 모든 기호론자들과는 달리 광범한 인간의 파롤parole을 포함하게 되는 의미 이론을, 다시 말하면 일종의 일반화로 귀결시킬 수 있는 기호학 이론을 생각함으로써

7 *A. S.*, p. 11.

"이름 붙여진 의미만이 있을 뿐이다. 그리고 시니피에들의 세계란 언어의 세계 이외의 다른 것이 아니다"[8]라고 주장한다. 언어에로의 환원적인 이 입장은 그것이 비록 인식론적인 어려움이 있기는 하지만 텍스트에 관한, 그리고 텍스트로서의 세계에 관한 그의 시선을 확립시켜주고 정당화시켜준다. 그의 고백에 의하면 "그 시대의 그의 작업을 지배하고 있는 것은 기호학을 과학으로 정립시키려는 계획보다는 일종의 계통학을 실험해보는 즐거움 쪽이었다. 이 분류 활동 속에는 창조적 도취 같은 것이 있었는데, 그건 사드Sade, 푸리에Fourier 같은 위대한 분류학자들의 도취 같은 것이다. 나는 여러 체계들을, 체계들의 놀이들을 재구성하였고 뜯어 맞추었다. 나는 쾌락을 위해서가 아니면 책을 쓰지 아니하였다. 체계의 쾌락이 내 안에서 과학의 초자아와 대체되고 있었다."[9] 이것은 설화의 랑그에 있을 수 있다고 생각한 문법이 어느 정도 벽에 부딪히자 그것을 문학과학으로 만들려는 계획을 포기하고 있음을 의미하며, 동시에 체계 자체가 주는, 체계의 놀이가 주는 쾌락이 문학과학에의 의지보다 강하게 작용하고 있음을 의미한다. 그래서 "마침내 무관심한 학문에 무관심해져서 나는 쾌락에 의해 시니피앙 속으로, 텍스트 속으로 들어갔다"고 고백한다. 이것은 이미 바르트 자신의 기호학적 모험이 제3의 시기에 들어갔음을 말한다.

따라서 제3의 시기는 텍스트의 시기이다. 제도적이라고 할 수 있는 이론적 담론의 엄격성을 점점 지킬 수 없게 된 바르트는 글쓰기에서 텍스트와의 육체적 접촉을 시도하게 된다. 이미 설화의 랑그를 연구하는 학문으로서의 기호학이 벽에 부딪혔다고 느낀 바르트는 레비스트

8 *Eléments de Sémiologie*, 1965, p. 80.

9 *A. S.*, p. 12.

로스, 프로프V. Propp, 크리스테바, 데리다J. Derrida, 푸코M. Foucault, 라캉J. Lacan 등의 세계를 접함으로써 엄격한 의미의 기호학에서 벗어날 수 있는 돌파구를 스스로 만들어낸다. 그것은 이 시기의 작업이 「이야기들의 구조 분석 입문」[10]에서부터 *S/Z*[11]에 이른다는 사실로 입증된다. 전자는 방브니스트의 기술 층위 이론을 도입함으로써 이야기 분석의 과학적 모델을 마련하고자 한 마지막 노력인 반면에 후자는 구조적 모델을 포기하고 끝없이 다른 텍스트의 실험에 호소함으로써 전자를 부인하고 있다. 그것은 앞에서 든 새로우면서도 이질적인 여러 개념의 세계를 수용함으로써 가능했던 것으로 보인다.[12] 이때부터 새로운 쾌락주의자의 윤리를 지닌 것으로 보이는 바르트는 문학적인 작품 앞에서 떨림을 체험하고[13] 개인적인 회고록의 애매한 텍스트 앞에서도 떨림을 체험한다.[14] 그리고 이 떨림은 에로틱한 감정의 속임수들의 절망적인 담화 앞에서는 전율이 된다.[15]

여기에서 1970년 이후 바르트가 추구하고 있는 쾌락의 대상으로서의 텍스트란 무엇인지 생각해볼 필요가 있다. 바르트 자신은 텍스트를 정의해보려고 하는 것이, 텍스트를 기표signifiant의 문제로 돌림으로써 쾌락의 대상으로 삼은 자신의 노력을 다시 기의signifié의 문제로 환원시키는 것이기 때문에, 다른 방식으로 이루어져야 한다고 주장한다.

---

10 "Introduction à l'analyse structurale des résits," in *Communication* 8, 1966.

11 *S/Z*, Seuil, 1970.

12 *A. S.*, p. 12.

13 *Le Plaisir du texte*, 1973이 그 떨림의 기록이다.

14 *Roland Barthes par Roland Barthes*, 1975가 그것이다.

15 *Fragments d'un discours amoureux*, 1977은 그런 전율로 이루어진 텍스트다.

우리가 그 단어에 주고자 하는 현대적이고 현재적인 의미에서의 텍스트란 근본적으로 문학작품과 구별된다.

그것은 미학적 산물이 아니라 의미를 나타내는 실험이다.

그것은, 하나의 구조가 아니라 구조화이다.

그것은 물체가 아니라 하나의 작업이고 놀이이다.

그것은, 하나의 의미를 지니고 태어나서 그것을 늘 찾아내는 것이 문제가 되는 닫혀 있는 기호들의 전체가 아니라 이동 중에 있는 많은 흔적들이다.

텍스트의 현실태instance는 의미 작용이 아니라, 그 용어의 정신분석학적·기호학적 의미에서 기표이다.

텍스트는 옛날 문학작품의 영역을 뛰어넘는다. 예를 들면 삶의 텍스트가 있는데, 나는 일본에 관한 글쓰기를 통해서 삶의 텍스트 속에 들어가려고 시도했다.[16]

여기에서 말하는 텍스트란 따라서 대단히 복합적인 것이다. 그것은 물질적인 요소가 강하면서도 그 요소들이 모여 있는 양태에 가깝다. 그러므로 그가 텍스트의 쾌락을 추구한 것은 텍스트에서 의미가 생겨나는 과정을 추구한 점에서 글쓰기의 생산성에 자신을 맡기는 것이다. 그렇게 때문에 롤랑 바르트의 기호학은, 그가 3시기로 구분하고 있음에도 불구하고, 설화의 랑그를 정립하고자 했던 「이야기들의 구조적 분석 입문」까지의 작업과 그 이후의 작업으로 구분된다고 할 수 있다. 전자의 작업이 문학작품이나 설화의 분석을 통해 기호학의 이론

---

16 *A. S.*, p. 13.

을 세우고자 한 것이라면, 후자의 작업은 구조적 분석이 아니라 텍스트적 모험이라고 할 수 있다. 이때부터 바르트는 모든 것을 체계화시키고 그 체계 속에서 설명하려고 한 노력이 그 자신을 체계 속에 가둘 수 있다고 느끼고, 스스로 그 체계에서 벗어나 자유로운 공간 속으로 모험의 길을 떠남으로써 텍스트의 창조적 읽기, 즉 글쓰기에 몰두하게 된다. 따라서 *S/Z* 이후의 작업은 바르트에게 기호학의 정립보다는 텍스트와의 광범한 접촉 가능성의 모색에 집중된다고 할 수 있다.

II

「이야기들의 구조적 분석 입문」에 이르는 바르트의 기호학적 모험은 구조주의 언어학의 방법론적 특성에 그 뿌리를 두고 있다. 소쉬르 언어학의 모델에서 파생된 과학적 방법론을 받아들이고 있는 바르트는 여러 가지 상이한 기호 체계들에 적용할 수 있는 기본 개념들을 『기호학의 요소들』에서 분명히 밝히고 있다. 바르트가 제일 먼저 다룬 개념은 소쉬르가 구조언어학을 설정할 때 사용한 랑그와 파롤, 기표와 기의, 통합체syntagme와 체계système, 외시dénotation와 함의connotation이다.

여기에서 랑그란 언어학에서와 마찬가지로 언어활동의 제도적 양태, 집단적 협약의 양태를 표현하는 것으로서 마르티네A. Martinet가 말하는 약호code에 해당한다. 이 제도적 성격은 제2의 체계적 양태와 연결되는데, 즉 가치 체계système de valeurs로서의 랑그란 관계망과 차이망으로 구축된다. 바르트는 여기에서 동전의 체계를 든다. 가령 하나의 동전은 다른 동전과의 관계에 의해서 그리고 차이에 의해서 가치를 갖는다. 5프랑짜리 동전은 1프랑과 10프랑 사이에 있는 그 위치에 의해 가치를 갖는다. 반면에 파롤은 이야기하는 주체의 개인적인 행위를 표현한다. 따라서 그 행위는 공통의 랑그를 토대로 선택을 하고 문장을 구성하고 변화를 갖는다. 랑그와 파롤은 상호 이해의 관계 속에 '변증법적으로' 존재한다. 즉 랑그란 파롤적 사실들에 의해서만 존재하고 파롤이란 랑그라고 하는 '예비품'에서 꺼낸다. 소쉬르에게는 "과학이란 랑그의 과학만이 있을 뿐이다." 그러므로 많은 연구자들은 옐름슬레브의 이론을 빌려서 사회적 관용이라든가 혹은 개인언어idiolectes라는 이름으로 랑그(집단적)와 파롤(단수의) 사이의 중간 소재들, 즉 어떤 집단의 특유한 어투라든가 어떤 작가의 문체상의 기법 등에 주의를 기울여야 한다는 것이다.

소쉬르를 읽음으로써 언어학적 작업을 엄밀하게 관찰하게 된 바르트는 그 자신의 계획으로 돌아온다. 그는 유행에서의 의복과 음식의 예를 의미 작용의 체계로서 바라보게 된다.

> 여기에서 소쉬르적인 구분을 힘들이지 않고 다시 만날 것이다. 음식의 랑그란 i) 거부의 규칙(음식의 금기)에 의해서 ii) 한정하는 일이 남아 있는 단위들의 의미 있는 대립(소금 친 것/설탕 친 것 같은 예)에 의해서 iii) 동시적이거나(한 접시의 요리 수준에서) 연속적인(어떤 메뉴의 수준에서) 결합 규칙에 의해서 iv) 어쩌면 음식의 수사학으로 작용할 수 있는 관례의 의례준칙에 의해서 구축되었다.[17]

17 *Eléments de Sémiologie*, in *A. S.*, p. 31.

이것이 음식의 랑그라고 한다면 음식의 파롤은 개인적이거나 가족적인 변형들을 포함한다. 어떤 메뉴는 랑그와 파롤 사이의 중간 단계의 관례의 개념을 상당히 잘 증명할 것이다. 바르트는 의복과 요리 이외에도 랑그/파롤의 구분이 필요불가결한 해명 작용을 하게 될 다른 영역들을 지적하고 있다. 그것은 영화·텔레비전·신문과 같은 복합적인 체계들과, 자동차·가구 등을 가리킨다. 이러한 '로고 테크니크logo-techniques'한 언어활동의 대부분의 경우 문제가 되는 것은 랑그들인데, 그 랑그들에서는 결정 그룹들이 말하자면 그걸 사용하는 대중들에게 그 계약을 강요하고 있다. 이것이 랑그의 묵계적 측면을 확인해준다. 그러나 그것이 곧 이러한 언어활동들에 보다 부서지기 쉬운 성격을 부여한다. 게다가 대부분의 이 언어활동들은 강력한 랑그와 '빈약한' 파롤, 다시 말하면 변형에 있어서 '허약한 폭'을 갖는다.

바르트는 기호 체계에서 기호 자체로 넘어온다. 소쉬르에 의하면 기호란 '양면의 현실réalité bi-face', 기표와 기의의 관계 혹은 결합이라고 정의한다. 그 뒤를 이어서 앙드레 마르티네는 인간의 언어활동을 성격짓기 위해서 두 유형의 단위들을, 따라서 두 가지 분절들을 구분한다. 즉 하나는 순수하게 변별적인 단위들(음소들)이고 다른 하나는 하나의 의미를 지닌 적절하게 의미 있는 단위들(형태소들)로 구분했다. 소쉬르의 기호란 여기서 말하는 의미 있는 단위들에 관계된다. 즉 이 의미 있는 단위에서 기표와 기의가 종이의 표면과 이면처럼 결합되어 있다. 기표는 기호의 지각 가능한 면(청각적·시각적)을, 기의는 정신적인 면(개념)을 표현한다. 옐름슬레브는 기표들의 수준을 표현의 측면plan d'expression으로, 기의의 측면을 내용의 측면plan de contenu으로 명명한다. 게다가 옐름슬레브는 이 두 측면 하나하나에 실질substance과 형태forme의 구분을 도입한다. 여기서 실질이란 그 자체로 알아볼 수 있는 소재이고 형태란 언어학적인 작업에 의해서만 이끌어낼 수 있는 것이다. 그 결과 i) 표현의 실질substance de l'expression ii) 표현의 형태forme de l'expression iii) 내용의 실질substance du contenu iv) 내용의 형태forme du contenu라는 네 가지 구분을 할 수 있게 된다. 표현의 실질이란 예를 들면 음성학적 관점의 음성의 울림(목소리를 내기)을, 표현의 형태란 문자로의 절단(음소들) 혹은 단어들의 조직(형태소들)을 가리키고, 내용의 실질이란 예를 들면 희극적이냐 순전히 정보 전달적이냐 하는 전언의 음조를, 내용의 형태란 순수한 의미에서의 기의의 조직 다시 말하면 어떤 담론에 주제들을 배열하는 것을 말한다. 바르트는 언어학에서 기호학으로 넘어올 경우에는 옐름슬레브의 이 구분법이 필요하다고 주장한다. 실제로 많은 기호학적 체계들은, 의미 작용에 직접적으로 고려 대상이 되지 않는, 어떤 실질을 갖고 있다. 예를 들면 의복이란 의미를 하기 이전에 알몸을 덮는 것이고 한 접시의 요리란 영양을 제공하는 것이다. 이것이 바로 **기능-기호**들이다. 기능이 이제 의미를 흡수하게 된다. "사회가 존재하자마자 모든 사용은 그 사용의 기호로 변화된다. 즉 비옷의 사용은 비를 막아주는 것이지만 그러나 그 사용은 어떤 상황의 기호 자체와 불가분의 관계에 있다."[18] 이를 좀더 부연한다면 비를 막아주는 기능은 그 실질과 형태로 표현의 측면을 구축하는데, 그 실질이란 비옷의 옷감을 가리키고 그 형태란 비옷을 기능적으로 다른 옷과 구분해주는 것을 가리킨다. '나쁜 날씨'라는 전언 혹은 내용은 그 나름으로 그의 실질과 형태를 포함한다. 즉 그 실질이란

18 *Eléments de Sémiologie*, in *A. S.*, p. 41.

어떤 상황의 사회적 평가이며 그 형태란 주어진 문화 속에서의 악천후 혹은 계절의 분류를 가리킨다. 따라서 여기에는 '숙명적인 의미화'가 일어난다. 사회적 대상들의 이 '의미화'는 유사한 기능들에 따라서 하나의 체계에서 다른 체계로 작용될 수 있을 것이다. 예를 들면 의복에 있어서 '노동'과 '축제'의 대립은 음식에 있어서와 마찬가지일 수 있다. 그러나 그 의미화가 기술 차원에서 그리고 실천의 차원에서 행해진다는 사실은 용법들의 다양성 혹은, 의미 있는 방언들의 다양성을 가능하게 한다. 예를 들면 민중의 언어에서 '나들이 옷habit de dimanche'이란 부르주아 언어에서 '주말 복장tenue de weekend'의 의복과는 다른 의복을 허용할 것이다.

그런데 방브니스트에 의하면 기표와 기의를 결합시키는 관계는 '필요한' 것이지만 소쉬르에 의하면 기호를 사물에 연결시키는 관계란 '임의적arbitraire'이거나 '묵계적conventionnel'이다. 그리고 이 임의성 속에는 여러 등급이 있다. 즉 한편으로는 동기 없는 의미 작용signification immotivée으로서 순전히 계약에 의한 것이 있고 다른 한편으로는 동기가 있는 의미 작용signification motivée으로서 '사물'과의 유사성을 가진 것이 있다. 다른 말로 바꾸면 전자를 디지털 기호signes digitaux라고 하고 후자를 아날로그 기호signes analogiques라고 한다. 따라서 기호학에서는 아날로그 기호들을 다루게 된다. 기호학적인 탐구란 동기 작용들 혹은 제1의 유사성과 제2의 유사성을 분류하는 것이고, 거꾸로 본래의 무동기화와 재도입된 무동기화를 분류하는 것이다. 따라서 유사한 것과 동기 없는 것 사이에서 두 경향이 나타난다. 그 하나는 동기 없는 기호들을 '자연스럽게 만드는naturaliser' 것이고(따라서 유사관계를 부여하고), 다른 하나는 유사관계가 있는 아날로그 기호들을 지성화시키는 것이다. 전자의 예는 구술 언어의 은유 같은 것이고 후자의 예는 서부의 상징이 된 '카우보이'의 모자 같은 것이다.

바르트는 소쉬르의 대립 개념 가운데 통합적 관계rapports syntagmatiques와 결합적 관계rapports assossiatifs를 통합체와 체계로 적용하고 있다. 통합체란 그것에 의해 기호들이 서로 배합되는 것으로서 현전하는 단위들 사이의 관계의 장소이다. 예를 들면 하나의 옷차림을 형성하는 여러 가지 요소들, 하나의 메뉴를 형성하는 요리 접시들, 하나의 침실을 꾸미는 가구들 등이다. 체계란 계열체paradigme로서, 통합체 속에 있는 하나의 단위와 거기에 부재하는 단위들 사이의 관계의 축을 가리킨다. 예를 들면 콤비저고리/맞춤저고리/프록코트 등의 계열이나, '전채hors-d'æuvre'로 제시된 다양한 선택 가능한 것들이나 의자/안락의자/걸상 등의 계열이다. 그러나 통합체와 체계는 정신 활동의 두 가지 형태에 해당한다. 소쉬르가 그것을 암시했었고 로만 야콥슨은 통합체를 환유métonymie에, 체계를 은유méthaphore에 접근시킴으로써, 그리고 은유적인 지배적 특징을 가진 담론들(초현실주의 회화)과 환유적인 지배적 특징을 가진 담론들(서사시·사실주의 소설들)이 있을 수 있다는 것을 지적함으로써 소쉬르의 암시를 심화시켰다.

바르트는 이런 방향의 연구에서 언어학으로부터 기호학으로 넘어올 수 있는 가능성을 발견하였다. 소쉬르가 말하는 두 개의 축을 그가 생각하고 있는 체계에 적용할 수 있다는 것을 증명하는 것이 그에게는 어렵지 않았다. 여러 종류의 다양한 후식들이 하나의 계열체(체계)를 구축하고 어떤 메뉴의 요리 전체가 하나의 통합체를 구축하는 것이다. 치마·비지·드레스는 하나의 계열체를 구축하고, 치마와 블라우스는 하나의 통합체를 구축한다. 상이한 스타일의 침대들은 하나의 계열체를 구축한다. 침대 하나와 옷장 하나와 안락의자 하나와 탁자 하나의 결합은 하나의 통합체를 구축한다.

앞에서 옐름슬레브의 이론에 따라 모든 의미 작용의 체계에는 표현의 측면(E)과 내용의 측면(C)이 있고 의미 작용은 이 두 측면의 관계(R)와 일치한다고 바르트는 주장했다. 이것을 공식으로 표현하면 ERC가 된다. 그런데 이 ERC의 체계가 제2의 체계에서는 하나의 요소에 지나지 않게 된다. 이렇게 되면 의미 작용의 두 체계가 서로 엇물려 있는 상태가 된다. 그런데 첫번째 체계가 두번째 체계에 삽입되는 점에 따라서 전혀 다른 두 가지 방식이 가능해진다. 우선 첫번째 체계(ERC)가 표현의 측면 혹은 제2체계의 기표가 되는 경우 다음과 같은 공식이 된다.

$$\begin{array}{llll} 2 & E & R & C \\ 1 & \overbrace{ERC} & & \end{array}$$

혹은 (ERC)RC가 된다. 옐름슬레브는 이 경우를 함의적 기호론 sémiotique connotative이라고 부른다. 그렇게 되면 첫번째 체계는 외시 dénotation의 측면을 구축하고 제2의 체계는 함의connotation의 측면을 구축한다. 따라서 함의된 하나의 체계는 그 표현의 측면 자체가 의미 작용의 체계에 의해 구축되어 있는 체계이다. 그러므로 함의의 가장 흔한 경우는 분명히 그 분절된 언어가 첫번째 체계를 형성하고 있는(문학의 경우가 그것이다) 복합적인 체계들에 의해 구축될 것이다. 그리고 두번째 경우, 첫번째 체계(ERC)가 함의에서처럼 표현의 측면이 아니라 내용의 측면 혹은 제2체계의 기의가 된다.

2 E R C

1 $\overbrace{\text{ERC}}$

다시 말하면 ER(ERC)로서 모든 메타 언어의 경우이다. 하나의 메타 언어는 그 내용의 측면 자체가 의미 작용 체계에 의해 구축되는 하나의 체계이다. 그러므로 이 이중의 체계를 도식화시켜보면 다음과 같다.

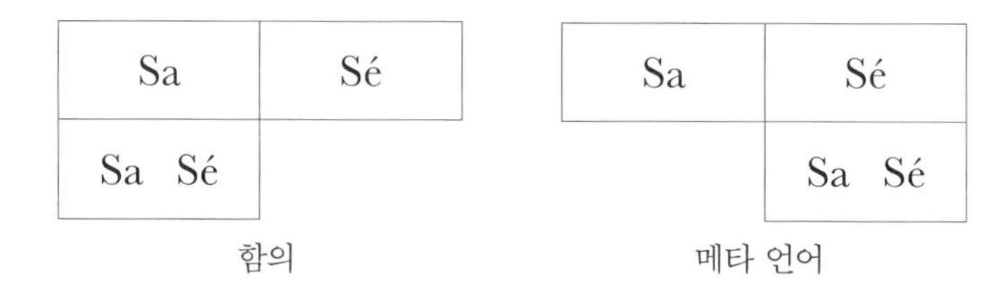

위의 두 도식을 하나로 합하여서 바르트는 다음의 3단계로 표현한다.

	Sa: 수사학		Sé: 이데올로기
3 함의	Sa	Sé	
2 외시 메타 언어		Sa Sé	
1 현실 체계			

이처럼 함의의 기표를 수사학이라고, 기의를 이데올로기라고 바르트는 명명한다. 바르트 기호학에서 이러한 함의의 개념이 차지하는 위치는 그 사회의 모든 현상을 당연하게 받아들이도록 조장하는 지배 이념

이 드러나는 장소라고 할 수 있다.

III

바르트가 『기호학의 요소들』을 쓴 것이 소쉬르 이후의 언어학적 개념을 사용해서 현대 사회 일반의 여러 가지 의미 작용의 체계를 분석하기 위한 것이라면 그의 「이야기들의 구조적 분석 입문」은 방브니스트의 기술 층위 이론을 설화 분석에 도입하여 설화에서 의미 작용의 체계를 세우기 위한 것이다.[19]

바르트에게 있어서 설화는 자연 언어와는 상이한 기표를 사용하지만, 여러 가지 서술적 단위unité narrative를 갖고 있으며, 그 단위들이 상호 결합되는 다양한 방식이 설화의 랑그를 이룬다. 앞에서 살펴본 것처럼 이 랑그는 언어학자들의 언어와는 다른 차원의 제2의 언어이다. 그리고 개개의 구체적 설화는 이 랑그에 의한 전언이다. 따라서 설화란 언어학적 문장의 단순한 합계가 아니다. 바로 이 설화의 구성에 참여하고 있는 무수한 요소들을 분류·기술하기 위해서 바르트는 언어학으로부터 기술 층위niveau de description의 개념을 도입한다.

일반적으로 어떤 언어 체계의 요소 a는 동일 층위에 속하는 다른 요소 b, c, d 등과 결합되어 상위 층위에 속하는 요소 A를 구축하고(이것을 통합 관계 intégration), 한편 이 a는 하위 층위에 속하는 a_1, a_2, a_3 등의 요소로 분할된다. 이때 동일 층위 안에서 요소들의 관계인 a, b,

19 김치수, 『구조주의와 문학비평』, 홍성사, 1980, p. 81 이하 참조.

c 등의 관계를 분포적 관계relation distributionnelle라 하고, 상위 층위 요소와 하위 층위의 요소 사이의 관계인 A와 a 또는 a와 a_1 사이의 관계를 통합적 관계relation intégrative라 한다. 따라서 a는 a_1, a_2, a_3라는 구성 요소를 갖는 한편 b, c 등과 함께 A의 구성 요소가 된다. 이러한 층위 이론은 층위의 실재성, 층위의 수, 층위 사이의 관계 등 해결되지 않은 문제가 많기 때문에 언어학에서도 연구가 진행 중에 있는 이론이다.

바르트는 설화를 i) 기능 층위fonction ii) 행위 층위action iii) 서술 층위narration로 구분한다. i)은 하위 층위, iii)은 상위 층위이며 이 세 층위는 점진적 상승관계에 있다. 최하위 층위인 기능 층위의 최소 단위는 기능fonction이다. 러시아 형식주의자인 토마체프스키Tomachevski, 프로프와 설화분석가인 브레몽Cl. Bremond은 모두 최소의 서술 단위를 '기능'이라 부르는데, 프로프에 의하면 그것은 설화 전체의 전개와 관련이 있는, 인물의 한 행위로 정의된다. 프로프는 이상적인 설화가 금지-위반, 투쟁-승리, 악행-기만 등 31개 기능으로 구성되어 있음을 러시아 민담에서 밝혀낸다.[20] 바르트는 대체로 이들의 정의를 그대로 계승하고 있다.[21] 그러나 언어학에서와는 달리 바르트의 설화 분석론에서는 기능을 확인하는 방법에 대한 이론적인 전개가 거의 없다. 언어학에서 볼 수 있는 음운에 관한 복잡하고 다양한 이론에 비하면 바르트의 이론에서는 최소 단위를 확정시키는 이론이 없고 그것을 경험적으로 확인하는 단계에 머물렀다. 어쩌면 바르트가 여기에서 발전하지 못하고 있는 것이 그의 이론적 취약점일 것이다.

---

20 V. Propp, *Morphologie du conte*, Seuil, 1970, pp. 31~38.

21 "Introduction à l'analyse structurale des récits," in *Communications* 8, Seuil, p. 6 infra.

설화의 랑그에서 그 구성 요소와 그 요소 간의 규칙의 일반 이론을 발견하고자 한 시도는 사실 「이야기들의 구조적 분석 입문」 이후 별로 진전을 보지 못한다. 실제로 이러한 방법과 이론의 적용도 몇 편의 시 작품과 플롯 위주의 중·단편소설에 제한되고 있다. 그것은 우선 그 많은 장편소설의 분량에 이러한 미시적 분석을 행한다는 것이 너무 방대한 작업을 요구할 뿐만 아니라, 세계에 존재하는 무수한 장편소설에 대한 일반 이론화를 위한 가설을 시험하여 연역적인 결론을 추출한다는 것이, 이론적으로는 가능할 수 있겠지만 현실적으로는 불가능한 일일 것이다. 뿐만 아니라 설화의 랑그에 관한 문법이나 일반 이론이란 설화의 이론을 세우기 위한 모델의 역할을 할 수 있지만 구체적인 설화의 의미를 드러내게 할 수는 없다. 설화의 의미란 독자가 그 설화의 읽기를 통해서 새로운 의미를 발견하고 새로운 관계를 맺음으로써 자신의 글쓰기에 도달할 때 나타난다. 그러므로 설화의 랑그에 대한 과학적 이론을 정립하려는 바르트의 노력은 사실 여기에서 벽에 부딪힐 수밖에 없었던 것으로 보인다. 바르트 자신도 『기호학적 모험들』에서 그러한 고백을 하고 있다. "나는 오늘날 기호학의 과학성에 관하여 믿을 수 없다. 그리고 기호학이 하나의 단순한 과학이, 하나의 실증적 과학이 되는 것을 나는 원하지 않는다"라고 말하면서 "결국 과학이란 어떤 안전 장소도 갖고 있지 않는다"는 점에서 "과학도 그 자체가 기술écriture이라는 것을 인정해야 한다"[22]고 말한다. 이때 '기술'이란 랑그와 문체(즉 그 두 차원과 관련해서는 작가가 어떤 선택도 할 수 없는) 사이에서 '자유의 장소'라고 한, 첫번째 작품 『기술의 영도』의 개념으

22 *A. S.*, pp. 13~14.

로의 복귀를 의미한다. 그리고 "기호학이 도전해야 할 것은 『신화지』의 시대처럼 소시민적 양심뿐만 아니라 우리 문명의 의미론적 체계, 상징적 체계 전체여야 한다. 그 내용만을 바꾸고자 한다는 것만으로는 너무나 충분하지 못하다"고 하면서 특히 "의미 체계 자체를 멍들게 하는 것을 목표로 삼아야 한다"고 주장한다. 그렇기 때문에 그는 설화의 일반 이론을 세우는 '이야기의 분석'에서 '텍스트의 분석'으로 넘어오게 된다. 그는 '이야기' 혹은 '설화'를 '텍스트'라는 개념, 공간, 진행되고 있는 의미 작용의 과정, 한마디로 의미 현상signifiance 밑에 포함시킨다. 그러므로 텍스트란 완성되고 폐쇄된 산물이 아니라 이루어지고 있는 생산품으로서, 다른 텍스트, 다른 코드에 관련된 것으로 관찰되어야 한다고 주장한다. 그러므로 그의 텍스트 분석은 한 작품의 구조를 서술하려고 하는 것도 아니고 하나의 구조를 기술하는 것도 아니라, 텍스트의 움직이고 있는 구조 작용을 일어나게 하고 작품의 의미 현상 속에 남아 있는 것이다. 바르트는 에드거 앨런 포의 단편을 분석하면서 "우리의 목적은 텍스트의 복수성을, 그 의미 현상의 열림을 생각하고 상상하고 사는 데 있다"[23]고 말한다.

IV

설화의 분석을 위해서는 객관적 모델이 필요하다고 생각했던 바르트는 *S/Z* 이후 변화를 보이게 된다. 그는 지금까지 객관적 과학으로 정

---

23 *A. S.*, p. 330.

립하고자 했던 기호학의 이론으로는 개개의 설화가 지니는 '차이점 différence'을 보여줄 수 없다고 생각하여 텍스트 분석이라는 새로운 방법을 제안하고 있다. 이때 '차이점'이란 개개의 작품의 개성을 뜻하는 것이 아니라 무한한 체계에서의 분절을 말하며 개개의 작품은 결국 그 체계로 돌아오게 된다.[24] 여기에서 바르트는 문학작품과 텍스트의 개념을 구분하고 있다. 문학작품이란 미적 가치를 지닌 생산품으로 그 안에 구조를 지니고 하나의 대상으로 존재하는 닫혀진 기호들의 총체이고 우리는 그 안에서 의미sens를 찾으려 시도한다. 반면에 텍스트란 생산하는 작업이고 구조화이기 때문에 평면의 것이 아니라 공간을 지니고 있어서 그 안에서의 움직임을 추적할 수 있는 대상이다.

따라서 텍스트 분석이란 이전의 역사비평에서처럼 텍스트가 어디에서 왔는가를 말하려는 것도 아니고, 구조적 분석에서처럼 텍스트가 어떻게 만들어졌는가 보이려는 것도 아니다. 그것은 하나의 설화récit 즉 서술적 텍스트texte narratif를 취해서 어떻게 의미를 만들어내는가를 보이려는 것이다. 다시 말하면 의미를 가능하게 해주는 형식이나 코드를 찾아내서 텍스트가 이들과 관련해서 어떻게 분산되어 있는가를 말하려는 것이다.[25] 여기에서 의미 작용과 구별되는 '가치valeur'의 문제가 대두된다.

하나의 기호는 다른 것과 교환될 수 있는 고유의 가치와, 다른 것과 비교될 수 있는 가치를 지닌다. 따라서 하나의 기호는 그것에 의해 다른 기호들과 차이를 갖게 된다.[26] 이 가치의 개념은, 의미를 기표와 연

---

24 *S/Z*, p. 9.

25 「창세기 32: 23~33의 텍스트 분석」, in *A. S.*, p. 316.

26 F. Saussure, *Cours de linguistique genérale*, p. 168, Adam, *Linguistique et discours littéraire*,

결된 기의로 보는 의미 작용이 '차이점'을 드러내지 못하는 난점을 해결해준다. 가치의 개념에서는 의미를 하나의 '즉자'로 보지 않고 고정되지 않은 것으로 보고 무한한 조합이 가능함을 알게 한다.[27]

기호에 대한 이러한 태도를 바르트의 분석 방법의 변화와 연결시키면, 하나의 고정된 의미가 있는 대상을 분석하는 구조 분석과, 의미를 구축해가는 텍스트 분석의 차이가 더욱 분명해진다. 그가 문학작품과 텍스트를 구분하기 위해 사용한 용어 가운데 '구조structure'와 '구조화structuration'를 비교한다는 것은 여기에서 야기될 수 있는 오해를 불식시킬 수 있을 것이다. 그가 텍스트를 '구조 없는 구조화structuration sans structure'라고 표현하고, 구조 분석과 대립 개념으로 텍스트 분석이라는 용어를 사용했다고 해서 텍스트에는 구조가 없다고 생각하는 것은 잘못이다. 이미 지적하고 있는 것처럼 가치라는 개념을 통해서 생기는 차이점이란 체계와 구조를 전제로 하고 있다. 따라서 텍스트 분석에서는 주로 분석의 경우보다 구조의 개념이 더욱 강조되고 분명해진 것이다. 구조주의 방법론의 대표적인 조작 개념으로는 '절단découpage'을 들 수 있는데, 설화를 작은 독서 단위로 실제 절단을 한다는 사실과, 가치란 절단을 통해서 얻어짐을 상기한다면 텍스트 분석에서 구조가 중요한 위치를 차지함을 알 수 있다. 바르트 자신의 지적처럼 오랫동안 모순된 것으로 간주된 구조의 개념과 결합의 무한대라는 개념을 연결시키려는 노력에서 텍스트 분석이 행해지는 것이라고 이

p. 11에서 재인용.

27 소쉬르가 기호에 대해 '가치'를 중시하는 입장을 취한 것을 보고 바르트는 소쉬르가 진정한 의미의 민주주의적 태도를 지녔다고 평가한다. "Sassure, le signe, la démocratie," in *A. S.*, p. 225.

해한다면[28] 텍스트 분석은 구조 분석에서 한걸음 더 나아가 다양한 의미의 산출을 통해 설화들의 차이점을 드러내주는 방법임을 알게 된다. 따라서 구조 분석에서 텍스트 분석으로의 이행은 의미 작용signification에서 의미 현상signifiance으로의 이행이다.

바르트에 의하면 하나의 의미가 고정되어 있다는 생각에서 벗어나 기표로서의 텍스트가 만들어내는 의미가 다양함을 드러내기 위해서는 텍스트를 차근차근 섬세하게 읽어야 한다. 텍스트는 순전히 임의적으로 편의에 따라 독서의 단위인 렉시lexies로 절단되며 이때의 절단은 기표에 대한 것으로 그 내부에서 다양한 기의를 읽을 수 있다.[29] 바르트는 발자크 단편소설의 처음 세 개의 렉시에서 이미 다섯 개의 코드를 발견하고 그것에 의해 「사라진」의 느린 독서를 행한다. 다섯 개의 코드란 i) 해석학적 코드code herméneutique ii) 의미소적 코드code sémique iii) 상징적 코드code symbolique iv) 행위적 코드code proairetique v) 문화적 코드code culturel를 가리킨다.[30] 이 다섯 개의 코드는 기본적인 것으로서 텍스트를 사로잡을 수 있는 그물과 같은 것이지만, 텍스트에 따라서 얼마든지 세분화될 수 있다. 실제로 「사도행전」 10: 1~3을 분석할 때 바르트는 i) 서술적 코드code narratif ii) 지형학적 코드code topographique iii) 고유명사적 코드code onomostique iv) 역사적 코드code historique v) 의미소적 코드 vi) 수사학적 코드code rhétorique vii) 행위적 코드code actionnel viii) 연대기적 코드code chronologique ix) 친교적 코드code phatique x) 상징적 코드 xi) 신비적 코드code anagogique xii) 메타 언

28 "Analyse textuelle d'un conte d'E. Poe," in *A. S.*, p. 332.

29 J. Calvet, *Roland Barthes*, p. 140.

30 *S/Z*, pp. 25~27.

어학적 코드code matalinguistique로 세분화하고 있다.[31] 그런데 이러한 코드들이란 동일한 렉시에 동시에 작용할 수도 있기 때문에 바르트는 그것의 결정 불가능성indécidabilité을 주목한다.

바르트는 포의 단편을 분석한 다음에도 텍스트의 전개에 따라 드러난 여러 코드들을 모음으로써 결론을 대신한다.[32] 여기에서 코드라는 용어가 구조라는 개념을 암시해주는 용어들을 모아 텍스트보다 상위에서 조직해놓은 것으로 사용되고 있다. 여기서 코드가 지니는 가치란 본질적으로 문화적임을 알 수 있다. 그것은 이미 보고 읽고 행해진 것들의 형태이므로 우리의 책 읽기·글쓰기에도 이미 구성 성분으로 존재하고 있음을 짐작할 수 있다.

> 우리가 세계를 경험하기 위해서는 세계에 대한 우리의 경험을 '코드화'해야 한다는 생각, 즉 일반적으로 우리에게 열려져 있는 경험의 원초적 영역은 존재하지 않는다는 생각은, 우리가 이미 살핀 바대로 사피어나 보르프, 그리고 레비스트로스의 저작으로부터 직접 도출된다. 그리하여 우리는 우리가 사는 세계를 창조한다. 우리도 우리에게 주어진 것을 수정하고 재구성한다. 따라서 우리 모두가 이 거대하고 가려져 있는 공동의 기획에 연루되어 있는 터이므로 어느 누구도 '실제적'이며 영구히 존재하는 세계에 대한 코드화되지 않은 '순수한' 혹은 객관적인 경험을 주장할 수 없다.[33]

---

31 *A. S.*, pp. 301~06.

32 *Ibid.*, pp. 354~59.

33 T. 혹스, 『구조주의와 기호학』, 정병훈 옮김, 을유문화사, 1984, p. 147.

이것은 코드가 지닌 문화적 성격을 보다 강조한 글이다.

텍스트가 갖는 차이점과 다의미성을 보기 위해 하나의 텍스트를 조목조목 세세히 읽어나가는 바르트의 작업은 설화의 구조적 분석을 다시 행하는 것으로 볼 수 있다. 어떻게 보면 텍스트 분석의 모델을 제공하고자 하는 꿈의 재현이라고 볼 수 있는데, 바르트는 의미가 생성될 수 있는 근원인 모든 기표로부터 코드를 꺼내고자 한 것이다. 이는 텍스트 안의 모든 것은 무엇인가를 의미하지만, 어떤 궁극적 구조나 의미를 대변하는 것은 아니라는 논리에 근거한다.[34] 다시 말하면 개개의 렉시들은 텍스트가 전개되어감에 따라 코드에 의해 서로 섞이고 겹쳐진다.[35]

포의 단편을 분석한 결과 바르트는 코드라는 단어가 엄격한 과학적 의미로 쓰일 수 없음을 전제로 하고 주요 코드를 다시 거론하고 있다.[36] 제일 먼저 문화적 코드를 든다. 모든 코드가 물론 문화적이지만 특별히 이 코드는 사회가 만들어낸 규칙의 총체로서의 지식을 참조한다. 이 코드는 여러 개의 하위 코드를 지닌다. 과학적 코드가 그 하나로서 여기에서는 실험이나 의학과 관련되어 있다. 수사학적 코드란 말하기와 관련된 모든 규칙과 약호화된 담화의 형식을 말하는데, 메타언어적 언술 행위도 여기에 속한다. 연대기적 코드란 시간을 역사적으로 배열하는 것으로 객관성·극적 효과·사실 같음의 효과를 준다. 그다음으로, 우리가 말을 할 때 그 시대와 사회 등에 대해 가지고 있는 지식을 사용하는 사회·역사적 코드가 있다. 또 전달 행위의 코드

34 *S/Z*, p. 18.

35 J. Calvet, *Roland Barthes*, p. 140.

36 *A. S.*, p. 334 infra.

는 의미 작용이나 의미 현상과는 전혀 관계가 없는 것으로 텍스트에서 '말 건네기adresse' '교환échange'으로 발화된 것을 지칭한다. 다음은 상징의 영역champ symbolique이 있다. 이때 상징이란 용어는 우리의 몸을 이동시켜 언술 행위가 아닌 다른 장면을 엿볼 수 있게 해주는 것을 뜻한다. 포의 글에서는 죽음의 금기의 어김이 그 틀을 이룬다. 그다음으로 행위의 코드가 있다. 이는 설화의 토대가 되는 줄거리를 지탱해주는 것으로 행위나, 행위를 지칭하는 언술 행위가 시퀀스로 모여져서 총칭적인 이름을 부여받는다. 한 시퀀스 내부에 오는 사항들 사이의 관계는 엄격한 형식 논리를 따르기보다는 우리의 사고나 관찰 방식에 따른 논리에 의해 맺어진다. 이 사이비 논리는 연대기적 시간과 혼동되어 뒤에 온 것이 원인으로 여겨지기도 한다. 시간성·인과성이 줄거리들을 자연스럽게 읽어내게 해주는 것이다. 포의 콩트에서 마지막으로 읽을 수 있는 코드는 수수께끼의 코드, 즉 해석의 코드이다. 여기에는 수수께끼의 상정, 구체적 문제의 제시, 해결의 지연 그리고 해결 등이 속한다.

바르트가 여기에서 제시한 코드는 *S/Z*에서 제시한 다섯 가지의 코드와 일치하지 않는다. 즉 *S/Z*의 의미소 코드와 여기에서 말하는 전달의 코드는 일치하지 않는다. 의미소의 코드를 함의의 코드로 보았는데, 텍스트 내의 모든 기표들이 산출해내는 의미가 함의라고 정의한 바르트의 말을 빌리자면 이 코드는 상정될 이유가 없는 것 같다. 또한 전달의 코드도 문화의 코드나 상징의 코드에 연결시킬 수 있다.[37]

37 *S/Z*에서 설화를 계약의 대상으로 삼았을 때 상징의 코드에 포함시켰다. p. 268.

V

현대 사회에서 자연스럽게 보이는 것 뒤에는 이데올로기가 감추어져 있음을 밝히고자 한 바르트의 태도는 문학과 비평이 무엇인가 하는 문제에도 그대로 반영되고 있다. 인간의 경험에는 새로운 것이 없고 오직 우리에게 주어진 것을 수정하고 재구성할 뿐이라고 하는 바르트의 생각 밑에는 문학도 우리 자신의 문화를 넘어서는 자연스러운 것일 수 없다는 생각이 깔려 있다. 문학은 우리가 세계를 지속시키기 위해 만들어낸 코드 덕택으로 존재한다. 그리고 문학이 어떻게 코드를 증류하고 있는가를 보여주는 것이 비평이다.[38]

문학에 대한 바르트의 생각은 문학을 '함의'로 규정한 『기호학의 요소들』의 기본 입장을 떠나지 않고 있다. 더 구체적으로는 그의 첫번째 저서인 『기술의 영도』에서부터 마지막 저서[39]에 이르기까지 동일한 생각이다. 함의의 기호란 그 기표가 다른 기호(언어 기호)로 이루어진 것이다. 따라서 그 내용은 일상적인 것과는 다르며 그 기호와는 의존관계가 없다. 바르트의 생각에는 기호에 고유의 기의가 없으며 그 기표의 기능은 고유의 법칙에 의해 의미를 산출해내는 것이다. 기호에 대한 이러한 생각은 소쉬르의 영향에서 비롯된다. 제2의 소쉬르 혁명이라고 불리는 아나그람에 대한 연구를 통해 바르트는 이전까지 작가에게 부여된 절대성을 회의하면서, 작품에서 기의를 지니고 있는 매개자인 기표의 위치를 더욱 중요시한다.[40] 이런 생각은 프로이트의 연구를

38 T. 혹스, 『구조주의와 기호학』, p. 155.

39 *Le Bruissment de la langue*가 1984년에 나온 마지막 저서이다.

40 "Saussure, le signe, la démocratie," in *A. S.*, p. 225.

통해 더욱 강화된다. 그는 시적 활동과 어린이들의 말맞추기 장난을 근거로 해서 사회가 단어들에 부여하는 의미들이 말맞추기 장난에 의해 부정되고 있음을 보이면서 오직 기표에 의해서만 의미가 산출되고 있음을 증명한다. 이처럼 기표에 의해 기의가 전복되는 과정을 통해 작가의 위치를 전복시키고 있다. 작가의 위치란 코드를 발송하는 사람의 위치에 불과하다. 바르트는 독자의 역할에 따라서 텍스트를 두 가지로 구분하고 있다. 하나는 씌어질 수 있는 텍스트이고 다른 하나는 읽힐 수 있는 텍스트이다. 씌어질 수 있는 텍스트는 글 읽기와 글쓰기 사이의 상호관계를 의식하고 거기에 참여하게 함으로써 독자를 생산자가 되게 만든다. 이 텍스트는 언어 자체의 본질에 주목할 것을 요구하며, 기표에서 기의의 안이한 연결을 인정하지 않는다. 이에 반하여 읽힐 수 있는 텍스트란 기표에서 기의로의 이행이 분명하고 강요적이다. 따라서 읽힐 수 있는 텍스트를 접할 때 독자는 쾌락plaisir을 느끼고, 그러한 텍스트에 많은 의미를 드러내면서 그것을 씌어질 수 있는 텍스트로 변화시킬 때 독자는 희열jouissance을 느낀다. 바르트가 말년에는 언어의 육체성, 텍스트의 물질성에 빠져드는 이유가 여기에 있다. 문학에 대해 어떻게 말할 수 있는가에 대한 바르트의 대답은 글쓰기에 의한 것이다.[41]

41 J. Calvet, *ibid*., p. 145.

참고 문헌

Mallac(Guy de) et Eberbach(Magaret), *Barthes*, Ed. Universitaire, 1971.

Calvet(Louis-Jean), *Roland Barthes*, Payot, 1973.

Heath(Stephen), *Vertige du déplacement: lecture de Barthes*, Fayard, 1974.

Prétextes: Roland Barthes, Colloque de Cerisy(1977), U G E. 10/18, 1978.

Fage(J.-Baptiste), *Comprendre Roland Barthes*, Privat, 1979.

Nordhal Lud(Steffen), *L'Aventure du signifiant*, P. U. F, 1981.

Delord(Jean), *Roland Barthes et la photographies*, Créatis, 1981.

J. M. Adame, *Linguistique et discours littéraire*, Larousse, 1976.

김치수, 『구조주의와 문학비평』, 홍성사, 1980.

김현, 『프랑스 비평사』 현대편, 문학과지성사, 1981.

소두영, 『구조주의』, 민음사, 1984.

T. 혹스, 『구조주의와 기호학』, 을유문화사, 1984(정병훈 옮김).

위대한 거부
—사르트르의 중·단편소설

I

사르트르의 소설 혹은 문학이 프랑스 문학사에 어떤 의미를 갖느냐 하는 문제는 사르트르의 전공자가 평생을 두고 연구해봄직한 과제 가운데 하나이겠지만, 사르트르가 현대 소설 특히 누보로망과 어떤 관계를 갖고 있느냐 하는 문제는 전공자가 아니어도 논의의 단초를 찾을 수 있는 문제이다. 왜냐하면 사르트르 자신이 1948년에 나탈리 사로트의 작품 『낯모르는 사람의 초상』의 서문에서 이미 거기에 대한 언급을 하고 있을 뿐만 아니라[1] 그보다 10여 년 뒤인 1958년에 마들렌 샵살과 가진 인터뷰에서 누보로망에 대한 의견을 표명하고 있기[2] 때문이

---

1 N. Sarraute, *Portrait d'un inconnu*, 1ère édition, Robert Marin, 1948; Gallimard, 1956, p. 9.

2 M. Chapsal, *Les écrivains en personne*, éd. Julliard, Coll. 10/18, 1973, pp. 253~81.

다. 1948년에 쓴 글에서 사르트르는 『낯모르는 사람의 초상』을 "우리들 시대의 문학에 있어서 가장 두드러진 특징의 하나"인 '반소설anti-roman'이라고 명명하면서 "과격하고 매우 부정적인 작품"의 계열로 나보코브와 이블린 워의 작품, 그리고 앙드레 지드의 『사전꾼들*Les Faux-Monnayers*』 등을 들고 사로트의 『낯모르는 사람의 초상』이 그런 현대 소설의 특징을 갖고 있다고 이야기한다. 여기에서 말하는 반소설이란 뒤에 누보로망이라는 이름으로 공식화되지만, 사르트르 자신의 정의에 의하면 '반소설'이 "소설의 외형과 윤곽을 간직하고" "우리에게 허구의 인물과 그들의 얘기를 제시해주는, 상상력의 소산"이라는 점에서 전통적인 소설과 공통점을 지닌 반면에 그것이 "우리에게 보다 큰 실망을 주기 위한 것"이라는 점에서 상이점을 지닌다. "소설 자체에 의해 소설에 이의를 제기하고, 소설을 만들어가면서 그와 동시에 그것을 우리 눈앞에서 파괴하고, 만들어지지 않는, 만들어질 수 없는 소설의 소설"[3]을 그는 반소설이라고 부르면서 그것이 '상투적 사고'에서 벗어나고자 하는 노력의 산물이라고 주장한다. 소설 자체에 의해 소설에 이의를 제기한다고 하는 것은 소설이 무엇인지에 관해 소설이 반성한다는 것을 뜻한다. 소설에 관한 이러한 인식은 소설의 역사를 제대로 보고자 하는 사람에게 가능한 것이다. 그것은 소설이 지금까지 존재해온 것과 유사한 작품이 아니라 지금까지의 작품으로 이야기하지 못한 것을 반성하며 새로운 이야기를 하는 작품이라는 말이다.

이와 같은 문맥에서 보면, 사르트르의 소설관은 문학의 전위적인 본질에 대한 인식에서 출발하고 있음을 알 수 있다. 문학이 기존의 질서

---

3 사로트, 『낯모르는 사람의 초상』, 전성자 옮김, 전예원, pp. 13~14.

나 삶에 대한 반성의 방법론적 표현이라고 한다면 그것은 끊임없이 자기반성과 자기 성찰을 동반하지 않을 수 없다. 진정한 반성은 문학이 삶에 대해서만 행할 때뿐만 아니라 문학 자체에 대해서도 행할 때 가능하기 때문이다. 사르트르는 이러한 반성의 근거를 소설이 가지고 있는 '총체성totalité'에서 찾고 있다. 마들렌 샵살이 인터뷰에서 사르트르가 문학을 정치에 귀속시키고자 한다는 비난을 받고 있다고 주장했을 때, 사르트르는 차라리 자신이 문학을 과대평가한다고 비난받는 것이 더 옳다고 생각한다면서, 문학의 아름다움이란 "모든 것이고자 하는 것이지 보람 없이 아름다움만을 추구하는 것이 아니다"라고 말하고 "오직 어떤 전체만이 아름다울 수 있다"고 주장한다.[4] '하나의 전체un tout'라고 하는 것은 문학작품이 미학적인 문제뿐만 아니라 삶과 사회, 세계와 우주 전체를 하나의 유기체로 제시할 수 있다는 것을 의미한다. 그렇기 때문에 "문학이 그 모든 약속을 지켰느냐"는 질문에 대해서 사르트르는 어떤 작가에게 있어서도 문학이 그 약속들을 완전히 지킬 수 있다고 생각하지 않는다고 말하면서 샵살에게 다음과 같이 이야기한다: "미친 듯한 자부심 없이는 글을 쓰지 않습니다. 작품 속에 자부심을 부여할 수 있을 때 사람은 겸손해집니다. 그런데 작가란 자기가 노리는 바를 놓칠 수도 있습니다. 작가는 또한 자기 작품 한가운데서 막힐 수도 있습니다. 그다음에는? 무언가quelque chose를 하기를 바란다면 그는 모든 것tout을 원해야 합니다."[5] 여기에서 말하는 '모든 것을 원한다'는 것과 앞에서 말하는 '보다 큰 실망을 주기 위한다'는 것 사이에 어떤 관계가 있는가? 우선 실망을 주기 위해서는 우리가 기

4 M. Chapsal, *ibid.*, p. 261.

5 *Ibid.*, p. 261.

대하는 바가 있어야 한다. 다시 말하면 소설이 어떤 것이라는 전제가 우리 안에 있고, 소설을 읽는다는 것은 바로 그것을 찾아내는 일이 된다. 그런데 소설은 우리가 기대하는 이야기, 우리가 바라는 인물, 예견된 묘사와 서술 혹은 구성을 갖추고 있지 않을 때 우리를 실망시킨다. 모험·줄거리·구성에 있어서 우리의 기대와 다르다고 하는 것이 사르트르에게 '모든 것을 원하는 것'과 관계된다는 것은 의미심장하다. 모든 것을 원한다는 것은 문학의 전복적인 전위성과 상통하기 때문이다. 가령 삶의 단면을 사실주의적 묘사의 차원에서만 생각하는 것이 아니라 실존적 고뇌의 표현이라는 형이상학적 차원에서도 생각할 수 있고, 우리가 지금까지 존중해온 가치를 완전히 제거해볼 수도 있으며 소설 속에서 모험이나 이야기의 요소를 완전히 제거해볼 수도 있다. 사르트르가 그러한 소설 가운데 지드의 『사전꾼들』을 든 것은 그것이 개인의 일대기도 아니고, 여러 가지 모험을 인과관계로 엮어놓은 이야기도 아니며 어떤 사건의 정확한 보고도 아니기 때문이다. 그것은 소설이 어떻게 여러 가지로 씌어질 수 있는지 실험한 소설의 소설, 따라서 메타 소설이라고 불릴 수 있다.

이러한 관점에서 사르트르의 소설을 읽을 때 어떤 새로움이 있는가? 그의 『구토』를 읽은 독자라면 그의 소설을 어떤 의미에서는 누보로망의 선구자라고 할 수 있을 것이다. 그의 『구토』는 19세기적 소설이라고 하기 힘든 요소를 너무나 많이 가지고 있다. 일기 형식 자체도 그렇지만 가령 19세기 소설을 구성하고 있는 가장 중요한 두 가지 요소를 사건의 서술과 대상의 묘사라고 한다면, 사르트르의 『구토』는 사건이나 대상을 마주한 주인공의 의식의 추이에 집중하고 있다. 다시 말하면 19세기의 소설이 사람들의 삶의 단면을 보여주고 있다고 한다면 『구토』는 삶의 단면과 사물의 현존 앞에서 존재론적 회의를 느끼는 실존적 의식의 모습을 보여주고 있다. 이미 앙드레 말로에 의해 삶과 죽음에 대한 비극적 인식이 소설의 내용을 이룰 수 있다는 가능성이 보여졌다면, 사르트르는 철학적 회의도 소설의 내용일 수 있음을 보여준 새로움을 지닌 작가이다. 특히 로캉텡이라고 하는 의식의 눈을 떠가는 부르주아 출신의 개인을 관습의 거대한 잠 속에 빠져서 자기기만을 계속하고 있는 부빌 시민 전체의 삶과 대립시킨 사르트르의 탐구 정신은 그가 당대의 새로운 소설을 썼다는 평가를 받기에 충분하다.

그렇다면 사르트르의 작품집 『벽』을 어떻게 읽을 수 있을까? 사실 이 작품집을 새롭게 읽을 수 있게 만드는 책을 든다면 미셸 콩타와 미셸 리발카가 주느비에브 이드와 조르주 보에의 협조를 얻어 주를 달고 편집을 한 『소설 작품집』[6]과 주느비에브 이드가 주를 달고 해석한 『사르트르의 벽』[7] 등이다. 첫번째 것은 사르트르 소설을 모두 모은 결정판으로서 특히 작품들에 붙여진 주석은 사르트르에 관해서 지금까지 알려진 모든 자료를 참조한 훌륭한 주석판이고, 두번째 것은 『벽』에 관한 가장 완벽한 연구서라고 할 수 있다. 이 밖에도 그냥 지나칠 수 없는 것으로는 사르트르의 모든 작품의 저술과 출판, 사르트르의 지적인 생활에 관한 정보를 집대성한 『사르트르의 글들』[8]과, 사르트르의 소설 기법과 형이상학을 연결시키고 있는 『사르트르의 소설 작품에서

---

6 J.-P. Sartre, *Oeuvres romanesques*, édition établie par M. Contat et M. Rybalka, Gallimard, 1981.

7 Geneviève Idt, *Le Mur de J.-P. Sartre*, Librairie Larousse, 1972.

8 M. Contat et M. Rybalka, *Les Ecrits de Sartre*, Gallimard, 1970.

의 형이상학과 기법』[9] 등을 들 수 있다. 따라서 사르트르의 『벽』에 관한 연구는 플레야드의 소설집에 있는 주석과 주느비에브 이드의 연구가 가장 높이 평가될 수 있다. 특히 앞의 것은 사르트르의 작품이 제작된 경위와 그 작품에서 문제되고 있는 것이 사르트르의 사상과 연결되는 지점을 밝히고 있고, 뒤의 것은 『벽』에 수록된 모든 작품들이 어떤 내적 구성을 갖고 있고 나아가서 거기에서 제기될 수 있는 문학적 문제가 어떻게 현실적인 문제와 만나게 되는지 그 과정을 밝히고 있다. 따라서 이들의 관점을 대조하면서 작품집 『벽』을 읽어본다면 우선은 작가 자신이 쓰고자 한 작품의 이해에 접근할 수 있고, 둘째 지금까지 이해된 이 작품의 여러 가지 측면을 알 수 있으며, 셋째 이 작품이 가지고 있는 전통적인 요소와 새로운 요소의 분석을 통해 작가의 보편성과 특수성을 구명할 수 있을 것이다. 그러나 이 모든 것은 작품을 다시 읽는 것을 전제로 한다.

II

사르트르의 중·단편집 『벽』이 처음 출판된 것은 1939년이다. 여기에 수록된 작품 외에도 1~2편이 더 있는 것으로 알려지고 있지만[10] 이 작품집 속에는 「벽Le mur」 「방La chambre」 「에로스트라트Erostrate」 「정분Intimié」 「지도자의 유년 시절L'Enfance d'un chef」 등 다섯 편의 작품이 실

---

9 E.-J. Prince, *Métaphysique et technique dans l'œuvre romanesque de J.-P. Sartre*, Droz, 1968.

10 Sartre, *Oeuvres romanesques*, p. 1,805에 의하면 「낯섦Dépaysement」 「고집쟁이Un obstiné」가 더 있었다.

려 있다. 이들 다섯 편의 작품을 씌어진 시간의 순서에 따라 배열하면 「에로스트라트」(1936년), 「벽」(1937년 초), 「방」과 「정분」(1937년 중·후반), 「지도자의 유년 시절」(1938년)의 순서가 될 것이다.[11] 작가가 여러 편의 작품을 한 권으로 묶을 때 작품을 어떤 순서로 배열하느냐 하는 문제는 별로 대수로운 일이 아닐 수도 있다. 실제로 작품의 배열 문제는 출판사나 그 편집자에 의해 결정되는 경우가 많다. 그러나 『벽』의 경우 배열의 문제가 처음에는 작가에 의해 결정된 것 같지만, 실제로는 누구에 의해 결정된 것인지 알 수 없게 되어 있다.[12] 물론 작가나 당시의 편집자의 입장을 확인할 수 없는 우리는, 그것이 누구의 결정에 의한 것인지 사실을 알 수는 없지만 어떤 원리에 의한 배열인지 알아볼 필요가 있다. 그리고 그것을 알기 위해서 작품을 다시 읽는 것은 독자의 몫이라고 할 수 있다.

사르트르의 중·단편소설은 서술 방식이 특이하다. 어떤 작가든지 독창적인 기법을 가지고 있지만 사르트르의 화자는 일인칭의 경우에도 자신이나 화자의 주관적 정서 상태를 거의 나타내지 않는다. 이 현상은 그의 소설에서 정서와 관계된 형용사들이 눈에 띄지 않는다는 사실로 입증된다. 작가의 관심이 화자의 정서적 상태와 무관하다는 것을 이야기하고 있는 이러한 현상은 작가의 관심이 어디에 있느냐 하는 질문을 갖게 만든다. 이 질문은 곧 그의 중·단편소설이 가지고 있는 주제와 상관된다. 첫 작품인 「벽」의 경우 그것은 스페인 내란을 다룬 최

11 이 순서는 Sartre의 *Oeuvres romanesques*, pp. 1,803~05에 의거한 것임.

12 *Ibid*., p. 1,805에 의하면 처음에는 「낯섦」 「에로스트라트」 「벽」 「방」 「정분」의 순서였으나, 1938년 5월 9일에 사르트르가 쓴 한 편지에서 「벽」 「정분」 「방」 「에로스트라트」 「지도자의 유년 시절」 「고집쟁이」의 배열이 나타난다. 실제로는 후자와도 다르다.

초의 작품 가운데 하나다.

「벽」과 스페인 내란과의 관계를 보면 스페인 내란이 작품보다 1년 먼저 일어났지만 실제로는 작품이 내란 기간 중에 구상된 것으로 보아야 한다. 당시 사르트르의 친구인 페르난도 게라시F. Gerassi가 공화파에 즉시 가담했고 앙드레 말로를 비롯한 프랑스의 지식인들도 무기를 들고 공화파를 위해 참전했으나 그 자신은 육체적인 결함 때문에 국제여단에 들어가지 못한다. 이때 사르트르는 자기 제자 가운데 한 사람을 참전하게 하고 그의 죽음의 가능성에 대해 깊이 생각하게 되었던 것 같다.[13] 그런 점에서 죽음에 관한 명상이라고 할 수 있는 이 작품은 정치적이라기보다는 형이상학적인 출발점을 갖고 있다. 따라서 한 친구의 있을 수 있는 죽음에 관한 개인적 명상이라는 점에서 형이상학적이라고 한다면 스페인 내란에 관한 감정적이고 자발적인 반응이라는 점에서는 정치적이라고 할 수 있다. 동시대에 스페인 내란을 다룬 앙드레 말로의 『희망』이나 헤밍웨이의 『무기여 잘 있거라』와 비교할 때 이 작품은 그 분량에 있어서 비교의 대상도 되지 않을 만큼 짧다. 그러나 처음에는 스페인 군대의 반란이 자기 자신과 아무런 관계가 없는 것으로 생각했던 사르트르는 이를 통해서 단순한 국제적 분쟁을 목격한 것이 아니라, 개인적이고 정치적이고 지적인 생활에 큰 영향을 받게 되는 체험을 한 것이다. 분명히 정치소설의 형태를 띠고 있는 이 작품은 내란의 와중에서 군부 독재의 폭력이 개인의 삶과 죽음을 결정하는 잔혹성을 가질 뿐만 아니라 공화파의 비극적인 패배를 가져오는 반역사성을 가지며, 이를 통해 개인의 극한 상황을 보여주는 장점을 가

13 *Ibid.*, pp. 1822~29.

지고 있다. 말로의 『희망』이 이미 제목에서 이야기하고 있는 것처럼 공화국의 승리를 위한 유럽 전체의 '서정적 환상'을 절망으로 만들어버린 역사의 배반을 긍정적 체험으로 이야기한 작품이라면, 사르트르의 「벽」은 삶에 희망도 절망도 있을 수 없고 오직 여기에서 작용하고 있는 것이 우연의 코미디에 지나지 않는다는 비관론에 토대를 두고 있다.

반면에 맨 끝 작품인 「지도자의 유년 시절」은 재능 있는 한 인물이 지도자가 되기 위해서 자신의 주변에 있는 여러 가지 속물적인 삶의 체험을 통해 삶과 존재에 대한 질문을 던지고 거기에서 정당한 해답을 추구하는 대신에 적당한 해답을 만들어가며 자신의 기득권을 강화하는 방향으로 성장하는 모습을 보여준다. 그런 점에서 이 작품도 어떤 의미에서는 「벽」보다 더 심한 정치소설이라 할 수 있다. 따라서 다섯 편의 중·단편소설을 싣고 있는 작품집에서 첫번째 작품과 마지막 작품에 정치소설을 배열하고 있는 것은 작가의 의도와 별개로 이루어진 것이 아니라는 유추를 가능하게 한다. 특히 당시 유럽은 스페인의 내란으로 모든 지식인의 관심이 쏠려 있는 상황에 있었고, 작가 개인은 그 후 모든 역사의 현장에서 정치적 행동을 망설이지 않은 일생을 보냈다는 사실을 감안할 때 작가가 이 작품집에 부여한 정치적 의도는 작품의 배열에 크게 작용한 것으로 짐작된다.

정치적 의도와 관련해서 사르트르의 소설을 읽을 때 「지도자의 유년 시절」의 정치적 성격을 주목할 필요가 있다. 사르트르는 이 작품에서 1905~1938년 사이의 정치적·문화적 가치에 비판을 가하고 있다. 여기에서 주요 공격 목표는 당시 프랑스의 극우파 집단, 반유태주의, 어떤 형식의 조현실수의, 정신분석학 등이었다. 수인공 뤼시앙 플뢰리에는 유년 시절부터 청년 시절에 이르는 삶의 여정 속에서 바로 이러한 문제들에 부딪혔을 때 『구토』에서 볼 수 있었던 부빌시의 박물관에 전시된 '속물들' 가운데 한 사람처럼 행동을 한다. 따라서 플뢰리에는 『구토』의 로캉텡과는 반대되는 인물이고 『말』에 나오는 사르트르 자신과도 반대되는 인물이다.

> 지배 계층의 구성원은 누구나 절대적 권력을 가진 사람이다. 지도자의 환경 속에서 태어난 그는 어린 시절부터 자신이 명령을 내리기 위해 태어났다고 확신하고 있다. 그에게는 장차 그를 기다리고 있는 사회적 기능이 있는 것이고, 그가 나이가 차면 그 기능 속에 슬그머니 들어갈 것이고, 그 기능이 자기 개인의 형이상학적 현실 같은 것이다.[14]

뤼시앙 플뢰리에는 자신이 태어난 사회적 환경에 의해 결정된 인물로서, 그 사회가 그를 위해 만들어놓은 역할을 받아들이고 가치를 추구하는 인물이다. 초현실주의로 출발해서 마지막에 악시옹 프랑세즈 Action française로 끝나는 그는, 『말』에서 "누구에게 복종하거나 누구를 지휘하고자 한 적이 없다"라고 한 사르트르 자신의 고백과 반대되는 인물이다. 왜냐하면 사르트르 자신은 지도자도 부하도 존재하지 않는 반계층적인 사회를 위해 평생을 싸웠고, 자기의 출신인 부르주아 계층이 자기에게 부여한 특권을 포기하고 그 계층이 행하고 있는 자기기만의 위선과 맞서서 싸워왔기 때문이다. 따라서 그와 반대되는 뤼시앙 플뢰리에는 진정한 지도자가 아니라 자기 아이덴티티를 추구하고 있

14 Sartre, *Situations* Ⅲ, p. 184.

는 별 볼일 없는 지도자에 지나지 않으며 쓸데없는 일에 강경한 자신을 내보이는 포용력 없는 지도자에 지나지 않는다. 이러한 성격을 결정짓는 요소는 작품 속에서 다른 사람을 이끌어가게 되기까지 그가 모든 일에 수동성을 보이고, 기존의 가치에 맹종하고 자기 스스로 어떤 가치도 창조하지 못하는 데서 드러난다. 그는 사르트르식 표현에 의하면 타인의 시선에 의해 길들여진 인물이다. 첫째로 그는 어려서 여자처럼 보여서 여자 옷을 입고 성장한다. 둘째 제로메 사제는 그를 모든 것에 무관심한 사람으로 묘사한다. 셋째 베르트 아주머니는 그를 자부심이 강하다고 주장하고, 넷째 철학 선생은 그가 의심 많은 존재라고 주장하며, 다섯째 베를리아크는 그의 개성이 오이디푸스 콤플렉스로 가득 차 있다고 생각하고, 여섯째 베르제르는 그의 개성이 정서 불안과 가치의 혼란에 빠진 데 있다고 생각하며, 일곱째 르모르당은 아무데도 뿌리박지 못한 데서 그의 개성을 발견하고 있다. 이처럼 어떤 가치도 지니지 못하고 모든 가치를 타자에 의존하고 있는 그는, 그 개성마저 타인의 눈에 비친 대로 여러 가지 변화를 겪고 있다. 그가 마지막에 한 행동은 친구 르모르당을 모방하여 수염을 기르는 행동이다. 그리하여 지도자의 수업을 마친 다음에 그는 타인들에 대해서 현실적인 권력을 행사하고, 가정과 공장에서 현실적인 폭력을 행사할 예정이다.

여기에서 뤼시앙이 마지막에 르모르당을 모방한다는 것은 그의 정치적 색채를 드러낸다. 르모르당이 여러 면에서 히틀러의 모방자라는 것을 생각한다면 '지도자'라는 말 자체가 제2차 세계대전 이전에 파시즘의 대두와 맺고 있는 정치적 의미를 깨닫게 한다. "누구에게 복종하거나 누구를 지휘하고자 한 적이 없"는 사르트르가 '지도자'를 내세움으로써 당시 파시즘의 대두가 부르주아 사회 내부에 자리 잡고 있던 문제임을 밝혀주고 있다. 마지막에 뤼시앙이 반유태주의의 격렬한 모습을 보이고 있는 것은 '지도자'와 파시즘의 관계를 드러내고자 한 사르트르의 정치적 의도를 분명히 읽게 만든다.

그러한 점에서 뤼시앙 플뢰리에는 정치적으로 사르트르가 자신과 반대의 입장에 선 인물로 그린 것이다.

III

「벽」의 정치적 성격을 이처럼 강조할 수도 있지만, 사르트르 자신이 이 책의 출판 당시에 쓴 '서평 의뢰서'는 이 작품집의 철학적 측면을 강조하고 있다.

> 사람은 누구도 실존을 정면으로 바라보고자 하지 않는다. 그 실존 앞에서의 다섯 가지 작은 실패 — 비극적인 혹은 희극적인 — 가, 다섯 가지 삶이 여기에 있다. 바야흐로 총살당하게 될 파블로는 실존의 저편으로 자기의 생각을 이끌고자 하고 자기 자신의 죽음을 생각하고자 하지만 실패한다. 에브는 광기의 비현실적이고 폐쇄적인 세계 속에서 피에르와 재결합을 시도하지만 실패한다. 이 세계는 하나의 가장(假裝)일 뿐이고 미친 사람들은 거짓말쟁이인 것이다. 에로스트라트는 인간 조건의 빛나는 거부에 의해, 어떤 범죄에 의해 인간들을 실존케 할 작정이지만 실패한다. 범죄는 이루어졌고 존재하고 있으나 에로스트라트는 그걸 인식하지 못한다. 그건, 그 안에서 피가 흘러나오는 하나의 거대한 오물 상자인 것이다. 롤라(륄뤼)는 자기 자

> 신을 속인다. 그녀와 자기 자신에게 던지지 않을 수 없는 시선 사이에 그녀는 일종의 가벼운 연막을 치려고 시도하지만 실패한다. 그 연막은 즉시 투명한 것이 되는 것이다. 우리는 자신에게 거짓말을 하는 것이 아니다. 자기에게 거짓말을 한다고 믿는 것이다. 뤼시앙 플뢰리에는 자신이 존재한다고 느낄 순간에 있다. 그러나 그는 그걸 원하지 않는다. 그는 도피한다. 그는 자기 권리의 관조 속으로 도망친다. 왜냐하면 그 권리들이란 존재하고 있는 것이 아니라 존재해야 할 것이기 때문이다. 하지만 그도 실패한다. 이 모든 도피는 하나의 벽에 의해 막힌다. 실존을 회피한다는 것, 그것도 존재하는 것이다. 실존이란 인간이 떠날 수 없는 일종의 충만이다.[15]

이 '서평 의뢰서'가 다루고 있는 상이한 다섯 사람의 주인공은 '실존'을 앞에 둔 존재의 태도를 보여주는 것으로 '실존' 밖으로의 도피의 시도라는 철학적 측면의 공통점을 가지고 있다. 그리고 주인공들은 그 시도가 모두 실패한다는 공통의 운명을 갖고 있다. 「벽」은 "철학자가 쓴 작품이 아니다"라고 하는 사르트르의 주장에도 불구하고 사형수의 상상력으로 죽음을 앞에 둔 존재를 묘사하고 있다는 점에서 철학적인 것이다. 죽음의 테마를 중심으로 삼았다는 점에서 카뮈의 『이방인』이나 앙드레 말로의 작품들과 비교될 수도 있다. 카뮈의 주인공은 죽음을 앞에 두었을 때 모든 것으로부터 자유로울 수 있었고 살아 있다는 사실 자체에 행복을 느낄 수 있었다. 말로의 주인공들은 죽음의 비극성과 정면으로 대결함으로써 삶의 가치를 깨달을 수 있었다. 사르트르

15 *Oeuvres romanesques*, p. 1807.

의 주인공은 죽음의 공포에서 벗어나고자 하지만 자신의 의지와는 상관없이 그 공포의 늪에 빠진다. 톰은 자기도 모르는 사이에 오줌을 싸면서 죽음의 공포에 떨고 후앙은 이미 얼굴색이 죽음의 흑색으로 변해 있으며 파블로는 땀을 흘려 옷이 젖어버린 상태에 빠진다. 죽음을 앞에 둔 이러한 장면은 인간이 극한 상황에 처해 있을 때 얼마나 나약할 수 있는지 보여준다. 특히 동료인 후앙과 톰이 공포에 사로잡혀 있는 것을 보면서 이를 경멸하고 스스로 당당하게 죽음을 맞으려고 결심하고 있는 파블로는 자신이 무의식중에 땀으로 젖게 되는 것을 알고 너무나 실망할 수밖에 없다.

그러나 여기까지는 논리가 지배하는 이성의 세계이다. 삶의 희극성은 삶이 바로 그러한 논리를 벗어난 초이성적인 우연의 지배를 받는다는 데 있다. 불과 몇 시간 뒤에 사형 집행을 당하게 된 파블로가 그다음 날 죽지 않는다. 그가 사형 집행을 면하게 된 것은 친구의 죽음을 대가로 지불한 결과이다. 친구 라몽 그리의 소재를 묻는 질문에 대해서 그는 팔랑헤 당원들을 놀리기 위해 '무덤'에 있다고 한다. 그의 답변은, 그때까지의 피신처에 위협을 느낀 라몽 그리가 무덤지기의 오두막으로 옮겼다가 붙잡혀 죽음으로써 사실로 입증된다. 파블로가 지금까지 친구의 소재를 알려주지 않기 위해 겪어야 했던 고민이나 그다음 날 사형 집행을 앞두고 해야 했던 고민은 헛된 것이 된다. 이러한 과정에서 그가 결국 깨닫게 되는 것은 인간이란 "영원히 유예 상태에 있는 존재"라는 것이다. 사르트르는 이와 같은 죽음의 부조리성을 『존재와 무』에서 강조하고 있다.

사람들은 우리가 사형수들 가운데 자기의 사형 집행일을 모르고

> 있으면서 매일 감옥의 동료들이 사형당하는 것을 보고 있는 한 사형수의 상황에 있다고 흔히 이야기한다. 그것이 완전히 정확한 것은 아니다. 그보다는 우리를, 사형을 용감하게 대비하고 사형대 위에서 훌륭한 모습을 보이는 데 모든 노력을 기울이는 동안에 스페인의 유행성 감기에 죽어버린 한 사형수와 비교해야 할 것이다.[16]

「벽」의 예와 유사한 이 글에서 사르트르가 강조하고 있는 것은 분명히 드러난다. 그것은 죽음 자체의 희극성이다. 죽음에 용감하게 대비하고 사형대 위에서 비굴하지 않게 훌륭한 모습을 보이고자 한다는 부분은 카뮈의 『이방인』을 연상시킨다. 그러나 뫼르소가 그토록 대담해질 수 있었던 것은 죽음 앞에서 존재의 자유를, 진정한 해방을 느꼈기 때문이다. 사르트르가 말하는 죽음은 곧 삶과 관련된 죽음이다. 죽음을 그처럼 훌륭하게 준비한 사람이 사형을 당하기 전에 유행성 독감으로 죽는다는 것은 삶과 죽음의 우연성과 희극성을 이야기한다. 파블로 자신은 죽음을 눈앞에 두고 어떤 동요도 보이지 않은 채 의연하게 죽음을 맞으려고 하지만 자기도 모르는 사이에 죽음에 대한 공포를 드러낸다. 그는 보다 용감해지기 위해서 동료인 라몽 그리가 숨어 있는 장소를 가르쳐주지 않고 엉뚱한 곳을 장난삼아 거론한 결과 라몽 그리를 죽게 만든다. 동료의 안전을 위해 거짓말을 한 것이 동료의 죽음을 가져온 반면에, 동료의 소재를 가르쳐주지 않음으로써 자신의 사형을 받아들이려 한 것이 삶을 가져온다. 파블로의 의도는 우연에 의해 배반당한다.

---

16 Sartre, *L'Être et le néant*, p. 591 et suiv.

이러한 결말을 소설 기법에서는 단편소설의 반전이라고 부를 수 있다. 모파상의 작품에서 그 전형을 발견할 수 있는 결말의 반전은 우연의 지배를 받고 있는 삶의 희극성에서 기인한다고 이야기될 수 있다. 그리고 그러한 요소는 사르트르의 다른 단편소설들에서도 그대로 나타난다.

「방」의 주인공은 피에르라고 하는 미친 사람이다. 원래 이 작품에 등장하는 인물은, 피에르와 에브, 에브의 부모인 다르베다 씨 부부, 그리고 그들의 대화 속에서만 등장하는 프랑쇼 박사뿐이다. 에브의 부모인 다르베다 씨 부부는 에브가 미친 피에르와 함께 사는 것을 안타깝게 생각하면서 피에르를 정신병원에 감금시키고 에브를 피에르로부터 떼어놓으려고 시도한다. 피에르가 1년 이내에 발광을 하게 될 것을 알고 있는 에브는 그러나 피에르를 떠나고자 하지 않고 함께 살기를 선택한다. 그러나 이 작품의 결말에 해당하는 '요약' 부분의 마지막 문장은 "그전에 내가 당신을 죽일 거요"이다. 이 문장은 이 작품의 결말도 프랑스 단편소설의 전통에 어긋나지 않는 '반전'의 기법을 사용하고 있음을 보여준다. 다르베다 씨 부부의 온갖 권고에도 불구하고 에브는 피에르를 떠나지 않기로 결심한다. 의사 프랑쇼의 진단에 의해 피에르를 정신병원에 입원시켜야 함에도 불구하고 그녀는 피에르를 그의 '방' 속에서 살게 한다. 피에르로부터 온갖 의심을 받고 있음에도 불구하고 그녀는 피에르를 사랑한다. 따라서 에브는 피에르가 발광을 하게 되는 것까지도 함께 겪을 것처럼 보이지만, 마지막 문장은 그녀 자신이 그를 죽일 것을 암시하고 있다. 그녀가 그를 죽인다고 하는 것은 그를 사랑하기 때문이다. 사랑하기 때문에 죽일 수밖에 없는 역설적인 선택이 에브의 마지막 선택이다.

그렇지만 이 작품에서 보다 뚜렷하게 나타나는 주제는 '광기'와 정상 상태 사이에 있는 '벽'이라고 할 수 있다. 이 작품에서 대립관계로 나타나는 것은 피에르라는 미친 사람과, 다르베다 씨 부부와 의사 프랑쇼라는 정상인 사이의 관계다. 이 둘 사이의 대립은 서로 해결될 수 없는 것으로서 그들 사이에 있는 '에브'에게 압력으로 존재한다. 에브가 남편 피에르와 부부 생활을 계속하는 것은 피에르에 대한 동정 때문도 아니고 부부 생활의 관습 때문도 아니다. 그녀의 부모들은 그녀가 피에르와 헤어지지 못하는 이유를 성적 관계의 차원에서 찾고 있지만 그녀는 남편의 광기에 대해 공포와 매력을 동시에 느끼고 있다. 그녀가 남편의 광기에 대해 공포를 느끼는 것은 이성이 좇을 수 없는 환영이 그녀에게도 다가오고 있기 때문이지만 매력을 느끼게 되는 것은 인습의 세계에 벗어나 있기 때문이다. 피에르가 광기에 빠져가고 있는 것은 그가 에브와의 사이에서조차도 '벽'을 느낀다고 하는 것처럼 정상적인 사람들로부터 소외된 데서 연유한다. 실제로 이 작품의 화자의 시점은 다르베다 부인→다르베다 씨→에브로 이어진 반면에 피에르 자신의 시점에까지 이르지는 못한다. 이것은 피에르라는 인물이 타인들에 의해서만 관찰되고 있고 타인들의 시선을 통해서만 묘사되고 있다는 사실로 입증된다. 그는 정상인의 삶에서는 관찰의 대상에 지나지 않기 때문에 자신의 세계 속에서만 행위의 주체가 될 수 있고 그 결과 정상인의 시점에서는 이해가 되지 않는 광기의 세계로 빠져들고 있다.

그런데 정상인 세계를 대표하고 있는 다르베다 부인도 피에르와 마찬가지로 '이름 모를 병'에 걸려 있다는 것은 상징적이다. 그것은 그녀도 또한 피에르처럼 치유할 수 없는 병에 걸려 있음을 이야기한다. 사르트르가 여기에서 암시하고 있는 것은 다르베다 씨 부인이 육체적으로만 병에 걸려 있는 것이 아니라 정신적으로도 이미 병적인 상태에 있다는 사실이다. 바로 그 때문에 에브는 다르베다 씨 부부의 권유에도 불구하고 부르주아적이고 인습적인 그들의 세계로 되돌아가지 못한다. 이른바 정상인이라고 하는 다르베다 씨 부부는 에브가 피에르와 헤어지지 못하는 이유를 기껏 성생활에서 찾을 뿐이다. 이것은 사람들의 관계를 자기들의 관계에 비추어 파악함을 이야기한다. 따라서 '미친 상태'와 '정상 상태'를 동일한 소외 상태로 파악하고 있는 이 작품에서 이 두 세계는 겉으로 보면 서로 대립되어 있는 것 같지만 사실은 상호 보충적이다. 다시 말하면 에브는 바로 이 두 가지 소외 상태에서 어느 쪽을 선택하는 것이 아니다. 그녀가 옛날의 부모에게 되돌아가기를 거부한 것이나 피에르에게 남아 있기로 결정한 다음 피에르를 안락사시키기로 결심한 것은 그것을 말한다. 사르트르는, 피에르의 광기가 부르주아의 인습적인 삶에 견디지 못해서, 혹은 견디다가 자구책으로 이루어진 것임을 암시하고 있고 또 다르베다 씨 부부의 '정상적' 사고가 피에르의 광기와 다름없는 것임을 보여주고 있다. 정상과 비정상 사이의 차이를 알 수 없게 된 에브는 자신이 피에르와 살아온 그 '방'을 선택함으로써 독자적인 삶을 추구한다. 그 방은 에브로 하여금 다르베다 씨 부부의 세계에 들어가지 않게 하는 장소이며, 성적으로 피에르와 주고받는 관계가 끊어진 즉자의 장소이다. 즉자의 장소에서 에브는 피에르와 독립적으로 살기를 선택한 것이다. 결국 사르트르는 다르베다 씨 부부와 프랑쇼 박사의 부르주아 세계에 대한 비판을 통해서, 피에르 광기의 근원을 제시하고 에브의 선택에 논리적 근거를 마련해주고 있다. 이미 『구토』에서 비판의 대상이 되었던 부르주아 사회의 자기기만이 이 작품에서는 훨씬 심각한 양상으로 전개된 것이다. 일상적 차원에서 광기의 문제를 제기하고 있는 「방」은 결국 일상적 생활의 편안을 즐기려는 관념을 전복시키고 있는 작품이다. 피에르의 광기가 다르베다 씨 부부에게는 공포와 기피의 대상이지만 에브에게는 함께 살 수 있는 친화의 대상이다. 이것은 카뮈의 『이방인』에서 뫼르소가 예심판사나 양로원 원장에게는 이방인이었지만 마리나 레이몽과 같은 사람들에게는 이방인이 아니었던 것과 마찬가지이다. 이러한 문제 제기는 일상적 차원을 넘어서 정치적 측면으로 확대시킬 때 스탈린 치하에서 반체제 인사들을 정신병자로 만들어 정신병원에 강제로 수용한 사실과 관련된다. 독재자가 자신의 체제를 유지하기 위해 거기에 반대하는 인물을 불온하게 생각하고 입원시킨 것과 마찬가지로 다르베다 씨 부부는 그들의 부르주아적 삶에 도전하고 있는 피에르를 강제로 입원시키고자 한다. 에브는 바로 그 두 세계 사이에서 선택을 강요당하고 있는 인물이다. 그녀는 자기가 태어난 세계를 거부하고 자기 부모들이 비난하고 있는 세계를 선택한 것이다. 이 작품이 발표되었을 때 서평을 쓴 알베르 카뮈[17]도 "미친 남편을 가진 에브는 그녀가 거부당한 비정상적인 세계로 뚫고 들어가기 위해 모든 힘을 기울인다"는 사실에 주목하면서 에브가 "그의 남편이 정신착란을 일으키는 것을 보며 그녀가 섞여들고 싶어 하는 그 세계의 비밀을 찾고자 스스로를 고문하고, 그녀가 들어가 잠을 자고 싶어 하는, 요새와 같이 문이 닫힌 그 방의 비밀을 찾고자 스스로를 괴롭힌다"고 해석하며 이 작품을 사르트르의 "단편들 가운데 가장 훌륭한" 것으로 평가한다. 왜냐하면 "이 강렬하고 비극적인 세계"가 "자아의 무화anéantisment에 대한

17 A. Camus, "Le Mur de Jean-Paul Sartre," in *Les Critiques de notre temps et Sartre*, Garnier, 1973, pp. 49~52.

향수"를 보여주기 때문이라는 것이다.

여기에서 카뮈가 주목하고 있는 것은 삶의 부조리와 개인의 무화로 이야기할 수 있는 비극적 세계의 인식이다. 사르트르의 소설이 사소한 일상의 세계에서 삶의 비극성을 제시하고 있는 점은 카뮈의 소설의 테마와 유사하다. 그러나 사르트르는 그러한 문제 제기를 통해서 소시민적 삶의 모습과 자기기만적 현실을 충격적으로 보여주고 있는 것이다.

「에로스트라트」의 주인공 폴 일베르는 파리에 사는 보잘것없는 월급쟁이에 지나지 않는다. 그는 모든 사람을 내려다보는 위치에서 인간의 낮음을 비웃으며 스스로 영웅이 되고자 한다. 그는 권총을 한 자루 사서 여러 가지 환상 속에서 여섯 사람을 죽이려는 계획을 갖지만, 창녀를 놀라게 하고, 지나가는 사람들을 죽이는 장면을 상상한다. 그는 지나가는 행인에게 총을 쏘는 행위에서 휴머니즘에 반대되는 범죄를 꿈꾸며 자신의 이름을 남기고자 하는 소영웅주의에 사로잡혀 있다. 그는 군중을 놀라게 하고 파괴자가 되기 위해 여러 가지 노력을 기울임에도 불구하고 정신병자 이상의 행동을 하지 못한다. 마지막에 행인을 쏜 다음 스스로 자살을 선택하려 했다가 그것마저도 행하지 못하는 주인공은 작품의 제목에서 말하는 신화적 인물의 현대적인 변용에 다름 아니다. 전설에 의하면 에로스트라트는 에페소스 사람으로서 기원전 356년에 자기 이름을 영원히 남기기 위해 "세계 일곱 기적의 하나인 에페소스의 사원을 태워버린다." 그 신전은 아르테미스 신전으로, 후세에 이름이 알려지지 않은 한 건축가에 의해 기원전 620년에 세워진 것이다. 그의 이름은 무모한 짓을 해서 유명해진 사람의 대표적인 케이스로 후세에 전해졌다. 이러한 사회적 비유의 대상인 폴 일베르에 관해서 주느비에브 이드는 다음과 같이 쓰고 있다.

> 그는 스스로에 대해서 영광되고 혼합된 이미지를, 잡다한 형상들로 만들어진 이미지를 마음에 품는다. 알렉산더가 태어난 날 에포스에서 다이아나 신전을 파괴한 방화자, 인간들이 또다시 서른세 살에 죽인 예수 같은 사람, 도스토옙스키의 『악령』에서나 빌려왔을 러시아적 니힐리스트 같은 유형, 범죄에 관한 집념의 면에서 보면 스타브로긴 같고, 자살 이론의 측면에서 본다면 키릴로프 같은 유형, 그리고 그의 범죄를 사회적 항의의 고상한 행동으로 제시하고 있는 파핀 자매들 등의 이미지를. 그러나 작중인물의 현실은 강박관념에 사로잡힌 불행한 사람의 분노의 이미지인데, 위대한 일상인들이 그것을 퍼뜨리고 있다. 즉, 그 현실은 위대한 파괴자의 아름다운 형상을 저속한 모습으로 비추고 있다.[18]

뚱뚱한 배를 가진 폴 일베르가 지팡이와 코안경과 장갑을 지니고 있는 모습은 희극적이고 풍자적인 것이다. 그는 에로스트라트의 진정한 재현이 아니라 소시민화된 재현이기 때문에 그의 파괴는 성공하지 못하고 실패한다. 세계의 7대 불가사의 가운데 하나를 파괴하는 거대한 공포를 일으키지 못한 그의 범죄는 정신병자나 무능한 사람의 무모하고 무의미한 폭력에 지나지 않는다. 여기에서 사르트르는 폴 일베르가 살고 있는 막혀 있는 사회의 위기를 보여주고 있다. 그것은 인간의 보잘것없는 행동으로, 그것의 비정치적 성격으로 표현되고 있다. 그러나

---

18 G. Idt, *ibid.*, p. 154.

그것이 얼마나 정치적인 행위인지 사르트르는 암시한다.

소설이 사소하고 대단히 개인적인 일상의 측면을 다루고 있는 것은 「정분」에서도 나타나고 있다. 「정분」의 주인공은 륄뤼와 리레트라는 두 여성이다. 륄뤼는 성불능자인 앙리와 함께 살면서 자위행위에서만 쾌락을 느낀다. 반면에 리레트는 쾌락 추구의 성격을 지니고 륄뤼로 하여금 앙리를 떠나서 피에르와 함께 살게 만들고자 한다. 성불능자라는 점에서 여성적 이미지를 갖고 있는 앙리와, 당당한 체격과 남성적 힘을 소유한 피에르를 대비시키면서 륄뤼는 처음에는 쾌락주의적 선택을 하고 다음에는 도덕적인 선택을 한다. 그러나 좀더 주의 깊게 관찰을 하면 륄뤼가 떠나기를 선택하는 것은 그의 독자적인 의지에 의해서가 아니라 그의 숙명에 의한 것처럼 묘사되고 있다. "인생이란 거대한 물결이어서 륄뤼에게 덮쳐와 앙리의 팔에서 그녀를 빼앗아올 것이었다."[19] 그러나 륄뤼에 비해서 리레트는 훨씬 더 적극적이다. 륄뤼로 하여금 피에르와 함께 여행을 떠나라고 권유한 것도 리레트이고 스스로 성적 쾌락을 찾고 있는 것도 리레트이다.

그런 점에서 본다면 이 작품에 나오는 남성들은 이 두 여성에 비해서 훨씬 피동적이다. 여기에서 남성들은 어떤 선택도 하지 않고 여성의 선택에 스스로를 맡기고 있다. 그러나 사르트르가 여기에서 두 여성에게 부여하는 역할은 오늘의 여권운동에서 제기하는 차원의 것이 아니다. 그것은 육체와 성의 관계 속에서 여성의 자기기만의 문제가 어떻게 제기되는지 보여준다. 그러면서 육체의 쾌락과 속임수가 여성을 삶의 문제에서 소외시키고 있음을 드러낸다. "여성의 상징적이고

19 *Oeuvres romanesques*, p. 292.

대조적인 이 두 사람은 모두 남성적 요소를 가지고 있다. 리레트는 외로움 속에서 자신이 강하기를 바라고 다른 사람을 정신적으로 육체적으로 지배하려고 노력한다. 륄뤼는 여성이나 애매한 남성에 대해서만 취미를 가지고 있다. 가령 성불능자라든가 '순결한 사람들'이라든가 그녀의 남동생이라든가 법복으로 인해서 여성처럼 보이는 사제들에게 관심을 보인 것이다."[20] 그런 점에서 이 작품은 모든 것을 무너뜨린다. 리레트의 머리에서 떠나지 않는 기성관념들, 즉 남성에게는 명예가 중요하고 여성에게는 행복이 중요하다든가 남자와 여자 사이에는 자연적·사회적 구별이 있다든가 하는 것들이 무너지고 있다. 이러한 가치들의 전복은 이 작품도 사르트르의 모든 작품과 동일한 계열에 놓일 수 있음을 이야기한다. 뿐만 아니라 륄뤼가 피에르와의 도피를 포기하고 성불능자인 앙리에게 돌아오는 것도 다른 단편소설에서 볼 수 있는 마지막 반전의 기법에 다름 아니다. 그가 이 작품에서 시도하고 있는 새로움은 남자와 여자가 성적으로 대립되고 구별되어서 서로 역할을 분담하는 부부 생활을 이루는 데 있는 것이 아니라 두 사람이 성적으로 비슷해지는 데 있다. 다시 말하면 륄뤼는 다른 여성에 비해서 남성적인 역할을 더 많이 맡게 되고 앙리는 다른 남성에 비해서 여성적인 역할을 더 많이 맡게 된다. 이것은 작가 자신이 모든 사물에 대해서 기성관념을 지니지 않게 하려는 데서 연유한 것으로 보아야 한다.

---

20 G. Idt, *ibid.*, p. 46.

IV

사르트르의 중·단편소설에 나오는 인물들의 모습은 대문자로 쓴 인간의 고귀함을 지니고 있는 모습이 아니다. 죽음의 공포를 이기지 못하여 실금을 하는 인물, 동상이 날아다닌다는 헛소리를 하는 남편에게 필요하지 않은 자신의 존재를 자각하고도 그 방에 남아 있기를 선택한 아내, 자위행위를 통해서 쾌락을 누리며 성불능의 남편에게 돌아온 여성, 맹목적인 범죄를 계획하면서 자신이 대단한 일을 하고 있다고 생각하는 남성, 피동적인 생활을 하며 성장하는 과정에서 쓸데없는 과격한 행동을 보이는 지도자 등의 인물은, 인간의 고상함을 내세우는 기성의 가치관을 '과격하게' 파괴하고 있다. 이것은 일상생활에서 저속함과 거짓을 되풀이하면서도 일요일에는 정장을 한 온 식구를 거느리고 외출하면서 세계에 대한 사랑과 인간으로서의 교양을 갖춘 것처럼 행동하는 부르주아 사회의 위선과 허위의식을 깨뜨리고 있다. 그런 점에서 이들 작품은 부르주아가 추구하는 행복과 평화를 기대하는 독자들에게 "보다 큰 실망을 주기 위한 것"들로서 "과격하고 매우 부정적인 작품"이라고 할 수 있다. 작중인물들이 다른 인물과 맺고 있는 관계가 일상적 저속성을 보이고 있고 이들이 끊임없이 문제로 삼고 있는 것이 성적인 측면을 중심으로 하고 있는 것은 그 이전의 소설에서 거의 볼수 없었던 드문 현상이다. 그런 점에서 사르트르는 전통적인 소설에서 볼 수 있었던 인간 중심적인 생각에 도전하고 있다고 할 수 있다. 그리고 이런 도전의 가장 중요한 내용이 인간의 실존적 모습의 탐구인 것이다.

그가 이들 작품에서 탐구하고 있는 실존적 모습은 실패한 이야기라는 공통점을 갖고 있다. 그의 주인공들이 실패한 것은 그들의 앞에 '벽'이 놓여 있기 때문이다. 이미 앞에서 본 '서평 의뢰서'에서 확인할 수 있었던 것처럼 작중인물들은 언제나 실존의 삶을 떠나려고 노력한다. 그러나 그들 앞에는 항상 '벽'이 있어서 그 노력은 실패한다. 그 벽은 때로는 삶과 죽음을 구분하는 벽이고, 때로는 정상인과 미친 사람을 구분하는 벽이며, 때로는 자아와, 개인이 자신의 적이라고 구분하고 있는 타자 사이를 가로막고 있는 장애물이고, 때로는 개인이 자신의 상황을 바꿔보려고 할 때 그 불가능을 보여주는 '투명한' 유리 벽이기도 하다. 따라서 벽이란 실존 앞에서 인간의 도피를 가로막는 모든 것이다.

그런데 이처럼 벽에 부딪혀 모든 시도에서 실패하고 있음에도 불구하고 사르트르의 주인공들은 주관적인 심리의 변화를 보여주는 것이 아니라 객관적인 현상을 제시한다. 이것은 어디까지나 사르트르 자신이 작중인물을 다루는 태도에서 연유한다.

> 나는 인물들의 모습을, 마치 내가 그들에 관해서 아무것도 아는 것이 없는 것처럼 꾸미고 그들이 영혼을 가지고 있다는 사실조차 모르는 것처럼 꾸밈으로써 절대적으로 새로운 존재들로서 그들을 그리려고 시도하겠다. 여기 나오는 여러 가지 관찰들을 사람들이 은유로 생각하지 않기를 바란다. 나는 단지 내가 본 것만을 이야기할 따름이다.[21]

21 M. Contat et M. Rybalka, *Les Ecrits de Sartre*, p. 561

자신이 본 것만을 이야기한다고 하는 것은 그 자신이 객관적인 현상학적 입장을 고수한다는 것을 의미한다. 이것은 누보로망에서 이야기하는 '여기, 지금'의 삶의 객관적 묘사와 관련을 맺는다. 이러한 일상성과 객관성은 작가가 서술의 상황에 관해 어떤 암시도 하고 있지 않다는 것을 의미한다.

그런데 주느비에브 이드는 이런 현상이 나타나는 것을 사르트르가 사용하고 있는 단순과거의 시제에서 연유하는 것으로 이야기함으로써 기법상으로 증명하고 있다.[22] 그녀는 여기에서 단순과거의 사용이 사건의 시간le temps de l'événement과 서술의 시간le temps de la narration 사이에 있는 일체의 관계를 배제한다고 지적하고 있다. 그렇기 때문에 이야기 자체가 완전히 과거체로 씌어져 있으면서도 이미 사실로 끝나버린 것처럼 보이는 것이 아니라 자연발생적인 인상을 주고 따라서 눈에 보이는 현상만 나타난다는 것이다. 여기에는 합리적으로 설명해줄 수 있는 인과관계가 있는 것이 아니라 자기 행동이 자기를 저버리는 삶의 부조리, 모든 사건에 합리적으로 대처할 능력이 있다고 주장할 수 없는 주인공의 무능력이 나타난다. 바로 이러한 반주인공적 성격이 사르트르의 현대적인 요소이며 누보로망의 선구적 요소이기도 하다. 그렇기 때문에 그의 주인공들은 가령 지도자나 성직자 혹은 부모 등 기존의 가치 체계에서 권위를 지니고 있는 인물들을 묘사하면서 바로 그 권위를 무너뜨리는 일상적 삶의 모습으로 제시한다. 그들의 삶이 거짓과 위선과 허위의식으로 가득 찬 코미디에 지나지 않는다는 것을 보여

22 G. Idt, *ibid.*, pp. 55~58.

주기 위해 사르트르는 모든 것을 문제로 삼고 있다. 그가 가부장적 권위의 상징인 이들을 다루면서 비속어나 성적인 표현을 사용하고 있는 것은 그 때문이다. 그러한 표현을 통해서 극히 개인적인 문제들을 다루고 있는 듯한 인상에도 불구하고 그의 소설은 정치적·철학적·사회적 문제를 근본적으로 제기하고 있다.

그러나 그가 보다 더 현대적인 요소를 갖고 있는 작가인 것은 작가가 주인공들의 의식을 조종하고 있는 것이 아니라 거기에 자유를 부여하고 있는 데서 찾아질 수 있다. 그의 소설에서 일인칭은 주관적인 시점을 보여주고 있는 것이 아니라 객관성을 획득하고 있다. 뿐만 아니라 모든 인물들을 심리적 차원에서 움직이게 하는 것이 아니라 상황 속에서 끊임없이 선택할 수밖에 없는 숙명에 의해 움직이게 만든다. 이것은 작중인물들에게 그들의 삶의 자유를 부여한 것이다. 그렇지만 그 자유가 그들을 고통스럽게 한다.

> 실제로 이 작중인물들은 자유롭다. 그러나 그들의 자유는 아무 데도 소용되지 않는다. 그것이 적어도 사르트르가 이야기하고자 한 것이다. 대단히 놀라운 이 페이지들의 감동, 그 잔인한 비장감은 어쩌면 거기에서 오고 있다. 왜냐하면 인간은 자기의 편견들의, 가끔은 자기의 천성의 질곡으로부터 벗어나기 때문이고, 자기 자신을 조용히 생각하는 것으로 귀착되고 자신 자신이 아닌 모든 것에 대한 자신의 철저한 무관심을 의식하기 때문이다. 그는 혼자다. 그는 이 자유 속에 갇혀 있다. 그 자유는 단지 시간 속에 위치한다. 죽음은 인간에게 짧고 현기증 나는 빈중이다. 그의 조건은 부조리하다. 그는 더 멀리 가지 못할 것이다. 삶이 다시 시작되는 매일 아침의 기적들은 그

에게 더 이상 의미가 없다.[23]

카뮈가 여기에서 지적하고자 한 것은 일상적인 삶의 부조리에 사로잡힌 사르트르의 주인공들이 스스로를 구속하게 될 쇠사슬을 만들어낸다는 것이다. 그들은 광기, 성적 횡포, 범죄 등 어떤 비인간적 세계에 달려든다. 에브는 미쳐버리고자 하고, 「에로스트라트」의 주인공은 범죄를 저지르고자 하고, 륄뤼는 성적 무능력자인 남편에게 돌아가 함께 살고자 하고, 「지도자의 유년 시절」의 주인공은 극우파에 가담하여 타인을 지배하고자 한다. 스스로 쇠진해지기를 선택하고 있는 이들의 삶의 모습은 "눈부시면서도 동시에 색깔이 없는 그림"과 같이 인상적이다.

그런데 이들은 스스로에 관해 이야기하는 것이 아니다. 그의 주인공들이 항상 누군가의 시선에 의해 포착된 모습이라는 것은, 그 누군가가 타자의 심리 속에 들어갈 수 없을 뿐만 아니라 주인공 자신이 타자와의 관계 속에서만 묘사의 대상일 수 있음을 이야기한다. 그런 점에서 보면 평생을 부르주아적 편안함 속에서 살 수 있었음에도 불구하고 그러한 자기기만적 행복을 거부하고, 끊임없이 현대사의 현장에 스스로를 던지고, 또 가족 이기주의의 온갖 유혹을 뿌리치고 산 사르트르의 일생은, 그 자체가 타인의 시선 속에서 이루어진 것이며 동시에 그의 현대적 주인공의 표본을 실천한 것이다. 그의 중·단편소설은 문학을 포함한 모든 권위와 제도에의 도전이고 타파의 시도이다. 이른바 '위대한 거부'이다.

23 *Les critiques de notre temps et Sartre*, p. 51.

참고 문헌

Jean-Paul Sartre, *Oeuvres romanesques*, édition établie par Michel Contat et Michel Ryvalka, Gallimard, 1981.

Geneviève Idt, *Le Mur de Jean-Paul Sartre*, Librairie Larousse, 1972.

M. Contat et M. Rybalka, *Les Ecrits de Sartre*, Gallimard, 1970.

N. Sarraute, *Portrait d'un inconnu*, 1ère édition, Robert Marin, 1948; Gallimard, 1956.

Madeleine Chapsal, *Les écrivains en personne*, éd. Julliard, Coll. 10/18, 1973.

Les critiques de notre temps et Sartre, Garnier, 1973.

F. Jeanson, *Sartre par lui-même*, Seuil, 1955.

언어의 실험실
—미셸 뷔토르의 소설 세계

I

알랭 로브그리예와 함께 프랑스의 누보로망의 기수 역할을 한 미셸 뷔토르Michel Butor(1926~)는 지금도 작가로서 활발하게 작품 활동을 하고 있는 현역 작가이다. 그가 1950년대부터 10여 년 동안 프랑스의 문단에서 각광을 받은 것에 비하면 오늘날 그의 활동은 그렇게 화려하다고 할 수 없지만, 그러나 문학에 대한 끝없는 질문과 새로운 시도의 연장선상에 있다고 할 수 있다. 그의 작품은 너무나 풍요롭고 너무나 다양하고 너무나 광범해서 그를 한마디로 정의할 수 없게 만든다.

흔히 그가 소설가로 불릴 때 그의 작품은 산문으로 되어 있는 허구적인 것으로 국한된다. 그의 작품에는 『접근 작업』과 같은 시도 있고

『목록』 I, II, III, IV, V와 같은 비평적인 것도 있으며 그 밖에도 다양한 성질을 띤 것이 있기 때문이다. 그래서 그의 문학의 독창적 성질을 이야기하자면 첫째 여러 가지 문학 형식들의 탁월한 개척자로서 글쓰기écriture의 실험적 성격을 극대화하였고, 둘째 음악·미술·여행·전기·문학 등을 다룸으로써 전통적인 글쓰기의 영토를 확장하여 언어활동의 무한한 가능성을 모색하였다. 그래서 그에게는 소설가romancier보다는 작가écrivain라는 명칭이 어울린다. 그러한 뷔토르를 이해하기 위해서는 그의 간단한 전기를 밝힐 필요가 있다.

그는 몽스앙바뢸이라는 작은 도시에서 철도 사무소에 근무하는 아버지를 둔 중산층 가정의 7남매 중 넷째로 태어났다. 그의 아버지가 철도 사무소에서 근무했다는 사실은 그에게 여행에 대한 취미를 부여하였고 그 결과 그의 대표작이라 할 수 있는 『변경*La modification*』의 주요한 테마를 제공한다. 3세 때 아버지가 파리로 전근함으로써 그도 파리에서 유년 시절을 보내며 명문인 루이르그랑 고등학교를 거쳐 소르본 대학에서 철학을 전공한다. 바슐라르의 지도를 받아 「수학과 필요의 개념」이라는 인식론적 논문으로 D. E. S.학위를 받고 판화·회화·음악 등 초현실주의 운동에 관계한다. 1950년 장 발Jean Wahl의 지도 아래 「문학에서 애매성의 양상과 의미 작용의 개념」이라는 제목의 논문을 준비하다가 북이집트의 작은 도시의 불어 교사로 부임한다. 낯선 땅, 낯선 문명, 낯선 종교의 체험이 그에게 중요한 영향을 미치게 되고 『밀랑의 통로*Passage de Milan*』라는 첫 작품을 쓰게 만든다. 이듬해 그는 맨체스터 대학의 불어과 강사로 부임하여 2년 동안 지적 분위기 속에서 생활하며 『밀랑의 통로』를 완성한다. 맨체스터에서의 생활이 뒤에 『시간의 사용*l'Emploi du Temps*』의 배경을 이룬다. 1954년 『밀랑의 통로』를 출판하지만 상업적으로 실패하고, 살로니크의 프랑스 고등학교의 교사로 1년간 근무하는 동안 『시간의 사용』을 쓴다. 이듬해 소르본 대학에 있는 해외 불어 교사 양성 학교에서 롤랑 바르트 대신 강좌를 맡는다. 1956년 『시간의 사용』을 발표하여 주목을 받고, 뤼시앙 골드만의 소개를 받아서 주네브 국제학교 교사가 된다. 여기에서 그는 철학·불어·역사·지리를 가르치는데, 이 경험이 뒤에 『정도*Degrés*』의 바탕이 된다. 『시간의 사용』으로 페네옹상을 받고, 『변경』을 쓰기 시작한다. 1957년 봄에 장 이폴리트J. Hyppolite가 주네브 국제학교에 와서 '현대 소설과 철학'이라는 주제로 강연을 하면서 그의 두 소설을 분석함으로써 그는 동료들 사이에서 주목의 대상이 된다. 10월에 『변경』을 발표하여 공쿠르상의 유력한 후보가 되었다가 르노드상을 수상하게 됨으로써 작가적 명성을 얻게 된다. 1958년 『장소의 정령*Génie du lieu*』을 발표하고 주네브에서 알게 된 마리 조Marie-Jo와 결혼한 다음, 미술·음악 등의 예술에 관한 글을 발표한다. 1959년 『정도』를 쓰기 시작하고, 갈리마르 출판사로부터 그의 소설을 출판하기로 계약을 맺은 후 물질적 지원을 받기 시작한다. 10월에 초청 교수로 미국을 방문하고 1960년 1월에 『목록』을 미뉘 출판사에서, 『정도』를 갈리마르 출판사에서 출판, 『목록』이 문학비평상을 받는다. 1961년 파리로 돌아온 다음에도 강연을 하기 위해 여러 나라를 순회하다가 앙리 푸쇠르Henri Pousseur라는 젊은 벨기에 음악가를 만나게 되어서 『당신의 파우스트*Votre Faust*』라는 오페라 대본을 쓴다. 이해 '보들레르의 꿈에 관한 에세이'라는 부제가 붙은 『비상한 이야기*Histoire extraordinaire*』를 발표한다. 이후 10년 동안 그는 미국·독일·동유럽·아시아 등을 여행하고 『목록』을 계속 발간하여 제5권이 1982년에 나왔고 여행에서 얻은 영감을

『장소의 정령』 II, III에 의해 표현하고 라디오 방송 대본인 「항공망」(1962년), 『1초에 6,810,000리터의 물』(1965년), '미합중국의 재현을 위한 연구'라는 부제가 붙은 『모빌*Mobile*』과 그의 시 작품을 정교하게 엮은 『접근 작업』 등 다양한 종류의 글을 발표한다.

그의 이러한 실험적 글쓰기는 그가 니스Nice에 살게 된 1970년 이후에도 계속된다. 그는 베토벤 음악이 가지고 있는 시적 변주에 대해서 음악과의 대화를 시도하고, 몽테뉴에 관한 에세이와 프루스트 관한 에세이를 통해서 소설에 관한 반성을 시도하고, 꿈에 관한 명상을 지속적으로 시도하며, 화가·조각가·사진작가·판화가 등 현대의 예술가들과 대화를 시도한다. 이러한 관심의 끝없는 확대는 그의 세계가 잡다하게 보일 수도 있게 하지만 그것의 저변에는 변하지 않는 관심 즉 형식에 관한 관심이 깔려 있다. 그것은 우리 주변의 사물들, 우리가 살고 있는 장소들, 우리가 구축한 문화들, 그 모든 것에 대한 우리의 감수성에 새로운 존재를 부여한다. 그것은 문학적 언어의 존재다. 미셸 뷔토르는 언어의 목수다. 그는 말들을 요리하고 뜯어 맞추고, 말들의 자연 발생적 생성을 가능하게 한다.

뷔토르의 작품이 이처럼 다양하고 까다롭기 때문에 그의 작품은 분류하기가 쉽지 않다. 그의 작품들 가운데 비평적이거나 시적인 것을 제외한 창작을 그래서 셋으로 분류한다. 1966년 『미셸 뷔토르, 혹은 미래의 책』의 저자 장 루도Jean Roudaut는 그때까지 뷔토르의 대표적인 창작을 '소설적 작품Ⅰromanesque I'과 '소설적 작품Ⅱromanesque II'로 구분하였다. 첫번째 범주에 『밀랑의 통로』 『시간의 사용』 『변경』 『정도』를 포함시키고, 두번째 범주에 『모빌』 『산 마르코 광장의 묘사』 『1초에 6,810,000리터의 물』을 포함시켰다. 그러나 1973년 스리지 라

살의 국제문화센터에서 있었던 뷔토르에 관한 토론회에서 '소설적 작품III romanesque III'이라는 범주를 설정하고 『어린 원숭이로서의 예술가의 초상』(1967), 『바람의 장미』(1970), 『장소의 정령 II』(1971), 『디아벨리 왈츠에 관한 루드비히 반 베토벤의 33변주곡과의 대화』(1971), 『간격』(1973) 등을 여기에 포함시키고 있다. 물론 이러한 분류는 작업의 편의 때문에 이루어진 것이다. 사실 뷔토르의 작품은 시간 순서에 의한 분류가 아니라 주제에 의한 분류를 하는 것이 더 맞을 것이다. 그러나 이 세 가지 소설적 작품군은 작품의 발전 단계라고 할 수 있다. '소설적 작품 I'에 속하는 소설들은 화자·작가의 모험을 이야기한다. 『시간의 사용』의 자크 레벨은 블레스턴이라는 도시에서의 삶을 모두 기록하고자 하며, 『변경』의 주인공 레옹 델몽은 자신의 정부인 세실을 파리로 데려감으로써 젊음을 되찾고자 하는 자신의 계획이 헛되다는 것을 깨닫는 순간 그것을 책으로 쓰겠다고 하고 그 작품을 남긴다. 『정도』의 주인공 피에르 베르니에도 자신이 근무하고 있는 고등학교의 한 학급을 완벽하게 묘사하고자 하지만 실패하고 죽는다. 그런 점에서 여기에 속하는 소설들의 세계는 소설의 외부로 열리게 된다. 화자 개인의 모험이 작가라는 사회적 존재의 모험으로 확대되고 있지만 그것은 그러나 개인적 모험이다. '소설적 작품 I'에서 '소설적 작품 II'로 넘어가는 것은 개인적 모험에서 집단적 모험으로의 이행에 의해 기록된다. '소설적 작품 II'의 작품들은 복합적인 구조로 결합된 '복수적' 이야기들이다. 이미 『정도』에서 한 집단을 그리고자 하는 야심을 보임으로써 그 싹을 틔웠다고 할 수 있는 '소설적 작품 II'에서 뷔토르는 그의 작품을 형식과 주제 면에서 발전시킨다고 생각한다.

> 그 순간(『정도』의 기술)부터 나는 복수의 개념에 매혹되었다. 현실 전체와 연결되어 있고 보편적 역사와 연결되어 있는 개인적 모험들을 이야기한 다음 모험 집단들을, 그 안에서 개인적인 모험 하나하나가 그 세부에 지나지 않는 모험 조직체들을 이야기하는 방법을 발견하고 싶었다.[1]

더 구체적으로 말하자면 주체의 발전은 형식의 발전과 함께 이루어진다. 집단적 모험이란 형식의 측면에서 보면 '입체 음향적polyphonique' 이야기의 출현으로 나타난다. 여기서 말하는 입체 음향적 이야기란 전통적인 단일 논리의monologique 이야기 다음에 온다. '입체 음향적' 이야기란 뷔토르가 실천하고 있는 것처럼 선조적 독서를 그만두고 여러 겹의 독서를 하는 것이다.

뷔토르가 자신의 문학적 사명의 출발을 그리고 있는 『어린 원숭이로서의 예술가의 초상』은 '소설적 작품 III'의 시작을 알린다. 이 작품을 특징짓고 있는 나르시시즘은 그 뒤에 나온 작품을 적시고 있다. 그 이후의 작품들이 그 이전의 작품들과 구별되는 것은 거기에서 텍스트의 상호 관련성이 맡고 있는 중요한 역할에 의한 것이고, 작가와 그 주변의 존재에 의한 것이다. 자기 인용을 통해서 뷔토르는 열려 있고 상호의존적인 텍스트들의 연속체를 창조하는 것을 노리고 있다.

> 내 책들은 서로 연속되어 있다. 왜냐하면 나는 그 책들을 하나하나 출판하기 때문이다. 그러나 그 전체 안에는 특별한 연속이 있다. 나

---

1 G. Charbonnier, *Entretiens avec Michel Butor*, Gallimard, 1967, p. 12.

는 한 책으로부터 그 이전의 어떤 책을 참조할 수 있다. 나는 모든 종류의 길을 도입한다. 그것이 내 책을 훨씬 더 흥미로운 구조물이 되게 만든다.[2]

'움직이는 작품'의 모델로서 뷔토르는 발자크의 『인간 희극』을 든다. 그것을 읽는 독자는 각자 전혀 다른 순서로 읽을 수 있기 때문이다. 그런 점에서 '움직이는 책'의 이상은 뷔토르가 주장하는 문학의 '대화적dialogique' 개념과 관계가 있다. 다시 말하면 그의 작품들은 언제나 수가 늘어나고 있는 문학작품들의 거대한 '도서관'에서부터 구축된 것이다. 『정도』라는 작품은 수업 시간에 따라 무수하게 많은 인용들이 서로 관계를 형성하며 나타나는 것을 보여준다. 그런 점에서 이 작품은 함께 대화하는 복수의 텍스트를 결합시킴으로써 텍스트 상호관련성의 기원을 보여준다고 하겠다.

'소설적 작품 II'와 마찬가지로 '소설적 작품 III'은 '이야기의 모험aventure de récit'을 강화시킨다. 이것은 줄거리를 전면에 내세웠던 '소설적 작품 I'과 반대된다. 여기에서 한 가지 구분해야 할 것은 '이야기récit'와 '줄거리histoire'와 '서술narration'이다. 주네트의 개념에 의하면[3] 줄거리란 서술적 내용contenu narratif이고, 이야기란 담론discours 혹은 서술적 텍스트 자체이며, 서술이란 생산적 서술 행위와, 그것이 자리 잡고 있는 실제적이거나 허구적인 상황 전체를 말한다. 여기에서 예를 하나 들어보자. 『시간의 사용』에서 주인공인 '화자-작가'가 그의 텍스트에

---

2 Else Jongeneel, *Michel Butor*, José Corti, 1988, p. 10에서 재인용. 원래 *Stanford French Review*, Fall 1979, p. 279.

3 G. Genette, *Figures III*, Seuil, 1972, p. 72.

하게 되는 수정은 줄거리의 내용(오류의 정정, 거짓말의 수정)에 관한 것이다. 반면에 『간격』의 '화자-작가'가 그의 텍스트에 가하는 수정은 이야기의 형식(문체의 정정, 삽화의 다양한 초고들의 윗점의 수정)에 관한 것이다. 따라서 그의 작품은 '모험의 이야기'에서 '이야기의 모험'으로 이동한다고 할 수 있다.

이러한 그의 세계는 그가 글쓰기와 읽기의 변증법이라는 주된 테마를 추구하고 있는 데서 가능하다. 그렇기 때문에 그는 한 편의 작품이 작가에 의해서 완성되는 것이 아니라 독자의 참여에 의해서 완성된다고 생각한다.

> 그런데 소설가가 그의 책을 출판한다면 그것은 그가 그 책을 잘 인도하기 위해서 그 구축의 공범자로서, 그 작품의 증산과 유지의 양식으로서, 지성과 시선으로서 독자를 절대적으로 필요로 하기 때문이다. 분명히 그는 그 자신의 독자이지만 불충분한 독자, 자신의 부족을 괴로워하고 타자의 보충을, 비록 낯모르는 타자의 그것이라도 바라는 불충분한 독자이다.[4]

뷔토르의 작품의 불충분성은 『시간의 사용』 『정도』 『간격』에서 분명하게 타나나고 『산 마르코 광장의 묘사』에서는 암시적으로 나타난다. 따라서 뷔토르가 의미하는 바의 '비평적 독서'는 재창조이며 완성이고 나아가서는 작품의 출산이다.

미셸 뷔토르의 작품은 시간이 흐를수록 더욱 그 경계선을 넓히고 있

4 M. Butor, *Répertoire*, éd. Minuit, p. 272.

다. 여러 가지 문학 장르들의 관례화된 경계선을 어기면서 새로운 문학 형식을 창조한다. 그렇기 때문에 그의 작품에서 일관성 있게 드러나고 있는 기법을 시니피앙의 유희라고 할 수 있다. 그것은 불어를 바탕으로 이루어진 것이기 때문에 때로는 우리의 관심이나 이해의 범주를 넘어서는 것도 있다. 그의 세계에서 가장 접근하기 쉬운 것은 그에게 누보로망의 작가라는 이름을 부여한 '소설적 작품 I'이다. 따라서 그것이 가지고 있는 풍요한 세계를 집중적으로 살펴볼 필요가 있다.

II

1954년 발표된 『밀랑의 통로』는 뷔토르의 첫번째 소설이다. '밀랑가'란 파리 북동쪽 끝에 있는 길 이름인데 이 소설은 거기에 있는 한 건물 안에서 12시간 동안 일어난 사건을 기술하고 있다. 7층 건물 속에 살고 있는 주민들은 대단히 다양하다. 거기에는 노동자·학생·교수·작가·화가·사제 등이 살고 있다. 그들은 밀랑의 통로 15번지에 살면서도 그들 사이의 진정한 관계는 갖고 있지 않다. 맨 아래 1층과 맨 꼭대기 7층에는 노동자·학생·하인 들이 살고, 사제들은 2층에, 공무원인 모뉴 가족은 3층에, 이집트 전문가인 유태인 출신의 저술가 사뮈엘 레오나르는 이 건물의 중심인 4층에 살고 있고, 부르주아 가정인 베르티그 식구들은 5층에, 화가들은 6층에 산다. 이와 같은 건물의 선택과 주민들의 구성은 이 소설이 특정의 장소에서 이루어진 집단에 대한 연구임을 보여준다. 우리의 시선은 화자의 제안에 따라서 단조롭게 움직이기도 하고 이층 저층으로 옮겨 다니는 인물을 따라갈 수도 있으며 서로 이웃에 살고 있는 작중인물들에 따라 이동할 수도 있다. 뷔토르는 이 소설의 제목이 가지고 있는 다의성을 강조한다. "밀랑의 통로라는 제목은 일종의 말장난인데, 그것은 우리가 살고 있는 건물, 견본과 같은 건물의 주소로서 그 안에서의 견본 같은 하룻밤을 소재로 한 것이고 또한, 이집트, 고대 이집트에서 호러스 신이었던 소리개라는 새의 통로이기도 하다."[5] 벨티 발테르Jennifer R. Waelti Walters는 거기에 또 하나의 연상을 덧붙이고 있다. "미셸 뷔토르가 밀랑을 선택한 것은 이집트적 연상 때문만이 아니라, 우리 옆에 있는 밀라노라는 도시가 서구의 발전에 중요한 역할을 했기 때문이기도 하다. 오거스틴이 기독교로 개종한 곳도 밀라노이고, 그가 교회의 비약에 그토록 영향을 미친 것도 그가 밀라노를 통과한 다음이다. 따라서 이 도시는 세 층으로 구분되는 사회다. 즉 우리의 일상생활의 층, 유럽에서의 기독교 초기의 층, 우리의 어떤 조상도 관계없는 것으로 되어 있는 한 나라의 먼 과거의 층이 그것이다."[6] 이 세 층은 완전히 순수한 결합이라고 할 수 있다. 우리가 그것을 지각하게 되는 것은 이 특정 장소의 주민들의 배치와 그들이 거기에서 살아가고 있는 생활과 마지막의 죽음을 통해서일 뿐이기 때문이다. 호러스 신의 새인 소리개는 고대 이집트에서는 죽음의 신이기 때문에 그것이 앙젤 베르티그의 죽음과 연결된다. 그런 점에서 '밀랑의 통로'란 작중인물의 현실적인 사회와의 관련 아래서는 알레고리적이고 서술의 관점에서 보면 구성적인 것이다. 뷔토르 자신도 그 점을 인정하고 있다. 부득이한 경우 이 소설의 서술 자체가 이 건물의 7층의 중첩이라고 우리는 말할 수도 있다. "나는 『밀랑의 통

5 G. Charbonnier, *ibid*.

6 Collectif, *Michel Butor*, Colloque de Cerisy, p. 56.

로』에서 7층짜리 〔……〕 파리의 한 건물, 저녁 7시부터 아침 7시까지 파악한 파리의 한 건물을 그렸다. 따라서 나는 여러 층을 중첩시켰다. 그리고 나는 그 건물을 시간의 연속을 통하여 살펴보았다. 매 시간은 각 장chapitre에 해당하였고 나는 각 장 속에서 그 건물 안에 중첩된 요소들 가운데 몇 가지를 연구하였다."[7]

이러한 구성적인 요소를 떠나서 이 소설의 진정한 주제를 말한다면 그것은 통과제의일 것이다. '통로passage'라는 단어에 '통과'라는 의미가 있기도 하지만 이 소설의 중심 테마는 5층에 사는 베르티그 부부가 마련한 그들의 딸 앙젤의 20세 생일 축하 파티이기 때문이다. 이 축하 파티를 통해서 그 건물 내부에 흐르고 있는 현실의 재현과 새로운 의미 생성의 모습을 작가는 제시하고 있다. 거기에는 인간의 것과 신의 것이 혼동되어 구별할 수 없는 가운데, 죽음과 열정과 악과 무지의 보이지 않는 그림자가 조직화되어 있지만, 부유하거나 보잘것없는 수입의 부르주아(모뉴, 베르티그), 예술가(드 베르), 사제(랄롱 사제), 사상가(사뮈엘 레오나르와 그 초대객) 등은 서로 다른 수준에서 세계를 붙들려 한다. 생일 잔치에 모인 젊은이들은 그 헛된 의식에서 현재에 대한 경험을 쌓고 있지만 앙젤의 죽음으로 유혈의 체험을 하게 된다.

『밀랑의 통로』가 파리를 축소시킨 모델로 재구성된 작품이라면 『시간의 사용』은 한 도시의 여러 상이한 곳의 탐색으로 생각할 수 있다. 왜냐하면 이 작품의 모든 것은 블레스턴이라는 한 도시에서 일어난 것으로 주인공이며 화자인 자크 레벨이 보고 듣고 행한 것이기 때문이다.

---

7 G. Charbonnier, *ibid*, p. 106.

그러나 원래 이 작품은 제목에서 알 수 있는 것처럼 '시간'과의 싸움이다. 일본에서 '일과표'라고 번역되어 있는 이 작품의 원제는 '시간표' '일정' '일과'를 의미하는 불어지만 이것들은 사건이나 행동이 미리 짜여진 계획표에 의해 일어났다는 뉘앙스를 전제로 한다. 자크 레벨이 블레스턴에 도착하는 10월부터 그곳을 떠나는 이듬해 9월까지 그곳에서 경험하는 일을 기록하는 일이 문제가 된다는 것을 감안할 때 '시간의 사용'이라는 번역이 더 정확한 것으로 보인다. 이 소설이 그 모든 것을 기록하는 일기 형식을 띤 것도 그 때문이다.

자크 레벨은 자신이 그곳에 도착한 이듬해 5월부터 일기를 쓰기 시작해서 9월에 그곳을 떠날 때까지 계속한다. 이 소설의 제1부 '들어감'은 5월에 쓴 것이고, 제2부 '전조들'은 6월에 쓴 것이고, 제3부 '사고'는 7월에 쓴 것이고, 제4부 '두 자매'는 8월에 쓴 것이며, 제5부 '이별'은 9월에 쓴 것이다. 그러므로 이 소설에서 서술은 시간적 순서를 밟으며 월 단위로 되어 있다.

이 책에서 '화자/작가'가 쓰고자 하는 일기는 그가 그곳에 도착한 순간부터 그곳에서 일어나는 모든 것의 기록이다. 그렇기 때문에 그 일기는 7개월 전의 과거에서부터 글을 쓰고 있는 현재까지를 대상으로 삼는다. 따라서 그 대상은 자신이 어느 날 한 행동(그것을 '사건'이라고 부를 수 있다)뿐만 아니라 그 사건에 대한 회고의 그것으로 유발된 상상, 그리고 과거에 이루어진 그 사건의 기록 자체도 포함하게 된다. 예를 들면, 10월 2일에 있었던 일을 이듬해 5월 1일에 기록한다고 했을 경우에 10월 2일의 사건은 5월 1일에 모두 기록될 수 있는 것이 아니다. 5월 2일에도 기록될 수 있고 5월 3일에도 기록될 수 있다. 그러므로 일기를 쓴다는 것을 '서술'이라고 한다면 5개월의 서술로 12개월의 사건을 모두 이야기해야 한다. 그리하여 5월에 그 전해 10월의 사건을 기록하고 6월에는 그해 6월과 그 전해 11월을 기록하게 되고 7월에는 그해 7월, 그 전해 12월, 그해 4월을 기록하게 된다. 이러한 관계를 사건의 시간과 서술의 시간의 관계라고 할 수 있는데, 장 리카르두는 『시간의 사용』의 경우를 다음과 같은 도표[8]로 집약시켜 보여준다.

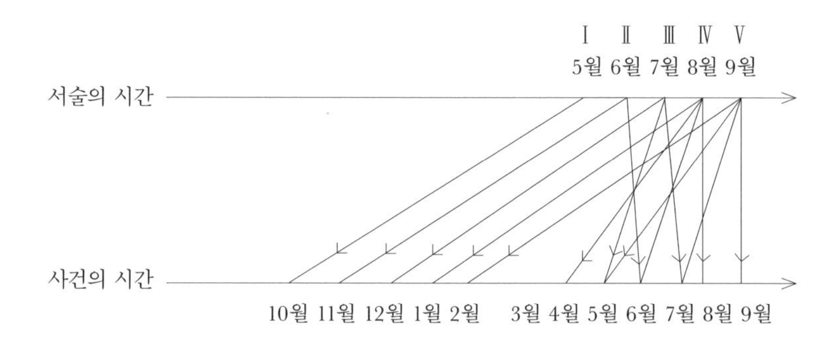

위의 도표에서 보는 것처럼 서술의 시간과 사건의 시간이라는 두 축의 관계는 대단히 튼튼한 구조를 형성하고 있지만 과거와 현재의 싸움은 미해결로 끝난다. 사건의 시간의 2월 말이 서술의 시간과 이어지지 않는 것은 이 소설의 마지막에 화자인 주인공이 "나는 2월 29일 저녁에 일어났던 것을 기록할 시간조차 이제는 없다"고 하면서 "왜냐하면 이제 나의 출발이 이 마지막 문장을 끝내기 때문이다"라고 한 이유다.

이 소설에 나오는 블레스턴이라는 도시는 상상의 도시이다. 그러나 그 도시는 여러 도시 가운데 자리 잡고 있는 하나의 공간, 하나의 장소이다. 소설 속에서 테아트르 데 누벨이라는 영화관에서 여러 도시

---

8 J. Ricardou, "Problèmes du Nouveau Roman", *Tel Quel*, Seuil, 1967, p. 171.

에 관한 기록영화를 상영하는 것은 그것과 연관되어 있다. 그것은 이 도시가 우리의 현실 속에 자리 잡을 수 있는 참조 체계를 제시해준다. 블레스턴은 작가가 체류한 바 있는 "맨체스터와 같은 종류의 영국 산업 도시"[9]를 연상시킨다. 작가가 이 작품의 서두에 제시하고 있는 이 상상 도시의 지도를 산 주인공은 그것을 가지고 도시 전체를 샅샅이 뒤지고 다닌다. 그는 블레스턴에 있는 매튜 앤드 선 회사에서 1년간 계약으로 근무하면서 같은 회사에 근무하는 제임스 젠킨스, 앤과 로즈라는 베일리 자매 등을 만나면서, 그들 사이에 있는 관계(예를 들면 앤 베일리와 약혼하게 된 제임스 젠킨스가 『블레스턴의 살인』이라는 탐정소설의 작가 조지 윌리엄 버튼을 살해하려 한 진범이 아닐까 생각한다)를 알게 된다. 그는 이들이 이루고 있는 세계 속에 존재하는 인종차별 문제, 살인 문제, 종교 문제, 사랑 문제 등을 특이한 방식으로 제기하고 있고, 주인공이 보게 되는 『블레스턴의 살인』, '카인의 그림 유리창' '박물관의 장식 융단' 등은 주인공의 블레스턴에서의 삶의 축도를 제기하고 있다. 그런 점에서 이 소설은 '심연으로 밀어넣기mise en abîme'의 기법을 철저하게 보여주는 소설이다.

뷔토르 자신이 맨체스터에서 지내는 동안 전형적인 산업도시에서 서구 문명의 몇 가지 성격을 탐구하고자 생각했지만 영국의 비와 매연으로 가득 찬 분위기 때문에 불안정과 불편을 느끼게 된 것을 이 작품에서 상당 부분 표현하고 있는 것 같다. 이 자기 부재의 감정이 그로 하여금 글쓰기에 몰두하게 만드는데, 그런 점에서 글쓰기는 뷔토르에게 '아리안의 실'과 같은 역할을 한다. 따라서 자크 레벨은 뷔토르의

9 G. Charbonnier, *ibid*.

분신과 같은 역할을 한다.

글 쓰는 직업으로 이루어진 소설의 교훈은, 현실이란 책의 울타리 속으로 축소될 수 없다는 것이다. 자크 레벨이 그의 작품 속에 하나의 구멍(2월 29일)을 남겨놓게 되는 것은 상징적이다. 그것은 블레스턴 전체가 주인공이 모으고자 시도하지만 성공하지 못하는 요소들인 것과 마찬가지다. 진실이란 현재 속에도, 과거에의 호소 속에도 있는 것이 아니라 사건들과 이미지들의 꾸준한 관계 맺기에 있는 것이어서 결코 끝난 것일 수 없다. 그래서 자크 레벨과 블레스턴의 관계는 주체와 대상의 관계가 아니라 주체와 또 다른 주체의 관계로 변한다. 실제로 이 소설의 끝에 가면 블레스턴이라는 도시는 화자에 의해 인격화된다. 그리하여 화자가 말을 거는 블레스턴이 하나의 작중인물처럼 된다.[10] 따라서 『시간의 사용』의 끝은 단순히 허구적 시간의 고갈만을 의미하는 것이 아니라 이 도시 안에서 탐색해야 할 공간의 고갈이라고 할 수 있다. 이 미지의 공간을 뚫고 들어가려 했던 자크 레벨은 결국 그 도시로부터 배격당해서 12개월 만에 떠나오며 그의 글쓰기도 중단된다.

공간 속에서의 여행이라는 테마는 『변경』에서 보다 구체적으로 나타난다. 파리와 로마 사이를 여행하고 있는 주인공 레옹 델몽은 그의 인생에 대해서, 그의 과거에 대해서 그리고 그의 미래에 대해서 이야기한다. 이 여행을 하는 동안 파리와 로마라는 두 도시는 서로 중첩되기도 하고 서로 대립되기도 한다. 파리는 그의 부인 앙리에트로 대표되고 로마는 그의 정부 세실로 대표된다. 그래서 파리라는 공간이 레옹 델몽에게 안정되고 굳어 있고 평범하고 일상적인 모든 것과 관계된

10 『시간의 사용』 제5부 참조.

다면, 로마는 끊임없이 생성되고 유동적이며 비범하고 자유로운 모든 것과 관계된다. 그렇기 때문에 화자는 앙리에트를 묘사할 때 "쓸데없는 몸짓을 착각 속에서 계속하고 있는 그 시체 같은 여자" "당신이 그토록 오랫동안 헤어지기를 망설여온 무언가를 따지는 듯한 그 시체"라는 표현을 사용하는 반면에, 세실을 묘사할 때 "이 구원" "공기 한 모금" "힘의 넘침"이라는 표현을 사용한다. 45세의 중년에 든 중산층의 주인공이 이 두 도시 사이의 수많은 여행을 한 결과, 현재 진행 중인 여행을 통해서 이루고자 하는 것은 앙리에트와 헤어지고 세실을 파리로 옮겨와서 새로운 삶을 사는 것이다. 그렇기 때문에 아내에게 회사 일로 떠나는 것처럼 말하고 떠난 이 여행이 처음에는 그에게 완벽한 해방의 여행이 되고 회춘의 여행이 될 것처럼 보인다. 그는 24시간의 이 여행 동안에 그 자신의 과거와 현재를 확인할 수 있는 사람들을 같은 기차 칸 안에서 관찰하면서 20여 년 전의 그 자신으로부터 오늘의 그 자신을 다시 한 번 확인하게 된다. 일상적이고 피곤을 느끼는 불모의 현재에 비할 때 그가 신혼여행을 떠났던 젊은 날의 자신은 얼마나 활기에 넘쳐 있었는지 기억해낸 그는 진행 중인 여행의 시간이 흘러감에 따라서 더 많은 사람들, 다양한 나이의 사람들을 자신의 과거에 비추어 관찰하게 됨으로써 자신이 계획하고 있는 일이 무모하다는 것을 깨닫게 된다. 그리하여 로마에 도착하는 순간 세실을 파리로 데려가 살려던 계획을 포기하고 그녀를 만나지 않은 채 파리로 되돌아갈 결심을 한다. 이러한 관점에서 본다면 이 작품의 제목은 계획의 '변경'이라는 의미로 번역될 수 있지만, 그러나 세실에 대한 마음의 변화에 초점을 맞추면 '변심'이 될 수 있다. 그러나 늙은 부인을 '시체'처럼 생각하고 젊은 정부와의 새로운 삶을 통해서 회춘을 꿈꾸었던 주인공이 그러한 삶에의 꿈이 얼마나 헛된 것인지 깨닫고, 삶이 일회적인 것이기 때문에 그것을 돌이키려는 노력보다는 그러한 삶을 글로 써서 미래의 책을 남기고, 그럼으로써 자신의 내부에서 다가오는 죽음의 그림자를 쫓아야 된다고 생각하는 새로운 세계관을 획득한 사람인 자신의 변화에 초점을 맞추면 '변모'라고 번역해야 될 것이다.

그러나 그러한 변화가 이처럼 단순한 논리적 추론에 의해서만 이루어진 것이라면 그 신뢰성이 크지 못하고 삶의 감상적 이해로 평가될 수 있다. 실제로 그 변화는 파리와 로마 사이의 여행을 토대로 단계적으로 일어난다. 이 작품은 3부로 나누어져 있는데, 제1부는 무미건조하고 늙음을 의미하는 현재의 삶으로부터 해방을 꿈꾸는 여행이다. 주인공은 이혼까지도 전제로 한 그 계획을 실현할 수 있다고 생각한다. 로마에 대한 관점이 이러한 과정에 상응하는 것으로 나타난다. 그는 여행객 가운데 한 사람인 사제라는 인물을 통해서, 가톨릭 신자인 부인 앙리에트와의 관계에 의해서, 그리고 바티칸에 대한 연인 세실의 빈정거림에 의해서 기독교적 로마를 거부하고 반면에 고대 로마를 찬양한다. 수많은 예술가들이 이질적 요소들의 통합을 시도했던 바로크적 로마에서와 마찬가지로 레옹 델몽은 자기 인생을 새로운 세계로 내던질 수 있을 것으로 확신한다. 제2부는 옛날의 앙리에트와 연관된 '수렵장'을 상기함으로써 로마를 파리로 순화시킨다는 꿈이 너무나 단순하다는 갈등에 사로잡힌다. 그리하여 여러 가지 추억과 이미지들이 레옹 델몽에게 그가 계획하고 있는 것이 한 편의 소설 같은 일이라는 것을 증명해줌에 따라서 그의 결심이 풀어지기 시작한다. 로마란 이미 인정된 형상으로 환원될 수 없는 것이기 때문에, 그것을 모순된 모든 형태 속에서 탐구하고 이해해야 하고 그 균열상을 감추게 될 새로운 착각 속에 빠지지 않아야 한다는 것이다. 제3부는 여러 이미지들이 나타나서 레옹 델몽으로 하여금 그의 '구원'이라는 단어가 그러한 전개 과정 속에 내포되어 있다고 이해하게 만든다. 그리하여 주인공은 로마와 파리라는 두 도시의 현실적인 지리적 거리와 관계를 그대로 인정하면서 이 세계의 균열상과 자신의 삶의 균열상을 정면으로 의식하고, 세실을 로마에서 파리로 이주시키려는 계획을 포기하고 새로운 계획을 세운다. 그 계획은 자신의 내부에서 자라고 있는 죽음의 그림자를 고통스럽지만 정직하게 받아들이고 그 과정을 '미래의 책' 즉 소설을 씀으로써 자기 자신과 그 책을 읽는 사람들의 진정한 구원을 도모하는 것이다.

작가는 이 작품에서 두 가지 특이한 기법을 사용하고 있다. 그 하나는 레옹 델몽의 그러한 변화를 파리와 로마라는 두 도시 사이의 여행 과정에 도입시키고 있는 기법이다. 레옹 델몽의 현재의 여행은 파리에서 로마로 가고 있지만 그러한 공간적 이동이 그의 정신적 이동과 정반대의 현상을 일으킨다. 그가 파리에 있을 때는 정신적으로 파리의 상징인 앙리에트로부터 멀어지고 세실에게 빠져 있으나, 그가 탄 기차가 로마에 가까워질수록 그의 마음은 로마의 상징인 세실에게서 멀어지고 앙리에트에게 가까워진다. 이것은 그의 변모가 기차의 리듬에 맞추어서 일어나고 있다는 조형적 의도성을 발견하게 한다. 다른 하나는 작가가 여기에서 '당신vous'이라는 인칭을 사용함으로써 일인칭 시점과 삼인칭 시점의 장점을 교묘하게 배합시키고, 이 작품을 읽는 독자로 하여금 끊임없이 작중인물에 스스로를 대치시킴으로써 레옹 델몽의 삶을 보편화시킴과 동시에 그의 문제를 독자 자신의 문제로 제기하는 실험적 방법을 사용하고 있다. 프랑스와즈 반 로셈기용은 그의 『소설의 비평』에서 이 작품의 구조의 변화가 주인공 레옹 델몽의 의식의 변화와 상응관계에 있음을 정교한 분석에 의해 보여주고 있다. 그는 현재 진행 중인 여행을 A라고 하고 미래의 상상을 B, 그날 아침을 포함한 가까운 과거를 C, 세실과 2년 전 처음 만났을 때 혹은 1년 전 만났을 때의 기억을 D, 앙리에트와의 3년 전 기억과 20년 전 기억을 E라고 구분하여서 소설 전체의 문단을 이처럼 A, B, C, D, E로 분류한 다음 그 문단이 소설 전체에 어떻게 배열되어 있는지 다음과 같은 도표[11]로 작성하였다.

Ⅰ A C A
Ⅱ A B C B A
Ⅲ A B C D C B A
Ⅳ A B C B A C D C A D E D A
Ⅴ A B C D C B A C D E D C A
Ⅵ A B C D C A C D E D A
Ⅶ A B C D A C D E A
Ⅷ A B C A C D A D E A
Ⅸ A B A C A D A E A

여기에서 볼 수 있는 것처럼 I·II·III장에서는 문단의 배열 구조가 완전히 대칭적으로 안정되어 있지만 IV장부터 그 대칭 구조가 무너지게 된다. 이 무너짐은 주인공의 결심이 흔들리고 계획의 변경이 이루어지

11 F. van Rossum-Guyon, *Critique de roman*, Gallimard, p. 249.

기 시작함을 의미한다. 이 분석은 작가가 이 작품에서 얼마나 정교한 형식의 실험도 겸하고 있는지 알게 된다.

1960년에 발표된 『정도』라는 작품은 '소설'이라고 되어 있지만 그 주제와 구성 방법이 재미로 읽을 수 있는 것이 아니어서 독자와 비평가들을 당황하게 한 작품이다. 이 작품의 주제는 파리의 한 고등학교의 어떤 학급에서 한 시간의 수업과 관계된 모든 것을 재현할 수 있는 이야기의 구축이다. 우리나라의 고등학교 1학년 문과반에 해당하는 '2학년 A반' 전체를 묘사하고자 하는 화자 피에르 베르니에는 그 학급의 지리와 역사 교사로서 자신의 일상적이고 평범한 독신자로서의 판에 박힌 삶을 벗어나기 위하여 결혼을 하거나 아니면 수업 시간에 일어나는 모든 것을 기록하여 의식의 차원으로 끌어내는 일 가운데 선택하는 수밖에 없다고 생각한다. 결국 그 자신이 가르치고 있는 한 학급 전체를 글로 만드는 일을 먼저 한 다음 결혼을 하기로 결심한다. 그는 그의 조카 피에르 엘레와 그의 동료이며 피에르 엘레의 또 다른 아저씨 앙리 주레와 함께 3인 그룹을 형성하여 엘레를 통해서 학생들의 움직임을, 앙리 주레를 통해서 선생들에 대한 정보를 수집하면서 그 학급 전체를 재현하고자 한다.

이를 위해 그는 그의 조카 피에르 엘레와 '협약'을 맺는다. 협약이란 그의 부재중에 그 집단에서 일어나는 모든 것을 그에게 보고한다는 것이다. 그가 1954년 10월 12일 오후 3시 자신의 수업 시간을 기준으로 삼고 그 학급 전체를 묘사하려고 하는 것은 그 자신의 삶의 불모성을 제대로 파악하고 그것을 극복하기 위한 것이기도 하며 동시에 먼 훗날 피에르 엘레의 의미 있는 삶을 위한 것이기도 하다. 그가 수집한 모든 정보는 그 자체로서도 충분하지 못할 뿐만 아니라 수집된 것 전체를 그의 글 속에 담는다는 것이 불가능하다는 것을 발견한 주인공은 자신의 글쓰기를 완성하지 못하고 죽게 된다. 따라서 제1부에서는 피에르 베르니에가 일인칭 화자로서 피에르 엘레에게 이야기를 하는 이인칭의 형태를 취하고, 제2부에서는 피에르 엘레가 일인칭 화자로서 피에르 베르니에에게 이야기를 하는 이인칭의 형태를 취하며, 제3부는 앙리 주레가 일인칭 화자로서 피에르 엘레에게 이야기하는 이인칭의 형태를 취한다. 다시 말하면 하나의 집단을 완벽하게 묘사하는 데는 하나의 시점으로는 불가능하고 따라서 세 사람의 시점을 동원하고자 하지만, 그럼에도 불구하고 그 집단의 완벽한 지식에 도달한다는 것은 불가능한 일이 되고 만다. 따라서 이 세계의 지식이란 정도에 따라서만 가능한 것이지 총체적 지식이란 불가능하다는 것을 보여준다.

그렇지만 화자의 노력은 우리가 게을리 해도 좋을 하찮은 장난은 아니다. 그가 하나의 공간을 그 움직임 속에서 묘사하고자 시도할 때 그는 자신이 가르치는 분야에만 만족할 수 없다. 그는 2학년 반과 관계된 모든 학과를 공부하기 시작한다. 이 공부를 통해서 그는 20년 전 그의 조카 나이에 그가 배웠던 것을 망각 속에서 끌어낸다. 그가 모든 교과서들을 다시 공부하는 것은 어린 시절에 대한 향수 때문이 아니라 그의 현재의 삶을 묘사하기 위해서다. 그렇게 함으로써 그는 이 반의 묘사를 이 세계의 묘사로 변형시킬 것이다. 이러한 노력 덕택으로 그는 35명의 작가로부터 135개의 인용문을 빌려다 쓸 수 있게 된다.

이러한 인용은 두 가지 효과를 주고 있다. 첫번째 효과는 그 인용문이 작중인물들의 생활 속에 개입한다는 사실이다. 예를 들면 셰익스피어의 한 문단인 "수척하고 굶주린 시선"은 그의 조카 피에르 엘레가 피에르 베르니에와 불화관계가 시작될 때 그의 삼촌의 이미지로 사용하게 된다. 또 다른 예를 들면 "희랍어를 배우는 것이 불가피하다. 희랍어를 모르면 어떤 사람이 학자라고 스스로 칭한다는 것이 부끄럽다"라는 라블레의 문단이 알랭 무롱이라는 엘레의 친구에게 꿈으로 나타난다. 다른 효과는 소설을 읽어가는 독서의 차원에서 일어난다. 가령 "지구의 모든 풀들과 그 심연의 밑부분에 감춰져 있는 모든 금속들"은 세계를 좀더 알게 하고 세계와 가까워지게 만든다. 이런 인용들은 뷔토르의 소설이 텍스트의 상호 관련성의 효과를 극대화하고 있다는 것을 깨닫게 한다.

그러나 이 작품에서 뷔토르는 모두 41명이 관계되는 집단을 묘사하기 위해서 선조적 서술의 한계를 극복할 수 있는 특별한 기법을 사용하고 있다. 제1부에서 인척관계의 정도에 따라서 가까운 사람부터 그룹을 지어 묘사에 등장시키고, 제2부에서는 주거 지역의 인접성에 의해 그룹을 지어 작중인물을 등장시키고, 제3부에서는 어느 쪽에도 들어가지 않은 개인들을 하나하나 묘사에 등장시킨다. 한 그룹이 3인의 인척관계로 묶인 제1부만 도표화하면 다음과 같이 나타난다.

Mois	sep.		octobre																											
dates	14	28	4	5		6	9	10		11				12				13				14		15	18	19		20	29	9
heures				15	16			15	16	14	15	16	17	14	15	16	17	14	15	16	17	15	16			15	16			
ch. 1																A														
ch. 2											A				A	B														
ch. 3					A				A	A	B				B	C	A		A											
ch. 4	A	A	A	A	B		A	A	B	B	C	A		A	C	D	B	A	B											
ch. 5					C(A)	A			C(A)	(A)(C)	D	B		B	D	E	CA	B	C	A		A					A			
ch. 6												E(C)(A)		C	E	F	DB	(A)(C)D		B		(A)B			A	A	B			
ch. 7																	G(E)(C)			E(C)(A)			C(A)	A			C(A)	A	A	A

여기에서 A는 피에르 베르니에, 피에르 엘레, 앙리 주레라는 3인의 인척 집단을 말하며 B C D E F G는 그러한 인척 집단이 촌수가 멀어짐에 따라서 형성된 그룹을 의미한다. 이 작품에서 이들 그룹이 문제가 되는 문단이 작품 속에서 구조화되고 있음을 너무나 잘 보여주고 있다. 그 구조도 약간 어긋난 대칭구조지만 주인공이 기준으로 삼은 날을 중심으로 멀어질수록 무너지는 형식을 갖고 있다.

이러한 구조화된 묘사 방법은 뷔토르 자신이 선조적 서술로 입체적인 집단을 묘사하고자 고심하여 얻은 기법이라고 할 수 있다. 그러나 이처럼 체계적인 구조가 제2부에서 무너지는 것은 여러 가지 기법에도 불구하고 완벽한 묘사가 불가능하기 때문이다. 뷔토르는 이처럼 매 작품마다 자신의 문학 형식에 대한 철저한 반성을 통해서 끊임없이 새로운 글쓰기를 시도한다.

III

미셸 뷔토르에게 있어서 한 편의 소설을 쓴다는 것은 “거기에 모든 것을 넣는다”는 생각을 토대로 한다. 이러한 의도는 그의 소설에서 글을 쓰는 행위와 기존의 장르 자체까지도 문제로 삼는다. 그런 점에서 초기의 그에게 끊임없이 제기되는 문제는 소설이란 무엇인가 하는 것이다. 실제로 문학의 역사에서 위대한 소설이란 이런 종류의 장르적 반성에서 씌어졌다고 해도 지나치지 않다. 뷔토르의 소설은 모두 우리로 하여금 그런 문제에 대해서 깊이 생각하게 만든다.

소설가란 일반적으로 소설들을 읽은 사람이고 사물들을 본 사람들이며, 소설의 독서 과정에서 무언가가 결핍되었다는 인상, 무언가가 행하여지지 않았다는 인상을 갖는 사람입니다. 어떤 것에 구멍 같은 것, 빈틈 같은 것이 있다고 합시다. 당신이 소설가라면 당신은 이 구멍을 조금씩 메꾸고 싶을 것입니다. 원래의 감정은 일종의 울림 같은 것이고 색깔 같은 것이며 씨앗 같은 것입니다. 그 씨앗은 뿌려지면 어떤 방식으로든 싹이 틉니다. 그러나 소설가는 그 씨앗이 필요한 대로 자라지 않는다는 것을 알아차리게 됩니다. 그러면 잘되지 않습니다. 작품을 다른 방식으로 시도해야 합니다. 달리 말해야 합니다. 일종의 사건·인물·장소 들이란 이런 식으로 절실히 요구됩니다.[12]

여기에서 뷔토르는 씌어진 소설과 눈으로 본 사물 사이에 있는 간격을 강조하고 있다. 이러한 주장에 따라 『밀랑의 통로』에서부터 『정도』에 이르기까지 소설 형식의 꾸준한 변화가 있음을 알 수 있다. "달리 말한다"와 "지금까지 존재하지 않은 소설을 쓴다"는 뷔토르의 소설 세계의 변함없는 주제이다. 그러나 간격 없는 소설을 쓴다는 것은, 글쓰기가 대상을 문자로 옮겨 쓰기인 한, 가능하지 않다. 그런 점에서 『정도』에서 주인공이 한 학급을 완전하게 묘사하려고 한 시도는 처음부터 불가능한 것이다. 따라서 그가 그의 모험에서 성공을 거두지 못하고 그 때문에 죽는다는 것은 숙명적이다. 바로 이 숙명에 직면해서 그가 작품에 착수한다는 사실은 무슨 이익이 있는가? 그 점에 관해서 뷔토르는 프루스트의 『되찾은 시간』의 경우를 상기시킨다. 프루스트는

12 M. Chapsal, *Les écrivains en personne*, Julliard, 1960, pp. 81~82.

자신의 죽음을 느꼈을 때 소설을 쓰기 시작한다. 그것은 소설이 "죽음의 너머"에서 온다는 것을 의미한다. "개개의 단어는 죽음에 대한 일종의 승리다." 프루스트는 자기가 현실적으로 존재함에도 불구하고 글 쓰지 않는 자신을 죽은 것으로 느낀 것이다. 그러니까 죽음에 대한 이런 의식은 이 세계에 있어서 자기의 부재에 대한 의식이다. 그런 점에서 프루스트에게서와 마찬가지로 뷔토르에게 있어서도 글쓰기는 자신의 부재를 극복하는 방법이며 스스로를 세계 속에 존재하게 만드는 방법이다. 바로 여기에 소설의 상징적 가치가 있다. 우리를 이 세계에 부재하게 만드는 모든 것, 우리를 내면에서 갉아먹고 있는 모든 것이 죽음으로 간주될 수 있다. 게다가 글쓰기의 시도가 우리를 둘러싸고 있는 현실과의 불화에서 기인하고, 문제와 모순을 가지고 있는 사회 전체와의 불화에서 기인한다면 소설은 그에게 "사방에서 우리를 공격해오는 거의 분노한 세계 내부에서 우리를 서 있게 하는 귀중한 방법이며 지혜롭게 계속 살게 하는 귀중한 방법이다."[13]

그런데 소설 형식의 이점은 거기에 모든 것을 넣는다는 데 있다. 그래서 뷔토르는 일상적이고 하찮은 것들을 무의미한 상태에서 끌어내서 소설의 소재로 삼게 된다. "글을 쓴다는 것은 언제나 글쓰기 전체를 문제화시키는 것이다. [……] 글쓰기란 모든 것을 문제화시키지 않고는 비평적일 수 없다. 그것이 바로 글쓰기의 내용이다. 각 작가에게서 글쓰기의 모험은 인간들을 문제로 삼는다. [……] 하나의 문장이란 — 작가가 재능이 좀 있기만 하다면 — 어느 것이든 [……] 우리가 한 모든 것을 문제로 삼고 그 정당성의 문제를 제기한다."[14]

---

13 M. Butor, *Réperitoire*, p. 272.

14 M. Chapsal, *ibid*, p. 274.

그런 의미에서 뷔토르에게서 작중인물들의 글쓰기의 시도는 우연히 이루어진 것이 아니다. 『시간의 사용』에서 자크 레벨의 글쓰기는 블레스턴에서의 그의 삶을 지탱해주는 주된 힘이다. 비록 그가 자신이 쓴 것을 마음대로 할 수 없었더라도, 그가 그의 친구들을 볼 시간도 없었더라도, 그리고 그가 2월 29일 저녁에 일어난 것을 기록할 시간이 없었더라도, 바로 그 글쓰기 덕택에 그는 그의 삶을 변형시킬 수 있었던 것이고, 그 도시에 존재하게 된 것이다. 레벨에게는 일기를 쓴다는 것, 그것은 그를 밀어내는 블레스턴에 저항하는 방법이고, 이 산업도시의 적대감에 저항하는 방법이다.

『변경』의 레옹 델몽도 세실과의 삶이 그의 경직되고 우울한 상황을 근본적으로 바꿀 수 없다는 것을 깨닫고 세실을 찾아가는 것을 포기한다. "우리의 사정거리 밖에 있는 이 미래의 자유를 예를 들면 한 권의 책에 준비하고 허용한다는 것 〔……〕 그것은 나에게 적어도 그토록 경탄할 만하고 찌르는 듯한 그 반영을 누릴 수 있는 유일한 가능성이다." 책에 의해서만 모든 것을 문제 삼을 수 있기 때문에 레옹 델몽은 소설을 쓰기로 한다. 그로 하여금 가능한 한 합리적으로 계속 살게 만드는 유일한 해결책은 소설이다. 사라질 운명에 놓여 있는 레옹 델몽은 예술작품을 이용하여 스스로 구제된다.

『정도』에서 피에르 베르니에에게도 글쓰기는 불행한 삶을 모면하는 유일한 방법이다. 실제로 글을 쓰기로 결심하기 전에 그는 여러 번 스스로 생각한다. "자네는 다시 시작될 금년에 대해서 생각하기 시작했지. 자네를 기다리고 있는 그 고독한 생활과 불모의 생활을. 거기에서 빠져나오는 데는 자네에게 문학 혹은 결혼이라는 두 방법이 있었지." 그의 불행은 그의 직업이 생산적이지 못하고 독신자 생활이 외롭고 가정 생활이 자유롭지 못한 데 있다. 여기에서 빠져나오기 위해 그는 결혼을 선택하는 대신에 문학을 선택한다. 그는 문학을 유일한 해결책으로 생각한 것이다. 그러나 그의 시도는 실패한다. 그는 그의 작품을 완성하지 못한다. 이 실패 때문에 그의 상황은 더욱 나빠지고 그가 다른 사람과 맺고 있는 관계는 대부분 끊어진다. 여기에서 우리는 그의 실패의 두 가지 의미를 발견할 수 있다. 첫째는 글쓰기의 덕택으로 그는 그의 내면을 갉아먹고 있는 상황의 진정한 모습을 드러나게 할 수 있었다. 그가 글쓰기를 시도하지 않았더라면 그는 자신의 현실을 전혀 드러나게 하지 못한 채 그럭저럭 상황에 적응했을 것이다. 그러나 그것은 그의 존재를 부재의 상태에 놓는 것이고 그를 죽음의 상태에 있게 만드는 것이다. 둘째, 모든 것을 문제 삼고자 하는 그의 문학은 거기에 참여하지 않는 사람들에게는 극단적으로 위태롭게 인식된다는 사실이다. 그렇기 때문에 마지막에 모든 사람들이 그에게 적대감을 느끼고 그를 공격하게 된다. 그와 그의 문학이 그들의 편안한 삶을 근본적으로 뒤흔들어놓기 때문이다.

어쨌든 피에르 베르니에의 죽음은 부정적인 것만은 아니다. 왜냐하면 그의 죽음이라는 비극 덕택에 『정도』라는 작품이 태어났기 때문이고, 그의 죽음에도 불구하고 그 작품은 그의 부재를 현존으로 변형시켰기 때문이다. 다른 말로 하면 실패를 통해서 그는 자신의 작품을 완성시키는 데 성공한 것이다. 그런데 피에르 베르니에가 글을 쓴 것은 그 자신만을 위한 것이 아니라 그의 조카를 위한 것이다. 그것은 『변경』의 레옹 델몽의 경우도 마찬가지다. 다시 말하면 현실의 출구가 완전히 막혀 있다고 해서 그것이 모든 사람에게 꼭 그렇다는 것은 아니다. 레옹 델몽이 미래 현실의 변형을 위해 자기 삶을 바치는 것과 마찬가지로 피에르 베르니에도 미래의 피에르 엘레에게 줄 작품에 자신을 바친다. 따라서 이 작품들의 나머지 몫은 미래의 독자에게 돌아오게 된다.

뷔토르의 소설은 총체성의 세계다. 그는 소설에서 개인적인 조그마한 불편에서부터 집단적 현실에 이르기까지, 작품의 철저한 구조에서부터 우연의 요소에 이르기까지, 작가의 몫에서부터 독자의 몫에 이르기까지 그리고 장르의 문제에서부터 형식의 문제에 이르기까지 모든 것을 문제 삼는다. 그래서 조르주 라이아르는 "뷔토르에게서 문학이란 전복적이다"[15]라고 말한다. 그가 '소설적 작품 I'을 쓸 때에 자유로움을 소설의 장점으로 들었지만 언어에 대한 그의 실험 정신은 소설이라는 장르로 만족하지 못한다. 그렇기 때문에 그다음 작품들은 독자의 보다 적극적인 참여 없이는 접근이 힘들다. 그렇지만 그의 총체성으로서의 문학은 이미 누보로망 시대의 작품이라고 할 수 있는 '소설적 작품 I'에서도 충분히 입증된 셈이다. 그러나 '소설적 작품 II'에서부터 그는 '누보로망' 작가라는 틀마저 깨뜨리고 그 독자적 실험에 들어간다. 그것은 어렵고 외롭고 그 자신 전체를 거는 모험이다. 모든 것을 걸고 있는 그의 문학은 그런 점에서 철저한 일관성을 갖고 있다.

15 Collectif, *Michel Butor*, Colloque de Cerisy, p. 221.

참고 문헌

M. Chapsal, *Les écrivains en personne*, Julliard, 1960.

Roudaut, *Michel Butor, ou le livre futur*, Gallimard, 1964.

Charbonnier, *Entretiens avec Michel Butor*, Gallimard, 1967.

Raillard, *Michel Butor*, Gallimard, 1968.

Spitzer, *Etudes de Style*, Gallimard, 1970.

Rossum-Guyon, *Critique de roman*, Gallimard.

Dällenbach, *Le Livre et ses miroirs dans l'oeuvre romanesque de Michel Butor*, Minuit, 1972.

Collectif, *Nouveau roman, hier, aujourdhui.*

Collectif, *Michel Butor*, Colloque de Cerisy, 1974.

Woelti-Walters, *Michel Butor*, Soon Nis Press, 1977.

Else Jongeneel, *Michel Butor*, José Corti, 1988.

프랑스 문학 연구와 그 의미

I

김화영 교수가 알베르 카뮈에 관해서 쓴 『문학 상상력의 연구』와 김붕구 교수의 화갑을 기념하기 위해 현역 불문학 교수들이 집필한 『상징주의 문학론』을 읽게 되면 불문학에 관한 우리나라의 연구 수준이 이제 다른 나라에 내세워도 전혀 손색이 없다는 생각을 하게 된다. 하기는 이러한 생각 자체가 외국 문학을 전공으로 선택하고 있는 사람의 열등감의 소산이라고 할 수 있겠지만, 처음에는 프랑스 문학의 소개에 급급하던 우리의 불문학계가 이제 어떤 작가나 작품 혹은 경향에 대해서 새로운 분석과 접근을 하고 지금까지의 여러 가지 견해들을 종합하기도 하면서 남다른 해석을 내릴 수 있다고 하는 것은, 불문학이 이제 우리나라에서도 하나의 학문으로 자리를 잡았다는 것을 의미하며, 이와 동시에 프랑스 문학이라는 특정 지역 문학의 연구가 보편적인 의미에서 우리가 사용하고 있는 '문학'에의 접근에, 그리고 문학 현상의 해석에 기여할 수 있는 가능성을 열었다고 할 수 있을 것이다. 가령 곽광수·김현 교수가 함께 쓴 『바슐라르 연구』(1976)를 필두로 해서 김붕구 교수의 『보들레에르』(1977), 송면 교수의 『플로베에르』(1977), 이환 교수의 『파스칼 연구』(1980), 김현 교수의 『프랑스 비평사』(1981), 송면 교수의 『플로베르의 형이상학』(1981), 정명환 교수의 『졸라와 자연주의』(1982), 이동열 교수의 『스탕달 소설 연구』(1982) 등 최근 5~6년 동안에 단행본으로 나온 프랑스 문학에 관한 연구서들을 보면 그것들이 대부분 개별적인 연구이면서도 개별적인 특이성의 발견으로 끝나는 작업이 아니라는 것을 알 수 있다. 다시 말하면 이들의 연구가 외국의 업적들을 있는 그대로 소개·나열하는 데서 그치고 있는 것이 아니라, 저자와 연구 대상 사이의 특수한 만남을 통해서 문학의 보편적인 특성을 발견함과 동시에 그 발견이 저자 개인뿐만 아니라 문학 전체에 있어서 의미의 추구로 나아가고 있는 것이다. 이러한 연구 업적들은 외형적으로 1970년대 후반부터 나타나고 있지만, 그렇게 되기까지는, 해방 후 이 땅에 처음으로 불문학의 씨를 뿌린 이휘영·손우성 교수 등 이른바 제1세대의 역할이 있었고, 이들을 구심점으로 하여 1960년대 초 한국불어불문학회를 설립하여 오늘날까지 활발한 활동을 하게 만든 제2세대의 역할이 있었다. 불문학 연구의 불모지에 이 두 세대가 기울인 노력은 특히 1960년대 중반부터 오늘에 이르기까지 간행되고 있는 『불어불문학연구』지에 집중적으로 나타나고 있다. 금년으로 17집을 내고 있는 학회지의 역사는 바로 앞에서 열거

한 단행본들의 출현을 가능하게 한 원동력이라고 할 수 있을 것이다.

서평자가 이처럼 불문학의 역사에 대한 감상적 회고를 하게 된 것은, 외국 문학의 전공 속에 도사리고 있는 불모성의 함정을 극복한 이들의 지적인 능력에 감동한 때문이기도 하지만, 특히 이들 저서가 문학 연구에 새로운 지평을 보여주는 전환기를 이룩할 가능성을 가지고 있기 때문이기도 하다. 그러니까 여기에서 서평의 대상으로 삼고 있는 김화영 교수의 『문학 상상력의 연구』나 현역 교수들이 집필한 『상징주의 문학론』의 여러 글이 각 분야의 연구에 새로움을 추가해주는 업적이라는 확신을 서평자가 갖게 되었음을 고백하지 않을 수 없다.

물론 이 두 저서가 하나의 서평에서 한꺼번에 다룰 수 있는 성질의 것은 아니다. 가령 『문학 상상력의 연구』가 알베르 카뮈의 작품 전체를 분석하여 작가의 상상력의 공간 전체를 하나의 우주로 엮어 제시하고 있다면, 『상징주의 문학론』은 보들레르, 말라르메, 로트레아몽, 발레리 등의 시인들의 개개의 세계에 다각적으로 접근함으로써 상징주의 시에서 볼 수 있는, 혹은 상징주의 시인에게서 나타나는 어떤 현상을 규명하고 있는 것이다. 따라서 굳이 공통적인 점을 찾는다면 대상 작가가 모두 프랑스인이라든가, 글을 쓴 교수들이 모두 한국인이라든가 하는 따위의 지극히 사소한 사실을 발견할 수 있을 따름이다. 따라서 이 두 저서를 일단 분리하여 검토해보기로 하자.

II

총 600페이지가 넘는 김화영 교수의 카뮈론을 면밀히 읽은 독자는 아마도 두 가지 점에서 공통적인 생각을 갖게 될 것이다. 그 하나는 독자 자신이 그처럼 긴 저서를 길다고 느끼지 않고 끝까지 읽을 수 있었던 사실을 깨닫게 될 것이고, 다른 하나는 분석의 대상과 주체 사이에 그처럼 행복한 만남(바로 그 때문에 끝까지 재미있게 읽을 수 있었겠지만!)이 이루어진 경우는 대단히 드물다는 사실이다. 실제로 저자 자신이 고백하고 있는 것처럼 오랜 연구의 결과로 나온 이 책은, 저자의 학위 논문이라는 점에서 연구서로서의 면모를 갖추고 있으면서도, 논문의 준비 과정에서 이루어진 무수한 독서 체험의 행복한 기록으로서의 강력한 흡인력을 보여주고 있다.

우선 이 책의 논문으로서의 면모를 검토해보자. 이 책은 서론과 결론 외에 본론만 6부로 나누어졌다. 서론은 '물·돌·빛의 이미지와 상상력의 질서'라는 제목 밑에 제1장이 「카뮈 연구의 역사와 방향」으로, 제2장이 「독서 공간과 이미지」로 되어 있다. 여기에서 제1장은 그 제목이 지시하고 있는 것처럼 카뮈에 관한 연구가 어떤 방향에서 진행되어왔는지 검토하고 있다. 불어판 논문보다는 비교적 간략한 편이라고 할 수 있는 카뮈 연구에 관한 검토는 그러나 롤랑 바르트, 사르트르, 피치, 로제 키요 등 이 방면의 주목할 만한 업적을 전체적으로 포괄하고 있으면서도 개개의 경향이 갖고 있는 공과에 대해서 상당히 정확하게 지적하고 있다. 저자는 각계의 카뮈 연구가들의 업적이 총체적으로는 '예술가'와 '철학자'의 구분을 토대로 이루어진 모순을 지적하면서 그 자신은 '바슐라르식 비평 방법'을 카뮈 전체 작품에 적용시킬 것을 예고하고 있다. '상상력의 질서'라는 말로 표현되고 있는 저자의 이러한 의도는 카뮈의 작품에 나타난 '이미지'들이 "작가의 의식적인 주관·철학, 시대적 상황, 언어 관습, 그리고 그 밖의 많은 요소들"과

"한데 어우러져 하나의 총체를 이룬"다고 하는 데에서 드러난다. 뒤에 제5부 제2장 「눈에서 소금으로」에서 다차원적인 '소금의 도식'에 의해 모든 작품들의 유기적인 구성 요소들을 종합하고 있는 것처럼(p. 444) 여러 종류의 이미지들의 총체성의 세계를 구현하기 위해서 저자는 기존의 연구 업적들을 비판적으로 수용하고 있는 것이다. 서론의 일부에 해당하는 제1장의 중요성은 따라서 이 책에서 행해진 연구의 의미를 미리 예견케 할 뿐만 아니라, 카뮈 연구의 여러 가지 방법에 대해 주요한 암시를 얻을 수 있다는 데 있다. 서론의 제2장이 「독서 공간과 이미지」에 관한 규정을 내리고자 하는 것은 어쩌면 저자의 친절에서 기인한 것으로 보일지 모른다. 그러나 사실은 여기에서 저자는 자신의 연구 방법이 객관성을 잃지 않도록 노력하는 한 문학 텍스트의 독서가 어떻게 창조 행위가 되는지 보여줌으로써 '독서 공간'을 변화 속에서 인식하게 해주는 것이다. 다시 말해서 "텍스트의 물적이고 비어 있는 잠재적 공간을 살아 있는 공간으로 현동화하는 행위"로서의 독서는 그것이 일회적으로 끝나는 것이 아니라 바슐라르가 말한 대로 여러 번 되풀이됨으로써 무수한 이미지들을 전체 체계 속에 위치시킬 수 있는 것이다. 여기에서 2차 언어라고 할 수 있는 비평의 가능성을 찾고 있는 저자는, 바슐라르, 스타로벵스키, 리샤르, 바르트, 풀레, 모롱, 뒤랑 등의 이미지 이론의 뒷받침을 받으면서 카뮈 작품들에 나타난 테마를 표현하는 어휘들을 텍스트 속에 '중첩'시킴으로써 그 자신의 이미지 분석과 종합을 가능하게 한 방법을 제시하고 있다. 이것은 저자 자신의 연구 방법을 드러내보임으로써 독자로 하여금 그 방법적 과정의 투명성을 통해 작가와 '함께' 카뮈의 글 읽기를 할 수 있게 만들어준다.

제1부 '분석의 모형'은 제1장 「향일성(向日性)」과 제2장 「작품 세계와 환상(環狀)의 시행」으로 나누어져 있다. 제1장에서 저자는 카뮈의 작품들에 주요한 모티프로 나타나는 '향일성'을 『결혼』『여름』『이방인』『페스트』『표리(表裏)』『행복한 죽음』『전락』 등의 작품에서 분석함으로써, '향일성'이란 주제가 결국 '빛'과 '어둠'이라는 대립적인 세계에서 나온 것임을 밝히게 된다. 그것은 "1. 물(암흑) — 끈적거림 — 옭아매다 — 떨어지다 — 물렁물렁하다 — 깊다 — 잠기다 — 심연 — 닫히다"라는 부정적 측면과 "2. 빛 — 메마르다 — 떠받치다 — 상승하다 — 단단하다 — 표면 — 넓이 — 위로 뚫고 나오다 — 꼭대기 — 열리다"(p. 101)라는 긍정적 측면이 끊임없는 상호 긴장관계를 유지함으로써, 그리고 여기에 돌의 이미지가 추가됨으로써, 카뮈 작품의 태어남을 가능하게 했다는 논리의 출발이 된다. 따라서 카뮈의 작품을 읽는다는 것은 생명과 죽음의 경계인 대지를 따라가면서 때로는 상승과 하강의 여행을 하는 것임을 저자는 우리에게 일깨워준다. 제2장에서는 "한 작가의 세계라고 하는 것은 정신적이고 상상적인 여행에 의하여 언어로 구현된 공간과 풍경을 의미한다"고 했을 경우, 카뮈의 세계는 시작이 곧 끝이요, 끝이 곧 시작이 되는 '원형의 운동'임을 밝히면서, 그 운동이 일어나고 있는 공간이 두 가지 풍경, 즉 주인공의 실제 여행으로 체험되는, 지리적인 외적 풍경과 그것이 환기시켜주는, 마음속에 나타나는 내적 풍경이라는 두 가지 풍경의 특수한 성격을 보여준다. 그런데 『행복한 죽음』에서는 여행으로 나타나는 그 '원형의 운동'이 알제리에서부터 프랑스의 도시를 거쳐 중부 유럽으로 북행했다가 다시 이탈리아의 도시를 거쳐 알제리로 남행하는 우회적 여행으로 나타남을 분석한 저자는 "북행이 암흑의 풍경과 물의 심연으로 빠져들어가는 부정적 여행이라면 남행

은 정상들과 언덕과 빛을 향하여 솟아오르는 긍정적 여행"임을 밝혀낸다. 여기에서 향일성의 상상력을 나타내는 시프레나무의 이미지가 지중해의 이미지를 대변하는 이탈리아의 풍경이 되고 따라서 알제리로의 귀로는 "남쪽으로, 태양 쪽으로, 자아에로 돌아오는 길"을 보여준다. 이상과 같은 『행복한 죽음』의 분석은 "북방·암흑·물·하강·적지"와 "남방·태양·빛·상승·왕국"이라는 대립적인 이미지가 끊임없이 충돌하며 긴장을 유지함으로써 비극적 아름다움을 보여주는 카뮈의 문학 전체의 토대를 이룬다. 왜냐하면 카뮈의 작품이란 이 대립적인 두 공간이 통일성을 이루는 지점을 찾아가는 과정의 추적이기 때문이다.

이 책의 제2부는 '추락의 수력학(水力學): 언어'라는 제목 밑에 제1장 「항해의 글」, 제2장 「언어와 물」, 제3장 「현실에서 허구 속으로 내리는 비」, 제4장 「익사와 수영」으로 전개되고 있다. 제1장은 카뮈의 소설이 여행의 기록이면서 그것이 곧 물의 이미지와 관련되어 있다는 점에서 글을 쓰는 것도 항해가 된다는 이미지를 분석하고, 양서류의 빛을 향한 운동이 아름다우면서도 파멸로 인도하는 『전락』의 구조 분석이 된다. 여기에서 나타나는 '물'의 이미지는 수직적인 축의 가장 아래쪽에 위치하며 동시에 밑으로 낙하하려는 힘을 지닌 것이다. 저자는 『전락』이라는 소설 속의 공간이 제1장에서부터 제6장으로 나뉨에 따른 페이지의 분배와, 소설적 공간의 이동과 함께 움직이는 사건의 시간 이동, 그리고 그러한 두 가지 축에 따라 달리 나타나는 암스테르담의 물과 파리의 물과 상징적 물을 도식에 그려넣은 철저성을 보인다. 그러한 '물'의 이미지가 결국 '수력학적 추락'의 운명을 나타내는 것으로서, 이 '물'의 운명과 함께 주인공 클레망스는 밑으로 밑으로 떨어지게 된다는 분석에 이른다. 이러한 물의 이미지가 역동성을 드러내면서 '돌'의 이미지로 탈바꿈하게 된다. 물에서 돌로, 돌에서 빛으로 이행해가는 과정은 태어나고 변화하며 결정되는 생명의 탈바꿈이 일어나는 과정이다. 다시 말하면 이미지의 생성·변화 과정은 바로 생명의 생성·변화 과정인 것이다. 따라서 '익사'가 물의 하향적 동력에 몸을 맡기는 행위라면 '수영'은 익사에 대한 상향적 반항이라고 봄으로써, '익사'에서 '수영'으로 옮아가는 과정의 분석은 물의 이미지의 역동성을 돌의 이미지로의 이행으로 보게 만든다. 여기에서 소설의 제목이 갖고 있는 '전락'의 의미가 물의 이미지와 맺고 있는 혈연관계를 깨닫게 한다. 이러한 관계에서 보면 『오해』의 익사자들과 『페스트』의 익사자들과, 「요나」의 요나와, 「유적과 왕국」의 다라스트가 대립되는 두 이미지를 대변한다는 분석에 이른다.

제3부 '상상 공간의 기하학'은 제1장 「삶의 연출」, 제2장 「연극적 공간 상상력」으로 나뉘어 있는데 제2부에서 일어나고 있는 현상을 다른 방향에서 분석하고 있다. 여기에서 돌의 이미지는 "형태가 없이 확산되려는 물의 힘에 반항하고, 무형의 삶에 형태를 부여하여 그 형태를 하나의 압축 응고된 생명적 덩어리로 조직하려는 힘"이 된다. 저자는 여기에서 '물'에서 '돌'로 탈바꿈하려는 힘과 그 향성(向性) 표현을 묘사하면서, '연극적'이라는 특성을 지닌 카뮈의 상상력의 유형을 설명하고 있다. 여기에서 분석의 대상이 된 작품들은 『페스트』『이방인』『유적과 왕국』『표리』『시지프의 신화』『여름』 등이다.

제4부 '광물성 숙명'은 돌의 이미지인 '광물'과 '대지'의 분석이다. 카뮈의 문학 상상력의 수직 축에서 볼 때에 돌은 물보다는 위에 위치하고 빛보다는 아래에 위치한다. 다시 말하면 돌의 이미지가 카뮈의

상상적 공간의 중심 무대임을 밝혀낸 저자는 이 공간이 왕국이며 동시에 적지(謫地)인 이중적인 '인간적' 공간임을 분석한다. 주로 바슐라르의 이론적인 뒷받침을 받은 돌의 공간은 아래쪽에 있는 물의 꿈과 위쪽에 있는 공기의 꿈이 포옹할 때 왕국이 되고, 그것들이 서로 충돌하고 갈등을 일으킬 때 적지가 된다는 것이다. 여기에서 돌은 앞에서 물의 이미지가 그러한 것처럼 어두운 심연 속으로 추락하는 것을 막아주는 것이다. 그리하여 제4부의 제1장 「석화(石化)」는 '해로운 물' '실제로서의 물' '동물화' '광물화'로 가는 과정을 분석하고, 제2장 「돌의 시학」에서는 '사막, 혹은 광물적 풍경' '돌의 신화' '비인간적인 아름다움' '시지프에서 아틀라스에 이르는 돌의 도정'을 추적하며, 제3장 「조각으로서의 문학」에서는 '조각의 질료와 그 내재적 특성' '불타는 기하학' '메마른 가슴' '조각된 인물들' '사랑과 죽음의 결정' '말 없는 돌의 광채' 등으로 해석을 내리고 있다. 카뮈의 세계는 그러므로 "물질의 세계요 살과 육체의 세계"라는 점에서 제4부는 질료로서의 이미지 분석이라고 할 수 있을 것이다.

제5부 '눈과 소금의 시학'에서는 광물적 이미지의 극단적인 예인 '눈'과 '소금'을 분석한다. 이미 제4부에서 '말없는 돌의 광채'로서 다이아몬드의 이미지를 분석한 저자는 여기에서, 돌이 빛으로 변용되는 과정의 이미지이기 때문에 다이아몬드는 바로 그 돌이며, 동시에 빛이 된다는 것을 보여준다. 그렇기 때문에 물이라는 질료가 고체화되었을 때 눈의 이미지가 탄생한다면 눈은 바로 '빛'을 향한 돌의 이미지의 변용에 다름 아닌 것이다. 그러한 점에서는 소금의 결정 작용 또한 눈보다 더욱 강력한 빛을 향한 의지라고 할 수 있을 것이다. 그리하여 저자는 「배교자(背教者) 혹은 혼미한 정신」이라는 단편소설의 분석을 통

하여 눈에서 소금으로 이동하는 과정을 추적한다. 눈에 비해서 질료적 인 견고함을 가지고 있는 소금의 결정은 그러므로 "영원과 절대에 대한 항수의 표현"이 된다. 그리고 사막의 세계이기도 한 소금의 결정은 '빛'으로 탈바꿈하고자 하는 욕구를 갖게 된다. 그리하여 빛을 지향하는 '향일성'이 대낮의 태양에서 저녁의 별빛으로 바뀔 때, 빛의 이미지는 초록색 물의 이미지와 화합하면서 상상력의 원점으로 회귀하게 된다. 주로 『적지(謫地)와 왕국』의 분석으로 얻게 된 이 '회귀'의 여행의 과정 속에 카뮈의 소설 전체를 통합시키는 저자의 구성 능력은 제6부에서 "삶, 어느 하루의 몽상"이라는 표현에서 말하고 있는 것처럼 어둠을 뚫고 온 하루가 정오를 향한 긴 도정을 거친 다음 다시 어둠으로 되돌아오는 삶으로 카뮈의 세계 전체를 압축하고 있는 것이다.

이상에서 살펴본 것처럼 카뮈의 작품들 속에 나타난 여러 가지 이미지들을 분석하여 그 이미지들을 상호 유기적인 관계 속에 놓음으로써 카뮈의 '우주'를 보여준 김화영 교수의 연구는 기존의 알베르 카뮈 연구에 새로운 업적을 추가하고도 남는 것으로 보인다. 그의 연구 발표회에서 카뮈 연구의 권위자인 로제 키요도 인정한 것처럼 카뮈의 전체 작품을 이처럼 하나의 통일된 세계로 파악하여 제시한 연구가 드물다는 점에서 이 책은 손꼽힐 만한 것이다.

그러나 『문학 상상력의 연구』가 하나의 작가 연구로서만 가치가 있다면 이 방대한 업적을 읽을 수 있는 사람은 이 분야의 전문 연구가들로 제한될 것이다. 중요한 것은 600페이지가 넘는 책이 문학에, 산문에 관심이 있는 사람이면 누구에게나 읽힐 수 있는 산문의 힘을 가지고 있다는 데 있다. 그 힘은 독서 공간으로서의 이 책 전체가 저자와 알베르 카뮈의 '행복한 만남'으로 이루어진 데서 유래하고 있는 것으로 보인다. 그만큼 저자는 이 책이 연구의 엄격성을 지니게 하면서도 이미지 하나하나를 추출하고 추적할 때에, 바슐라르식 표현을 빌리자면, 저자 자신의 '꿈꿀 권리'를 마음껏 향유함으로써 메마른 논문에 풍요의 윤기가 흐르도록 하고 있다. 다시 말해서 카뮈의 상상력과 저자의 상상력이 어울려서 경쟁을 하다가 '결혼'이라는 행복한 화합에 도달하는 풍경을 우리로 하여금 읽게 만든다. 여기에서 한 가지 더 주목해야 할 것은 저자의 산문 문체이다. 그의 문체는 단순히 고정된 의미를 전달하는 데 급급한 것이 아니라 새로운 의미가 끊임없이 생성되도록 하는 창작에 가까운 것이다. 그래서 때로는 시적인 이미지들이 넘쳐나는 그의 문장을 읽다 보면 산문의 미학에 관한 생각을 하게 된다.

III

반면에 『상징주의 문학론』은 한 사람에 의해 씌어진 연구서가 아니라 10여 명의 현역 교수들에 의해 이루어진 연구의 집합이다. 여기에 수록된 논문을 보면, 정명환 교수의 헌사에 이어서 김붕구 교수의 두 편의 논문 「『악의 꽃』의 '남성미' 편에 관하여」와 「『악의 꽃』의 '여성미' 편에 관하여」, 고인숙 교수의 「보들레르의 'rhétorique profonde'를 위한 시론」, 김경란 교수의 「Igitur에 나타난 혼돈과 질서」, 김광남 교수의 「바라봄과 텅 빔」, 김영윤 교수의 「보들레르에 있어서 우울과 도취」, 김현곤 교수의 「Amphion을 통해서 본 발레리의 생명 긍정 형식」, 유평근 교수의 「보들레르 연구」, 윤영애 교수의 「Le vieux Paris, 시인의 알레고리」, 이건우 교수의 「Maldoror의 사랑과 공격성」, 이성복 교수의 「보들레르에서의 대립적 세계의 갈등과 화해」 등이다. 이들 논문의 하나하나에 대한 평가는 서평자로서 능력의 한계를 벗어나는 일일 것이다. 서평자의 전문 분야가 아니기 때문에 전문적인 평가를 내리기보다는 이 글들에서 발견한 논리적 설득력에 관한 의견을 개진하는 수준에 머물 수밖에 없는 일이다.

가령 김붕구 교수의 『악의 꽃』에 관한 분석은 이미 김 교수가 『보들레에르』라는 연구에서 개진한 주장 이후 계속된 연구로 획득한 논문으로 보인다. 이 논문의 핵심적인 부분은 바로 『악의 꽃』의 구조에 대한 새로운 해석이라고 하겠다. 김 교수는 여기에서 『악의 꽃』에 관한 가장 권위 있는 해석자인 크레페Crépet와 블렝Blin의 『악의 꽃』 해석에 있는 모순점을 발견하고 그것을 해결하고 있다. 크레페의 구조 분석에 의하면 『악의 꽃』에 수록된 처음 21편의 시를 3부로 나누고, 첫 6편의 시를 '선택된 시인의 위대성'으로 묶고, 그다음 10편을 '시인의 비참'의 항목으로 묶고, 그다음 5편을 '미(美)'의 항목으로 묶었는데, 두번째 항목으로 묶인 「전생」 「길 떠난 집시」 「인간과 바다」 「지옥에서 온 동 주앙」 「오만의 징벌」 등 마지막 다섯 편의 시의 해석에 있어서 시의 내용과 주제 그리고 시집 전체 구조가 일치하지 않는다는 사실을 발견한. 김 교수는 이들 5편의 시의 주인공이 남성이라는 사실에서 출발하여 결국 여러 가지 근거를 제시함으로써 이 5편의 시를 '남성미' 편의 정립의 타당성으로 제시한다. 그리고 이 '남성미' 편의 부산물로 '여성미' 편의 존재를 상정하여 두번째 논문 「『악의 꽃』의 '여성미' 편에 관하여」를 쓰고 있다. 김 교수는 크레페가 '미'의 항목으로 묶고 있는 17번의 「미(美)」, 18번 「이상L'Idéal」, 19번 「거녀(巨女)La Geante」, 20번 「가면Le Masque」, 21번 「미녀 예찬Hymne à la Beauté」 등 5편과 초판에 20번으로 실렸다가 재판에 삭제된 「보석들Les Bijoux」까지 포함해서 '여성미' 편을 정립할 것을 제안하고 있다. 김붕구 교수의 이러한 연구는 보들레르 연구에 있어서 새로운 발견이라고 할 수 있을 만큼 높이 평가된 것으로 서평자는 알고 있다. 그러나 여기에서 중요한 것은 『악의 꽃』 구조의 재조정에 있다기보다는 거기에 따른 시 자체의 해석이 달라지는 데 있을 것이다.

이와 같은 외국 문학작품에 대한 새로운 해석은 연구자 자신들이 대상 작품을 오랫동안 매만짐으로써 가능하겠지만 학계 전체 수준의 향상 없이는 대단히 힘든 것이다. 따라서 김 교수의 두 편의 논문은, 김 교수 자신의 저서 『보들레에르』와 같은 기존의 연구 업적의 축적 위에서 가능한 것이고, 그런 점에서는 다른 논문들도 마찬가지로 기존의 연구 업적을 토대로 이루어진 것이다. 보들레르 자신이 이야기하고 있는 여섯 가지 선에 따라서 보들레르 시들을 분류하고 분석함으로써 '내면적 수사학'을 보들레르 시의 핵심적 요소로 파악한 고인숙 교수의 논문이나, 보들레르 시에 가장 자주 나타나는 표현 가운데서 '우울spleen'과 '도취ivress'라는 테마를 분석함으로써 시적 정신의 특색을 밝혀낸 김영윤 교수의 논문이나, 보들레르 연구에 있어서 일반화되어 있는 이원론을 연금술적인 차원에서 재검토함으로써 일원론과 이원론의 동일한 차원으로 나갈 수 있는 상태를 검토하고 있는 유평근 교수의 「보들레르 연구」, 도시의 시인으로서 보들레르의 시적 대상인 파리의 이미지를 분석하여 '신성한 희극'의 장소이며 우울의 장소로서의 파리라는 도시가 갖고 있는 의미를 도출해낸 윤영애 교수의 「Le vieux Paris, 시인의 알레고리」, 현실과 신비 사이의 고통스러운 대립을 화해시키려고 하는 보들레르의 네 단계의 작업을 통해서, "영원하고 절대적인 요소와 순간적이며 상대적인 요소 가운데서 어느 한쪽만을 선택하거나 포기해서는 안 되며 양자를 공히 한몸으로 끌어안아야 한다"는 결론을 끌어내고, 그 이유를 "극단적으로 예술을 신비화시키거나 극단적으로 현실화시키게 되면, 마치 뿌리가 없는 나무나 잎이 없는 나무처럼 시들어버리고 말 것"이므로 "예술이 서 있어야 할 자리는 현실과 신비, 어느 한쪽이 아니라, 두 세계 사이의 긴장된 공간"이어야 한다는 이성복 교수의 논문은, 따라서 한편으로는 보다 전문화된 연구이면서 동시에 다른 한편으로는 문학에 있어서 보편적인 문제와 조응해볼 수 있는 연구인 것이다. 그만큼 이들의 연구는 기존 연구의 소개가 아니라 개인적인 독창성을 소유하게 되었으며, 동시에 문학 연구에 있어서의 보편적 질문을 추구하고 있다는 점에서 발전적인 모습을 띠고 있다.

그러나 이와 같은 발전적인 연구는 보들레르 연구에 국한된 것이 아님을 다른 논문들이 보여준다. 가령 말라르메의 『이지튀르』라는 작품의 분석에서 시인의 죽음에 대한 감성이 '관념' '허무' '우연'의 문제에 집착하게 된 점을 파악함으로써 말라르메 시의 난해성을 극복하고 있는 김경란 교수의 논문, 건축의 원리에 음악적인 효과를 적용시킴으로써 생명의 유지·활동의 형식을 『앙피옹Amphion』이라는 '악극' 형식의 종합 연극으로 제시한 발레리의 세계를 이해하게 한 김현곤 교수의 논문, 『말도로르의 노래』의 분석을 통해 로트레아몽의 시에 나타난 공격성이 사랑을 바탕으로 한 것으로서 "완벽에 대한 갈망의 모습"을 갖고 있음을 분석함으로써 순수의 세계 이면을 읽게 한 이건우 교수의 논문, 바르드의 『기호의 세국』에 나오는 서울의 이미지들, 앙드레 지드의 「나르시스론」과, 말라르메의 시, 발레리의 시, 릴케의 시에 나타난

거울의 이미지에 비춰본 다음, 불교적인 거울과 신석초·이상·이광수로 대표되는 세 가지 유형의 거울 이미지와 비교함으로써, 거울의 이미지가 서양에서는 나르시스적 대상이 되고 동양에서는 공(空)의 상징이 되는 문맥을 밝혀나간 김광남 교수의 논문은, 이제 문학 연구의 지역주의가 보편주의를 동반하는 가능성을 제시하고 있는 점에서 주목을 받을 수 있는 것으로 보인다.

IV

위에서 간략하게 훑어본 두 저서는 앞으로 프랑스 문학을 전공으로 하는 학계에 두 가지 방향을 제시하고 있는 것처럼 보인다. 그것은 첫째 아직도 번역이 안 되어서 프랑스어를 모르는 사람들이 읽을 수가 없는 주요한 작품집과 연구서 들이 빠른 시일 안에 번역되어야 한다는 것이며, 둘째 앞으로 프랑스 문학의 각 분야에서 나올 연구의 차원이 이제는 이 두 저서가 도달한 수준에서부터 출발해야 한다는 것이다. 아마도 이 두 가지의 방향이 실현된다면 한국에서의 외국 문학 연구가 단순한 '외국'의 문학을 연구하는 것이 아니라 '진정한 문학'의 폭넓고 깊이 있는 연구의 한 방법이 될 수 있을 것이다.

문학의 존재 이유

문학을 연구한다고 하는 것은 한편으로 문학의 본질이 무엇인지 밝혀 보고자 하는 노력을 의미하고, 다른 한편으로 문학작품에서 삶과 세계의 보이지 않는 모습을 읽어내려는 노력을 의미한다. 문학의 본질에 관한 연구는 문학작품이 가지고 있는 보편적인 성질을 찾아내는 것과 어떤 작품이 가지고 있는 특수성을 읽어내는 것으로 나뉘지만, 삶과 세계에 대한 탐구는 자신이 살아가면서 겪게 되는 체험의 의미를 묻는 것과 체험할 가능성이 있는 삶의 개연성을 전망하는 것으로 요약될 수 있다. 문학 연구가 가지고 있는 이 두 가지 노력은 결국 우리의 삶과 세계에 대한 총체적 인식의 중요한 몫으로서, 문학의 존재 이유를 설명해준다. 그렇기 때문에 가장 이상적인 문학 연구나 문학비평은 끊임없이 문학의 존재 이유를 묻는 질문을 밑바닥에 깔고 전개된다.

문학비평가로서 김현 교수가 걸어온 업적이나 문학연구가로서 발표한 저술들을 보면 그의 모든 작업이 바로 그런 질문의 추구라는 것을 알 수 있다. 비평가로서 그가 쓴 『한국 문학의 위상』 『젊은 시인들의 상상 세계』 『분석과 해석』 등의 평론집은 문학작품을 어떻게 읽을 수 있는가, 문학작품을 읽는 것이 왜 즐거운가, 그리고 문학적 독서는 무슨 의미를 가지고 있는가 하는 질문에 독특한 방법으로 대답해주고 있다. 여기에서 독특하다고 하는 것은 그의 글에서는 그가 읽고 있는 작품이나 작가와 그 자신과의 관계가 끊임없이 드러나고 있다는 것을 의미한다. 좀더 과감하게 이야기하자면 그가 읽은 모든 작가·작품은 그에게 읽히는 방식으로만 존재한다고 말할 수 있다. 요컨대, 그가 많은 작품을 읽는다고 하는 것은 그 자신의 삶과 세계관을 이야기하는 결과를 가져온다. 그것은 다른 사람의 작품을 통해서 자기 자신의 이야기를 하는 방식이다. 그러면서도 더욱 특이한 것은 그가 읽고 있는 작품이나 작가에 가장 큰 애정을 갖고 있다는 사실이다. 그래서 그의 비평을 읽으면 어떤 작가나 작품에 대한 개인적인 고백을 듣고 있는 느낌이지만, 그래서 그와 그 작품 사이에 대단히 사적인 관계가 형성되어 있는 것 같은 느낌이지만, 사실은 그 작품이나 작가가 가지고 있는 깊은 의미를 이야기함으로써 탁월한 스타일의 비평 '문학'을 읽고 있다는 생각을 갖게 한다. 그렇기 때문에 그와 동시대의 작가나 시인이라면 그의 비평의 대상이 되기를 바랄 수밖에 없고, 그의 비평문을 읽으면서 창작 작품을 읽는 재미를 떨쳐버릴 수 없다.

이러한 현상은 문학연구가로서 그가 쓴 『프랑스 비평사』 근대편·현대편을 제외한 『바슐라르 연구』 『제네바 학파 연구』 그리고 이번에 새로 발간한 『르네 지라르 혹은 폭력의 구조』에서도 동일하게 나타난다.

불문학 교수로서 그가 바슐라르, 제네바학파, 르네 지라르를 읽는 작업은 한편으로 이들의 이론과 세계에 대한 이해를 목적으로 하고 있고 다른 한편으로는 이들을 통해서 그의 생각의 전개를 목적으로 하고 있다. 사실 외국 문학을 전공으로 삼고 있는 교수로서 끊임없이 부딪치는 문제는 바로 외국의 문학을 분석하고 해석하기 위해 만들어진 많은 이론을 접할 때 지식으로서의 가치를 넘어서 그것이 자기의 삶의 가치로 환원되는 데 이르지 못한다는 한계의 자각에서 비롯된다. 그러한 한계의 자각을 극복하기 위해 외국의 이론을 한국 문학에 적용하려는 시도가 문학연구자에 의해 이루어지고 있지만 대부분의 경우 그러한 적용은 지적인 호기심을 만족시켜주거나, 다른 사람 이야기의 범주에 멈추게 된다. 그러나 김현 교수의 연구에서 보이는 특색은 그가 외국의 이론을 정확한 방식으로 읽고 자신에게 필요한 요소를 끌어냄으로써 자신의 논리 전개에 그 이론의 도움을 받고 있는 데서 나타나지만, 특히 그 이론과 맺고 있는 개인적인 관계가 마치 비평가로서 문학작품을 읽을 때 볼 수 있었던 관계와 비슷하게 나타나는 데 있다. 이것은 그 자신이 문학연구자로서의 한계에 머물러 있지 않고 비평가로서의 보다 창조적 활동을 하고자 하는 통합적인 태도를 나타낸 것이다.

그의 최근의 저서인 『르네 지라르 혹은 폭력의 구조』도 폭력과 욕망에 관한 지라르의 이론에 관한 연구이면서 동시에 최근의 역사에서 우리가 체험한 폭력의 의미에 관한 일종의 해석이라는 점에서 그의 특성이 드러난 저서이다. 모두 24장의 본문과 지라르의 2편의 글을 보유로 싣고 있는 이 책은 르네 지라르 개인 연구이다. 왜 갑자기 르네 지라르인가? 하는 의문을 가질 수 있을 만큼 그렇게 많이 알려지지 않은 개인을 그가 선택한 이유는 그의 책을 읽는 과정에서 잘 나타나고 있다. 제1장은 저자의 폭력에 관한 관심의 기원이 유신시대의 종언에 있었지만 직접적인 동기는 1980년 초의 폭력 사건에서 발견되고 있다. 어떻게 현대 사회에서 폭력이 가능한가 하는 저자의 질문이 자연스럽게 욕망에 관심을 갖게 되었고, 그 결과 욕망이 "심리적·사회적일 뿐 아니라 종교적인 것이다"라는 지라르의 이론과 만나게 된 경위를 알 수 있다. 제2장은 1986년에 나온 『스탠포드 프랑스 평론Stanford French Review』에 나와 있는 완벽한 서지에 의거하여 세계 여러 나라 말로 번역되어 출간된 9권의 지라르 연구서를 제시하고, 그에 관한 연구가 경제학에서부터 시작되어 철학·신학·인류학·종교학 방면으로 번져가고 있는 데 반하여 문학 분야에서의 연구가 활발하지 못한 것을 주목한다.

제3장은 한국에서의 지라르 수용 현황을 검토하면서 『낭만적 거짓과 소설적 진실』의 소개 과정에서 드러나고 있는 르네 지라르의 왜곡 현상을 예리하게 지적하고 있다. 소설 주인공의 욕망의 체계가 "욕망하는 주체와 욕망의 대상과 그 욕망의 중개자가 삼각형의 구조를" 이루는 삼각형의 욕망 이론을 현대 소설의 분석에 적용함으로써 간접화된 욕망의 지배를 받고 있는 현대 사회의 이해에 도달하고자 한 일부의 시도가 심오한 르네 지라르의 작업을 단순·왜곡시켰다는 지적을 저자는 하고 있다. 지라르가 현대인의 욕망의 구조를 삼각형의 욕망으로 분석한 것은 "그 욕망의 포기, 화해라고 하는" 종교적 주제로의 발전을 위한 것이라고 하는 저자의 주장은 지라르에 대한 정확한 이해를 바탕으로 하고 있다. 여기에서 이미 드러나고 있는 것처럼 저자 자신은 현대인의 욕망의 구조를 드러내는 데 만족하는 것이 아니라 그 욕망의 포기와 화해로 가는 것을 꿈꾸고 있다. 그러니까 산업사회의 징

후로서의 간접화된 삼각형의 욕망 이론만을 현대 소설의 분석에 적용하는 편의주의적 수용에 대해서 저자는 "그의 이론의 핵심은 거기에 멈추는 게 아니라 그것을 뛰어넘는 데 있으므로, 지라르의 정확한 수용은 급히 서둘러야 할 과제 중의 하나이다"라고 지적함으로써 이 저술의 동기를 밝히고 있다.

제4장은 지라르의 생애에 대한 약술이고 제5장에서부터 제8장까지는 지라르의 『낭만적 거짓과 소설적 진실』에 나타난 소설 비평의 몇 가지 요점을 설명한다. 제5장의 「매개된 욕망」에서는 삼각형 욕망의 핵심적인 개념인 욕망의 매개 현상에 대해서 설명하면서, 매개된 욕망은 한이 없기 때문에 거기에서 벗어나기 위해서는 육체적으로나 정신적으로 죽을 수밖에 없고 바로 그 죽음을 통해서 매개된 욕망의 허위성을 드러내는 데서 기독교적 회심의 형태를 발견한다. 저자는 여기에서 골드만이 지라르와 루카치를 비교함으로써 문학사회학적 업적으로 지라르 이론을 수용하고 있는 현실을 지적하면서, 쉬프라즈와 바르가의 이론을 빌려서 지라르 이론을 사회심리학의 영역에 포함시키는 것이 더 타당하다고 밝히고 있다. 지라르를 깊이 있게 연구한 저자가 지라르를 한 분야에서만 보아서는 안 된다고 우리에게 알려주는 이 주장은 지라르는 물론이거니와 저자 자신의 사고의 다양성과 깊이를 드러내준다. 제6장 지라르의 스탕달 분석에서는 왜 현대 세계에서는 인간이 행복하지 않은가라는 질문에 대한 대답을 추구한 결과 인간이 허영심이 강하기 때문이라는 결론을 얻고 있다. 허영심이 강하게 되면 내적 중개가 일반화됨으로써 허영심은 사회적 병이 되고, 그리하여 고귀함은 노예 근성이 되고 자발성은 모방이 되며 독창성은 타사 베끼기가 되는 '낭만적 거짓' 현상을 스탕달의 주인공들에게서 분석해낸다. 제

7장에서는 지라르의 소설 결말 분석에 주목함으로써 "형이상학적 욕망의 포기야말로 모든 소설적 결말의 단일한 모습이다"라는 결론을 끌어낸 저자는, 모든 소설의 결말에서 주인공들이 그 이전의 생각과는 다른 말을 하는 데서 주인공의 회심을 읽어낸다. 종교적 체험과 소설적 체험 사이에 구별이 있을 수 없다는 지라르의 이론에서 텍스트 상호 관련성의 가능성을 내다보고 낭만적 비평에 대한 지라르의 비판을 수용함으로써 저자는 돈 키호테의 성스러움을 발견하기에 이른다. 제8장에서는 지라르의 그러한 비평의 특징을 넓은 의미의 휴머니즘적 비평이라고 규정하면서 지라르가 급진주의자들의 비판의 대상이 되고 있는 이유를 여기에서 찾는다.

제9장 오이디푸스 콤플렉스 비판에서는 『지하실의 비평』에 실린 도스토옙스키론 가운데 프로이트의 해석과 지라르의 해석 사이에 있는 차이를 분석하는데, 프로이트가 오이디푸스 콤플렉스라고 하는 성취욕망으로 '도스토옙스키의 교문(敎文)'을 설명한 데 반하여 지라르가 모방 욕망으로 설명한 것을 주목하면서, 그 두 입장의 관점이 다른 것을 입지의 차이로 규정한다.

제10장의 「초속적 폭력과 성」은 지라르가 종교인류학으로 갈 수밖에 없는 이유를 들면서 문학비평가가 아니라 인류학자로서의 지라르의 저서 『폭력과 성』을 분석한 글이다. 희생물과 속죄양의 개념을 구별하면서 폭력에 사로잡히지 않기 위해 폭력을 속이는 폭력을 사용할 수밖에 없고, 이것을 제의적 희생에 나타나는 폭력이라고 일컫는다. 여기에서부터 이미 사회심리학과 인류학의 분야로 넘어오게 된 지라르의 세계를 분석하기 시작한 저자는 제11장에서 지라르의 소포클레스 분석이 오이디푸스를 '희생양'으로 삼는 특징을 갖고 있다고 주장

한다. 살부(殺父)와 근친상간을 통해 아버지와 아들, 남편과 아이 사이의 무차별 현상이 일어나고 거기에 대한 책임을 느껴 오이디푸스가 자기 눈을 찌른다는 사실에 주목함으로써, 희생 제의적 위기에서 발생한 폭력은 오이디푸스에게 집중되고 그외의 폭력은 사라지게 만든다는 점에서 오이디푸스의 의미를 발견한다. 그러니까 희생양인 오이디푸스는 자기에게로 폭력의 해악적·시혜적 양상을 모으고 스스로 공동체적 평화의 초석이 된다. 따라서 이 희랍 비극의 분석은 도스토옙스키 분석의 발전된 양상이다. 제13장은 지라르의 「세상이 만들어질 때부터 숨겨져온 것」의 분석으로서, 구조인류학이 포기한 '의미 체계의 발생과 기원'의 문제를 다룬다. 이른바 근본적인 인류학이라고 부르는 지라르의 도식은 폭력과 희생양의 관계를 정립한 것으로서 금기에 대한 새로운 해석을 낳은 것이다. 따라서 제11장과 제13장은 프로이트의 '오이디푸스 콤플렉스'와 '토템과 터부'에 대한 반론이라고 할 수 있고, 이에 대해 제12장과 제14장은 지라르에 대한 비판이다. 제12장은 지라르의 용어의 비과학성에 관한 비판이고 제14장은 지라르의 사유 방식의 보수성에 관한 비판이다. 제15장과 제16장은 「속죄양」의 희생 신화와 그 성서적 의미를 분석하고 있고 제17장은 「옛사람들이 걸어간 사악한 길」에서의 욥에 관한 새로운 해석을 시도하고 있다.

이와 같은 저자의 노력은 지라르의 이해를 위해 그 전체의 책 읽기가 선행되어야 한다는 그의 학자적 성실성을 반영한 것이다. 반면에 제18장 지라르의 눈으로 한국의 신화 읽기, 제19장 지라르의 눈으로 한국 설화 읽기, 제20장 지라르의 눈으로 제주도 개벽 신화 읽기 등은 저자의 창조적 노력의 결과이다. 외국의 이론을 지식으로 알고자 하는 것이 아니라 우리 자신의 삶과 세계를 아는 도구로 삼고자 하는 저자의 의도는 여기에서 분명하게 드러난다. 그리고 제22장, 제23장, 제24장에서는 지라르의 이론에서 출발하여 새로운 연구의 지평을 연 각 분야의 학자들의 이론을 소개·분석하고 해석한다.

이미 이러한 내용에서 볼 수 있는 것처럼 『르네 지라르 혹은 폭력의 구조』는 지라르의 '인간'에 관한 이론을 광범하고 정확한 분석에 의해 제시하고 있을 뿐만 아니라, 그에 관해 진행되고 있는 여러 연구를 예리하게 분석하고 있다. 이것은 지라르의 어느 측면만 강조되고 있는 왜곡된 수용에 대한 저자의 정당한 노력이라고 보인다. 저자는 지라르 이론을 단순한 이론의 차원에서만 받아들이고 있는 것이 아니라 우리의 신화·설화에 적용해봄으로써 그 이론의 타당성 여부를 실험하고, 그 이론이 문학비평의 영역에서부터 인문·사회과학의 여러 영역으로 확대·적용될 수 있는 가능성을 열어놓고 있다. 심리적이면서 동시에 사회적인 모방 욕망의 이론으로부터 폭력의 발생 과정을 끌어내고 인간의 삶 속에 나타나 있는 폭력의 존재 양상을 드러내면서 '속죄양'의 개념에 의해 종교의 화해까지 분석해내고 있는 이 책은, 자칫하면 폭력의 존재를 '희생양'의 필요성에 의해 긍정하는 결과를 가져올 수도 있는 지라르의 왜곡된 수용을 넘어서게 인도하고 있을 뿐만 아니라, 저자 자신이 살고 있는 세계에서의 폭력의 의미를 생각하게 하는 점에서 이해와 공감을 동시에 획득하고 있다.

객관적인 연구에서 주관적인 목소리를 느끼게 만드는 것은 일반적으로 그 연구의 신빙성을 떨어뜨리는 결과를 가져오지만, 김현 교수의 연구는 이론과 실제의 탁월한 조화를 보여줄 뿐만 아니라, 저자가 체험한 감동의 체온을 우리에게도 느끼게 만든다.